SHADOWRUN

MICHAEL STACKPOLE

WOLF UND RABE

Siebenunddreißigster Band
des
SHADOWRUN™-ZYKLUS

Deutsche Erstausgabe

WILHELM HEYNE VERLAG
MÜNCHEN

HEYNE SCIENCE FICTION & FANTASY
Band 06/6137

Titel der amerikanischen Originalausgabe
WOLF AND RAVEN

Deutsche Übersetzung von
CHRISTIAN JENTZSCH

Umwelthinweis:
Dieses Buch wurde auf chlor- und
säurefreiem Papier gedruckt

Redaktion: Ralf Oliver Dürr

Erstausgabe bei ROC, an imprint of Dutton Signet,
a member of Penguin Putnam Inc.
Teilweise vorabgedruckt in: Chromscherben,
hrsg. von Michael Immig, Erkrath 1997

http://www.heyne.de
Printed in Germany 2000
Umschlagbild: FASA Corporation
Umschlaggestaltung: Nele Schütz Design, München
Technische Betreuung: M. Spinola
Satz: Schaber Satz- und Datentechnik, Wels
Druck und Bindung: Elsnerdruck, Berlin

ISBN 3-453-17095-4

EINFÜHRUNG

Ich hätte nie gedacht, daß ich lange genug leben würde, um meine Memoiren zu schreiben. Drek, ich hätte nie gedacht, daß ich einmal lernen würde, gut genug zu schreiben, um meine Memoiren zu verfassen. Es ist eines der hervorstechendsten Merkmale einer Partnerschaft mit Dr. Raven, daß man am Ende viele Dinge tut, die man nie für möglich gehalten hätte.

In meinem Fall beinhaltet das auch, über dreißig geworden und immer noch am Leben zu sein.

Jedenfalls haben die Abenteuer, die ich hier schildere, alle am Anbeginn der Zeit stattgefunden – vor sechs bis acht Jahren. Keine sehr lange Zeit in Kalendertagen, aber eine Ewigkeit gemessen an Reha-Sitzungen und Wiederherstellungschirurgie. Vieles davon wird den meisten von Ihnen wie Ur- und Frühgeschichte vorkommen.

Ich hoffe, ich habe irgendwann in nicht allzu ferner Zukunft dasselbe Gefühl.

– *Wolfgang Kies*, Seattle 2059

SQUEEZE PLAY

I

Als sich die Tür hinter mir schloß und die natürliche Atmosphäre der Bar meinen Geruchssinn vergewaltigte, verspürte ich den jähen Drang, den ganzen Laden mit einem Flammenwerfer umzugestalten. Von außen ließen die mit Brettern vernagelten Fenster und der Furnierholzrahmen der verwitterten Tür vermuten, daß das bereits jemand mit dem ›Unkraut‹ versucht hatte, wie die Stammgäste den Laden liebevoll nannten. Ich mußte dem Namen zustimmen – es war nichts darin, was eine Ladung Agent Orange nicht verbessern würde. Das *Unkraut* gehörte zu der Sorte Bar, die danach strebte, eine Müllkippe zu werden, wenn sie einmal groß war.[1]

Ich hatte Ronnie Killstar nicht gemocht, als ich mit ihm gesprochen hatte, um dieses Treffen zu vereinbaren. Nachdem ich den Ort seiner Wahl gesehen hatte, mochte ich ihn noch weniger. *Immer mit der Ruhe, Wolf,* ermahnte ich mich im stillen. *Raven hat dir diesen Job gegeben, weil du mehr Selbstbeherrschung hast als Kid Stealth und Tom Electric. Enttäusche ihn nicht – du schuldest ihm schon viel zuviel.*

Wider besseres Wissen ging ich das kurze Stück von der Tür zum Tresen. Ein kleiner, spanischstämmig aussehender Barmann schlenderte zu der Stelle, wo ich mich zwischen zwei andere Gäste gezwängt hatte. Seine Stimme klang wie eine Kettensäge, die auf eine Lage Stahlblech trifft. »Was darf's 'n sein?«

Ich blinzelte, als mir der brennende Rauch der Saskatchewan Corona Grande meines Nachbarn in die

---

[1] Aha, das ist also eine Fußnote. Schick.

Augen geriet, und zuckte die Achseln. »Gibt's Gezapftes?«

Der Barmann schüttelte den Kopf.

»Sahne. Ich nehme einen Doppelten.«

Seine Reaktion auf meinen Versuch, witzig zu sein, bestand aus einem leeren Blick. »Was darf's 'n sein?« krächzte er heiser.

Ich warf einen Blick auf den Kühlschrank. »Green River Pale. Kein Glas.«

Während er das Bier aus dem Kühlschrank holte und das Eis von der Flasche abwischte, so daß es auf den Boden fiel, holte ich eine Rolle Konzerntaler aus der Tasche. Er drehte den Schraubverschluß ab, und ich fing an, Scheine abzuzählen. Ich wurde langsamer, als ich mich der Summe näherte, die das Bier kosten mußte, und hielt dann inne, als er mir die Flasche zuschob. Er warf mir einen Blick zu, zuckte die Achseln und gab mir dann das Bier. Ich hätte auch mit einem Kredstab zahlen können, aber in einem derart archaischen und schmierigen Laden schien zerknittertes Papier genau das richtige zu sein.

Ich trug das Bier zu der Ecke, die der Tür am nächsten lag. Das Bier schmeckte, wie die Stimme des Barmanns klang, war aber noch kälter, und ich stellte die Flasche rasch ab. Ich glitt in eine Nische, dann öffnete ich den Reißverschluß meiner Lederjacke und setzte mich in Position, um die Bar und ihre Gäste beobachten zu können. Ich hielt das Bier in der linken Hand, da ich die rechte in der Nähe des Kolbens meiner Beretta Viper 14 ließ[2].

Mein Platz in der Nische gestattete mir eine ein-

---

[2] Klar, die Beretta Viper 14 ist alt. Das ist die Schwerkraft auch, aber sie funktioniert trotzdem. Das Gute an der Viper ist: ich habe eine Kugel, ich habe ein Ziel, ich drücke ab, und die Kanone erledigt den Rest. Und bei der Viper kann es mir nicht passieren, daß mitten in einem Feuergefecht plötzlich die Batterien leer sind.

gehendere Würdigung der Einrichtung des *Unkrauts.* Die Plastikpuppenköpfe und hochhackigen Schuhe, die an der Decke hingen, ergaben sogar irgendwie einen Sinn, wenn man sie im größeren Rahmen betrachtete. Ein Großteil des Lichts kam von flackernden Neonreklamen, welche die Gäste aufforderten, irgendwelche exotischen Gebräue zu trinken, die schon lange nicht mehr auf der Karte standen. Silbernes Lametta und ein paar Blinklichter, offenbar Überbleibsel eines lange zurückliegenden Weihnachtsfests, konterkarierten die Grufti-Szenerie, zauberten aber irgendwie Fröhlichkeit auf die Miene der aufblasbaren Sexpuppe aus Plastik, die über einem defekten Flipper an der Decke schwebte.

Dem Laden quoll die Atmosphäre förmlich aus allen Poren.

Ich benutzte meine Bierflasche, um einen sechsbeinigen Teil des Ambientes über den Tisch zu verschmieren.

So ungefähr der einzige normale Teil der Bar lag mir direkt gegenüber. Drei SimSinn-Tische zum Sicheinstöpseln, alle drei Cocktailmodelle, standen an der Wand. Nur ein Chiphead nutzte die Anlagen des *Unkrauts.* Ein Elektrodenreif lag um die ebenholzfarbene Stirn der Frau, und das Licht vom Bildschirm der Einheit fiel in regenbogenfarbenen Wellen auf ihr Gesicht, aber das nahm sie nicht zur Kenntnis. Welche Bilder auch über den Schirm huschen mochten, sie waren nur für den Konsum aus der Ferne gedacht – sie war eingestöpselt und spielte ihre eigenen kleinen Spiele.

Ich nahm den Geruch von verwelkten Blumen wahr, eine höllische Mischung, die das *Unkraut* noch übler riechen ließ und wahrscheinlich so sehr im Trend lag, daß der Milliliter davon 150 Nuyen kostete. Ich bemerkte den Gestank ungefähr eineinhalb Sekunden, bevor ich das Klicken von Ronnie Killstars Cybersporn hörte. In voller Lebensgröße oder wenigstens so groß, wie er sich machen konnte, glitt der Straßensamurai mit dem teigigen Gesicht mir gegenüber in die Nische. Das gelbsüchtige Licht von der Bar schimmerte auf der rasiermesserscharfen Kante der gekrümmten Metallklinge, die aus seinem rechten Handgelenk ragte, und in seinen Augen funkelte ein rotes Licht.

Er grinste mich höhnisch an. »Du solltest dir die Augen überholen lassen. Ich sehe 'nen Rattenarsch auf tausend Meter, wenn es stockdunkel ist. Ich hab' dich reinkommen sehen, und ich hab gesehen, wie du dich hingesetzt hast. Ich kann hier sehen, als wär's heller Tag.«

Da dem so war, sah ich keinen Grund zu erwähnen, daß er soeben die Manschette seiner weißen Jacke durch Schabenmatsch gezogen hatte. Ich schnüffelte übertrieben. »Ich brauche keine Augen, um dich zu finden.«

Zwei große Männer glitten von dort heran, wo Ronnie gewartet hatte, und bauten sich auf beiden Seiten unserer Nische auf. Sie waren gebaut wie diese lächelnden Buddha-Statuen, die man ein Stück weiter die Küste entlang überall in Tokio West findet, nur daß diese beiden mehr Kleidung trugen, nicht lächelten und nicht so aussahen, als brächten sie einem Glück, wenn man ihren Bauch rieb. Trotzdem, wenn sie mit Ronnie herumhingen, mußten sie zwangsläufig Verlierer sein – was auch erklärte, warum sie hier im *Unkraut* so heimisch wirkten.

Nun, da seine Einschüchterungsbataillone feuerbereit an Ort und Stelle waren, grinste Ronnie noch höhnischer. »Ich hätte nicht gedacht, daß der große Dr. Raven jemanden wie Wolfgang Kies mit einer derart wichtigen Aufgabe betrauen würde.«

Ich lächelte. »TM.«

»Hä?«

Ich lächelte breiter. »Ich sagte ›TM‹. Du hast vergessen, hinter den Ausdruck ›der Große Dr. Raven‹ das eingetragene Warenzeichen anzuhängen.« Ich schüttelte bedauernd den Kopf. »Deswegen hat er mich geschickt. Du hast keine Manieren und keinen Sinn für Anstand. Du erwartest doch wohl nicht, daß er an einen Ort wie diesen kommt, oder?«

Jener Winkel in Ronnies monosynaptischem Hirn, der für Humor zuständig war, wurde durch meine Bemühungen ganz eindeutig überladen. Seine Augen blitzten, da er unversehens die Beherrschung verlor. Plötzlich zuckte mit einem metallischen Klicken, das sich anhörte, als werde der Hahn einer Pistole gespannt, ein fünfundzwanzig Zentimeter langer Eispickel zwischen dem Mittel- und Ringfinger seiner rechten Hand hervor, und er sprang mich an. Die Spitze des Eispickels berührte meinen Hals dicht über meinem silbernen Wolfskopf-Totem und brachte einen einzelnen Blutstropfen zum Vorschein.

»Ich kann auf dein Gequatsche verzichten, du Dreksack! Raven hat verlauten lassen, daß er einen Handel mit La Plante abschließen will, nicht umgekehrt. Nicht wir wollen was von euch – ihr wollt was von uns.« Killstars dunkle Augen verengten sich zu Schlitzen. »Ich will Raven!«

Mit großer Mühe unterdrückte ich den Drang, vorzuspringen und ihm den Kopf abzureißen. Ich schluckte und spürte den Eispickel über meinen Adamsapfel streifen. »Ich wollte La Plante. Ich glaube, damit sind wir quitt.«

Ich zwang mich, die Augen zu öffnen, und erhielt die überraschte Reaktion von Ronnie, die ich erwartet hatte, als er das erstemal hineinsah. Die steigende Wut in mir hatte bewirkt, daß ihre Farbe von Grün auf Silber gewechselt war – diese Veränderung ist nicht so furchtbar selten. Ich konnte jedoch mit einem zusätzlichen Schnickschnack aufwarten, da ein dunkler Kreis jede Iris mit einem Killerring umgab. *Deine verstärkten Augen lassen dich vielleicht im Dunkeln sehen, aber das schaffen sie nicht. So etwas muß man in sich haben – das kann man sich nicht nachträglich als Extra einbauen lassen.*

Ronnie lehnte sich zurück, ließ den Stachel jedoch ausgefahren. »Vielleicht sind wir tatsächlich quitt. Was bietest du Mr. La Plante an?«

Ich ignorierte die Frage, während ein Schweißtropfen über den Nadelstich an meinem Hals lief und ein Brennen verursachte. »Ich will einen Beweis dafür, daß sie noch lebt.«

Der Punk schnippte mit den Fingern, woraufhin einer der Buddha-Brüder einen Taschencomputer zückte und einen Chip in das Laufwerk legte. Ich nahm das Gerät und drückte auf Abspielen. Der LCD-Schirm erwachte flackernd zum Leben, und ich sah Moira Alianha gelassen vor dem Wandschirm eines Trideos stehen. Sie ging davor auf und ab, und ich konzentrierte mich darauf, wie ihre langen schwarzen Haare auseinanderfächerten und durch das Bild flogen. Wenn sie ihre Bewegungen vor einem leeren Schirm aufgezeichnet und dann über ein neues Programm kopiert haben würden, um mich glauben zu machen, daß sie noch lebte, hätte ich das an diesen Einzelheiten erkennen können.

Für mich sah die Aufzeichnung sauber aus, aber ich wollte Ronnie nicht die Befriedigung geben, ihn wissen zu lassen, in meinen Augen habe er etwas richtig gemacht. »Ein Simchip wäre besser gewesen.«

Es fiel ihm nicht leicht, seine Cyberaugen zu verdrehen. »Und wir hätten sie auch mit einer Blaskapelle und einer Armee von Schweinebacken[3] herbringen

[3] Ja, ich weiß, Schweinebacke ist ein ziemlich vulgärer Slangausdruck für Ork, aber die Bezeichnung ist äußerst treffend für die Orks, die für La Plante arbeiteten. Ich glaube, er hat sich auserwählt dumme Exemplare gesucht und sie dann mit Simchips gefüttert, um jegliche angeborene Intelligenz zu unterdrücken, die sie besaßen. Da er sie hauptsächlich als mobile Waffentransporter und Abzugsfinger einsetzte, war Verstand nicht so wichtig. Bei uns kursierte immer der Witz: Wenn man für La Plante arbeiten wollte, legte man einen Intelligenztest ab – wenn man durchfiel, hatte man den Job.

können, aber wir glauben nicht, daß wir die Unkosten dafür wieder hereinbekämen. Zufrieden?«

Ich drückte auf Stopp und steckte das Gerät ein. »Sie ist am Leben.«

Ronnie lächelte wie ein Pokerspieler mit vier Assen auf der Hand. »Mister La Plante hat einen Kunden, der uns einen Haufen Geld für eine Moira Alianha mit intaktem Jungfernhäutchen angeboten hat. Was kann Raven uns anbieten, daß wir sie statt dessen ihm übergeben?«

Ich versuchte ein Zusammenzucken zu unterdrücken, aber die zusätzlichen Fältchen beiderseits von Ronnies Grinsen verrieten mir, daß es mir nicht gelungen war. Dr. Raven hatte nichts für Etienne La Plante übrig, aber wenn er Moira retten und nach Tir Tairngire zurückbringen wollte, mußte er seine Gefühle unterdrücken und sich mit dem Mann auseinandersetzen. Während Ronnies Grinsen sich zu einem blasierten Ausdruck der Überlegenheit abkühlte, kam ich zu dem Schluß, daß Kid Stealth möglicherweise von Anfang an mit seinem Vorschlag recht gehabt hatte, die ganze Mannschaft einzusetzen und La Plantes Verbrechensimperium zu zerpflücken.

»Das garantiert uns nicht, daß wir das Mädchen retten«, hatte Doc daraufhin erwidert.

»Ja«, hatte Kid gesagt, »aber es würde sich Gigabytes besser anfühlen, als diesem Abschaum zu helfen.«

Ich stützte die Ellbogen auf den Tisch und legte die Fingerspitzen zusammen. »Ich bin befugt, euch als Gegenleistung für das Mädchen die Transportpläne von Fujiwara für die nächsten sechs Monate anzubieten. Wir können den Austausch noch heute nacht vornehmen.«

Für mindestens zehn Sekunden nahm Ronnies Gesicht einen Ausdruck wie nach einer göttlichen Offenbarung an. Plötzlich dämmerte ihm, wie bedeutend das Spiel war, an dem er teilnahm, und was für ein unbedeutender Spieler er war. Dann umwölkte sich sein

Blick, als die kleine Made sich überlegte, wie wichtig Moira Alianha für den Doctor sein mußte, wenn er derart heiße Daten für sie anbot. Ein Gedanke nahm in seinem neuralen Netzwerk die falsche Abzweigung, und er fing an, sich für wichtig zu halten.

Er grinste verächtlich über das Angebot und machte Anstalten, aus der Nische zu gleiten. »Vielleicht. Ich rede mit La Plante und geb' dir dann Bescheid. Bis dahin kannst du hier warten.«

Mein rechtes Bein schoß vor und hakte sich hinter seine Waden. Ich zog das Knie hoch und quetschte ihn und seine Weichteile gegen die Tischkante. Das preßte ihm die Luft aus den Lungen und veranlaßte ihn, wie ein Taschenmesser nach vorn zu klappen. Ich packte mit der Linken eine Handvoll seiner strähnigen blonden Haare und bohrte den Lauf meiner Viper in sein linkes Ohr.

Ein Killerring-Blick ließ die Karma-Zwillinge innehalten.

»Das war die falsche Antwort, Ronnie.« Ich spannte den Hahn der Viper 14, obwohl das bei dieser Waffe überflüssig war. »Mr. La Plante, ich weiß, Sie wären nicht, wer Sie sind, wenn Sie diesen Schwachkopf für Sie verhandeln ließen, ohne ihn zu überwachen. Ich nehme an, Sie haben Yin und Yang verwanzt, es sei denn, Sie haben diesen Trottel hier dazu gebracht, selbst einen Satz Ohren zu tragen.«

Das Glitzern der vergoldeten Orchideen-Anstecknadel an Ronnies Revers hatte ihn verraten. »Sehr gut, Mr. La Plante. Das Markenzeichen Ihrer Gang ist also eine Abhörvorrichtung. Ich gratuliere Ihnen zu Ihrer Weitsicht. Ich schlage vor, daß Ihr Chauffeur den Wagen vorfährt, damit wir die Angelegenheit unter uns besprechen können, sagen wir in fünf Minuten. Wir fahren einmal um den Block, und dann setzen Sie mich wieder hier ab. Wenn nicht, werde ich die Decke des *Unkrauts* mit etwas verzieren, das echt Farbe in den Laden bringt.«

*

Auf der Coors-Uhr an der Wand tickten viereinhalb Minuten herunter, bis sich die Tür öffnete. Der Chauffeur[4], der eine todschicke Uniform mit Bügelfalten trug, die scharf genug waren, um Brot damit zu schneiden, nickte mir zu. Ich tätschelte Ronnie väterlich den Kopf. »Wir müssen das irgendwann mal wiederholen, wenn ich mehr Zeit zum Spielen habe.«

Was Ronnie auch erwiderte, es war nicht sehr höflich, ich schob es denn auch auf seine unbequeme Stellung, da ich mich schwer auf seinen Kopf stützte, als ich die Nische verließ. Die beiden Säulen östlicher Weisheit ließen mich passieren, und ich schaffte es unbehelligt bis zur Tür.

Ich gab Dem Chauffeur die Viper und trat auf die Straße. Der weiße Mitsubishi Nightsky sah in der abfallübersäten Gasse ebenso fehl am Platz aus wie eine Hafenratte im Büro des Bürgermeisters, aber das hinderte ihn nicht daran, da zu sein. Ich wartete, während Der Chauffeur mich mit dem musterte, was er sich hinter seiner dunklen Brille als Augen hielt, lächelte dann und stieg in das dunkle Innere der Limousine.

Da ich in den Betongassen Seattles aufgewachsen bin, war Klasse für mich etwas, dem man tagsüber entfloh. Trotz meines absoluten Hasses auf alles, wofür Etienne La Plante stand, mußte ich doch zugeben, daß er nach Klasse aussah. Sein Doppelreiher war aus silbernem Stoff, sah jedoch – falls das überhaupt möglich war – nicht protzig oder grell aus. Sein welliges weißes Haar war perfekt geschnitten und frisiert, was mir den Eindruck vermittelte, einen Sitzungssaal betreten zu

---

[4] Ich war immer der Ansicht, daß *Der Chauffeur* ein dämlicher Straßenname ist. Normalerweise will man einen Straßennamen haben, der vermuten läßt, daß man ganz oben steht, wie Tiger oder Königskobra oder etwas Schickes in der Art. Vielleicht sogar Wolf. Aber *Der Chauffeur*? Ich nehme an, der Name gefiel ihm, weil er dachte, er klinge so, als habe er es weit gebracht.

haben, um an einer lange geplanten Versammlung teilzunehmen.

Ich ließ mich auf das Samtpolster des Sitzes sinken, der so bequem war, daß ich darauf glücklich hätte sterben können, insbesondere, wenn die Frau, die neben La Plante saß, mich noch einmal mit ihrem Lächeln beglücken würde, das zu besagen schien: Ich will ein Kind von dir oder es wenigstens ausgiebig versuchen. In der Armlehne neben meiner linken Hand stand ein gekühlter Bierkrug – die halb leere Flasche daneben wies es als Henry Weinhards Private Reserve aus.

Sehr gut, Etienne. Meine Lieblingssorte. Stimmt es eigentlich, daß du die Brauerei gekauft hast, weil angeblich einer von Ravens Männern das Zeug liebt?

La Plante sah davon ab, mir seine rechte Hand anzubieten, aber das machte mir nichts aus. Wenn noch Fleisch und Blut daran war, verbarg es der silberne Panzer völlig. Als er seinen eigenen Bierkrug nahm, fiel mir auf, daß die Hand sich perfekt bewegte, aber schließlich konnte *er* sich Perfektion leisten. Mir war nichts von irgendwelchen Attentatsversuchen zu Ohren gekommen, also mußte ich annehmen, daß er sich selbst verstümmelt hatte.

»Ich würde mich für die Handlungsweise meines Untergebenen entschuldigen, Mr. Kies, aber Sie müssen verstehen, daß dies ein Test war.« Er zuckte müde die Achseln. »Nach all dem bösen Blut zwischen Dr. Raven und mir können Sie mir mein Mißtrauen kaum verübeln.«

Ich bedachte ihn mit einem flüchtigen Lächeln, das breiter wurde, als ich seine Begleiterin betrachtete. »Sie können mich Wolf nennen.« Diese Bemerkung war mehr an die Frau als an La Plante gerichtet, und ich wartete eine halbe Sekunde auf ein gleichermaßen intimes Angebot von dem Verbrecherkönig oder genauer gesagt von *ihr*. Ich fuhr fort, als er mich ignorierte – *sie* war einfach nur schüchtern, das sah ich mit einem Blick. »Als Dr. Raven erfuhr, daß Ms. Alianha sich in Ihrer Obhut befindet, und von ihren elfischen Hütern gebeten wurde, sie zurückzuholen, war er gezwungen, einige Entscheidungen zu treffen. Ich bin sicher, Sie werden verstehen, daß dieses Verhandlungsgespräch nicht der beliebteste Vorschlag war, wie in dieser Angelegenheit zu verfahren sei.«

La Plante nickte weise. »Ehemalige Angestellte können so ... äh ... nachtragend sein, nicht wahr?«

Klar, besonders dann, wenn man versucht, sie mit einem Zementblock an den Füßen im Hafen zu versenken. Niemand hätte gedacht, daß Kid Stealth sich die eigenen Beine absprengen würde, um dieser kleinen Todesfalle zu entkommen, aber er hat es getan und überlebt. Wenn deine Zeit kommt, wird der Sensenmann chromglänzende neue Beine haben und sich schneller bewegen, als du es je für möglich gehalten hättest.

»Sie haben unser Angebot gehört. Sie bekommen die Transportpläne von Fujiwara für die nächsten sechs Monate als Gegenleistung für das Mädchen. Wir brennen Ihnen einen Chip. Wir können die Übergabe heute nacht stattfinden lassen.«

La Plante bewahrte sich seine nonchalante Miene. »Sie haben einen Decker, der so gut ist, daß er so schnell bei Fujiwara eindringen kann? Wir reden hier von massiven Schutzvorrichtungen – psychotropische ICs, defensive und offensive Knowbots, Expertenkonstrukte, was Sie wollen. Genug Ice, um jedem Decker tödliche Frostbeulen zu verpassen.«

Ich lächelte zuversichtlich. »Unsere Deckerin ist so heiß, daß man sie nur aufhalten kann, wenn man sie in flüssigen Stickstoff taucht und mit dem Hammer draufschlägt. Wir beschaffen Ihnen die Pläne.«

Er verbarg seine Erregung angesichts dieses Angebots sehr gut. »Woher weiß ich, daß die Daten echt sind?«

Ich richtete mich kerzengerade auf. »Sie haben Dr. Ravens Wort darauf.«

Ronnie Killstar hätte mit einer albernen Spitze geantwortet, aber La Plante nickte lediglich. »Also gut.« Er beugte sich vor und flüsterte dem Rotschopf etwas ins Ohr. Während sie sich herüberlehnte und meinen Bierkrug nahm, sagte er: »Sie haben Ihr Bier nicht versucht. Ich versichere Ihnen, daß Sie es ohne Bedenken trinken können.«

Sie nippte daran und stellte den Krug wieder an seinen Platz in der Armlehne. Als sie sich über die Lippen leckte, verspürte ich plötzlich den Drang, mich fortzupflanzen, dann zählte ich bis zehn – nein, fünfzehn –, um die Beherrschung zurückzugewinnen. »Tut mir leid«, sagte ich und lächelte, »aber nach dem *Unkraut* wäre ein Bier hier nicht mehr dasselbe. Sie verstehen.« Um ihretwillen fügte ich hinzu: »Vielleicht ein andermal …«

Die Tür öffnete sich wieder. La Plantes Chauffeur wartete mit meiner Pistole in der Hand an der Tür. »Heute nacht, Mr. Kies, am Lagerhausgebäude 18b in den Docks. Wir überlassen Ihnen die südlichen und westlichen Zugänge. Ich würde eine intime Zusammenkunft vorziehen.«

»Genau meine Meinung. Bringen Sie ein Dutzend von Ihren Schweinebacken mit, um das Kräfteverhältnis auszugleichen.« Es gelang mir, mich auf die Kante des Sitzes zu hocken. »Und lassen Sie Ronnie zu Hause.«

La Plante tat meine letzte Bemerkung mit einem silbrigen Schnörkel seiner rechten Hand ab. »Machen Sie sich seinetwegen keine Gedanken. Er hat eine neue Aufgabe zugewiesen bekommen und wird auf unabsehbare Zeit die Fische füttern.«

Der Chauffeur gab mir meine Pistole und schloß dann die Wagentür. Ich lächelte ihn an, und seine Plastikmaske der Beflissenheit bekam Sprünge. »Eines

Tages, Wolf, wird es heißen, du oder ich. Dann mache ich es schnell. Ich will, daß du das weißt.«

Ich begegnete dem starren Spiegelblick seiner Cyberaugen mit meinem zweitgemeinsten Funkeln. »Gut, das gefällt mir. Wenn ein Kampf zu lange dauert, trocknen die Blutflecke ein, und dann kann man sie nicht mehr auswaschen ...«

Seine Plastikmaske war wieder an Ort und Stelle, als er sich abwandte und zur Fahrertür ging. Obwohl jeder Geruchsnerv in meiner Nase mächtig dagegen protestierte, ging ich zurück in die Bar. Mein Bier wartete noch immer auf dem Tisch, aber Ronnie Killstar und die Wonton-Boys waren verschwunden. Ich wartete und schnüffelte, aber ich konnte die Mulchabsonderungen nicht mehr riechen, die Ronnie als Duftwasser benutzte. *Wenn man bedenkt, wie das Zeug stinkt und sich verkauft, könnte das* Unkraut *hier sein Wischwasser in Flaschen abfüllen und ein Vermögen damit verdienen.* Ich schüttelte den Kopf. *Wird nie passieren – dann müßten sie den Laden tatsächlich wischen.*

Anstatt an meinen Tisch zurückzukehren, ging ich zu den SimSinn-Tischen. Ich nahm die Wanze aus der Innenseite meiner Jacke und warf sie auf das Deck der schwarzen Frau. »Hast du alles mitbekommen?«

Valerie Valkyrie, Ravens neueste Errungenschaft, bedachte mich mit einem Lächeln, das mich La Plantes Vorkosterin vergessen ließ. »Alles, sogar deinen Puls und Blutdruck, als sie an deinem Bier genuckelt hat.«

Ich spürte ein Brennen auf den Wangen, als ich errötete, und es wurde noch heißer, als sie daraufhin kicherte. »Wir reden später darüber, wieviel davon in dem Bericht für den Doktor auftaucht. Im Augenblick haben wir Wichtigeres zu tun.«

II

»Also gut, Zig und Zag, gehen wir alles noch einmal durch.«

Zag runzelte die Stirn, und die Sporne an seiner linken Hand zuckten heraus und verschwanden dann wieder so schnell wie die Zunge einer Schlange. »Wir haben Namen …«

Ich erhob mich zu meiner vollen Größe, wodurch ich vielleicht einen Zentimeter größer war als der kleinere der beiden. »Und im Augenblick lauten die Zig und Zag. Ihr seid hiesige Talente, und ich bin euer Mr. Johnson. Ihr behauptet also, daß ihr euch dieser Elitegruppe anschließen wollt? Prima, dann ist das hier ein Test. Probiert mal, ein oder zwei Sekunden mit neuen Namen zu leben, begriffen?«

Zig versetzte Zag einen Stoß mit den Ellbogen, und sie nickten beide. Für Straßensamurai waren sie nicht übel. Zag hatte den offensichtlichen Weg beschritten und sich mit Chrom in Form von Messerklauen an den Händen und einziehbaren Spornen an den Füßen verstärkt. Er hatte sich das rechte Auge durch eine Entfernungsmesser-Modifikation ersetzen lassen, die mit dem Zielfernrohr seines automatischen Gewehrs gekoppelt war. Meiner Ansicht nach war er ein wenig zu weit gegangen, indem er sich ein leuchtend orangefarbenes Fadenkreuz über dieses Auge hatte tätowieren lassen, das vom Haaransatz zum Wangenknochen und vom Ohr bis zur Nase reichte, aber immerhin ähnelte es so sehr einer Kriegsbemalung, daß ich es noch verstehen konnte. Trotzdem, vom anderen Ende eines Zielfernrohrs war das Fadenkreuz eine nette Zielscheibe.

Zig war diskreter vorgegangen und hatte sich für Bodywork entschieden. Seinen Bewegungen konnte ich entnehmen, daß er seine Reflexe aufgepeppt hatte, so daß er sich mit einer Geschwindigkeit bewegte, die zwischen der eines bengalischen Tigers und einer zustoßenden Kobra lag. Ich konnte keine Cyberklingen entdecken, aber er war etwas subtiler als sein Partner, also trug er sie vielleicht nicht zur Schau. Außerdem hatte ich den Eindruck, daß er sich Dermalpanzerung hatte einsetzen lassen, um die lebenswichtigen Organe zu schützen – eine kluge Wahl. Man weiß nie, wo die Ersatzorgane gezüchtet werden, und die Versagensrate bei billigen Khmer-Herzen läßt ein Stück Heftpflaster auf dem alten vergleichsweise wie eine gute Überlebenschance aussehen.

»Val und ich werden uns in die Matrix einstöpseln. Niemand sollte uns zurückverfolgen können, aber wir können dessen nicht hundertprozentig sicher sein. Ihr zwei müßt auf der Hut sein, denn wenn wir in das System einbrechen, hinter dem wir her sind, könnte es echt stressig werden. Was macht ihr, wenn es Ärger gibt?«

Zag grummelte vor sich hin und ging zu meiner MP-9[5], die auf dem Bett lag. »Wir reißen dir das Trampnetz ab und geben dir dieses Spielzeug. Dann schaffen wir den Deckhead raus.«

Val nahm den Groll in Zags Stimme wegen ihrer früheren Zurückweisung nicht zur Kenntnis. Als er Val gefragt hatte, ob sie an einem kleinen horizontalen Tango interessiert wäre, ›um die Spannung abzubauen‹, hatte sie ihn angesehen, als sei er ein Deck mit einem ›Made in UCAS‹-Stempel an der Seite. Zig und ich lächelten, während Zags Ärger zunahm, als Val ihn auch weiterhin ignorierte.

---

[5] Ja, ja. Das ist auch eine antike Kanone, aber sie schießt geradeaus, und mehr verlange ich nicht. Stealth hält meine Waffen ebenso in Ordnung wie mein Mechaniker meinen Mustang, also funktionieren beide. Außerdem wird die MP-9 von den meisten Messerklauen nur für ein Spielzeug gehalten, so daß sie gar keine Gefahr darin sehen, bis eine ihrer Kugeln ihre Austrittswunde hinterlassen hat.

»Gut. Das ist alles. Ihr schafft sie raus und bringt sie an jeden Ort, den sie euch nennt. Macht euch um mich keine Sorgen. Ich komme prima allein zurecht.«

»Oder du bist tot.« Zag nahm eines der Reservemagazine für meine MP-9 und betrachtete es. »Ein dämliches Neun-Millimeter-Spielzeug, und du hast Silberkugeln? Für wen hältst du dich, den Lone Ranger?« Er drückte mit dem Daumen eine Kugel aus dem Magazin und warf sie Zig zu.

Immer mit der Ruhe, Wolf. Besser diese Harter-Bursche-Schau, um die flatternden Nerven zu verbergen, als daß er dich später im Stich läßt. »Ich glaube, ich bin euer Mr. Johnson – und noch dazu ein ziemlich abergläubischer.«

Zig sah sich die Silberkugel in seiner Hand genauer an. »Angebohrt und wieder verstopft. Hast du Quecksilber eingefüllt, damit die Kugel explodiert?«

Ich schüttelte ernsthaft den Kopf. »Silbernitratlösung. Die Physik ist dieselbe, aber das Resultat ist häßlicher. Das Zeug entzündet sich.«

Zig warf die Kugel zu seinem Partner zurück. »Hast du vor, 'nen Werwolf zu jagen?«

»Wart ihr zur Zeit der Vollmondmorde in Seattle?«

Die Erwähnung dieser Mordserie riß Val von ihrem Deck los. »Vor sechs Jahren? Damals war zum erstenmal von Dr. Raven die Rede, nicht wahr?«

»Ja.« Ich ließ die einsilbige Antwort so lange im Raum hängen, bis allen dreien klar war, daß ich nichts Konkretes dazu sagen würde. »Seitdem habe ich immer welche bei mir. Ich will nie mehr ohne Silberkugeln sein, falls man sie mal braucht.«

Val schauderte. »Auch für die Viper?«

»Amen.« Ich zwang mich zu einem Lächeln, um die Stimmung aufzuheitern. »Hast du diesen Hibatchi-Chipverschlüsseler schon vorbereitet?«

Val schalt mich. »Hitachi, Wolf, und das weißt du auch ganz genau.«

Ich nahm das Trampnetz aus ihren schlanken Fingern und streifte es mir über den Kopf. Ich rückte es zurecht, so daß die Elektroden gegen meine Schläfen drückten und über die Mitte meines Schädels zurückgeführt wurden. Val stellte das Band etwas enger, um den Kontakt zu verbessern, dann stöpselte sie das baumelnde Kabel in eine Abzweigdose, deren Kabel sie in die Buchse hinter ihrem Ohr einstöpselte, woraufhin sie einen Schalter an ihrem Deck umlegte.

Ich blinzelte ihr zu. »Dann mal los.«

Sie blinzelte zurück und drückte eine Taste an ihrem Deck. »Der Ball ist im Spiel.«

*

Doc Raven hatte mich gewarnt, daß Valerie Valkyrie einmalig war, aber bis wir durch die elektrische Mauer aus Statik in die Matrix schossen, hatte ich keine Ahnung, wie einmalig. Ich war auch schon früher in der Matrix gewesen – wer nicht? –, aber immer mittels eines öffentlichen Decks, bei dem ich dann in einem Unterhaltungssystem endete. Wenn ich dann von Spielprogramm zu Spielprogramm zog, erhaschte ich hin und wieder einen Blick auf die Matrix durch die netten kleinen Fenster, welche die Programmierer in ihre Systeme eingebaut hatten, aber ich hatte nie den Wunsch verspürt, auf eigene Faust auf Erkundung zu gehen.

Zuvor waren Form und Gestalt der Matrix immer von den Controllern des lokalen Netzwerks festgelegt worden. Hier in Seattle ähnelte das RTG einer Vektorgrafik des urbanen Sprawls, den sie einschloß. Gut befestigte Knoten waren von Zäunen und Mauern umgeben, und Matrix-Sicherheitsteams patrouillierten die Elektronischen Straßen wie Cops auf Streife. Meines Wissens war das Gitter so angelegt worden, weil es dem Gelegenheitsuser das Gefühl vermittelte, er befinde sich in vertrauter Umgebung, so daß er sich leichter zurechtfand.

Wenn die Dinge merkwürdig wurden und sich die Welt veränderte, geschah das auch in der Matrix. Wenn ein User zum Beispiel den Bezirk Chinatown in Seattle betrat, schmolzen die Gebäude dahin, und die Knoten nahmen die Form von Mahjong-Steinen an. Decker behaupteten, das mache es leichter, ungeschützte Knoten zu entdecken, aber davon habe ich keine Ahnung. Ich habe nur gehört – und kann es auch glauben –, daß sich niemand auch nur in die Nähe von Knoten begibt, die durch Drachen repräsentiert werden.

Aber das ist der Lauf der Dinge in dieser Welt. Laß ab von Drachen – ein Rat, den man beherzigen sollte, da es einem leicht das Leben kosten kann, wenn man es nicht tut.

Man erzählt sich, daß ein Decker, der gut genug ist, der Matrix seine eigene Metaphorik wie einen Stempel aufdrücken kann. Mit dem nötigen Geschick kann er die Matrix so aussehen lassen, wie er will – bar aller unwesentlichen Daten. Eine weitere urbane Legende, die ihren Ursprung in der Matrix hat.

Valerie Valkyrie war eine legendäre Deckerin.

Nach nur zwei Sekunden veränderte sich das Landschaftskonstrukt. Die sauberen Linien leuchtender limonengrüner Straßen und die glänzenden weißen Gebäude waren verschwunden. Plötzlich stand ich in einem riesigen Baseballstadion direkt neben dem Wurfmal. Val, deren Umrisse in einem Neonblau gezeichnet waren, das zu ihren Augen paßte, setzte sich eine Baseballkappe auf, die aus dem Nichts auftauchte, und bedachte mich mit einem breiten Grinsen. Die Kappe trug ein Raven-Logo auf dem Schirm.

»Tut mir leid, wenn du nicht daran gewöhnt bist, Wolf.« Ihr Achselzucken verriet mir, daß es ihr überhaupt nicht leid tat und meine überraschte Reaktion innerlich ein Fest für sie war. »Wenn ich die Matrix meinen Vorstellungen unterwerfe, gibt mir das so etwas wie einen Heimvorteil.«

Im Sonnengelb des Handschuhs an ihrer rechten Hand lag ein Ball, den sie so lange drehte, bis sie ihn so im Griff hatte, wie sie es wollte. Aus einem Unterstand neben dem dritten Mal des Spielfelds trat ein kleiner Mann und ging zum Schlagmal. Hinter und über ihm erwachte eine Anzeigetafel zum Leben und spie alle möglichen Informationen in Hexadezimalzeichen aus.

Ich deutete auf die Anzeige. »Kannst du das übersetzen?«

Sie sah mich an, als hätte ich sie enttäuscht, und nickte dann. Plötzlich flackerte die Anzeigetafel, und die Notation der Ergebnisse eines Baseballspiels ersetzte die merkwürdige Aneinanderreihung von Zahlen und Buchstaben. Zum Schlagmal kam Ronnie Killstars Personalakte. Der Spielstand war null Bälle bei zwei Strikes, und die Anzeigetafel meldete für ihn einen Trefferdurchschnitt von 0,128. Er schlug rechtshändig.

Val leckte sich die Lippen, während ein Fänger und ein Unparteiischer hinter dem Schlagmal erschienen. »Kinderspiel.« Ein grüner Ball tauchte in ihrer linken Hand auf, und sie drehte ihn hin und her, um ihn dann zwischen Daumen, Zeigefinger und Mittelfinger zu nehmen. Als sie sich zurücklehnte, um auszuholen, verschwamm ihre blaue Umrißlinie, und dann führte sie ihren Wurf aus. Der Ball schraubte sich in einem Bogen dem Schlagmal entgegen und sauste dann volle fünfzehn Zentimeter unter Ronnies vergeblichem Schwung her in die Hand des Fängers.

»Du bist draußen!« rief der Unparteiische.

Alle möglichen Daten flackerten über die Anzeigetafel. Sie waren etwas gemeiner als diejenigen, welche man auf einer durchschnittlichen Baseballkarte erwarten würde, aber die Daten kündeten dennoch von nicht mehr als einer mediokren Karriere. Ein rascher

Vergleich der Anzahl seiner erfolgreichen Versuche, das nächste Mal zu erreichen, mit derjenigen seiner vergeblichen Versuche bestätigte, daß er ein erfolgloser Kleinkrimineller gewesen war, bevor La Plante ihn als Knochenbrecher eingestellt hatte.

Als die Liste seiner jüngsten Telekomgespräche auf der Anzeigetafel eingeblendet wurde, wandte ich mich an Val. »Du kannst jederzeit damit aufhören. Er ist nutzlos, und jetzt ist er sogar tot.« Ich warf einen Blick auf die Nummer seines letzten Anrufs. »Ich hoffe, das war seine Mutter.«

Val rümpfte die Nase. »Mir war nicht klar, daß man Fischfutter beibringen kann, ans Telekom zu gehen.« Sie fing den Ball, den der Fänger ihr zuwarf. »Das war nur zum Aufwärmen. Ich hätte an ihm keinen Forkball verschwenden sollen – das war eine Kanone für Spatzen.«

Daraufhin konnte ich mir ein paar Dinge zusammenreimen. Systeme zu knacken erforderte eine Vielzahl von Programmen, mit denen man Ice aufbrechen konnte. Die meisten Decker benutzten kommerziell entwickelte Software und konnten dementsprechend nur in die einfachsten Datenbanken einbrechen.

Wahre Künstler wie Val modifizierten diese Software oder schrieben ihre eigene. Ich habe mich einmal mit einem Decker unterhalten, der sich Merlin nannte und alle seine Ice-Brecher-Programme nach Zaubersprüchen benannt hatte. »Das hilft mir, mich an die entsprechenden Programme zu erinnern. Wenn irgendein System versucht, dir das Hirn zu grillen, willst du rasch mit einer Codebombe reagieren können, die ihre Aufgabe erfüllt.« Val hatte mit ihrer Leidenschaft für Baseball ihre Ice-Brecher nach Würfen benannt.

»Laß uns zur Hauptsache kommen, ja?«

»Roger.«

Val konzentrierte sich und rammte ein paarmal die Faust in ihren Handschuh. Ich bemerkte einige subtile

Veränderungen in dem Stadion, als das Fujiwara-System in Zugangsreichweite kam. »Okay. Wir können anfangen. Das ist beinahe so, als raubten wir Petrus aus, um Paulus zu bezahlen, oder?«

Ich nickte. Fujiwara Corporation war ein legales Unternehmen, das für eine in Tokio West beheimatete Gruppe der Yakuza Geld wusch. La Plante war nur ein Makler, der den Transfer von Dingen von einer Partei zur anderen regelte, Fujiwara hingegen brachte tatsächlich Schmuggelware aus der ganzen Welt nach Seattle. Auf einer Skala von eins bis zu Hitlers SS rangierten beide Gruppen ziemlich weit oben, aber Fujiwara übte sich in etwas mehr Zurückhaltung im Umgang mit Konkurrenten.

Das bedeutete, sie zogen einen einzelnen Yakuza-Killer einem wahnsinnigen Bombenleger vor. La Plante hatte das ebenfalls getan, bis Kid Stealth die Frechheit besessen hatte, zu Raven überzulaufen. Keine Gruppe ging freundlich mit ihren Feinden um, und dieser kleine Matrix-Run würde uns nicht gerade zu Freunden von Fujiwara machen.

Die Schmetterlinge in meinem Bauch legten los, als ein Koloß aus dem Unterstand trat. Er sah aus, als käme er direkt aus einem Zeichentrickfilm. Er hatte winzige Beine und schmale Hüften, die sich zu unglaublich kräftigen Armen und Schultern verbreiterten. Der Schläger, den er trug, war wohl aus dem Rumpf eines Flugzeugträgers geschmiedet worden, doch er schwang ihn, als wiege er nicht mehr als ein Teelöffel.

Das Spielfeld änderte sich abrupt, als er das Schlagmal betrat, um rechtshändig zu schlagen. Am zweiten und dritten Mal tauchten Läufer auf, und der Spielstand war bei null zu null ausgeglichen. Der Name des Spielers wurde auf der Anzeigetafel als Babe Fujiwara eingeblendet, und sein Schlagdurchschnitt betrug beachtliche 0,565.

Ich schluckte schwer. »Warum habe ich das Gefühl, daß dieser Bursche das All-Star-Team in einer Person ist?«

Val wischte sich mit dem Ärmel über die Stirn. »Das liegt daran, daß er es ist.« Dann bedachte sie mich mit einem zuversichtlichen Grinsen. »Aber das ist schon okay, Baby, weil ich der Neuprofi des Jahres bin.«

»Erster Wurf!« rief der Unparteiische.

Vals Finger zuckten, da sie mit dem Ball spielten, der in ihrem Handschuh verborgen war, dann lehnte sie sich zum Wurf zurück. Der Fastball glitzerte gelb und golden, während er zum Schlagmal schoß. Babe Fujiwara schwang seinen Schläger und verfehlte, wenn auch nur knapp. Vals Miene konnte ich entnehmen, daß sie einen deutlicheren Erfolg erwartet hatte.

Ihre himmelblauen Augen verengten sich. Ich sah, wie sie den jetzt grünen Ball so nahm, wie sie es bei Ronnie getan hatte. Der Forkball schoß mit mittlerer Geschwindigkeit aus ihrer Hand und sackte dann jäh durch. Dennoch wirbelte Fujiwaras Schläger herum und traf den Ice-Brecher solide. Die Farbe des Balls wechselte plötzlich von Grün auf Rot und schoß ins Feld zurück.

Er traf mich am linken Knöchel, und feuriger Schmerz schoß durch mein Bein. Der Ball wirbelte in die Luft, während ich zu Boden fiel. Val sprang aus dem Wurfkreis, hob den Ball auf und warf ihn Babe hinterher, der die Grundlinie zum ersten Mal entlang rannte. Als der Ball ihn an der Schulter traf, explodierte Babe in einem blauen Funkenregen.

Ich biß die Zähne gegen den Schmerz zusammen und sah zu ihr auf. »Was, zum Teufel, war das?«

Vals Nüstern bebten. »Fujiwara hat irgendeine Kaskaden-IC am Start. Die Tatsache, daß du Schmerzen hast, bedeutet, daß sie schwärzer ist als La Plantes Herz. Es ist mir gelungen, ein paar Bits in das Programm einzuflechten, und damit habe ich das Ice zerstört, das sie hervorgebracht hat, aber ich weiß nicht, ob ich das noch einmal schaffe.«

In meinem Magen breitete sich ein unangenehmes Gefühl aus. »Wir stecken ein wenig tiefer darin, als wir eigentlich wollen, habe ich recht?«

Sie warf einen Blick auf die Läufer am zweiten und dritten Mal. »Wir haben die ersten beiden Schichten Ice einfach links liegengelassen. Wir hätten Zeit verschwenden und sie zerschlagen können, aber ich dachte, Tempo sei von entscheidender Bedeutung. Fujiwara hat sie uns in den Weg gestellt, um uns das Entkommen zu erschweren ...«

Ich hob eine Augenbraue, während ich meinen schmerzenden Knöchel rieb. »Du meinst, wir sind im System Fujiwara gefangen.«

Sie zuckte die Achseln. »Das ist eine Frage der Perspektive.«

»Versuch's mal aus meiner Perspektive der Schmerzen.«

»Wir sitzen in der Falle.« Sie mußte gesehen haben, wie mein Icon mit den Gesten für den Zauber begann, der den Schmerz betäuben würde. »Spar dir die Mühe, Wolf. Magie funktioniert in dieser Umgebung nicht.« Ihre Finger zuckten, und ein blauer Handschuh legte sich um meine linke Hand. »Benutz den Handschuh, um alles abzuwehren, womit sie dich unter Beschuß nehmen. Er müßte dich schützen.«

Ich betrachtete den Handschuh und bohrte die rechte Faust in seine Innenfläche. »Wenn ich irgend etwas fange, schalte ich einfach die Läufer damit aus?«

Sie nickte. »Verfolge sie nicht. Die Bälle zerstören das Ice, aber du solltest ihnen nicht zu nahe sein, wenn das passiert.«

»Was passiert, wenn sie punkten?«

Vals Lächeln erlosch. »Frag nicht. Wir spielen in der Profiliga.«

»Ich hab's begriffen.«

Die nächste IC materialisierte als etwas kleinerer Schlagmann mit dem Namen Mookie Fujiwara. Er schlug linkshändig, und ich sah, daß Val das überhaupt nicht gefiel. Der Ball in ihrer Hand wurde leuchtend orange. Sie holte aus und warf. Der wirbelnde Screwball flog im Bogen heran und direkt auf Mookies Fäuste zu. Er wehrte ihn mit einem Foul ab.

An der Anzeigetafel fiel sein Schlagdurchschnitt von 0,500 auf 0,375, und das munterte mich ein wenig auf. Val schien es ebenfalls anzufeuern. Sie bereitete ein anderes Programm vor, und der Ball nahm eine milchige Farbe an. Ihre Knöchel lagen auf den Nähten, als sie zu ihrem Wurf ansetzte und den Ball abfeuerte.

Das Programm flog sehr langsam zum Schlagmal. Der Ball hatte überhaupt keine Eigenrotation, sondern stieg und fiel unberechenbar und entgegen allen Gesetzen der Schwerkraft. Als er sich dem Schlagmal näherte, sackte er jäh ab, und Mookie verfehlte ihn deutlich. Ein weiterer Strike wurde auf der Anzeigetafel notiert, und sein Durchschnitt fiel auf 0,175.

Val blinzelte mir zu. »Der Knuckler funktioniert fast immer bei diesen Kaskaden-ICs – er kehrt den Wert der Variablen um, die sie benutzen, um stärker zu werden, so daß sie schwächer werden. Was noch besser ist, er ist nie so gut zu erkennen, daß sie schnell genug einen Gegencode entwickeln können.«

Ich lächelte beruhigt. »Benutzt du ihn noch mal?«

»Nein.« Sie studierte die Anzeigetafel und schüttelte den Kopf. »Wenn ich ihn noch mal verwende, gebe ich ihm nur die Chance, darauf zu reagieren. Ich habe etwas anderes für dieses Ice.«

Ein weißer Ball nahm in ihrer Hand Gestalt an. Val grinste grausam und warf den Ball mit einer halb seitlichen Armbewegung. Der Ball raste dem Schlagmal entgegen, um dann im letzten Augenblick seitlich auszubrechen. Mookie schwang und verfehlte, und der

Unparteiische verkündete, er sei raus. Er verschwand, und ich hörte ein paar Stimmen jubeln.

Als ich mich umschaute, sah ich zwei Gestalten auf der Tribüne. Eine sah wie eine gläserne Spinne aus, die andere wie eine schwarze Katze. »Was hat das zu bedeuten?«

Val winkte ihnen zu. »Nur ein paar andere Decker, die gekommen sind, um sich den Spaß anzusehen. Tarantula und Alley Cat sind zwei Einheimische, die ich kenne.«

Das komische Gefühl im Magen stellte sich wieder ein. »Weißt du, das war eigentlich als Shadowrun gedacht. Was ist, wenn Fuji erfährt, daß wir hier sind?«

Valerie fixierte mich mit einem Blick, bei dem ich das dringende Bedürfnis verspürte, unter die Dusche zu gehen. »Wolf, nur weil du eine Matrix-Jungfrau bist, heißt das noch lange nicht, daß du es auch zeigen mußt. Wir haben ein Publikum in der Besitzerloge, seit wir angefangen haben. Die Ausschaltung der Kaskaden-IC hat wahrscheinlich Alarm ausgelöst, aber diese Zuschauer waren schon lange vorher da. Es sieht eher so aus, als hätten die Yaks von Fujiwara einen direkten Draht zu La Plante.«

Ich speicherte diese Information zwecks späterer Verwendung, als der letzte Schlagmann aus dem Unterstand trat. Während Babe wie eine Zeichentrickfigur ausgesehen hatte, manifestierte sich dieses Ice als hochgewachsener, schlanker Spieler mit unglaublich dicken Unterarmen und Handgelenken. Seine Haut hatte eine graue, metallische Färbung, und sein Kopf verwandelte sich in den eines Pferdes. Sein Name wurde auf der Anzeigetafel als Iron Horse Fujiwara und sein Schlagdurchschnitt mit 0,957 angegeben. Er schlug linkshändig, und das Funkeln in seinen Augen war die nackte Bosheit.

Vals Haut nahm eine aschfarbene Tönung an. »Verdammt noch mal, ich hätte nicht gedacht, daß es so hart werden könnte. Ich muß schnell irgendwas zusammenschustern.« Ein weißer Ball tauchte in ihrem Handschuh auf, doch während ihre Finger ihn bearbeiteten, bildete sich ein Netz blutfarbener Adern auf seiner Oberfläche.

Zufrieden, aber nicht mit so viel Zuversicht, wie ich es gern gesehen hätte, beobachtete sie den Schlagmann und warf dann den Ball. Er flog mit mittlerer Geschwindigkeit, um dann steil abzusacken, als sei er von einem Tisch gefallen. Ich hielt nach einem Zögern im Auge des Schlagmanns Ausschau, aber ich sah keines und wappnete mich gegen die bevorstehende Katastrophe.

Der Schläger von Iron Horse peitschte in einem blitzsauberen Bogen herum und schlug den Ball ins Feld zurück. Auf halbem Weg brach der Ball in Flammen aus, doch sein Flug verlangsamte sich dadurch nicht im geringsten. Val hob schützend den Handschuh und brachte ihn gerade noch rechtzeitig zwischen den Ball und ihrem eigenen Gesicht. Ihr Handschuh ging in Flammen auf, und sie warf sich zu Boden, doch der Ball trotzte der Schwerkraft und blieb eine Sekunde in der Luft hängen.

Ich sprang zum Ball. Mein Handschuh fing an zu kochen, und ich hatte das Gefühl, als hätte ich meine Hand in einen Haufen glühender Kohlen gesteckt. »Hilf mir, Val!«

Wie sie es tat, wußte ich nicht, aber die Flamme erlosch, und der Ball nahm eine bläuliche Färbung an. Ich nahm ihn in die rechte Hand und sah den Läufer am dritten Mal loslaufen. Ich holte aus und warf den blauen Ball, so fest ich konnte.

Der Ball durchschnitt den Läufer wie ein Suchscheinwerfer ein Nebelfeld. Er flog weiter und in den Unterstand. Ein Funkenvulkan brach dort aus, und das Baseballstadion löste sich auf. Einen Augenblick später befanden wir uns wieder in der gewohnten Seattler

Matrix, und die zweite Etage des Fujiwara-Hochhauses explodierte.

Dann verschwand diese Metaphorik ebenfalls. Plötzlich trieb ich in einem Datenmeer. Wellen aus Telekomnummern schlugen über mir zusammen und zogen mich nach unten zu Spesenabrechnungen und Kostenvoranschlägen. Als ich das Gefühl hatte, in einem riesigen Inventar-System zu ertrinken, packte mich eine Hand an der Schulter, und das Versteck mit Zig und Zag nahm rings um mich verschwommen Gestalt an.

Val betrachtete mich eingehend, und ich wußte, Zag wäre für einen derart besorgten Blick von ihr gestorben. »Bist du okay?«

Ich dachte einen Augenblick über die Frage nach und nickte dann. »Ja, ich glaube schon. Was ist eigentlich passiert?«

Ihre Augen verengten sich. »Ich weiß es nicht genau, aber ich vermute, derjenige, der Fujiwaras ICs programmiert hat, hat sich eine Hintertür eingebaut. Der blaue Ball war ein einfaches Virus, welches das System so schnell mit unsinnigen Daten überfluten sollte, daß es einfrieren würde, um mir die Gelegenheit zu geben, mit einem anderen Programm zu reagieren. Du hast mit dem Ball eine der ICs, die wir umgangen hatten, und dann die Hintertür in das System getroffen. Das hat die Iron-Horse-IC auf ihrem Weg zum ersten Mal aufgehalten, und ich habe mein eigenes kleines ALS-Virus benutzt, um sie zu erledigen.«

»Haben wir die Informationen, die wir wollten?«

Wie auf ein geheimes Stichwort glitt die EPROM-Plattform aus dem schwarzen Gehäuse des Hitachi-Decks und warf den Computerchip aus, auf den die Fujiwara-Information gebrannt worden war. »Sieht ganz so aus.« Ihr Lächeln verflüchtigte sich ein wenig, als sie mich wieder ansah. »Was noch?«

Ich runzelte die Stirn. »Irgend etwas geht mir im Hinterkopf herum.« Ich zuckte die Achseln. »Ich schätze, ich will einfach nur in einer Arena sein, wo ich jeden wegputzen kann, der wie Iron Horse aussieht. Das ist der Krieger in mir.«

»Schade«, sagte sie mit einem Lachen. »Als Decker hättest du eine Zukunft.«

III

Was macht er da?« fragte Zag, als ich mit meinen Vorbereitungen auf den Kampf begann. Val musterte ihn mit gerunzelter Stirn und schwieg, während ich die Augen schloß und in mich ging. Ich legte die Hände zusammen und berührte das Wolfskopf-Amulett an meiner Brust. Ich benutzte es als Fokus und berührte den Wolfsgeist, der in meinem Herzen und meinem Verstand wohnte.

Ich nahm ihn als riesige Bestie wahr, die vor allem aus Schatten bestand, nur dort nicht, wo grelle rote Hervorhebungen sein Fell kräuselten. Hager und hungrig, wie er war, beinhaltete er dennoch eine unglaubliche Macht. Als er meine zarte Berührung wahrnahm, leuchtete ein enthusiastisches Feuer in seinen Augen auf, das sich jedoch zu einem dunklen Blutrot verdunkelte, als er mein Zögern spürte.

»Ist die Zeit gekommen, mein Sohn?« fragte er knurrend und fauchend.

»Ja, Alter. Ich brauche deine Schnelligkeit und deine Sicherheit der Bewegung.«

Er betrachtete mich mit demselben Abscheu, den Valerie in der Matrix an den Tag gelegt hatte. »Laß mich alles regeln, Langzahn. Du brauchst weder diese Maschinenmenschen noch die Hexe mit der denkenden Maschine. Du wirst auch deine Waffen nicht brauchen. Mein Weg ist rein. Du weißt, daß ich recht habe. Warum also widersetzt du dich mir?«

Ich wollte mich auf diese Diskussion nicht einlassen,

weil ich wußte, wie düster und gefährlich sie war. »Ich brauche, was ich brauche.«

Der alte Wolf legte sich nieder, um sich über mich lustig zu machen. »Ich gebe dir, was du brauchst. Es wird nicht lange dauern, bis wir dieses Gespräch erneut führen.«

Ich schüttelte den Kopf. »Sieben Tage. Bis dahin habe ich Seattle längst verlassen.«

Der Wolf heulte, und der Laut hallte durch meinen Schädel, als ich die Augen öffnete. Ich hörte das zischende Knistern der Nachwirkungen der Zauber und sah, daß Zag mich mit neuem Respekt und einem gewissen Unbehagen anstarrte. Ich konnte seinen nervösen Schweiß sogar in der salzigen Meeresluft und dem leichten Schimmelgeruch in der Hafengegend riechen. Ich lächelte und nickte. *Alles in Ordnung. Hoffen wir, daß La Plante in der Zwischenzeit nicht den Verstand verloren hat.*

Zag schluckte schwer. »Hören Sie, Mr. Kies, es tut mir leid, wenn ich vorhin irgendwelchen Unsinn geredet haben sollte. Bei Ihrem Ruf dachte ich, Sie seien wie wir.« Er hob die rechte Hand, und die Messerklauen an seinen Fingerspitzen schnappten heraus. »Mir war nicht klar, daß Sie nicht verchromt sind.«

Ich las die Verwirrung in seinen Augen wie das Schlagzeilenband eines Nachrichtensenders. Ich war bekannt für meine Schnelligkeit und Härte bei Feuergefechten. Ich war der Chummer, der die meisten Abenteuer mit Dr. Raven überlebt hatte – und das war keine geringe Leistung. Für Messerklauen wie Zig und Zag lag es auf der Hand, daß ich schwer vercybert sein mußte. Sie waren gar nicht erst auf die Idee gekommen, daß ich Magie benutzen könnte, um meine Fähigkeiten zu verbessern. Und weil sie einen Weg eingeschlagen hatten, der ihnen den Einsatz von Magie unmöglich machte, verwirrten und ängstigten sie die magischen Künste.

Zig gab mir einen kleinen schwarzen Fettstift. Er hatte sein Gesicht vollkommen geschwärzt und dann zwei mit der Spitze nach unten zeigende Dreiecke mit einem Punkt in der Mitte abgewischt. »Das ist das Zeichen der Halloweener drüben im Bezirk von Green River.«

»Ich weiß.« Ich legte den Farbstift auf eine Kiste. »Ich male mich nicht an.«

Das schien sie fast ebenso zu überraschen wie die Tatsache, daß ich Magie benutzt hatte. Nachdem die Geistertänze Wirkung gezeigt und eine Menge Leute umgebracht hatten, waren viele in die Reservate gefahren und hatten sich der Bevölkerung der jetzigen Native American Nations angeschlossen. Einige hatten sie später wieder verlassen, weil ihnen der Lebensstil nicht behagte, aber jene, die geblieben waren, trugen zur vielschichtigen Zusammensetzung der Stämme bei. Daher war es absolut merkwürdig, einen Weißen zu treffen, der sich mit indianischer Magie auskannte, aber es war noch viel merkwürdiger, einem zu begegnen, der auf halbem Weg haltmachte und sich vor dem Kampf nicht bemalte – obwohl es für meinen Geschmack viel zu protzig war, auf diese Weise auf den ›Eingeborenenzug‹ zu springen.

Als wäre es den Leuten, die man umlegt, nicht vollkommen egal, wie man dabei aussieht.

Ich löste die Spannung. »Ich male mich nicht an, da ich hoffe, daß es keinen Kampf geben wird. Ich werde dort draußen sein und das Mädchen holen, also bin ich ohnehin völlig nackt.« Ich zeigte auf die Kalaschnikows, die sie trugen. »Diese AK-97s sehen wie alte Freunde aus.«

Zig tätschelte liebevoll sein automatisches Gewehr. »Ist für nahe Distanzen wie heute auf vierhundert Meter eingestellt. Hat mich im Triadenkrieg draußen auf dem Strip nie im Stich gelassen.«

»Gut.« Ich bedachte beide mit einem Lächeln, das

besagte: Ich habe Vertrauen zu euch. »Es läuft genauso ab wie vorhin. Ihr schafft Val und Moira raus. La Plante hat seine Schweinebacken als Muskeln dabei. Wenn es unangenehm wird, legt einen oder zwei von ihnen um und macht dann, daß ihr wegkommt. Wenn ihr ein Magazin leerschießt, erwarte ich, daß alle Kugeln Schweinebacken treffen, sonst könnt ihr gleich auf mich schießen. Zuschlagen und verschwinden – einen Stellungskrieg können wir nicht gewinnen.«

Beide bestätigten mit einem erhobenen Daumen, daß sie verstanden hatten, also wandte ich mich an Val. »Bist du sicher, daß du keine Kanone willst?«

Sie schüttelte angewidert den Kopf. »Ihr habt mich so fest in Kevlar eingewickelt, daß ich kaum atmen kann. Ich will mich auf keinen Fall zur Zielscheibe machen, indem ich ihnen einen Grund gebe, auf mich zu schießen.«

Ich kicherte. »Okay. Moira untersteht deiner Obhut. Wenn es unangenehm wird, schaffst du sie weg. Zig und Zag halten euch die Ungeheuer vom Leib.«

Val nickte. »Hast du den Chip?«

Ich schlug auf meine Jackentasche. »Roger.« Ich nahm meine MP-9 und hängte sie mir über die rechte Schulter. »Laßt uns diese Sache sauber erledigen, damit wir alle gesund zurückkehren. Alles auf die Plätze.« Ich atmete tief ein und beruhigte mein wild pochendes Herz. »Es geht los.«

*

Ich verließ das Lagerhaus und betrat einen Dockbereich, der allem beraubt worden war, was als Deckung hätte dienen können. Der offene Bereich, der von grellen Halogenscheinwerfern beleuchtet wurde, deren Licht die Dunkelheit verjagte, war auf zwei Seiten durch Kisten und Verlademaschinen und auf meiner Seite durch das Lagerhaus abgegrenzt, das ich gerade verlassen hatte. Die vierte Seite, auf die ich schaute, bevor ich zwischen einige Kisten glitt, bildete ein weiteres Lagerhaus. Die großen Tore standen offen, und La Plantes Limousine parkte dazwischen, so daß es so aussah, als würden Haube und Heck des Fahrzeugs die Tore offenhalten.

Ein Dutzend Schweinebacken mit diversen Maschinenpistolen standen pflichtgetreu hinter der Limousine und richteten ihre Waffen auf mich. Ich spreizte die Arme, so daß meine Hände weit vom Körper entfernt waren, und zeigte die offenen Handflächen, aber ich wußte, daß meine magisch verstärkten Reflexe es mir gestatten würden, meine Waffe zu nehmen und ein halbes Dutzend Schüsse abzugeben, bevor sie überhaupt eine Bewegung wahrnehmen würden. In drei Sekunden konnte ich das Magazin leer schießen und die Viper ziehen, um den Job zu erledigen …

Reiß dich zusammen, Wolfgang. Das ist nur die Einmischung des Alten, die dich so denken läßt.

Der Chauffeur tauchte zwischen den Schweinebacken auf. »Laß die Kanone fallen!«

Ich lachte laut auf. »Träum weiter. Du hast doch mehr Kanonen auf mich gerichtet, als du zählen kannst.«

Die Schweinebacken, die La Plante angeheuert hatte, fingen an zu johlen und zu grölen wie die begriffsstutzigen Untiere, die sie auch waren. Häßlich wie die Sünde und noch dämlicher als Ronnie wurden sie aus den Reihen jener rekrutiert, die ihre ›Goblinisierung‹ nicht sonderlich gut verkrafteten. Nachdem ihre Hormone einsetzten, dachten sie viel weniger und gaben für jemanden wie La Plante perfekte kleine Automaten ab, die er ausnutzen konnte. Natürlich heißt das nicht, daß sie nicht auch von sich aus schlaue kleine Bettler sein und sich in extreme Schwierigkeiten bringen konnten, aber normalerweise bedarf es einer Person mit einem IQ von mindestens achtzig, um sie zu einer zerstörerischen Raserei anzustacheln. Die Ork-Gemeinde versucht alles, um ihre weniger glücklichen Brüder und Schwestern vor Verführern wie La Plante zu schützen, aber eine helfende Hand ist eben nicht so attraktiv wie eine Hand, die mit Nuyen gefüllt ist.

Ich zeigte auf mich. »Ich gehe jetzt in die Mitte dieses freien Platzes, und ihr schickt mir dann das Mädchen. Anschließend übergebe ich euch den Chip. Haltet den Finger vom Abzug fern, dann könnte dieser Austausch funktionieren.«

Ich hörte nicht, was Der Chauffeur zu den Schweinebacken sagte, aber ihr Geschnatter hörte auf. Ich ging zur Mitte der Arena, wobei ich meine magisch verstärkten Sinne nach besten Kräften einsetzte, um herauszufinden, ob ich gerade in eine Falle lief. Die Halogenlampen waren ein Problem, weil sie die Dächer der Warenhäuser in einem undurchdringlichen Dunkel ließen, das nicht zu meiner Beruhigung beitrug. Ich mußte annehmen, daß La Plante dort oben Leute postiert hatte, aber die Tatsache, daß die einzigen Schweinebacken, die ich sah, an seiner Limousine lehnten, gefiel mir ganz und gar nicht.

Als ich die Mitte des Platzes erreichte, blieb ich stehen. Die Beifahrertür der Limousine wurde geöffnet, und eine schlanke Frau unbestimmten Alters stieg aus und stellte sich neben das Fahrzeug. Sie sah nicht so aus wie in dem SimSinn, den ich gesehen hatte – ja, ja, das sagen alle, wenn sie Sims mit irgendwelchen Leuten sehen, die sie persönlich kennen –, aber ich wußte sofort, daß sie Moira Alianha sein mußte. Das helle Kleid, das sie trug, war modisch kurz und zeigte Beine, für die ich fast zu sterben bereit war, aber sie hüllte sich rasch in eine dunkle Wolldecke, um sich gegen die kühle Nachtluft zu schützen.

Mit hoch aufgerichtetem Kopf, durch dessen langen Schleier aus mitternachtfarbenen Haaren nur die Spitzen ihrer Ohren lugten, ging sie auf mich zu. Ich bedachte sie mit einem Lächeln, das Hoffnung und Zuversicht wecken sollte, aber sie ignorierte mich und hatte nur Augen für das schwarz-rote Rabenabzeichen an der Schulter meiner Jacke. Sie blinzelte zweimal, und dann glaubte ich, sie würde in Ohnmacht fallen.

Ich streckte den Arm aus und stützte sie. »Ganz ruhig, Ms. Alianha. Wir sind fast zu Hause.«

Sie berührte das Abzeichen mit unglaublich schlanken Fingern. »Mein Mann hat Sie geschickt?«

Ich runzelte die Stirn und dachte mir, daß sie verwirrt sein müsse. »Ich arbeite für Richard Raven.«

Moira lächelte. »Ja, das ist mein zukünftiger Mann.«[6]

Ich hätte fast meine Zunge verschluckt. »Wie bitte? Was sagen Sie da?«

Sie sah mich nur mit sprühenden grünen Augen an.

Plötzlich schien in meinem Kopf alles drunter und drüber zu gehen. »Weiß irgend jemand, in welcher Beziehung Sie zu Raven stehen?«

Moira schüttelte den Kopf. »Nein, hier nicht. Warum?«

Ich ließ ihre Frage unbeantwortet. »Sagen Sie es niemandem. Punkt.« *Wenn jemand herausfindet, daß sie Raven nahesteht, ist ihr Leben keinen geschmolzenen Simchip mehr wert, und sie könnte gegen Raven benutzt werden, wenn er es mit Abschaum wie La Plante zu tun hat.* Seine Gefährten, Leute wie ich und Val, akzeptieren die Gefahren, die mit der Zugehörigkeit zu Ravens Gruppe verbunden sind. Moira hatte Glück gehabt, daß La Plante ihren wahren Wert nicht kannte, sonst wäre dieser kleine Austausch wesentlich unangenehmer verlaufen.

Der Chauffeur rief mir etwas zu. »Sparen wir uns das Geplauder für später auf. Wir wollen den Chip, und zwar sofort!«

---

6 Das war ein echter Schock. Ich wußte nicht mal, daß Doc ausging. Wie sich herausstellte, tat er das auch nicht, aber das ist eine andere Geschichte.

Langsam und bedächtig griff ich in meine Jackentasche und entnahm ihr ein weißes Stück Plastik von etwa drei Quadratzentimetern Größe. Der eigentliche Chip bildete einen scharfen Kontrast zu der schneeweißen Plastiktafel, auf der er befestigt war. »Ich lege ihn einfach hier auf den Boden ...«

Ich spürte, wie das Plastik zitterte und der Chip explodierte, als die Kugel ihn mit vierfacher Schallgeschwindigkeit durchbohrte. Der dröhnende, nachhallende Knall des Schusses folgte der Kugel einen Sekundenbruchteil später, aber ich hatte mich bereits umgedreht und begonnen, Moira in Sicherheit zu bringen. Meine rechte Hand ließ das Stück Plastik fallen und schloß sich um den Kolben der MP-9. Ich riß die Waffe herum und gab zwei Schüsse ab, und eine kopflose Schweinebacke sank auf den Lagerhausboden. Ich hörte das Stakkatohämmern von Zig und Zags AK-97 und sah drei weitere Schweinebacken zu Boden gehen, während die gepanzerte Karosserie der Limousine Funken sprühte.

Auf den Dächern verborgene Männer erhoben sich, und ihre Waffen spien Flammenzungen, während ich Moira vom Schlachtfeld zerrte. Angesichts der Tatsache, daß sich so viele Leute nur auf uns zwei konzentrierten, war ich sicher, daß man uns in Fetzen schießen würde, bevor wir auch nur ein halbes Dutzend Schritte weit gekommen waren, aber die Männer auf dem Dach eröffneten das Feuer auf La Plantes Schweinebacken. Die verwirrten Orks erwiderten das Feuer, erzielten aber aufgrund der überreichlich vorhandenen Ziele und des babylonischen Gewirrs von Befehlen, die Der Chauffeur brüllte, kaum Wirkung.

Ich hatte Moira gerade durch die schmale Lagerhaustür gestoßen, als mich doch noch eine Kugel erwischte. Sie traf mich in den linken Oberschenkel und wurde nach links abgelenkt, nachdem sie meinen Oberschenkelknochen zerschmettert hatte. Fünf Zentimeter links und sieben Zentimeter unterhalb vom Eintrittspunkt verließ sie mein Bein wieder, wobei sie auch noch ein Stück meiner Oberschenkelarterie mitnahm.

Ich schrie auf, aber während die Echos des Aufschreis noch in meinem Kopf nachhallten, hörte ich das Heulen eines Wolfs an ihre Stelle treten. Ich stolperte vorwärts und fiel auf den Boden des Lagerhauses. Mein linkes Knie schlug schwer auf, und eine neuerliche Schmerzwelle jagte durch mein Bein. Ich versuchte, einen weiteren Aufschrei zu unterdrücken, aber er kam dennoch heraus, wenn auch als wolfsartiges Heulen.

Ich wälzte mich auf den Rücken und zog die MP-9 zu mir heran. »Bewegt euch, Leute. Schafft Moira hier raus.«

Val starrte auf das Loch in meinem Bein. »Du bist getroffen!«

Ich verbiß mir den Schmerz. »Ja, meine Tage in der Profiliga sind vorbei. Vielleicht kannst du mein Trikot aus dem Verkehr ziehen.« Ich sah Zig und Zag an. »Bewegt euch! Ich halte sie auf, wenn ich kann. Die Schützen auf dem Dach müssen Yaks von Fujiwara sein. Sie knallen die Schweinebacken ab, und das verschafft uns etwas Zeit. Ich verschaffe euch noch mehr. Und jetzt los!«

Zig ging zur Hintertür, doch Moira schüttelte den Kopf und kniete sich neben mich. »Nein, ich gehe nicht. Sie brauchen Hilfe.«

Sie begann mit den Handbewegungen für einen Zauber, aber ich schloß meine blutige Hand um ihre Finger. »Sparen Sie sich das, Schwester. Sie werden noch alle Magie brauchen, die Sie aufbringen können, um so schnell wie möglich aus Seattle zu verschwinden. Val, schaff sie hier raus.«

Valerie ging zu Moira und legte ihr die Hände um die Schultern, aber die Elfe schüttelte sie ab. »Nein. Ich kann Sie retten. Ich kann Ihr Bein heilen.«

In meinem Kopf knurrte der Alte verführerisch. »Laß dich von ihr heilen. Laß dich von ihr mit Magie vollpumpen. Tu, was sie will, und ich versichere dir, die anderen werden nicht folgen.«

»Nein!« schrie ich sie beide an.

Ihre Augen blitzten wütend und verrieten mir, daß die Aufschiebung meines Todesurteils abgelehnt worden war. »Warten Sie.« Ich zog die Viper aus dem Gürtel und warf sie Val zu.

Sie starrte sie an wie einen Chip mit kommerzieller Software. »Ich will sie nicht.«

Ich schluckte schwer. »Vielleicht doch.« Ich tauchte die Finger meiner linken Hand in mein Blut und malte damit zwei parallele Linien unter meine Augen und auf die Stirn. »Dann tun Sie es, Moira, und verschwinden Sie. Ihr alle, verschwindet von hier. Dreht euch nicht um, egal was passiert. Und sucht nicht nach mir. Ich finde euch, wenn ich kann.«

Zig und Zag starrten mich an, als sei ich verrückt geworden, und Val schauderte. Moira riß meine Hose rings um die Wunde auf und legte ihre Hände darauf. Sie stimmte einen leisen Singsang an, und ich spürte Wärme und ein Kribbeln von ihren Händen in mein Bein strömen. Fast im gleichen Augenblick ließen die Schmerzen nach. Die Energie baute sich weiter auf, und Gewebe fing an zu heilen, da mein Körper dazu gebracht wurde, in wenigen Sekunden eine Heilung vorzunehmen, die normalerweise Monate gedauert hätte. Dennoch wußte ich ganz genau, daß der Zauber, den sie gewirkt hatte, mehr war, als mir lieb war.

Und er war mehr, als ich kontrollieren konnte.

Ich biß die Zähne zusammen und schob sie weg. »Geht endlich!« schnauzte ich sie an. »Lauft!«

Sie verschwanden aus meinem Blickfeld, als mich der erste Anfall erbeben ließ. Ich kreischte auf, als flüssiges Feuer in meinen Rippen wütete. Ich hörte das Knacken, als mein Brustbein sich in der Mitte teilte und dicker und breiter wurde, um sich meinem neuen erweiterten Brustkasten anzupassen. Ich knirschte vor Schmerzen mit den Zähnen, und die wachsenden Reißzähne spalteten meine Unterlippe.

»Kämpfe nicht dagegen an, Langzahn. Dann tut es nicht so weh«, flüsterte der Alte.

Ich muß etwas Kontrolle behalten! Ich kann dich nicht ungebändigt wüten lassen!

Meine langen Knochen verkürzten sich, stärkten dadurch aber meine Gliedmaßen. Die Muskeln zerflossen zu Protoplasma, als die Verwandlung voranschritt, und verfestigten sich dann zu neuen Muskeln mit neuen Ansatzpunkten, so daß sie mehr Druck als zuvor und eine bessere Hebelwirkung ausüben konnten. Meine Finger und Zehen schrumpften ebenfalls – letztere viel mehr als erstere –, und organische Krallen wuchsen, um mir ein neues körpereigenes Waffenarsenal zu geben.

Mein Kopf fühlte sich an, als explodiere er, als meine Schädel- und Gesichtsknochen brachen. Mein ganzes Gesicht verformte sich zu einer Schnauze, und meine Zunge verlängerte sich ebenfalls. Mein Schädel wurde flacher, und meine Augenhöhlen sanken etwas tiefer, so daß sie besser geschützt waren. Die einzige Person, die bisher Zeuge dieses Irrsinns war, hat mir versichert, daß meine Augen weder ihre silberne Farbe noch die Killerringe verlieren.

Nachdem sich meine Körperbehaarung verdichtet und die Ohren verlängert hatten, so daß die körperliche Verwandlung fast abgeschlossen war, spürte ich, wie der Alte an meiner Entschlossenheit zur Menschlichkeit nagte. Ich klammerte mich an das Bild von Dr. Raven, wie er mir gegenübersaß, als ich mich verwandelte, und an seine Stimme, die mir sagte, wie ich mich konzentrieren müsse, um der Bestie in mir nicht zu erliegen. »Sie sind von Wolf gesegnet worden, sogar sehr, aber dieser Segen wird zu einem Fluch, wenn Sie ihm nachgeben.«

Der Alte winselte angewidert. »Eines Tages wird Raven dich im Stich lassen, und dann gehörst du mir.«

Geschenkt, du räudiger Köter. Diese Runde habe ich gewonnen.

Die Ankunft dreier Schweinebacken, die durch die Lagerhaustür stürmten, verhinderte jegliche Erwiderung des Alten. Ich grinste sie aus den Schatten an. »Schau, schau«, knurrte ich mit einer Stimme, die sogar Schweinebacken zu fürchten wußten. »Was haben wir denn hier für leckere kleine Schweinchen?«[7]

*

Es bedurfte ein wenig mehr, als sich aufzuplustern wie in dem Märchen, um sie alle umzublasen, aber die Schweinebacken leisteten keinen sonderlichen Widerstand. Sie hatten es noch nie mit beweglichen Zielen, und in meiner kompakteren Wolfsgestalt bleibe ich nicht sehr lange an einem Ort. Ich ließ sie zerfetzt auf dem Lagerhausboden zurück und lief dann wieder hinaus in die Todeszone, wobei ich mich nach Kräften mühte, Schweinebackenblut auszuspucken.

Ich kann nicht mehr als ein grauer Schemen gewesen sein, als ich über die freie Fläche schoß, aber ich spürte die ganze Zeit den Blick Des Chauffeurs auf mir ruhen. Ich hielt einen Augenblick an dem Ort inne, wo der Gewehrschuß abgegeben worden war, aber ein Yakuza zwang mich, ihm die Kehle durchzubeißen, bevor ich mit meiner Schnüffelei fertig war. Dabei ver-

---

[7] Okay, klar, jeder weiß, daß es so etwas wie Werwölfe nicht gibt. Und vor hundert Jahren gab es auch keine Drachen. Raven hat mir erklärt, daß das Wolfstotem mich erwählt und mit besonderen Fähigkeiten gesegnet hätte. Doc ist klug, aber er hat diese Verwandlung selbst niemals durchgemacht, und sogar die alten indianischen Legenden wissen von Gestaltwandlern zu berichten. Der Alte und ich wissen, was ich bin, folglich sollten Sie mich auf keinen Fall zu einer Vollmond-Party einladen, wenn Sie eine geben.

lor ich fast die Beherrschung, aber glücklicherweise war er vercybert, und das bedeutete, daß ich nicht nur Blut, sondern auch Hydraulikflüssigkeit zu schmecken bekam, als ich ihn erledigte.

Trotz dieser Härten erfuhr ich, was ich wissen wollte, und erfreute mich am Schaudern Des Chauffeurs, als mein freudiges Heulen die Lagerhausgegend wie Nebel erfüllte, der von der Küste hereinzog.

IV

Ronnie Killstars Augen weiteten sich so sehr, daß sie aussahen wie das Loch in meinem Bein, als er hörte, wie ich die MP-9 entsicherte. Ich saß auf seinem Lieblingssessel tief in den Schatten seines unbeleuchteten Wohnzimmers und sprach zu ihm in einem heiseren Flüsterton. »Schließ die Tür. Setz dich an den Tisch.«

»Was ist das?« Er starrte verständnislos auf die kleine Mahlzeit, die ich für ihn vorbereitet hatte, während ich auf ihn wartete.

Ich lächelte ihn an. »Das ist deine Henkersmahlzeit.«

Der Punk starrte mich an. »Milch und Kekse?«

Ich zuckte die Achseln. »Das ist genau das Richtige für einen kleinen Jungen, der nicht weiß, daß er keine Erwachsenenspiele spielen sollte. Hättest du dich damit begnügt, uns einfach an Fujiwara zu verkaufen, hätte das wahrscheinlich wunderbar geklappt.«

Er versuchte beleidigt auszusehen, aber seine Nervosität verriet ihn. »Ich weiß nicht, wovon du redest.«

»Geschenkt. Val und ich haben deine Personalakte geknackt, und die endete mit der letzten Telekomnummer, die du angewählt hast. Später sind wir bei Fujiwara eingebrochen, und da bin ich auf die Nummer gestoßen. Es gab eine Verbindung.«

Ronnie richtete sich auf. »Vage Vermutungen.«

Ich schüttelte den Kopf. »Es wäre nur ein Indiz gewesen, wenn du dein Ego im Zaum gehalten hättest. Im *Unkraut* hast du mir erzählt, du könntest einen Rattenarsch auf tausend Meter sehen, wenn es stockdunkel ist. Ein Chip ist viermal so groß wie ein Rattenarsch, und die Entfernung war viel geringer als tausend Meter.« Ich seufzte. »Und obendrein hast du wieder dieses Duftwasser benutzt.«

Plötzlich dämmerte ihm, daß ich ihn töten würde. Alle Farbe wich aus seinem Gesicht, und er sah mich mit großen Hundeaugen an. Doch bevor sie ihre mitleidheischende Wirkung auf mich entfalten konnten, strafften sich seine Züge, und etwas von seinem alten trotzigen Feuer kehrte zurück. »Augenblick mal. Ich habe einen Chip zerstört, den du La Plante ohnehin nie geben wolltest. Das muß doch zählen!«

Ich zögerte einen Augenblick, und Hoffnung erblühte auf seiner Miene. Dann schüttelte ich den Kopf. »Nein, tut es nicht. Dr. Raven hatte Fujiwara ohnehin einen Tip gegeben, was wir vorhatten. Fujis Programmierer haben ein Trojanisches Pferd mit einem gemeinen Virus in den Chip eingebrannt, der La Plantes Computersystem zerstört hätte. Der Hinterhalt, der die Zerstörung des Chips nicht beinhaltete, sollte La Plante nur davon überzeugen, daß die ganze Sache kein Schwindel war.«

Ronnie schlug die Hände vors Gesicht. »Dann los, erschieß mich. Ich hab's verdient.«

Ich hob die MP-9, so daß die Mündung zur Decke wies. »Nein, ich glaube, ich ziehe es vor, mich an deiner Demütigung zu weiden. Und zum Abschluß noch ein guter Rat, Junge«, sagte ich über die Schulter hinweg, als ich zur Tür ging. »Vergiß nicht, daß du nicht so zäh bist, wie du glaubst. Laß dich von deiner eingebildeten Tüchtigkeit nicht noch mal so in den Drek reiten.«

*

Auf dem Weg nach draußen hielt ich Den Chauffeur davon ab hineinzugehen. »Gib dir keine Mühe.«

Der plastikgesichtige Mann starrte mich an. »Ich habe keinen Schuß gehört.«

Ich bedachte ihn mit einem wölfischen Grinsen und leckte meine Lippen. »Den hörst du nie.« Ich tätschelte seine Wange. »Ciao – bis es heißt, du oder ich.«

QUICKSILVER SAYONARA

Für gewöhnlich definiere ich als ›rauhes Erwachen‹ jedes, das vor dem Mittag stattfindet, aber Kid Stealth verlieh diesem Ausdruck eine ganz neue, tiefere Bedeutung. Stealth behauptet nach wie vor, es sei meine Schuld, weil ich derjenige war, der davon träumte, einem Unterweltkönig mit verchromter Hand Hörner aufzusetzen, als Kid seine eigene Stahlhand auf meinen Mund legte. Der Kuß kalten Stahls auf meinen Lippen gefällt mir auch in meinen allerbesten Zeiten nicht, und die Zeit zwei Stunden vor Morgengrauen zählt selten dazu.

Meine Augen konzentrierten sich auf Stealth, und mein Hirn registrierte seine Identität eine halbe Sekunde bevor sich mein Finger um den Abzug der Beretta Viper[1] krümmte, die ich unter meinem Kopfkissen hervorgezogen und in seine Seite gedrückt hatte. Stealth stieß ein zufriedenes Grunzen aus und zeigte mir das Magazin der Kanone in seiner rechten Hand aus Fleisch und Blut. Er nahm seine Metallhand von meinem Mund und warf mir das Magazin zu. »Gute Instinkte.«

Ich richtete mich auf und ließ das Laken von meiner Brust auf die Hüften rutschen. Ich lud die Pistole durch, und eine Kugel fiel auf das Bett. »Ich habe immer eine in der Kammer.«

Stealth nickte in dem trüben Licht, und das Laserzielrohr in seinem rechten Auge zeichnete ein kleines Kreuz

---

[1] Was mir an der Viper am besten gefällt, so alt sie auch sein mag, ist die Tatsache, daß ich vierzehn Kugeln im Magazin und eine in der Kammer habe. Wohlgemerkt, nicht, daß ich so viele Schüsse bräuchte, aber man kann nie wissen, ob nicht irgend etwas einfach zu dämlich zum Sterben ist.

auf seine Pupille. »Ich weiß. Eine silberne Neun-Millimeter-Kugel mit explosiver Spitze aus Silbernitrat.«

Der sachliche Tonfall, mit dem er die Kugel beschrieb, die auf seinen Magen gerichtet worden war, beraubte sie irgendwie all ihrer Tödlichkeit. Ich hatte sechs Jahre bei Doktor Richard Raven überlebt, und ich hatte Mitarbeiter kommen und gehen sehen, aber Stealth mußte der merkwürdigste von allen sein. Offenbar war er zu dem Schluß gekommen, daß die Kugel in meiner Kanone seine Kevlarkleidung und die Dermalpanzerung, die seinen Körper schützte, nicht durchschlagen konnte.

Oder es war ihm egal, ob sie es konnte.

»Was, zum Teufel, ist eigentlich los? Ist Raven aus Tir Tairngire zurück?«

Stealth schüttelte den Kopf. »Er ist immer noch dort. Keine Ahnung, wann er zurückkommt.«

Ich drückte die einzelne Kugel wieder in das Magazin und lud die Pistole durch. »Das beantwortet die zweite Frage. Was ist mit der ersten?«

»La Plante.«

Dieser eine Name, vorgebracht in einem Grabesflüstern wie das Rascheln einer Sidewinder, die über trockenen Kies gleitet, beantwortete eine Menge Fragen. Etienne La Plante war der hiesige Unterweltkönig, der einen Kurzauftritt in meinem Traum gehabt hatte. Vor kurzem war ich an der Befreiung einer Elfen-Prinzessin[2] aus seiner Gewalt beteiligt gewesen. Ich hatte erst im Verlauf dieses kleinen Abenteuers erfahren, daß Moira Alianha mit Dr. Raven verlobt war. Raven hatte sie vor

---

[2] Ich weiß nicht, ob Moira wirklich eine echte *Prinzessin* war – der Elf, den ich am besten kenne, ist Raven, und er steht nicht so auf ererbte Titel. Jedenfalls war sie ziemlich wichtig, und nach ihrer Rettung war Doc eine Zeitlang ständig zwischen Tir und dem Sprawl hin und her gependelt. Ich nehme an, daß dort eine Menge palavert wurde, aber worüber, wußte ich damals nicht.

zwei Wochen nach Tir Tairngire zurückgebracht und war dann nach der Nacht des Feuers und dem Kampf um Natural Vat wieder dorthin gerufen worden. Das bedeutete, er hatte Kid Stealth, Tom Electric, Tark Graogrim, Valerie Valkyrie und mich zurückgelassen, um seinen Laden zu bewachen, während er weg war.

La Plante nahm einen besonderen Platz in Kids Herz ein. Stealth war zunächst nach Seattle gekommen, um als La Plantes Vollstrecker zu arbeiten. Natürlich hatte ihm La Plante den Job übertragen, Raven umzulegen. Stealth war gut genug, um zwei von Docs Chummer zu erwischen – mein Kopf entging einem Platz an seiner Trophäenwand nur aufgrund des einen oder anderen glücklichen Umstands –, bevor La Plante beschloß, einen Ersatzmann für Stealth ins Rennen zu schieben. Dieses Individuum, das auf den Straßen unter dem Namen Der Chauffeur bekannt war, hatte Stealths Füßen ein großes Paar Zementblöcke verpaßt und ihn dann in den Sund geworfen.

Ich legte die Pistole auf meinen Nachttisch, schlug das Laken zurück und schaltete das Licht ein. »Was hat unser Freund diesmal angestellt?« Nackt – bis auf das silberne Wolfskopf-Amulett an meinem Hals – ging ich zum Schrank, während Stealth darüber nachgrübelte, wie er diese Frage auf seine übliche wortkarge Art beantworten konnte. Ich betrachtete die Kleider, die im Schrank hingen, und hätte beinahe ein normales T-Shirt und eine Jeans genommen.

Du gehst mit Kid Stealth irgendwohin.

Ich entschied mich für eine schwarze, mit Kevlar gefütterte Hose und einen schweren Kevlar-Pullover mit Schutzpolstern auf Brust und Rücken.

»Ich weiß es nicht. Ein Spitzel sagt, daß ein VIP in der Stadt ist und La Plante ausstehende Gefälligkeiten einfordert, um ihn zufriedenzustellen.« Sogar während er sprach, bewegte Stealth seinen Kopf hin und her, da seine kybernetisch geschärften Sinne auf alles Ungewöhnliche achteten. Ich hoffte im stillen, daß die Blavatskys unten in 2D nicht beschlossen, ›Frau-Lehrerin-ich-war-ungezogen‹ zu spielen, während Stealth die Gegend überwachte.

»Dein Spitzel wußte nicht, wer der VIP ist und was er hier will?«

Stealth antwortete mir mit einer aufgebrachten Miene, die besagte: Wenn ich das wüßte, hätte ich es dir gesagt.

Ich nahm davon Abstand, darauf mit meinem Man-weiß-es-erst-wenn-man-fragt-Achselzucken zu kontern, und zog den Reißverschluß meiner Hose hoch. »La Plante hat Moira für irgendeinen Mr. Johnson von außerhalb festgehalten. Ich wette, es gibt eine Verbindung – dieser VIP ist bestimmt derjenige, der sie wollte.«

Kid Stealths Augen verengten sich für einen Sekundenbruchteil, und ich wußte, daß er sowohl die Schlußfolgerung als auch die Tatsache registriert hatte, daß ich die Verbindung hergestellt hatte. So zäh und perfektionistisch er auch war, Stealth entwickelte nur selten von sich aus kompliziertere Theorien. Er begutachtete eine Situation und gab seine Beobachtungen weiter, aber das Rätselraten überließ er anderen. Er hatte seinen Lebensunterhalt verdient, indem er mit Todsicherheiten handelte, bevor er sich Raven angeschlossen hatte, und seitdem er dem Team angehörte, hatte er haufenweise Leute gefunden, die für ihn Schlußfolgerungen anstellten.

Die meisten von Stealths Ersatzkörperteilen und Modifikationen waren von ihm bewußt ausgewählt worden, um so viele Unsicherheiten wie möglich auszuschalten. Sein mechanischer linker Arm – den ursprünglichen, hatte ich erfahren, hatte er bei einem Unfall verloren – war mit einem Gyrostabilisator versehen, der ein Scharfschützengewehr grundsolide festklemmte und den Rückschlag eines Schusses schluckte. Außerdem konnte er Zementblöcke durchschlagen, aber das war ein Bonus, der auf seinen Konstruktionsspezifikationen beruhte. Stealths Augen waren modifiziert und mit Entfernungsmesser, Lichtverstärker und Infrarotsicht ausgestattet – kurzum, mit all dem Kram, den sich jeder gut betuchte Attentäter wünscht. Ich wußte mit Sicherheit, daß er auch noch irgendeine Smartverbindung darin untergebracht hatte, die ihn mit Daten angefangen von der Tageszeit bis hin zur Entfernung zu seinem Ziel fütterte – ich glaube, er konnte damit sogar die Spiele der Seattle Seadogs[3] empfangen, wenn er wollte. Wahrscheinlich hätte er sich auch die rechte Hand ersetzen lassen, aber er brauchte sie für das ›Gefühl‹ – sei es, um abzudrücken oder um eines der vielen Stilette zu werfen, die er an seinem Körper verborgen hatte.

Er war sogar so weit gegangen, sich den oberen Teil des linken Lungenflügels durch einen Lufttank ersetzen zu lassen, der ihn der Notwendigkeit des Atmens enthob, wenn er sich an gezielten Attentatsschüssen aus einem Kilometer Entfernung versuchte. Diese Besonderheit hatte ihn an dem Tag gerettet, als Der Chauffeur ihn in den Sund geworfen hatte – La Plante hatte nicht dafür bezahlt, also wußte er nichts davon. Der Lufttank hatte Kid Stealth zehn Minuten gegeben, in denen er sich hatte überlegen können, wie er entweder die Beine aus den Zementblöcken bekam oder Fischfutter wurde.

Auf meiner Liste der Dinge, die man in zehn Minuten Freizeit erledigen kann, rangiert die Notwendigkeit, sich einen Ausweg aus einer Todesfalle zu überlegen, nicht sehr weit oben.

Ich warf eine mit Kevlar gefütterte Nylonjacke über, in deren Brust und Rücken Schockpolster eingenäht waren. »Wo?«

---

3 Klar, in Wirklichkeit werden sie immer noch die Mariners genannt, aber nur, wenn man der Vereinsführung in den Arsch kriechen will.

Als ich die Andeutung eines Lächelns auf seinen Lippen sah, verspürte ich den unmittelbaren Drang, mich wieder ins Bett zu legen. »The Rock.«

Ich sperrte Mund und Nase auf. »The Rock? Haben sie dir bei der letzten Inspektion die Vernunft weglobotomisiert?« The Rock war der Spitzname für ein ehemaliges Kurhotel an der Küste, das La Plante ›erworben‹ hatte, als seine Organisation ein anderes Verbrechenskartell geschluckt hatte. Zuvor hatte es als berüchtigte hedonistische Zuflucht für kriminelle Schwergewichte und Konzernbonzen gedient, die beschlossen, ›sich im Sprawl umzutun‹. Nachdem sich die Nachricht von Kid Stealths Überleben verbreitet hatte, ließ Der Chauffeur auf La Plantes Anweisung den Laden befestigen und verwandelte ihn so in eine unverhohlene Herausforderung für die örtliche Regierung, Stealth und Dr. Raven, ihn zu schließen.

Stealth sah mich an, als sei ich derjenige, der sich in einer alternativen Realität bewegte.

Ich hob eine Augenbraue. »Tom Electric kommt mit uns, oder?«

Er schüttelte den Kopf. »Er hat *Besuch.*«

Ich zögerte. Tom verschwand gelegentlich von der Bildfläche, und das bedeutete im allgemeinen, daß seine Ex-Frau in Seattle war. Die sechs Monate zwischen ihren Besuchen reichten, um Tom vergessen zu lassen, warum sie geschieden waren, und die Woche, die er dann mit ihr verbrachte, machte ihn immer mehr als glücklich, daß sie sich getrennt hatten.

»Was ist mit Valerie und Tark?«

Wieder ein Kopfschütteln. »Val ist großartig, aber sie ist ein Decker und steht nicht so auf Kanonen. Plutarch pflegt immer noch die Brustwunde, die er in der Nacht des Feuers erlitten hat. Seine Ork-Chummers wollen ihn nicht für etwas in die Schußlinie stellen, das keinen unmittelbaren Nutzen für sie hat, also scheidet er aus.« Stealth zwang sich zu einem außergewöhnlich breiten

Lächeln. »Ich habe eine Nachricht für Raven hinterlassen, falls er zurückkommt, und ich habe beschlossen, La Plante nicht anzurufen, um ihm zu sagen, daß wir kommen.«

Ich stieß einen übertriebenen Seufzer aus. »Man muß Gott auch für kleine Wunder danken.«

Sein Grinsen wurde unverhohlen boshaft. »Das gibt uns den Vorteil der Überraschung.«

Das und eine Heeresdivision bringen uns vielleicht hinein. Göttliche Hilfe und eine Heeresdivision bringen uns vielleicht wieder heraus.

Stealth nahm meinen Schlüsselring von der Kommode und warf ihn mir zu. »Du fährst.«

»Keine Chance, Stealth.« Ich schüttelte den Kopf und schlug die auf mich zufliegenden Schlüssel mit der Hand auf das Bett. »Der Fenris ist brandneu, und ich kann mich noch daran erinnern, was du mit den Polstern im Mustang IV angestellt hast.«

Stealth ging auf jene seltsame Art und Weise in die Hocke, die nur er beherrscht, sah jedoch nicht im geringsten zerknirscht aus. »Ich bin vorsichtig.« Er balancierte auf dem linken Fuß, streckte das rechte Bein aus und pflückte die Schlüssel mit seinen Krallen vom Bett. »Außerdem hast du diesen neuen radarabsorbierenden Lack und ein Schiebedach.«

Ich nahm die Schlüssel von den Titankrallen seines Fußes und unterdrückte einen Schauder. In jenen zehn Minuten auf dem Grund des Ozeans hatte Stealth nur eine Möglichkeit gesehen – das heißt, abgesehen davon zu sterben. Er hatte aus seinem Hemd und dem Gürtel Aderpressen gemacht, die er sich oberhalb der Knie um die Beine gewickelt hatte. Dann hatte er etwas Plastiksprengstoff aus einem Fach in seinem linken Arm genommen und ein paar sehr kleine Ladungen geformt, die er an seinen Beinen angebracht hatte. Er hatte sie gezündet, und danach hatte er es ans Ufer geschafft.

Raven hatte ihn gefunden und am Leben erhalten. Stealth hatte beide Beine von den Knien abwärts verloren. Er hatte noch andere Verletzungen erlitten – so wies sein linker Arm die Spuren des Angriffs eines Hais auf –, sich aber geweigert, zu sterben oder sich in die Depression zu ergeben, die jeden anderen übermannt hätte. Obwohl er in jener Zeit – oder vielmehr seitdem – nie viel gesagt hatte, wußte ich, daß es sein Haß auf La Plante war, der ihn am Leben erhielt.

Stealth hatte mit Raven ein neues Paar Beine konstruiert. Das ursprüngliche humanoide Konzept wurde fallengelassen, als Stealth bei der Begutachtung einiger Chips über Tierbiologie auf ein besseres stieß. Mit einer Miene, wie ich sie bisher nur bei Lotteriegewinnern und Verrückten gesehen habe, zeigte er es mir. »Deinonychus«, sprach er das Wort ehrerbietig wie ein Mantra aus. »Furchtbare Kralle.«

Es bedurfte einiger Überzeugungsarbeit, aber er konnte Raven dazu bewegen, ihm zu helfen. Menschliche Oberschenkel wurden auf Unterschenkel und Füße aus Titan gestellt. Seine neuen Beine waren vogelähnlich und hatten verlängerte Fußknochen, die so aussahen, als hätte sein Bein ein zusätzliches Gelenk. Jeder Fuß hatte eine Afterklaue und drei Zehen – von denen der innerste wahrhaftig etwas Besonderes war. Stärker und größer als die anderen beiden, hatte er eine große sichelförmige Kralle, die zum Knöchel hin wegklappte, wenn Stealth rannte. Sie verwandelte lustig aussehende Beine in Sensenglieder, die Feinde glatt durchschneiden konnten und Stealth ermöglichten, unglaublich steile Wände zu erklimmen wie eine Fliege auf einer Glasscheibe.[4]

---

[4] Raven bestand darauf, Stealth auch zwei normale Beine anzufertigen, also weiß ich, daß er sein Alptraumpaar gegen normale Beine eintauschen kann, wann immer er will. Ich habe ihn noch nie damit gesehen – oder er hat sich nie sehen lassen, wenn er auf normalen Beinen unterwegs war. Diese Fähigkeit, unbemerkt zu kommen und zu gehen, ist unter Berücksichtigung seines Gewerbes sehr nützlich.

Nein, er hatte die Polsterung in meinem Mustang nicht aufgerissen.

Von den Krallen war nur überallhin Blut getropft.

Ich zog ein Paar gummibesohlte schwarze Schuhe über meine ganz normalen Füße und steckte die Viper hinten in meinen Hosenbund, dann folgte ich Stealth in mein Wohnzimmer. Er beugte sich über die Sofalehne, drehte sich dann um und gab mir meine MP-9[5] und einen Beutel, der mit Magazinen vollgestopft war. Ich spürte das Gewicht der Munitionstasche und schüttelte dann den Kopf. »Wir bereiten uns wohl auf einen regelrechten Krieg vor, wie?«

Er zuckte die Achseln. »Wir haben das Überraschungsmoment auf unserer Seite, aber ich weiß nicht, wie lange.« Er zeigte auf den Beutel. »Ich habe ein paar von deinen Silberkugeln hergestellt, aber ich habe Quecksilber anstatt Silbernitrat benutzt. Ich wollte eine Silbernitratlösung in einer Gelatine meiner eigenen Herstellung ausprobieren, die an die Viskosität von Quecksilber heranreicht, aber ich habe sie nicht so schnell hinbekommen. Außerdem habe ich das Pulver auf volle sechs Gran aufgestockt, so daß deine Kugel die Geschwindigkeit hat, die du brauchst, um das Ziel wirklich zu plätten. Ich hoffe, es macht dir nichts aus.«

Ich spürte, wie mir ein sonderbarer Schauder über den Rücken lief. Mir wurde klar, daß er über die Möglichkeiten, Kugeln auf maximale Wirkung zu trimmen, in demselben Tonfall redete, wie mein Mechaniker mir das Frisieren des Zwölfzylindermotors des Fenris be-

---

[5] Stealth würde es vorziehen, wenn ich mir eine ›richtige‹ MP anstelle der betagten HK zulegte. Ich glaube, er ist der Ansicht, meine Waffenwahl werfe ein schlechtes Licht auf ihn. Andererseits, falls tatsächlich deswegen jemand schlecht von ihm dächte, würde er nichts sagen – zumindest nicht in der Öffentlichkeit und nicht lange.

schrieb. Ich ging zur Tür, während Stealth seine Kalaschnikow[6] schulterte und es sorgfältig vermied, mit dem klobigen, auf dem Lauf montierten Entfernungsmesser irgendwo anzustoßen. Im aktivierten Zustand schickte der Laser einen unsichtbaren ultravioletten Strahl aus, der einen Punkt auf Brust oder Kopf der Zielperson zeichnete. Stealth macht einfach den Punkt mit seinem Auge aus, drückt ab und bläst ein Loch hindurch.

Ich ließ ihn vorangehen und schloß die Wohnungstür hinter mir ab. Auf dem Weg nach unten in die Kellergarage blieb Stealth auf dem Treppenabsatz im zweiten Stock stehen und starrte auf die Tür von 2D. »Du hast merkwürdige Nachbarn, Wolf ...«

Ich zuckte die Achseln. »Die Blavatskys haben einen Lehrer angeheuert.«

Stealths Augen weiteten sich. »Dafür gibt es Lehrer?«

Ich bedeutete ihm weiterzugehen. »Komm mit deinen Gedanken wieder aus der Gosse heraus. Ich glaube, es hat etwas mit der neuen Mathematik zu tun.«

Stealth schwieg, bis wir in der Garage waren und die Abdeckung von meinem Fenris entfernt hatten. Dem schnittigen Wagen fehlten die scharfen Kanten und Linien eines Porsche Mako oder Ford Astarte, aber er sah trotzdem so aus, als fahre er im Stehen mit Mach 1. Der schlichte schwarze Lack absorbierte das spärliche Licht der Garagenbeleuchtung und reflektierte nichts davon. Der Fenris hätte auch aus Schatten gebaut sein können, so vollständig verhinderte der radarabsorbierende Überzug, mit dem Raven ihn versehen hatte, die Reflexion elektromagnetischer Wellen.

---

[6] Offen gesagt glaube ich, daß es bessere Möglichkeiten gibt als eine AK-97, aber er hat das Baby so frisiert, daß es alles für ihn tut – außer ihm warme Mahlzeiten zuzubereiten.

Ich schloß den Wagen auf und klemmte mich hinter das Steuer, während Stealth sich auf den Beifahrersitz fallen ließ. Ich schob die MP-9 in das Türhalfter auf meiner Seite. Stealth legte seine Kalaschnikow behutsam hinter unsere Sitze und zückte eine häßliche kleine Ceska Black Scorpion, falls wir unterwegs auf frühen Widerstand stießen.

Ich wollte die Startbefehle in den Computer eingeben, doch Stealth legte seine Metallhand um mein rechtes Handgelenk, bevor ich dazu kam. Ich sah ihn an und runzelte die Stirn. »Du hättest gehen sollen, als wir noch oben waren ...«

Das drang sogar zu ihm durch, und seine grimmige Miene hellte sich für mindestens eine Nanosekunde auf. »Wir könnten auf Schwierigkeiten stoßen, bevor wir dort ankommen.« Seine Augen schlossen sich für einen Augenblick, bevor er sie wieder öffnete. »Ich bin jetzt auf alles vorbereitet. Würdest du es nicht für besser halten, deinen Kram jetzt gleich zu erledigen?«

Ich zögerte. Kid Stealth, der eine Verschmelzung der besten Technologie war, die man für Geld kaufen konnte, bereitete sich auf den Kampf vor, indem er Schaltkreise schloß und Diagnoseprogramme startete, die mit seinem Hirn gekoppelt waren. In buchstäblich einem Augenblick verwandelte er sich von einem ungewöhnlich wachsamen und schnell reagierenden Individuum in jemanden, der sich rascher bewegen und im Zeitraum eines einzigen Herzschlags mehr vollbringen konnte als die meisten anderen vercyberten Leute. Er war sehr gut – vielleicht sogar der Beste –, und von Leerlauf auf Schnellgang zu schalten war für ihn nur eine Veränderung der Perspektive.

Was mich betrifft ... tja ... ich bin nicht auf mechanische Weise verstärkt oder vercybert. Ich bin in den grauen Häuserschluchten und abfallübersäten Gassen des Seattler Sprawls aufgewachsen und hatte nie auch nur für die grundlegendsten Modifikationen die Mittel. In einer Zeit, in der praktisch jeder Straßenrowdy Messerklauen hat, die auf Kommando unter seinen Fingernägeln vorspringen, oder auch ein Auge, das im Dunkeln sehen kann, blieb mir nur das, was die Götter mir in ihrer Perversität von Geburt an mitgegeben hatten. In einer Welt, in der die Menschen große Freude dabei empfanden, sich vom Werkzeugmacher zum Werkzeug zu degradieren, gehörte ich einer Spezies an, die zum Aussterben verurteilt war.

Ich besaß nichts.

Dann entdeckte ich die Magie.

Eigentlich entdeckte die Magie mich. Seit der Zeit meiner Pubertät, in der das Ungeheuer in mir schwärte und wuchs, bis zu dem Tag, an dem ich Richard Raven begegnete und die Kontrolle darüber gewann, war mein Leben unbeschreiblich interessant. Straßenrowdys lernten rasch, daß diejenigen, welche mich bei Tageslicht angriffen, des Nachts als blutiges Häufchen in einer Gasse endeten. Jene, die überlebten – tatsächlich die Mehrheit – machten einen großen Bogen um mich, was mir das Leben ein wenig erleichterte. Aber die Leerstellen, die Phasen, an die ich mich nicht erinnern konnte, machten mir das Leben zur Hölle.

Ich musterte Stealth durchdringend. »Ich fahre nicht gern so aufgedreht.«

Stealth zuckte philosophisch die Achseln. »Später hast du vielleicht keine Gelegenheit mehr.«

Widerwillig nickte ich. Ich lehnte mich bequem zurück und ließ den Kopf gegen die Kopfstütze sinken. Die Finger meiner rechten Hand zuckten nach oben und streichelten unbewußt das Silberamulett an meinem Hals. Ich holte tief Luft – und genoß, wie ich befürchtete, zum letztenmal den neuen Geruch von meinem Fenris –, sammelte mich und begann meine Reise ins Innerste.

Vor sechs Jahren hatte eine brutale Mordserie die Seattler Bevölkerung in Angst und Schrecken versetzt.

Sie waren von den Weisen des NewsNet die Vollmondmorde genannt worden, und die Tatsache, daß ich mich nicht daran erinnern konnte, wo ich in der Zeit der Morde gewesen war, hatte mir schwer zugesetzt. Eigentlich hatte mich jedoch viel mehr verängstigt, in einem Meer von Blut aufgewacht zu sein, und etwa zu diesem Zeitpunkt kam mir zu Ohren, daß der Hohe Prinz von Tir Tairngire einige seiner ganz schweren Kaliber nach Seattle geschickt hatte, um die Verbrechen aufzuklären.

Glücklicherweise fand Raven mich vor den elfischen Paladinen. Er brachte mir bei, daß die Bestie in mir nicht der Feind war, sondern ein Geschenk des Wolfstotems. Er begleitete mich einmal bei der Verwandlung, der ich mich unterziehe, wenn das, was ich den Wolfsgeist in mir nenne, zu stark wird, und er lehrte mich, ihn zu kontrollieren. Außerdem hinderte er die Paladine daran, mich zu ermorden, während ich lernte, wie ich mein inneres Selbst beherrschen konnte, und dann brachten wir zwei zur Bestürzung der Paladine den Mörder ganz allein zur Strecke.

Tief in mir trat ich durch den schwarzen Vorhang, der den Wolfsgeist von allem anderen, das ich bin, abschirmte. So schwarz wie der Fenris, stieß der Geist ein leises, kehliges Knurren aus. Dunkelrote Tupfer flakkerten über sein glänzendes Fell und lösten sich dann auf wie blutiger Nebel. »Du kommst zu mir auf Geheiß der Mordmaschine?«

Ich lächelte, worauf das Knurren lauter wurde. »Ja, Alter. Kid Stealth läßt dich herzlich grüßen.«

Der alte Wolf hob den Kopf, als wittere er. »Hättest du mir die Kontrolle überlassen, hätte diese Maschine deine Freunde niemals erwischt.«

Eiswasser gurgelte durch meine Eingeweide, aber ich richtete meine Wut und Furcht gegen den Alten. »Nein. Vielleicht hätte Stealth sie tatsächlich nicht erwischt, aber dann hätte ich den Job wahrscheinlich für ihn beendet.«

Der Alte zuckte die Achseln. »Ich bin, du bist, *wir* sind ein Raubtier. Die Beute gehört uns, und bei der Jagd müssen wir unsere Fertigkeiten einsetzen.«

»Dann leihe mir diese Fertigkeiten, Alter. Stealth verspricht reichlich Beute.«

Die Schnauze des Wolfs öffnete sich zu einem Hundegrinsen. »Schlag schnell zu, Langzahn. Ich werde deinen Schlag sicher und tödlich machen.«

Ich öffnete die Augen, und meine magisch geschärften Sinne meldeten mir augenblicklich eine Welt, von der ich noch Augenblicke zuvor nicht das geringste wahrgenommen hatte. Stealth roch nach Kühlflüssigkeit, Kordit und freudiger Erwartung ohne jeglichen Anflug von Furcht. Als der Motor des Fenris röhrend zum Leben erwachte, füllte sich mein Kopf mit synthetischen Gerüchen, und das Verlangen, unter freiem Himmel zu sein, überwältigte mich beinahe. Ich gab Gas und fuhr den Wagen hinaus in die Nacht, die trotz der Dunkelheit kaum etwas vor mir verbergen konnte.

Das Scheinwerferlicht des Fenris verbrannte die Mienen der Hoffnungslosigkeit auf den Gesichtern der Leute auf der Straße zu schwarzen Masken der Verzweiflung. Manche schraken vor dem grellen Licht zurück, als sei es ein Laser, der sie verdampfen könne, während andere wie Zombies vorwärts schlurften und schmuddelige Hände im stummen Flehen um etwas Freundlichkeit hoben. Ihre Hände sanken langsam herab, wenn der Wagen an ihnen vorbei und aus ihrem Blickfeld verschwunden war.

Ein kleiner Trupp Straßenpunks aus der hiesigen Ork-Gang namens Bloody Screamers sprang auseinander, als hätte ich eine Granate zwischen sie geworfen. Ich kämpfte gegen den Versuch des Alten an, sie mit dem Fenris zu überrollen. Kaum waren wir vorbei, als die Orks wieder aus den Schatten kamen und uns mit irrem Gejohle und Geheule verspotteten, dem Markenzeichen der Gang. Stealth warf einen Blick auf das

Lenkrad und dann auf das geschlossene Schiebedach, aber ich schüttelte den Kopf. »Sie sind die Zeit nicht wert, die wir brauchen würden, um das Blut aufzuwischen.«

Ich deutete Stealths gelegentliches Grunzen oder Nicken, indem ich den Fenris entsprechend lenkte und so dem Weg folgte, den er ausgewählt hatte. Ich wußte, wo The Rock lag, aber Stealth hatte einen Weg gewählt, der nicht nur sicher war, sondern uns auch die Möglichkeit gab herauszufinden, ob uns jemand folgte. Schließlich sagte er mir, ich solle den Wagen parken, und ich stellte den Wagen im Schatten der alten Kitchner Fischkonservenfabrik ab – ein Grundstück, das an die Nordseite des eingezäunten Geländes von The Rock grenzte.

Ich schaltete die Innenbeleuchtung des Wagens aus, bevor wir die Türen öffneten. Nachdem wir ausgestiegen waren, ließen wir die Türen offen. Wir wollten unsere Ankunft weder durch das Licht noch durch das Geräusch zuschlagender Wagentüren verraten. Stealths Füße verursachten auf dem Kies weniger Lärm als meine, aber dafür zog ich die MP-9 leiser aus dem Türhalfter, als er seine Kalaschnikow hinter den Sitzen hervorholte.

Weiter im Süden konnte ich den rosafarbenen Glanz der Nachtbeleuchtung von The Rock sehen. Ich schätzte die Entfernung, die wir zurückzulegen hatten, auf etwas unter einen Kilometer, und das beunruhigte mich. Stealth kann ein Ziel mit Leichtigkeit auf die doppelte Entfernung treffen, und ich stellte mir bereits vor, wie er in der Konservenfabrik saß und mir jeden Feuerschutz gab, den ich verkraften konnte, während ich allein hinging. Ich wandte mich ihm zu, um ihn mit dieser erschreckenden neuen Schlußfolgerung zu konfrontieren, doch er hob die linke Hand, um alles abzuwürgen, was ich vorbringen mochte.

Er schien in die Ferne zu lauschen, dann sagte er:

»Verstanden, Outrider Eins – wir hatten keine Verfolger. Setzt euch in Gang. Laßt uns anfangen, Freunde.«

Ich wußte sofort, daß er seine Headware benutzte, um mit Verbündeten in Kontakt zu bleiben, die unsere Ankunft beobachtet hatten, doch bevor ich zu irgendwelchen Schlußfolgerungen kommen konnte, wer diese Verbündeten wohl sein mochten, öffnete sich eine Tür in der Konservenfabrik, und ein fahler gelber Lichtschein zeichnete die Umrisse von einem Dutzend Gestalten verschiedener Größe nach. Fast im gleichen Augenblick witterte ich über den Fischgeruch hinweg den Geruch von einem oder zwei Orks, und meine Nackenhaare sträubten sich. *Wer ... was?*

Dann traf mich die Erkenntnis, und ich wandte mich an Kid Stealth, ohne den Versuch zu machen, meinen Ärger zu verbergen. »Du hast mir nichts davon gesagt, daß die Redwings bei dieser Sache ...«

Stealths Kopf ruckte hoch, und er richtete sich unbewußt zu seiner vollen Größe von zwei Metern dreißig auf.[7] »Ich brauche dich, um das hier durchzuziehen, Wolf. Die anderen brauche ich auch. Begrab das Kriegsbeil. Der Feind meines Feindes ...«

»... ist trotzdem niemand, mit dem ich meine Schwester verheiraten würde«, beendete ich den Satz für ihn. Stealth hatte die Angewohnheit entwickelt, alles zu tun, was er konnte, um La Plante zu ärgern, nachdem sich ihre Wege getrennt hatten. Dazu gehörte auch, andere Anhänger La Plantes zu retten, die sich die Sympathie des Capones mit der Chromfaust aus irgendeinem Grund verscherzt hatten. Ob Schlächter mit massenhaft Blut an den Händen oder Kleinkriminelle, Stealth holte sie aus ihren aussichtslosen Situationen heraus, in denen sie sich plötzlich wiederfanden, und hatte sie zu einer Gruppe zusammengeschmiedet, die

7 Klar, die Beine sehen vielleicht albern aus, aber was Körpergröße anbelangt, sind sie unschlagbar.

sich die Redwings nannte – eine nicht zu weit hergeholte Anspielung auf Ravens Team.

Ich hatte sie von Anfang an nicht ausstehen können, weil wir uns wegen ihrer exzessiven Anwendung von Gewalt gestritten hatten. Während Raven es Stealth überließ, sie bei der Stange zu halten, und Stealth großzügig ihre Hilfe anbot, wann immer wir zusätzliche Talente benötigten, zog ich es vor, mir meine Messerklauen aus dem überreichlichen Vorrat, der im Seattler Sprawl herumlungerte, selbst auszusuchen.

Ich spie den üblen Geschmack aus. »Tja, ich werde überhaupt keine Probleme mit der Zielerfassung haben.«

Stealth lächelte auf eine Art, die äußerst grimmige Belustigung zeigte. »Außerdem habe ich dir Rückendeckung besorgt. Ich habe Morrissey und Jackson angeheuert – sie sind bereits drinnen und werden diesen Abschnitt des Warngitters für uns lahmlegen.«

Ich runzelte die Stirn. »Morrissey und Jackson?«

Stealth ging wieder in die Hocke. »Die beiden Straßensamurai, mit denen du bei Moira Alianhas Rettung zusammengearbeitet hast. Du weißt schon, die beiden, die uns bei der Nat-Vat-Sache hinzugezogen haben.«

Ich lachte leise auf, und ein Teil meiner Anspannung löste sich. »Du meinst Zig und Zag.« Ich nickte zufrieden. »Gut. Sie schießen geradeaus und schnell.«

»Freut mich, daß du zufrieden bist. Wenn deine beiden Jungens den Alarm ausgeschaltet haben, gehen wir rein.« Stealth zeigte auf die Küste. »La Plante neigt dazu, seine Wachen auf der Küstenseite zu konzentrieren, weil er damit rechnet, daß ich aus dem Wasser springe und ihn aus dieser Richtung angreife. Wir gehen von der anderen Seite rein und richten einfach den größtmöglichen Schaden an.«

Ich nickte flüchtig, und er winkte die Redwings vorwärts. Das Licht in der Konservenfabrik erlosch, und die Männer bauten sich mit rascher Effizienz auf. Ich folgte Stealth und kauerte mich nieder, als er es auch tat, da wir uns dem zwölf Meter hohen Kettenzaun näherten, der oben zusätzlich mit dicken Rollen Stacheldraht gesichert war.

Zwei Gestalten zeichneten sich vor dem Glanz von The Rock ab, als sie zu uns schlenderten. Stealth bewegte ein paarmal den Kopf hin und her und gestattete sich dann ein grimmiges Lächeln. »Etwas verspätet, aber das sind sie.« Er trat vor, und ich schloß mich ihm am Zaun an.

Zig, eine solide gebaute Messerklaue, der einen langen Mantel und eine AK-97 trug, grüßte mich mit einem Kopfnicken. »Tut uns leid, daß es so lange gedauert hat, Chummers, aber die VIP-Jacht ist spät bei den Docks eingetroffen – erst vor einer guten Stunde. Dadurch sind die Dienstpläne durcheinandergeraten. Sieht so aus, als sollte in Kürze irgendwas über die Bühne gehen – der Besitzer der Jacht und La Plante haben eine ziemlich hitzige Debatte geführt.«

Zag – größer als sein kaukasischer Partner und mit einer schwarz-orange-farbenen Gang-Jacke bekleidet, deren Halloweener-Abzeichen abgerissen worden waren – fischte eine Fernbedienung aus der Tasche. Er richtete sie auf einen Abschnitt des Zauns und drückte auf einen Knopf. »So, das war's. Ich hoffe, dieses Ding meldet tatsächlich, daß alles in Ordnung ist, wie du gesagt hast. Wenn nicht, haben wir in zwei Minuten mehr Ärger, als uns lieb sein kann.«

Stealth antwortete beredt, indem er mit dem rechten Fuß ausholte und mit der Kralle den Zaun einriß. Nach einem halben Dutzend Tritten – die nicht von Warnsirenen oder aufgeregten Rufen der Wachen begleitet wurden – öffnete er ein Loch, das groß genug für uns war, um die ganze Konservenfabrik hindurchzuzwängen. Ich ging als erster hindurch und bezog mit Zig und Zag eine vorgeschobene Stellung, während die

Redwings folgten. »Zig, erzähl mir mehr über diese Jacht.«

Er zuckte die Achseln. »Ich kenn' mich mit Schiffen nicht so aus. Sie ist mindestens dreißig Meter lang und hochseetüchtig. Die Mannschaft besteht aus kleinen braunen Burschen, die Dinge wie Messerklauen amüsant finden. Ich nehme an, sie sind wie du – sie verlassen sich auf Magie anstatt auf Chrom. Alle tragen gemein aussehende Dolche, aber Kanonen sind ihnen auch nicht fremd.«

Ich wandte mich an seinen Partner und stieß dem Schwarzen sanft einen Ellbogen in die Rippen. »Hat die Jacht einen Namen?«

Zag zuckte die Achseln. Das rote Licht in seinem rechten Auge flackerte, als er sich zu erinnern versuchte, ob er einen Namen auf dem Schiffsrumpf wahrgenommen hatte. »Ich habe keinen gesehen, aber dort, wo ich den Namen erwartet hätte, waren ein paar komische Schriftzeichen. Und in einer der Kabinen waren keine Bilder, sondern nur geometrische Muster.«

Ich runzelte die Stirn. Komische Schriftzeichen und geometrische Muster sagten mir nur eines: Moslems. Als Kind hatte ich eine Familie gekannt, die ein Restaurant am Strip führte. Sie behauptete, ihre Vorfahren seien vor dem Erwachen aus einem Land namens Syrien nach Seattle gekommen, und sie hatten geometrische Muster und arabische Schriftzeichen zur Verzierung der Speisekarten verwendet. Ich wußte, daß dieses Land sich irgendwo auf der anderen Seite des Planeten befand, und ich wußte auch, daß der Islam so weit verbreitet war, daß der Heimathafen der Jacht überall zwischen Indonesien und Spanien liegen konnte. Trotz dieser Fülle an Informationen konnte ich mir einfach nicht erklären, was jemand von so weit her von Etienne La Plante wollte.

Stealth hockte sich hinter mich. »Ich habe die Antworten gehört. Was meinst du?«

Ich schluckte schwer. »Ich meine, jemand hat keine Kosten und Mühen gescheut, um sich irgend etwas von La Plante zu holen. Wenn wir annehmen, daß dieses Etwas Moira Alianha war, können wir den Zorn des Besuchers erklären. La Plante hat ihn wahrscheinlich erst kurz vor seinem Eintreffen von dem Problem in Kenntnis gesetzt, also bedeutet die Tatsache, daß sie sich unterhalten, daß La Plante irgend etwas als Ersatz anbieten muß.«

»Logisch.« Stealth knirschte mit den Zähnen. »Schlußfolgerung?«

Ich schüttelte den Kopf. »Herauszufinden, wer der Kunde ist, wäre wahrscheinlich nicht schlecht. Wenn La Plante einen Ersatz für Moira anbietet, könnte dies eine andere Person sein. In diesem Fall würde ich eine Rettung als angebracht betrachten.«

Stealth nickte und rief einen von den Redwings zu sich. »Grimes, du und die Jungens, ihr macht weiter wie geplant. Fangt am Ostende des Komplexes an und arbeitet euch nach Westen, aber haltet euch von den Docks fern. Veranstaltet ein ordentliches Feuerwerk, aber fangt nicht damit an, Zivilisten umzulegen.«

Grimes schaute ob dieser Einschränkung ziemlich geknickt drein, nickte aber. Stealth wandte sich wieder an Zig, Zag und mich, während Grimes davonschlich. »Wir gehen über die Docks rein und kundschaften das Gelände erst mal aus. Wir sehen, was sich herausfinden läßt, und schlagen zu, wenn hinter uns die Party losgeht.«

Die Redwings setzten sich in Bewegung und entfernten sich dabei vom Meer. Stealth schlich vorwärts und übernahm die Rolle des Anführers für unseren Trupp. Wir erklommen die Anhöhe, die zu The Rock führte, wo ich den ersten vernünftigen Blick auf das Hotel werfen konnte. Obwohl es dunkel war, sah das fünfstöckige Gebäude interessant aus. Es fiel mir nicht schwer, mir im Geiste leuchtende Fahnen auf den Balkonen und Badende rings um den Pool vorzustellen. Gleichzeitig strich ich den Stacheldraht, mit dem das Gelände eingezäunt war, und die Stacheldrahtmarkisen über den Balkonen.

Zu meiner Rechten in Richtung Ozean sah ich das riesige Clubhaus und den Yachthafen. Zwischen einigen Bootshäusern hindurch konnte ich einen Blick auf die Jacht erhaschen, die auf den sanften Wellen des Meeres schaukelte. Die Konstruktion des Boots und sein fliegender Vorbau erinnerten mich an einen Hai, der durch seichtes Wasser schwimmt – der Yacht haftete eine Atmosphäre des Bedrohlichen an.

Die Stimme des Alten hallte von tief in mir herauf. »Dort haust ein Feind, der sogar deinem Raven ebenbürtig sein könnte.«

Toll! Mörderische Irre östlich von mir und soziopathische Schweinebacken[8] *direkt vor mir, und jetzt kommt noch jemand ins Spiel, der Dr. Raven ebenbürtig ist.* Ich wandte mich an Stealth. »Wenn du das Bedürfnis hast, mir zu sagen, daß dies alles nur ein Traum ist und du mich aufwecken willst, nur zu.«

Stealth hob eine Augenbraue. »Was?«

Ich schauderte. »Nichts, laß uns nur vorsichtig sein. Irgendwas stimmt mit diesem Schiff nicht oder mit demjenigen, der es hergebracht hat.«

Zig und Zag überprüften beide rasch noch einmal ihre Waffensysteme, doch Stealth nahm meine Warnung gelassen auf. »Laß uns herausfinden, ob du recht hast.« Er ging raschen Schrittes den Abhang hinunter, und wegen seines schwankenden Gangs hätte er fast komisch ausgesehen. Ich sage *fast*, denn gerade als ich an das Hoppeln eines Hasen dachte, um seine Bewe-

[8] Okay, vielleicht waren nicht alle Orks, die für La Plante arbeiteten, Soziopathen. Aber Fakt war, daß ihre Arbeitsverträge Prämien für antisoziales Verhalten gegenüber Eindringlingen wie mich versprachen, was meine Sicht der Dinge ein wenig färbte.

gungen zu beschreiben, fiel ein verirrter Lichtfunke auf seine Sichelkrallen – und ruinierte eine exakte Analogie.

Ich lief ihm nach, und die beiden Messerklauen folgten rasch. Wir konnten zwar nicht mit ihm Schritt halten, aber Stealth wartete vor Abzweigungen, bis wir ihn eingeholt hatten, um dann wieder voranzueilen und den nächsten Wegpunkt zu sichern. Zweimal fanden wir tote Wachposten vor, aus deren Hals jeweils ein dünnes Stilett ragte. Keinem der Posten war es gelungen, einen Schuß abzugeben, aber bei ihren schallgedämpften Waffen hätte das auch kaum eine Rolle gespielt.

Schließlich blieb Stealth hinter dem nächsten zweier Bootshäuser stehen. Die Fenster des Gebäudes waren völlig mit Kisten zugestellt – was mir verriet, daß La Plante es als Lagerhaus benutzte. Zwischen dem ersten und dem zweiten Gebäude sah ich hier und da andere Kisten oder Teile davon und konnte einen ungehinderten Blick auf die Jacht werfen, die Zig zuvor beschrieben hatte.

Stealth zog mich herunter und legte die Hände um mein Ohr. »Ich erkenne sieben Besatzungsmitglieder auf dem Schiff. Ein Sprachvergleich ihrer Unterhaltung hat ergeben, daß sie Malaiisch mit starkem arabischem Akzent sprechen. Und du hattest recht – das Schiff hat etwas Seltsames. Alles ist hell erleuchtet, aber ich kann keine Maschinen hören.«

Ich schnüffelte. »Keine Benzindämpfe.« Ich wandte mich an Zig. »Haben sie aufgetankt?«

»Ist mir nicht aufgefallen, Chummer.«

Stimmen beendeten unser geflüstertes Gespräch. Auf der Meerseite unseres Verstecks tauchte Etienne La Plante mit einem Mann auf, bei dem es sich, wie Zig uns mit ein paar Zeichen zu verstehen gab, um den Besitzer der Jacht handelte. Vom Scheitel seines weißhaarigen Kopfes bis zu den Spitzen seiner schwarzen

Schuhe – und auch über die gesamte Länge des maßgeschneiderten schwarzen Doppelreihers, den er trug – sah La Plante in jeder Beziehung wie ein Aristokrat aus der Zeit vor dem Erwachen aus. Nur das Silber seiner künstlichen rechten Hand wirkte fehl am Platz, reichte jedoch nicht, um das Bild auszulöschen – es wurde lediglich ein wenig getrübt.

Sein untersetzter Gast war etwas unterdurchschnittlich groß, aber der Alte knurrte eine Warnung, die mich daran hinderte, den Mann einfach abzutun. Als ich seine olivfarbene Haut und sein hakennasiges Profil studierte, fiel mein Blick auch auf seine dunklen Augen, die wachsam hin und her huschten. Dem Mann entging nichts, da er sich nachdenklich seinen schwarzen Schnurr- und Kinnbart strich, während La Plante endlos auf ihn einplapperte. Ich sah keine offensichtlichen Anzeichen von Verchromung, was bedeutete, der Mann mußte sehr ernst genommen werden.

Ich nehme Magier immer sehr ernst.

In diskreter Entfernung folgte La Plante und seinem Besucher Der Chauffeur. Er vermittelte die Atmosphäre eines zurückgewiesenen Liebhabers oder eines jüngsten Bruders, der sich nach den Erwachsenen-Privilegien sehnt, die man seinen Geschwistern längst eingeräumt hat. Ich konnte erkennen, wie er sich konzentrierte, um möglichst jedes Wort mitzuhören, das zwischen seinem Boß und dem kleineren Mann gewechselt wurde. Die Schiffsbeleuchtung glitzerte auf der Sonnenbrille des schlanken Mannes, als er sich umdrehte und dem Kader der Schweinebacken und Messerklauen hinter ihm noch einmal befahl, still zu sein.

Die Schweinebacken lachten albern oder drucksten herum, als sie gescholten wurden, doch die Messerklauen begegneten dem sonnenbebrillten Starren des Chauffeurs mit wütenden Blicken. Die beiden Samurai in der Mitte stützten eine junge Frau, die sich bewegte, als sei sie betrunken. Ihr Kopf schwankte von einer

lich alles oberhalb seines Nasenrückens, und er stolperte zurück, als hätten seine Knochen sich in Wasser verwandelt. Als brauchte es noch einer Bestätigung für das, was geschehen war, hallte der Knall von Stealths Kalaschnikow vom Schiff wider.

Zig und Zag unterstützten Stealth mit ihrer Feuerkraft, als ich die Hälfte der Entfernung zu dem Mädchen zurückgelegt hatte. La Plante war bereits herumgefahren und zum Ende des Kais unterwegs. Kugeln hackten Splitter aus den Holzplanken rings um seine Füße, aber der Mann mit der silbernen Hand schien unter einem besonderen magischen Schutz zu stehen und konnte Stealths Vergeltung entwischen. Eine Kugel aus irgendeinem Gewehr warf Den Chauffeur zu Boden, doch er blieb in Bewegung und robbte rasch in Deckung. Wegen des Korditgestanks in der Luft konnte ich kein Blut riechen, aber ich ging davon aus, daß er schlau genug war, sich in Kevlar zu hüllen.

Ein Straßensamurai erhob sich direkt vor mir. Seiner Art, sich zu bewegen und zu reagieren, konnte ich entnehmen, daß er mich überhaupt noch nicht gesehen und einen Schuß auf einen meiner Mitkämpfer abgegeben hatte. Ich schob ihm den Lauf der MP-9 in den Bauch. Infolge meines Tempos klappte er zusammen wie ein auf eine Lanze aufgespießter Ritter, also drückte ich nicht ab und sprintete die letzten drei Schritte zu der Frau.

Stealth rief mir etwas zu, aber ich bekam inmitten des Gewehrdonners nur seinen dringlichen Tonfall mit. Ich sah das Zucken einer Bewegung und ein Licht über dem Schiff, aber ich war so auf die Frau konzentriert, daß ich es nicht richtig mitbekam. Selbst der stechende, ölige Geruch ließ keine Alarmglocken in meinem Verstand schrillen.

Die Kugel traf mich mit ungefähr Mach 2,086 zwischen die Schulterblätter und ein wenig rechts vom Rückgrat. Zwar hielt das Kevlar in meiner Jacke die

Kugel auf, und das Schockpolster absorbierte einen Teil der kinetischen Energie, aber die Kugel traf mich dennoch mit brachialer Gewalt. Sie hob mich von den Füßen, als sei ich ein Blatt im Wind, und schleuderte mich vorwärts. Mein linker Arm drückte die Frau an meine Brust, während die MP-9 davonflog. Einen Augenblick später drehte ich mich in der Luft, so daß mein Rücken gegen das Bootshaus prallte und sie vor dem Aufprall schützte.

Plötzlich schoß eine Feuerzunge durch die Stelle, an der wir uns eben noch befunden hatten, bevor die Kugel mir Flügel verlieh. Ohne nachzudenken, zog ich die Viper und schoß zweimal auf die Schweinebacke mit dem Flammenwerfer. Die erste Kugel bohrte ein häßliches Loch in seinen rechten Oberschenkel und warf ihn zu Boden. Die zweite traf ihn hoch in der Brust, und sein Körper rollte bis vor die Gangway.

Noch bevor die Leiche reglos liegen blieb, erschien La Plantes Besucher am Ende der Gangway und gestikulierte in Richtung Kai. In einem blendenden Blitz aus weißgoldenem Feuer erschien eine monströse Gestalt – eine Kreatur, deren Größe in keinem Verhältnis zu uns anderen stand. Das muskulöse Katzenwesen hatte eine goldene Haut und ebensolche Augen und lachte mit gräßlicher Stimme, als eine Schweinebacke herumfuhr und das Magazin seiner Ingram verschoß. Die Kugeln prallten in einem Aufwallen von Goldstaub ab und hinterließen lediglich blasse Sprenkel auf der Brust der Kreatur.

Als Gegenleistung für diese Verzierung versetzte der Löwe mit dem Frauenkopf der Schweinebacke einen verspielten Hieb mit der rechten Tatze. Als die Leiche auf den Boden prallte und schließlich aufhörte, sich zu überschlagen, war die Brust so eingefallen wie die Hülle eines abgestürzten Zeppelins. Die Helfer in La Plantes Diensten warfen sofort ihre Waffen weg und flohen in Richtung Clubhaus des Jachthafens. Ich hätte mich ihnen angeschlossen, aber die beschworene Bestie stand zwischen mir und dem Clubhaus.

Kid Stealth, den seine eigene Form von Kampfeswut gepackt hatte, sprang über die Kisten, die er als Deckung benutzt hatte, und griff die Löwin an. Sein Sprung trug ihn fünf Meter hoch und neun Meter weit, und seine Sichelkrallen funkelten wie Sterne am Nachthimmel. Die Ceska Scorpion in seiner linken Hand deckte die linke Seite des menschlichen Profils mit Kugeln ein, dann trafen seine Krallen. Ein metallisches Kreischen durchschnitt die Nacht und erstarb dann, als ein Schmerzgebrüll die goldenen Schnörkel begleitete, die Stealth aus der linken Schulter des Ungeheuers riß.

Die Kreatur wich vor Stealth zurück und wälzte sich rasch auf den Rücken. Stealth zog seine Krallen ein und machte einen Satz zur Seite, um nicht getroffen und unter dem Ungeheuer zermalmt zu werden. Dabei hing er jedoch gerade so lange bewegungslos in der Luft, daß die Katze ihm mit der rechten Pranke einen Schlag versetzen konnte, der ihn ihn Richtung Bucht beförderte. Er flog über den Bug der Jacht, und ich hörte ein Klatschen, konnte jedoch nichts sehen, so daß ich nicht wußte, ob er den Hieb überlebt hatte oder nicht.

Das Ungeheuer richtete sich in eine sitzende Stellung auf. Der Schwanz zuckte hin und her und wischte die Schweinebacke mit dem Flammenwerfer ins Wasser. Obwohl es ein Frauengesicht hatte, leckte es sich seine Schulterwunden wie eine Katze und stillte den Fluß der goldenen Rinnsale, die an seiner linken Vorderpfote herunterliefen. Als ich vortrat, um mich zwischen das Ungeheuer und die Frau zu stellen, die ich gerettet hatte, riß es den Kopf hoch und fauchte mich so bösartig an, daß der Alte sofort darauf drängte, ihm die Kontrolle zu überlassen.

Der Magier, der diese Kreatur beschworen hatte, beobachtete mich von der Jacht aus. »Meine Sphinx scheint das Schlachtfeld von Freunden und Feinden gleichermaßen gesäubert zu haben, Sie selbst natürlich ausgenommen.« Er blinzelte mich an, dann verzogen sich seine Lippen zu einem Lächeln, in dem pure Bosheit lag. »Ist es möglich, daß Sie Wolfgang Kies sind, der La Plante die Elfe geraubt hat?«

Ich nickte und richtete mich langsam auf, ohne meine Pistole loszulassen. Ich bedeutete Zig und Zag mit meiner linken Hand zurückzubleiben – ich wußte, daß sie keinen Schuß auf den Magier abgeben konnten, da sich die Sphinx zwischen ihnen und ihm befand. Außerdem wußte ich, daß die Sphinx Katzenfutter aus den beiden machen würde, wenn sie mächtig genug war, um Stealth zu töten, also wollte ich nicht, daß sie auf sie schossen. Ich lächelte so huldvoll, wie es das Schnattern des Alten zuließ. »Ich befinde mich gerade in einer ungünstigen Lage.«

Der kleine Mann richtete sich hoch auf und neigte den Kopf. »Ich bin Hasan al-Thani. Ich bin geschickt worden, um die Frau zu holen, die La Plante für uns hatte. Wir hätten die Elfe zwar vorgezogen, aber wir akzeptieren auch die Frau mit den Flammenhaaren und den smaragdfarbenen Augen.«

Irgend etwas an Hasan irritierte mich, und zwar genauso wie das nasse saugende Geräusch einer üblen Brustwunde. Plötzlich stimmten seine Lippenbewegungen nicht mehr mit seinen Worten überein, und ich hatte den Eindruck, daß ich die Worte mehr in meinem Geist als mit den Ohren vernahm. Ich schüttelte den Kopf, um ihn zu klären, aber zwischen seinem Monolog auf der einen und den beständigen Kriegsgesängen des Alten auf der anderen Seite war das unmöglich.

Ich reckte die linke Hand in die Luft und schrie sie beide an. »Das reicht! Wollen Sie mir damit sagen, Sie erwarten von mir, daß ich Ihnen diese Frau übergebe, damit Sie sie irgendwohin schaffen können?«

Hasan lächelte hölzern. »Sie haben keine andere Wahl.« Er deutete auf die Sphinx. »Wenn Sie es nicht tun, töten wir Sie und nehmen uns die Frau trotzdem.«

Ich riß die Viper herum und richtete sie auf das bewußtlose Mädchen. »Wenn ich sie also umlege, dann verschwinden Sie einfach?«

Hasans Augen weiteten sich vor Entsetzen und verengten sich dann zu einem nachdenklicheren Ausdruck. »Wir glauben nicht, daß Sie das tun würden.«

Ich ließ mich auf ein Knie sinken und verschoß das in der Viper verbliebene Dutzend Kugeln. Leere Hülsen regneten auf den Kai wie zylindrische Hagelkörner. Beim sechsten Schuß duckte Hasan sich und wich zurück, bemerkte aber erst später, daß er gar nicht das Ziel meines Angriffs war.

Stealths Schüsse und diejenigen der Schweinebacke hatten nur kleine Metallsplitter von der Sphinx abgesprengt, weil sie die Kreatur nur auf einer Ebene ihrer Existenz angriffen. Sie trafen die Hülle, die sie trug, wenn sie auf die materielle Ebene beschworen wurde. Zwar konnten sie die Kreatur verwunden oder sogar verstümmeln, aber sie konnten sie nicht töten. Selbst die Wunden, die Stealth mit seinen Krallen gerissen hatte, heilten bereits ab.

Ich war ziemlich sicher, daß meine Silberkugeln dem Ungeheuer auf der metaphysischen Ebene Schaden zufügen konnten. Silber hat magische Eigenschaften, die es zu einer perfekten Waffe machen, um alle möglichen Wesen wie Gestaltwandler und Vampire zu töten. Es galt in allen Zeitaltern als heilig und unerläßlich für unzählige Rituale. Als der Hammer der Viper zum letztenmal zurückschnappte, wußte ich einfach, daß ich recht haben mußte.

Falsch gedacht.

Sicher, ich hatte einigen Schaden angerichtet. Die Sphinx war vor meinem Kugelhagel zurückgewichen, und die Silberkugeln hatten sie in der Tat verletzt. Ich hatte die Schüsse auf das Gesicht gezielt, und das Dutzend Silberkugeln hatte die Nase der Kreatur verheert, indem sie ihr die Spitze abtrennten. Die Reaktion der Sphinx war träge, und einmal schien sie das Gleichgewicht zu verlieren, aber sie fing sich wieder, bevor sie rückwärts in die Bucht stürzte.

Hasan tauchte auf der Brücke der Jacht wieder auf und funkelte mich an. »Sie lassen uns keine Wahl. Töte ihn.«

Als die Sphinx sich auf alle vier Pfoten erhob und Anstalten machte, sich auf mich zu stürzen, wurde mir klar, wo mein Irrtum lag. Gestaltwandler und Vampire mochten eine natürliche Aversion gegen Silber haben – eine Silberallergie, wenn Sie so wollen. Aber die Sphinx war nichts dergleichen. Sie war ein beschworener Geist, was bedeutete, daß ich etwas anderes brauchte, um sie zu töten. Ohne ein geeignetes Leukämie-Virus gegen Sphingen und mit einem jähen Bedauern darüber, daß der Flammenwerfer in die Bucht gefallen war, versuchte ich mich zu erinnern, ob ich eine Lebensversicherung abgeschlossen hatte, und wenn ja, ob die im Falle meines Todes begünstigte Person das Geld wirklich verdiente.

»Egal«, murmelte ich vor mich hin, während ich die Viper wegwarf und langsam zurückwich. »Die Mr. Johnsons von der Kyoto-Prudential werden zu dem Schluß kommen, daß mein Verhalten Selbstmord war.« Um dieses Ungeheuer zu töten, waren gleichzeitige Angriffe auf der materiellen und der metaphysischen Ebene nötig. Ich spielte mit dem Gedanken, dem Alten seinen Willen zu lassen, aber ich wußte, daß ich genauso enden würde wie die Schweinebacke und Kid Stealth. Es mußte etwas Magisches und Physikalisches sein, aber bei einer Kreatur dieser Größe mußte es noch dazu groß sein.

Echt groß.

Tatsächlich mußte es so groß sein wie der schwarze

Koyote, der aus den Schatten rings um mich materialisierte. Einen Augenblick lang glaubte ich, der Alte hätte es geschafft, sich außerhalb meines Körpers zu manifestieren, aber sein empörtes Geheul darüber, in der Gestalt eines Koyoten gesehen zu werden, ließ mich diesen Gedanken rasch verwerfen. Die hundeähnliche Bestie schirmte mich ab und knurrte dabei tief und kehlig, dann sprang sie die Sphinx an, wobei ihre schwarzen Zähne im Licht des Feuers glänzten, das die Redwings gelegt hatten.

Während die beiden Titanen miteinander kämpften, eilte ich zu der Frau, die noch immer bewußtlos am Boden lag. Ein oder zwei Sekunden später waren Zig und Zag bei mir. Zig hielt mich an der Schulter fest. »Raven ist hier – er hat Stealths Nachricht bekommen. Er sagte, wir sollten so schnell wie möglich von hier verschwinden. Er weiß nicht, wie lange er die Sphinx aufhalten kann!«

Ich hob das Mädchen auf und gab es an Zag weiter, dann nannte ich Zig den Code für die Zündung des Fenris. »Schafft sie heim oder in ein Krankenhaus. Los, macht schon – der Wagen steht hinter der Konservenfabrik.«

Zig zögerte. »Raven sagte, du solltest auch verschwinden. Er meinte, irgendwas würde hier echt stinken.«

»Da hat er vollkommen recht. Geht schon vor. Ich hole euch später ein.« Ich massierte kurz mein linkes Bein, und ich sah, daß beide schauderten, wie sie sich an das letzte Mal erinnerten, als ich sie vorgeschickt hatte.

Die beiden Straßensamurai verschwanden in den Schatten, und ich wandte mich auf der Suche nach Raven um. Mit Hilfe des Alten – er ließ mich Raven mit seinen Augen sehen – entdeckte ich den Doktor auf einer der Kisten neben dem ersten Bootshaus. Er war in den goldenen Nimbus eines Abwehrzaubers gehüllt und sah großartig aus. Unglaublich groß, sogar für einen Elf, sah er wegen seiner kräftigen Statur eher wie ein Mensch aus. Seine kupferfarbene Haut und die hohen Wangenknochen verrieten seine amerindianische Abstammung, und die Meeresbrise ließ seine langen schwarzen Haare flattern. Er hatte die Fäuste in die Luft gereckt, um mehr Energie in den Koyoten leiten zu können, den er beschworen hatte, und sah in dieser Haltung wie ein Gott aus.

Sein Gegenüber war Hasan, der jetzt auf der Brücke der Jacht stand. Der Alte zeigte mir den violetten Glanz, der Hasan umgab. Auf der Stirn des Magiers hatten sich Schweißperlen gebildet, und seine schwarzen Haare sahen wie angeklatscht aus. Er hatte ebenfalls die Fäuste in die Luft gereckt, aber ich bemerkte ein Zittern in seinen Gliedmaßen, das ich bei Raven nicht wahrgenommen hatte. Hasan mochte mächtig sein, aber in puncto Geschick und magische Energie war er Raven nicht gewachsen. Der Kampf würde nicht lange dauern.

Die Sphinx erhob sich auf die Hinterpfoten und schlug mit einer Vordertatze nach dem Schattenkoyoten. Die goldenen Krallen schnitten durch die Hundeschnauze wie Sonnenlicht durch vernagelte Fenster, aber die Wunden schlossen sich sofort wieder. Der Koyote antwortete darauf, indem er vorsprang und nach dem Hals der Sphinx schnappte. Die Wucht des Angriffs ließ die Sphinx hintenüber kippen, doch es gelang ihr, sich dem zubeißenden Kiefer des Koyoten zu entwinden, auf dessen schwarzen Zähnen jetzt goldene Flecken zu sehen waren.

Eine neue Woge magischer Energie schwappte vom Schiff herüber und ließ meine Hände und Füße kribbeln, als sei ich auf einen stromführenden Draht getreten. Die Wunden der Sphinx verheilten augenblicklich, dann wurde die Kreatur um die Hälfte größer. Ich warf einen raschen Blick auf Hasan, doch anstatt einen von der Anstrengung erschöpften Mann zu sehen, machte er den Eindruck, als habe ihn der Vorgang verjüngt. Das violette Leuchten hatte sich auf Brücke und Vorbau des Schiffs ausgedehnt, und der Kokon, in dem Hasan sich befand, schien undurchdringlich zu sein.

Ravens Glieder zitterten von der Anstrengung, den Koyoten weiterhin mit Energie zu versorgen. Der Abwehrzauber, der ihn umgab, schimmerte und erlosch dann aus Mangel an Energie, um ihn noch länger aufrechtzuerhalten. Raven bleckte die Lippen zu einem wütenden Knurren, während er seine Bemühungen verdoppelte. Das Zittern in seinen Gliedern hörte auf, aber sein schmerzverzerrtes Gesicht verriet mir, daß er nicht mehr lange durchhalten würde.

Ich muß etwas tun. Ich hatte die Viper weggeworfen, also sah ich mich jetzt nach einer anderen Waffe um. Ich entdeckte meine MP-9, hob sie auf und lud durch.

Mit dem Gedanken an die besondere Munition, die Stealth angefertigt hatte, zielte ich auf Hasan. *Vielleicht dringt das Silber der Kugeln durch seinen Abwehrzauber, dann erledigen ihn die Quecksilberfüllungen. Etwas für die Magie und etwas für das Fleisch.*

Die Erkenntnis traf mich wie ein Virus, das über eine Datenbank herfällt. Ich riß die MP-9 herum und drückte ab. Als das Magazin leer war, rammte ich ein neues hinein und schoß weiter. *Vielleicht etwas für die Magie und mit Sicherheit etwas für das Fleisch, besonders wenn es goldenes Fleisch ist! Armes Kätzchen.*

Die Quecksilberladungen in den Kugeln reagierten augenblicklich mit dem Goldkörper der Sphinx. Die eigentlichen Silberkugeln bohrten sich wunderbar in den Leib der Bestie. Das Ergebnis manifestierte sich in einer bizarren Art von Katzenlepra. Silbrige Brocken Dämonenkatze klatschten auf den Kai. Die Bestie fuhr zu mir herum und fauchte mich an, woraufhin ich einen Feuerstoß abgab, der ihr den halben Unterkiefer wegfraß.

Der Koyote traf sie hart in der linken Flanke. Die

Sphinx schnellte zurück, aber das rechte Hinterbein gab nach, da ich es mit mehreren Kugeln eingedeckt hatte, und die Bestie fiel krachend zu Boden. Ich richtete meine Kugeln auf ihr Rückgrat, dicht unterhalb des Halses, während der Koyote sie mit Sprüngen und Finten ablenkte. Als meine Kugeln das Rückgrat durchtrennt hatten, lag die Kreatur einen Augenblick reglos da und löste sich dann in Nebel auf.

Ich lief zu Raven, während sich der Koyote ebenfalls auflöste. Raven war auf der Kiste auf die Knie gesunken und stützte sich auf die Hände, um nicht völlig zusammenzubrechen. Seine Brust hob und senkte sich, und die Haare verbargen sein Gesicht vor mir. Auf seinen Armen und Schultern glänzte Schweiß, und ich sah Tropfen auf die Holzkiste fallen.

Ich ging zu ihm und drückte ihm anerkennend die Schulter. »Wir haben die Bestie erwischt, Doc. Wir haben sie erledigt.«

Raven schüttelte den Kopf und sah zu mir herab. »Er ist noch nicht besiegt.« Er zeigte auf die Jacht, und das Leuchten, das Hasan noch immer umgab, malte violette Sprenkel auf sein Gesicht. »Er bekommt einen Energieschub vom Schiff. Es ist ein Geistverbündeter von unglaublicher Macht, und er benutzt ihn als Kanal. Was ihn auch beschworen hat, es muß unglaublich gewesen sein.«

Die Stimme, die ich zuvor Hasan hatte benutzen hören, brannte sich jetzt in mein Hirn, ohne dabei Lippenbewegungen bei ihm vorzutäuschen. »Es stimmt, Richard Raven. Was mich beschworen hat, übersteigt dein sterbliches Begriffsvermögen. Du hast dich in den Auftrag eingemischt, den mein Herr mir erteilt hat, und jetzt wirst du dafür büßen! Aber zuerst wirst du deinen Freund sterben sehen, weil ich den Schmerz genießen will, den sein Tod dir bereiten wird!«

Ich spürte, wie sich magische Energie rings um mich sammelte und dann zusammenzog, als wickle sich eine Kette um meine Brust. Die Energie drückte von allen Seiten, und ich wollte schreien, aber ich bekam keinen Ton heraus. Ich wollte Raven anflehen, das Schiff zu zerstören, aber mir war klar, daß das unmöglich war. Wie tötet man einen dreißig Meter langen Geistverbündeten?

Der brennende Schmerz ließ mich in die Knie gehen. Der Alte heulte auf und kämpfte darum, von mir freigelassen zu werden, aber selbst er war hilflos gegen die Kraft, die mich hielt und zerquetschte. Feurige Funken erschienen vor meinen Augen, dann flogen große leuchtende Lichtkugeln durch mein Blickfeld.

Ich wußte, daß das Ende gekommen war.

Ich war sicher, die Explosion, die ich hörte, war mein berstendes Herz, und das jähe Nachlassen des Schmerzes könne nur bedeuten, daß ich gestorben war. Ich konnte den Tod in der Luft riechen, und ich erinnere mich, enttäuscht darüber gewesen zu sein, daß meiner nicht anders roch, wenn er mich holen kam. Ich wartete darauf, daß mir schwarz vor Augen würde, aber das geschah nicht. Tatsächlich wurde das Licht sogar heller, und ich lachte, weil der Tod doch nicht so düster und grimmig war.

Dann wurde mir klar, daß ich mich selbst lachen hörte.

Das bedeutete, ich war nicht tot.

Ich rappelte mich gerade noch rechtzeitig auf, um von einer zweiten, größeren Explosion gegen das Bootshaus geschleudert zu werden. Während die erste Explosion nur ein kleines Loch in den Rumpf des Schiffes gesprengt hatte, schossen bei der zweiten feurige Fontänen aus allen Bullaugen unter dem Hauptdeck, und eine feurige Korona wurde über das eigentliche Deck geblasen. Dann neigte sich das ganze Schiff nach backbord und sank eine Deckhöhe. Das Schiff bekam schwere Schlagseite, und große Wassermengen drangen in den Rumpf ein.

Hoch oben auf der Brücke implodierte das violette Leuchten. Eine Feuersäule schoß in die Luft, und Hasan brach augenblicklich in Flammen aus. Ich sah sein Skelett vor dem Hintergrund des goldenen Feuers schwarz umrissen, dann verschwand es ebenfalls.

Das Schiff schrie, dann versank es in einem brodelnden Kessel aus Luftblasen.

*

Bis Raven mir auf die Beine geholfen hatte und wir durch die brennenden Trümmer zum Ende des Kais gegangen waren, hatte Stealth es geschafft, sich unbeholfen aus dem Wasser zu ziehen. Sein linker Arm hing schlaff herab, und es war deutlich zu sehen, daß der größte Teil seines Innenlebens zerschmettert worden war, als die Sphinx ihn getroffen hatte. Wasser lief aus dem Fach im Arm, in dem er Plastiksprengstoff aufbewahrte, und er grub seine Krallen in die Planken, um sich zu stützen.

Raven und ich wechselten ein Lächeln, während Stealth sich umdrehte und dem brennenden Geistverbündeten grimmig zunickte. »Unter Wasser konnte ich keine Schrauben oder Antriebsdüsen sehen. Ich dachte mir, daß es etwas Besonderes sein müsse, daher beschloß ich, es zu zerstören. Dann sank die Leiche einer Schweinebacke mit einem umgeschnallten Flammenwerfer herab, also improvisierte ich eine Bombe. Nicht viel kann Napalm und Semtek widerstehen.«

Als er den Flammenwerfer erwähnte, erinnerte ich mich wieder in allen knisternden Einzelheiten an unsere erste Begegnung. Ich ließ die Schultern kreisen, um das wunde Gefühl im Rücken ein wenig zu lindern. »Übrigens, das war ein ganz netter Schuß von dir, als diese Schweinebacke mit dem Feuerspeier auftauchte.«

Stealth nickte ernst. »Er war halb verborgen, also

konnte ich ihm keinen Kopfschuß verpassen. Ein Körpertreffer hätte den Tank aufgerissen, und dann wärst du lebendig gebraten worden.« Er schauderte und warf einen Blick auf seinen ruinierten linken Arm. »Bei lebendigem Leib zu verbrennen ist ein Tod, den ich niemandem wünsche.«

Ich wandte mich an Raven. »Das hätten Sie sehen müssen. Er hat mir in den Rücken geschossen und mich damit gegen die Frau geschleudert, die ich retten wollte. Das hat uns aus der Schußlinie des Flammenwerfers gefegt.« Ich wandte mich wieder an Stealth. »Zum Glück ist dir rechtzeitig eingefallen, daß ich Kevlar trage.«

Es dauerte ein oder zwei Sekunden, bis der Ausdruck der Überraschung von seiner Miene wich. Ich spürte, wie sich eine Eiseskälte zwischen uns aufbaute, doch die verflüchtigte sich gleich wieder, als Kid Stealth mir einen spielerischen Boxhieb gegen die Schulter verpaßte und aufrichtig lächelte. »Ja, ich bin auch froh, daß es mir eingefallen ist ...«

DIGITALE GNADE

I

Angesichts der Tatsache, daß ich nicht wußte, wo ich war, als ich erwachte, hielt ich es für ein großes Plus, daß ich noch angezogen war. Ich meine, ich kann mich an ähnliche Umstände erinnern, wo ich anderer Ansicht war, aber da war ich nicht gefesselt. Außerdem hatte kein Milchbubi am anderen Ende des Bettes gesessen und eine Pistole mit dem Kaliber einer Bowlingkugel auf mich gerichtet.

»Kyrie, er ist wach.« Der kleine Albino zeigte mir seine Zähne in einem wölfischen Grinsen und hielt den schweren Revolver mit blassen Händen, die keine Spur zitterten. »Eine Bewegung, Kies, und das letzte, was Ihnen durch den Kopf geht, ist eine Kugel.«

Toll, ging es mir durch den Kopf, *ich werde von irgendeinem Psycho-Punk festgehalten, der Einschüchterungslektionen bei Kid Stealth genommen hat.* »Kein Problem, du As.«

Ich brauchte einen Augenblick oder zwei, um meine Situation einzuschätzen. Wegen der dicken rotblauen amerindianischen Decke, die bis unter meinen Hals hochgezogen war, konnte ich meine Hände nicht sehen, aber sie fühlten sich an, als hätte der Bursche mir die Handgelenke mit Stahltrossen zusammengebunden. Das Kabel war straff verknotet worden, aber man hatte mir die Hände nicht auf dem Rücken gefesselt. Jeglicher Hoffnungsfunke, den dieses kleine Geschenk entzündet haben mochte, erlosch am Ende des Kanonenlaufs, der mich anstarrte.

Der alte Metallrahmen des Bettes war so oft lackiert worden, daß ich an den Stellen, wo die Farbe bis auf das nackte Metall abgeblättert war, einen Regenbogen von Farben sehen konnte. Links von mir, auf der anderen Seite der Tür, sah ich einen Tisch und zwei Stühle. Meine Lederjacke hing über einer Stuhllehne, und mein Schulterhalfter lag mit meiner Pistole darin auf dem Tisch. Das Zimmer hatte von den Spinnweben in den Ecken bis zu den Rissen im Gips schon bessere Tage gesehen, war aber noch bewohnbar. Das Bettzeug sah einigermaßen sauber aus, aber der Geruch verriet mir, daß es zuletzt vor mindestens ein, zwei Wochen gewaschen worden war.

Unter Benutzung meiner Ellbogen und Fersen schob ich mich langsam zurück und nahm ebenso langsam eine sitzende Haltung an. Dabei klemmte ich die Decke zwischen Brust und Kinn ein und zog sie ebenfalls mit hoch. Dann zog ich die Knie an, bildete so ein kleines Zelt mit der Decke und beobachtete den Albino über den künstlichen Horizont hinweg, der sich jetzt zwischen meinen Knien erstreckte.

»Habt ihr hier einen Tarif für bevorzugte Gäste, oder muß ich während meines improvisierten Aufenthalts den vollen Preis zahlen?«

Die rosafarbenen Augen des Albinos beobachteten mich, ohne zu blinzeln. Seine weißen Haare waren zu einer Irokesensichel geschnitten und mit Gel bearbeitet worden, so daß sie wie die Stacheln eines Igels aussahen. Abgesehen vom rötlichen Glanz in seinen Augen stammte die einzige Farbe an ihm von dem Schmutz unter seinen Fingernägeln und in den kleinen Falten in den Winkeln seines dünnlippigen Mundes. Auf seinem Kinn sproß die Andeutung eines Barts in Form eines zarten weißen Flaums. Sein Maria-Mercurial-T-Shirt und die Kunstfaserhose entsprachen in ihrer Farbe dem schmuddeligen Grau der Zimmerwände.

Bevor er antworten oder abdrücken konnte, betrat eine zweite Person den Raum. Sie war eine hübsche kleine Elfe, wenn auch ein wenig mager. Sie hatte Feuer in ihren dunklen Augen, obwohl sie darauf zu achten schien, es zu verbergen, wenn sie den Albino ansah. Sie trug ihre schwarzen Haare sehr kurz, und auch ihre schlanke Figur ermöglichte es ihr ohne weiteres, als junger Mann durchzugehen – was sehr klug war, wenn wir, wie ich vermutete, in den Barrens waren und sie hier wohnten. Sie trug hauptsächlich Kunstleder – Standard im Sprawl –, obwohl dessen braune und lohfarbene Färbung draußen in Tir passender gewesen wäre.

»Wie fühlen Sie sich?« Sie beugte sich über das Fußende des Bettes, als sie die Frage stellte. »Sind Sie verletzt?«

Ich schüttelte gelassen den Kopf. »Die Zunge ist etwas geschwollen. Ich könnte einen Schluck Wasser vertragen.«

Sie wandte sich zum Gehen, doch der Albino fauchte sie an. »Abgelehnt. Sie bekommen Wasser, wenn ich es sage.«

»Albion, er ist kein Feind.«

»Er ist aber auch kein Gast, Kyrie. Er ist eine Geisel.« Albion richtete seinen Schlangenblick wieder auf mich. »Sie sind Wolfgang Kies, richtig?«

Meine Augen verengten sich. »Komm zur Sache.«

»Mein Spiel, meine Regeln, mein Tempo.«

»Okay, wenn es denn so sein soll. Ja, ich bin Wolfgang Kies.« Ich lehnte den Kopf an die Wand hinter mir. »Nächste Frage.«

»Sie arbeiten für Dr. Richard Raven, richtig?«

Diese Frage ließ die Alarmglocken in meinem Kopf schrillen. Ich wußte, daß Etienne La Plante, ein Seattler Gangsterboß, eine Belohnung für die Ablieferung von Ravens Kopf in einem Sack ausgesetzt hatte. Ich glaubte zwar nicht, daß diese Halbstarken Raven eine Falle mit mir als Köder stellen wollten, aber im Sprawl war alles möglich. Da die Verzweiflung in den Barrens viele Opfer findet, mochte genau das abgehen.

»Ja, ich arbeite für Raven.«

Sofort hellte sich Kyries Miene auf. Albions Gesicht

blieb ausdruckslos, aber er nahm die Pistole hoch, so daß der Lauf an die Decke zeigte. Mein Unbehagen legte sich ein wenig, als die Pistole meinen persönlichen Freiraum nicht mehr einengte, aber ich wußte auch, daß viel mehr vorging, als ich augenblicklich erkennen konnte.

Zwei weitere Jugendliche betraten den Raum, und in dem Augenblick, als ich die kleinere der beiden Personen erblickte, flutete die Erklärung, wie ich in diese ganze Angelegenheit verwickelt worden war, meine Gedanken mit einer Klarheit, die mich erröten ließ. Ich hatte Kell's zwischen der First und Second Avenue unten am Markt gerade verlassen. Ich hatte etwas getrunken, aber nicht viel, weil ich mehr daran interessiert war, mir die Seadogs[1] anzusehen, als mich zu betrinken. Jimmy Mackelroy sicherte das Spiel mit einem Homerun im neunten Inning, also war ich in Richtung Stewart Street gegangen, um meinen Fenris abzuholen.

Ich hätte es besser wissen müssen, aber in der Gasse zwischen Kell's und der Gravity Bar hörte ich jemanden weinen. Ich zog meine Beretta Viper 14[2] und entsicherte sie, um dann einen Blick um die Ecke der Gasse

---

1 Die Seattler Baseball-Mannschaft in der Major League heißt offiziell immer noch Mariners, aber praktisch jeder, der nicht bei ihnen unter Vertrag ist, nennt sie Seadogs. Vor ungefähr zehn, fünfzehn Jahren hatten sie mal eine echte Pechsträhne – es lief einfach nicht, also wurde die Mannschaft plötzlich von jedem Dogs genannt. Dann hatte dieser Bursche – ein Ork, der irgendwie mit Plutarch Graogrim verwandt ist, einem anderen von Docs Chummers – die Idee, Fanartikel für die Seattle Seadogs zu verkaufen, darunter auch Kappen und Trikots, und all das mit einem großen Piraten-Hunde-Logo. Alle sprangen darauf an und machten das Spielchen mit, und der örtliche Radiosender ging sogar so weit, Phantasiespiele der Dogs Spielzug für Spielzug zu kommentieren. Die Mariners strengten eine Klage an, aber als die Fans aus Protest nicht mehr zu den Spielen gingen, wurde die Klage fallengelassen, und seitdem ist ihnen der Name Seadogs ein Dorn im Auge, obwohl die Mannschaft mittlerweile gut geworden ist.

2 Ich beeile mich anzumerken, daß mich auch eine modernere, schickere Kanone nicht vor dieser Situation bewahrt hätte.

zu werfen. Abgesehen von zwei Ratten, die auf dem Rand eines Müllcontainers saßen, und der üblichen Ansammlung von Abfall sah ich außer einer winzigen menschlichen Gestalt nichts Ungewöhnliches.

Der Kopf der winzigen Gestalt ruckte hoch und enthüllte das engelhafteste Gesicht, das ich je gesehen hatte. Wegen der unzähligen Schichten von Kleidung, in die das Kind gewickelt war, konnte ich nicht erkennen, ob es sich um einen Jungen oder ein Mädchen handelte. Es machte mit dem linken Fuß einen kühnen Schritt auf mich zu, dann zögerte es und ließ den rechten Fuß schüchtern hinter dem linken zurückhängen. Mit der Manschette des rechten Ärmels, der viel zu lang war und bis zu den Fingerspitzen reichte, wischte das Kind sich die Tränen von seinen schmutzigen Wangen und lächelte mich dann an.

»Bist du Wolfgang Kies?« fragte es in einem unschuldigen, nuschelnden Tonfall.

Ich steckte meine Viper wieder zurück ins Schulterhalfter, das ich unter meiner Lederjacke trug. »Ja.« Ich betrat die Gasse und näherte mich dem Kind.

»Und du arbeitest für Doktor Raven?« kam die nächste Frage, wobei seine Stimme sich erwartungsvoll hob.

Ich ließ mich auf ein Knie sinken und streckte die linke Hand aus. »Ja. Hast du dich verirrt?«

Das Kind lächelte so alterslos wie ein Buddha. »Nein.« Es streckte die Hände nach mir aus. Dabei sprühte ein Nebel aus seinem linken Ärmel, während es sich gleichzeitig den rechten Ärmel vor Mund und Nase hielt.

Das Neurotoxin brannte mir in den Augen, aber bevor ich auch nur daran denken konnte zu fliehen, hatte ich so viel eingeatmet, daß ich bereits erledigt war. Ich hustete schwach und kippte dann einfach um. Ich kann mich erinnern, während ich das Bewußtsein verlor, immer wieder gebetet zu haben: »Bitte, lieber

Gott, wenn ich sterben muß, laß Stealth nicht herausfinden, wie es mich erwischt hat.«

Eben dieser kleine Junge löste jetzt seine Hand aus derjenigen des vierten Mitglieds der Versammlung von Jugendlichen und näherte sich dem Kopfende des Bettes. »Bist du okay?«

Der Kummer und die Angst in seiner dünnen Stimme veranlaßten mich augenblicklich zu einem beruhigenden Lächeln. »Ja, es geht mir gut.«

Der Albino sah das andere Mädchen in dem Zimmer an. »Sine, hol Cooper von ihm weg. Du sollst doch vorne aufpassen.«

Die Blonde schleuderte ihre langen Haare mit einer verächtlichen Kopfbewegung aus der Stirn. »Lade mal Realität 1.0 herauf, Chummer. Das hier sind die Barrens. Da draußen ist nichts, und niemand wird uns hier finden. Niemand außer diesem verdammten Prediger.« Dennoch, trotz ihres Widerstands hielt sie dem kleinen Jungen die Hand hin, und Cooper nahm sie. Seine andere Hand wanderte hoch zu seinem Gesicht, und der Daumen verschwand in seinem Mund.

»Okay, Chummers, worum geht's?« Ich setzte eine gemeine Miene auf und richtete meine Aufmerksamkeit auf Kyrie. »Ihr habt mich reingelegt, und ihr habt mich hier. Ihr wollt etwas, das ist offensichtlich, sonst wäre ich nicht mehr lebend aufgewacht. Also heraus damit. Ich muß noch ein paar Leute sprechen und Besorgungen machen.«

»Sie gehen nirgendwohin, Kies.« Albion fuchtelte wieder nervös mit seiner Kanone herum. »Wir wollen, daß Raven einen Job für uns erledigt.«

Ich schüttelte den Kopf. »Ist das alles? Einen Job? Schön, laßt mich ihn anrufen.«

»Abgelehnt.« Albion richtete die Kanone wieder auf mich und maß mich mit einem rosa Auge am Lauf entlang. »Er wird es nicht tun, nur weil Sie ihn anrufen. Er ist ein legaler Typ – er hat eine Systemidentifikationsnummer. Wir trauen keinem mit einer SIN. Raven wird nur für uns arbeiten, wenn Ihr Leben auf dem Spiel steht.«

»Dieser Sechsschüsser enthält mehr Kugeln, als du Hirnzellen hast.« Ich sah Kyrie an. »Du bist eine Elfe. Du hättest Raven über Tir eine Nachricht zukommen lassen können, und er hätte euch geholfen. Daran mußt du doch gedacht haben.«

»Abgelehnt«, fauchte Albion.

Ich spürte, wie der Zorn in mir erwachte, und mit dem Zorn kam auch das Heulen eines Wolfs in meinem Hinterkopf. »Warum, Albion? Weil das eine schlechte Idee war oder weil du die Situation dann nicht mehr im Griff gehabt hättest?«

»Abgelehnt, weil wir keinem Legalen trauen.« Er breitete die Arme aus. »Wir sind eine Familie. Wir sind einer für den anderen da und vertrauen einander, weil wir alle gleich sind. Wenn man erst mal eine SIN hat, ist man plötzlich allen möglichen Gesetzen unterworfen. Die Leute sorgen sich auf einmal, nur ja nicht irgendwelche Gesetze zu übertreten. Wir nicht. Wir wollen nur in Ruhe gelassen werden, und das soll Raven für uns erreichen.«

»Okay, wenn ihr das wollt.« Ich schnaubte ein Lachen. »Aber ihr macht einen Fehler. Ich glaube, Doc würde es vorziehen, mit Leuten zusammenzuarbeiten, die seine Hilfe ganz offen suchen und sie nicht erzwingen wollen.«

»Meine Regeln, schon vergessen?«

»Vielleicht solltest du dir das noch mal überlegen.« Ich zog die Hände unter der Decke hervor und schüttelte die zerfransten Kabel ab. »Außerdem glaube ich, daß er es gar nicht so gerne sähe, wenn ich gefesselt wäre.« Ich schaute an Kyrie und Sine vorbei und lächelte. »Stimmt das etwa nicht, Doc?«

Die Kinder fuhren schneller zur Tür herum als ein Fußgänger, der von einem Porsche Mako mit Höchstgeschwindigkeit getroffen wird. Albions Kinnlade sank herab, und einen Augenblick später fiel seine Pistole zu Boden. Kyrie lehnte sich gegen das Bettgestell. Sine setzte sich schwer auf den Stuhl, über dessen Lehne meine Jacke hing, während Cooper nur mit weit aufgerissenen Augen starrte und weiterhin am Daumen lutschte.

Doktor Richard Raven füllte die Tür mehr als aus. Hochgewachsen, sogar für einen Elf, überragte sein Kopf die Tür. Seine breiten Schultern verjüngten sich zu einer schmalen Taille, schlanken Hüften und kräftigen Beinen. Alles in allem erinnerte seine Statur eher an einen Mensch als an einen Elf. Seine kupferfarbene Haut, die hohen Wangenknochen und die langen schwarzen Haare verrieten seine amerindianische Abstammung, obwohl sein weißes Hemd und die Hose aus khakifarbenem Leinen der neuesten Konzern-Freizeitmode entsprachen.

Doch irgendwie waren es weder seine Größe noch seine amerindianischen und elfischen Rassemerkmale, was die Kinder überraschte. Seine Augen nahmen sie gefangen. Rote und blaue Fäden durchzogen ihre schwarzen Tiefen auroraartig. Halb erschreckend und hundertprozentig faszinierend, wanderte sein Blick von einem zum anderen, dann nickte er ernst.

»Ich danke euch, daß ihr meinen Freund gefunden und euch um ihn gekümmert habt. Als das Notortungsgerät in seinem Gürtel Alarm gab, habe ich mir verständlicherweise Sorgen gemacht.«

Ich trat die Decke weg und wischte die Überreste des Kabels von dem scharfen Ende der Gürtelschnalle. »Ist das Ding schon wieder losgegangen?« Ich zuckte die Achseln. »Das trifft sich ganz gut, Doc, weil diese Kinder Sie anwerben wollen, damit Sie einen Job für sie erledigen.«

Raven lächelte gemütlich, während ich mich vom Bett erhob und mein Pistolenhalfter umlegte. Er sah

Albion an. »Wie kann ich deine Freundlichkeit gegenüber Wolf wiedergutmachen?«

Albion schluckte schwer, was ein wenig Freude in mein Herz brachte. »Kennen Sie Reverend Dr. Lawrence Roberts?«

Ich zog meine Jacke unter Sine hervor und erinnerte mich an ihre frühere Bemerkung. »Den Trideoprediger?«

Albion nickte. »Genau der.« Er sah sich um und richtete eine stumme Frage an Kyrie und Sine. Die beiden nickten. »Wir wollen, daß Sie ihn töten.«

II

Als ich mein Fenris Sportcoupé aus der Garage unter Ravens Hauptquartier fuhr, mußte ich Kyries letzter Bemerkung über Reverend Roberts insgeheim zustimmen – es ergab alles keinen Sinn. Was die Kinder uns erzählt hatten, widersprach jeglicher Logik auf eine Weise, wie es nur Wahnsinn oder göttliche Eingebung vermag. Wäre die Kontrolle über mein Leben ebenso abrupt und radikal bedroht worden, hätte ich den Tod des Mannes ebenfalls gewollt.

Reverend Lawrence Roberts, der seinen Doktor der Theologie an irgendeiner Diplomfabrik erworben hatte, hatte beschlossen, diese Bande von Kindern zu seinem eigenen kleinen Projekt zu machen. Er wollte sie von ihrem sündigen Leben erlösen und beabsichtigte nicht nur, sie durch eine Taufe zu Mitgliedern seiner außergewöhnlichen christlichen Sekte zu machen, sondern wollte ihnen auch Systemidentifikationsnummern beschaffen und sie wieder zu Mitgliedern der normalen Gesellschaft machen. Er wollte an ihnen ein Exempel statuieren, um zu zeigen, wie Christen die Herrschaft Satans auf Erden bekämpfen konnten.

Raven hatte Tom Electric beauftragt, mir eine Probe

von einem von Roberts' Gottesdiensten vorzuspielen. Er gehörte zu einem SimSinn-Paket, das Roberts' Kirchenamt anbot. Da ich ein Mann Mitte Zwanzig war, bekam ich Version 20M. Die SimSinn-Aufzeichnung würde mir die Gefühle einer Person zuführen, die den Gottesdienst besucht hatte, also konnte ich die volle Wirkung der Präsentation des guten Doktors nur erleben, wenn ich die entsprechende Version einwarf. Ich zog mir ein Elektrodennetz über den Kopf und startete die Wiedergabe. Als das Flimmern nachließ und die Aufzeichnung begann, knurrte der Alte angewidert.

Der Prediger troff vom Scheitel seiner dünnen blonden Haare bis zu den Sohlen seiner italienischen Lederschuhe vor Charisma. Er hielt eine ramponierte Bibel in der Hand und schaute von seiner Kanzel herab wie ein Angeklagter, der sich darauf vorbereitet, ein volles Geständnis vor der Jury abzulegen. Ich war einer unter tausend und spürte, wie ich vor gespannter Erwartung Herzklopfen bekam.

»Ja, meine Freunde, die Anschuldigungen, die Sie über mich gehört haben, treffen zu«, begann Reverend Roberts mit leiser, verlegener Stimme, aber ich spürte, daß er die ganze Situation absolut unter Kontrolle hatte. »Vor fünfzehn Jahren war ich nichts anderes als ein Schwindler, ein Trickbetrüger der übelsten Sorte. Mein Partner und ich lasen die Nachrichtenfaxe, um festzustellen, wer gestorben war, dann druckten wir eine Sonderausgabe von einer Bibel. Sie war mit einer persönlichen Widmung des Verstorbenen für denjenigen versehen, der zufällig sein nächster Hinterbliebener war.« Er zeigte uns seine zerlesene Bibel. »Das ist die letzte Bibel, die wir je gedruckt haben.

Wir kannten keine Scham. Wir gingen zu den Hinterbliebenen und fragten nach dem Verstorbenen. Wenn man uns von seinem Tod in Kenntnis setzte, heuchelten wir Verlegenheit und gestanden schließlich, daß der Verstorbene eine Sonderausgabe der Bibel bestellt habe. Er habe lediglich zwanzig Nuyen der Gesamtkosten von hundert Nuyen angezahlt und sie eigens für die Person anfertigen lassen, mit der wir sprachen. Wir sagten dann, daß es uns leid täte, sie in ihrem Kummer belästigt zu haben, und machten dann Anstalten zu gehen.«

Roberts senkte den Blick, während sich seine Wangen röteten. Er starrte auf eines der vielen Nelkenbouquets, die ihn umringten. »Natürlich hielten uns die Hinterbliebenen auf und gaben uns die noch fehlenden achtzig Nuyen für die Bibel. Dann gaben wir ihnen das Buch und hatten einen mühelosen Gewinn von Fünfundsiebzig Nuyen eingestrichen. Es war ein leichtes Leben, denn alle zahlten bereitwillig für jenen letzten Liebesbeweis des geliebten Verstorbenen, und wir redeten uns ein, daß wir ihnen in Wirklichkeit nur eine weitere Möglichkeit anboten, sich zu verabschieden – indem wir Erinnerungen schufen, nach denen die Leute so hungerten.«

Roberts hob den Kopf, und plötzlich war Stahl in seinem Rückgrat. Ich wußte mit der Unterstützung der digitalisierten Gefühle, die mir das Elektrodennetz zuführte, daß Roberts irgendwie von seinem verderblichen Pfad abgebracht worden war. Er lächelte und bestätigte meine Überzeugung.

»Dann, eines Abends, machten sich mein Partner und ich wieder auf den Weg zu einem Hinterbliebenen, zum letztenmal, wie sich herausstellen sollte. Gott und der Teufel erschienen uns, und jeder schenkte uns eine Vision unseres Lebens nach dem Tode. Mein Partner wählte den Teufel und wurde auf der Stelle in die Hölle mitgenommen. Ich sah Gottes Antlitz und wählte den Pfad des Lichts. Gelobt sei Jesus Christus, ich war gerettet!«

Donnernder Applaus brandete über mich hinweg, und ich stellte fest, wie ich das Wort »Halleluja!« murmelte. Ich zog mir angewidert das Elektrodennetz vom Kopf und ließ das Knurren des Alten aus meiner Kehle entweichen. Raven sah mich an und lächelte. »Was meinen Sie, Wolf?«

Ich tätschelte meine Beretta Viper. »Ich habe gleich hier eine Liebesgabe für den guten Reverend.«

Raven kam zu dem Schluß, daß dies für unseren ersten Versuch der Kontaktaufnahme ein wenig zu extrem sein mochte. Er gab mir die Adresse des Hauptquartiers von Roberts' Kirchenamt. Ich legte Kordjacke, Oberhemd und Krawatte an, bevor ich ging, wobei ich Ravens Sinn für Anstand folgte, nicht meinem. Die Kleidung verbarg meinen silbernen Wolfskopfanhänger und meine Viper, aber das machte mir nichts aus. Wenn man in die Höhle des Löwen geht, kleidet man sich am besten wie ein Löwe.

III

Roberts' persönliche Sekretärin war so hübsch, daß ich eine Konvertierung in Erwägung gezogen haben würde, falls sie bereit wäre, Missionarsarbeit an mir zu verrichten. Sie schenkte mir ein Lächeln, als ich die Treppe zum Foyer im zweiten Stock heraufkam, wurde jedoch ständig von dem großen Hypochonder aufgehalten, der auf der Kante ihres Schreibtischs saß. Er hatte eindeutig die Absicht, sie anzumachen, aber sie sah so aus, als wolle sie ihn schneller exorzieren, als man ›Amen‹ sagen konnte.

Ich räusperte mich und warf einen raschen Blick auf ihr Namensschild. »Guten Abend, Miss Crandall. Ich bin Wolfgang Kies. Ich habe wegen eines Termins bei Dr. Roberts angerufen.«

Der große Mann erhob sich vom Schreibtisch, während sie mich anstrahlte. »Ja, Mr. Kies. Sechs Uhr fünfundvierzig, und Sie sind auf die Minute pünktlich.«

Ihr Lächeln erreichte auch ihre blauen Augen, und das mißfiel dem anderen Mann ganz eindeutig.

»Bekomme ich einen Bonus für Pünktlichkeit?«

»Bei mir schon, Mr. Kies.« Sie sah den anderen Mann an. »Bruder Bonifaz wird Sie zu Dr. Roberts bringen.«

Bonifaz sah aus wie ein Affe, den man in einen dieser niedlichen Strampelanzüge gezwängt hatte, oder auch wie ein Troll, den man in einem Kaltwalzwerk auf kleinere Gestalt gebracht hatte. Jedenfalls schien er nicht besonders glücklich darüber zu sein, in einem Anzug zu stecken und mit einem Auftrag fortgeschickt zu werden, der ihn von der charmanten Miss Crandall fernhalten würde. Als Folge seines Unbehagens kollidierte irgendwo in seinem winzigen Schädel ein Elektron mit einem anderen, und ganz plötzlich kam ihm ein Gedanke. Das war zuviel für ihn, um ihn für sich zu behalten, und er machte Anstalten, mich zu filzen.

Der Lauf der Viper erzeugte ein dumpfes *Tock*, als ich sie in einer geschmeidigen Bewegung zog und ein Kainsmal mitten auf Bruder Bonifaz' Stirn bohrte. Er wich einen Schritt zurück und hob beide Hände, um die Schramme zu verbergen. »Bitten Sie, und Sie werden empfangen, Bruder Bonifaz. Fahren Sie fort, und ich mache einen Märtyrer aus Ihnen.«

Ich ließ die Viper nach vorn gleiten und an meinem Zeigefinger herunterbaumeln. Bonifaz schnappte danach, doch ich duckte sie unter seiner Hand hinweg und legte sie auf Miss Crandalls Schreibtisch. »Halten Sie die für mich warm.«

»Ist mir ein Vergnügen«, gurrte sie. Die Kanone verschwand unter ihrem Schreibtisch außer Sicht.

Bonifaz schlich vorwärts und führte mich durch einen kurzen Flur zu Roberts' Büro. Er öffnete nur eine der beiden Eichentüren, aber sie hatte ohnehin die doppelte Breite und bot mir eine umwerfende Aussicht, als ich eintrat. Ich war nicht gekränkt darüber, daß man für mich nur eine Tür öffnete, weil ich das unbestimmte Gefühl hatte, daß sogar Jesus, käme er für eine Zugabe zurück, keine Zwei-Türen-Begrüßung bekommen würde.

Das erste, was mir in dem Raum auffiel, war die teure Holzvertäfelung und die verblüffende Anzahl ledergebundener Bücher in den Regalen. Reverend Roberts hatte eine beträchtliche Menge Nuyen auf den Tisch gelegt, um die Respektabilität der Alten Welt in seinem Büro zu verbreiten. Die Westwand bestand vollständig aus Glas und bot einen Blick auf den Sund, der sogar den Alten beeindruckte. Hätte man mir ein Bild dieses Zimmers gezeigt und mich raten lassen, ob es einem hochrangigen Konzerntrottel oder einem Prediger gehörte, der beständig seinen Wohlstand leugnete, hätte ich falsch gelegen, selbst wenn ich drei Versuche gehabt hätte.

Ich brauchte ungefähr zwei Sekunden, um mir das Zimmer genauer anzusehen und das Heulen des Alten als Bestätigung meiner Einschätzung zu bekommen. Mittlerweile stürmte der Duft Hunderter von Nelken auf meinen Geruchssinn ein. Abgesehen von Bonifaz' Schädeldecke stand auf jeder ebenen Fläche eine Vase, die mit verschiedenfarbigen Nelken vollgestopft war. Ich erinnerte mich an das Blumenaufgebot, das den Reverend in dem Simchip umgeben hatte, aber 3-D-Realität war doch noch eine Ordnung höher gelagert als das.

Die schreiendste Nelke residierte im Knopfloch von Roberts' Revers. Der Reverend stand hinter seinem Schreibtisch, nickte mir zu und streckte die Hand aus. »Willkommen, Mr. Kies.«

Ich nahm die Hand und stellte fest, daß sein Griff von bestürzender Festigkeit war. Normalerweise beurteile ich einen Mann danach, wie er einem die Hand schüttelt, aber Roberts' Händedruck fühlte sich *zu* richtig und *zu* geübt an. Der Unterschied mochte subtil sein, und ich hätte ihn auf meine generelle Abneigung gegen ihn schieben können, aber ich hatte das Gefühl, daß er nur den aufrechten Burschen spielte.

»Ich danke Ihnen, daß Sie sich bereit erklärt haben, mich so kurzfristig zu empfangen.« Ich ließ mich in den Sessel vor seinem Schreibtisch fallen. Bonifaz folgte mir und baute sich direkt hinter mir auf, aber ich zog es vor, ihn zu ignorieren. »Ich möchte mich für all die Unannehmlichkeiten entschuldigen, die einem Mann mit Ihrem Terminkalender dadurch entstanden sind.«

Roberts nickte und bedachte mich mit einem beruhigenden Lächeln. »Wie könnte ich mich weigern, mit Ihnen zu reden, da die Nachricht doch besagte, daß Sie sich für jene Kinder in den Barrens interessieren?«

Sein Lächeln wurde noch breiter, und er breitete zudem die Arme aus. »Selbstverständlich habe ich schon von Dr. Raven gehört. Zwar hatte ich noch nie Gelegenheit, die Dienste einer Person in Ihrem Gewerbe in Anspruch zu nehmen, aber das, was ich über Dr. Raven gehört habe, war sehr ermutigend. Der Respekt, der ihm von einem Teil der unteren Schichten entgegengebracht wird, hat sicherlich dazu beigetragen, meine Befürchtungen hinsichtlich finsterer Motive zu zerstreuen. Ich muß jedoch zugeben, nicht damit gerechnet zu haben, daß Raven sich in dieser Angelegenheit mit mir zusammentut.«

Ich lehnte mich in dem gepolsterten Ledersessel zurück. »Ich bringe Ihre Seifenblase nur ungern zum Platzen, Reverend Roberts, aber ich bin nicht hier, um Ihnen Ravens Hilfe anzubieten. Wie Sie wissen, ist die Zahl der heimatlosen Kinder in den Barrens Legion, und die meisten würden Ihre Hilfe willkommen heißen. Diese Kinder legen jedoch keinen Wert darauf. Wir wollen, daß Sie sie in Ruhe lassen.«

Sein Kopf ruckte hoch, und ein wenig Licht wurde trotz der dünnen Reihen eingenähter Blondhaartransplantate von seiner Kopfhaut reflektiert. »Sie in Ruhe lassen? Wie könnte ich das, Mr. Kies?« Sein verletzter Tonfall wies Parallelen zu demjenigen auf der Parabel-Präambel des SimSinn-Chips auf, aber ich konnte ihn nicht abstellen. »Diese Kinder brauchen Hilfe, und ich glaube kaum, daß sie in der Lage sind, zu bestimmen, was das beste für sie ist. Sie brauchen gutes Essen und Schulbildung und Unterweisung. Wir können nicht zulassen, daß ihr Leben im Dunghaufen der Gesellschaft verschwendet wird. Wir müssen sie unter unsere Fittiche nehmen, um andere anzuhalten, dasselbe mit ähnlich tragischen Fällen zu tun.«

»Dr. Raven ist mit Ihnen in dieser Hinsicht einer Meinung, Reverend.« Ich hatte eine Hand erhoben, was ein Beben durch Bonifaz sandte. »Er hat bereits den Lebenslauf aller Kinder in jenem Haus überprüft, und zwar unter Ausnutzung von Ressourcen, über die Sie nicht verfügen. Er wird herausfinden, wer sie wirklich sind, und ihnen beistehen. Wir können ihnen Schutz in den Barrens beschaffen und dafür sorgen, daß sie all die Unterstützung bekommen, die nötig ist, damit sie sich über ihre Ursprünge erheben.«

»Können Sie das, Mr. Kies? Erwarten Sie wirklich von mir, daß ich mich zurückziehe, wenn das, was Sie vorschlagen, sie zu passenden Fischen für jenen kleinen Teich macht, während ich sie aus den Barrens holen und zu nützlichen Mitgliedern der Gesellschaft machen will?«

Mir gefiel der mißbilligende Tonfall seiner Frage nicht. »Die Leute in den Barrens sind durchaus in der Lage, sich um sich selbst zu kümmern. Betty Beggings und andere arbeiten schwer, um Metafamiliengruppen zu bilden und den Leuten eine solide Basis zu geben, auf der sie aufbauen können.«

Roberts lächelte wie ein Hai. »Aber sie verfügen nicht über die Ressourcen, über die ich gebiete.« Er erhob sich und wies mit einer Geste auf die Üppigkeit seines Büros hin. »Sie können über Almosen anderer aus den Barrens verfügen und teilen einen sehr kleinen Kuchen in winzige Stücke. Auf der anderen Seite bekomme ich Geld von den Reichen in dieser Gesellschaft. Ich bekomme mit einer einzigen Spende mehr Nuyen, als Betty Beggings und ihresgleichen in ihrem ganzen Leben je zu sehen bekommen. Ich kann für diese Kinder tun, was kein anderer erreichen kann.«

»Aber Sie tun das auf Kosten ihrer Freiheit. Die Kinder wollen Ihre Hilfe nicht.«

Roberts wischte meinen Einwand verächtlich beiseite. »Sie haben nicht die erforderlichen Dokumente und Urkunden. Sie wissen nicht, was sie wollen. Das Gesetz sagt, daß sie unter Vormundschaft stehen müssen, und ich habe beschlossen, ihr Wohltäter zu sein. Andere Schäfchen meiner Herde werden meinem Beispiel folgen und weitere Kinder aus den Barrens adoptieren, und wir werden diese Gesellschaft erneuern.«

Meine Augenfarbe wechselte langsam von grün zu silbern, da mein Zorn wuchs. »Wollen Sie diese Kinder nach Ihrem Ebenbild formen?«

Der gute Reverend ignorierte meine Frage, da er zur Fensterwand seines Büros wanderte. Er stand mit dem Rücken zu mir, und die untergehende Sonne machte ihn zu einer Silhouette, die von einem roten Strahlenkranz umgeben war. Der Schatten wurde schmaler und dann wieder breiter, als er sich zu mir umdrehte. »Glauben Sie an Gott, Mr. Kies?«

»Ich sehe nicht, was das mit dieser Angelegenheit zu tun hat.«

»Ich bin ganz sicher, daß Sie es sehen, und akzeptiere Ihre Antwort um meiner Ausführungen willen als ein Nein. Wissen Sie, *ich* glaube an Gott, aber an einen Gott, der von seinem Volk Arbeit für die Erlösung verlangt. Ich war einmal wie diese Kinder – wild, allein gelassen und wütend auf die Gesellschaft. Dann konfrontierte Gott mich mit einer Wahl: Ewige Verdammnis oder ein Leben mit ihm bis in alle Ewigkeit. Zum ersten Mal in meinem Leben dachte ich weiter als bis zu meiner nächsten Mahlzeit und wählte eine Richtung für mein Leben.«

Die Silhouette ließ müde den Kopf hängen. »Meine Wahl hat ihren Preis. Mein Gott verlangt von mir, daß ich alles tue, was ich kann, um andere zu ihm zu führen. Das Königreich Satans begann seine Herrschaft über die Erde im Jahre 2011 – als der erste Drache in Japan gesichtet wurde, der diesen Wandel ankündigte. All diese Magie ist nichts anderes als der manifestierte Wille Satans. Es ist meine Pflicht und meine Berufung, alles in meiner Macht Stehende zu tun, um Satans Herrschaft zu beenden, und das *werde* ich auch tun.«

Die Kraft in seiner Stimme kündete von einer fanatischen Hingabe an das, was er als seine göttliche Berufung betrachtete, aber irgendwo tief drinnen spürte ich, daß ich zum Narren gehalten wurde. »Ich glaube nicht, daß wir noch etwas zu besprechen haben, Reverend Roberts.« Ich wollte mich aus meinem Sessel erheben, aber zwei schwere Hände preßten mich wieder hinein.

»Sie gehen erst, wenn Reverend Roberts sagt, daß Sie gehen können.«

Tief in mir in der lichtlosen Höhle, wo der Wolfsgeist in mir wohnt, heulte der Alte Zeter und Mordio. Er verlangte beharrlich, ihm die Kontrolle zu überlassen, und versprach, aus mir ein Werkzeug der ursprünglichen Wut zu machen. *Ich werde ihnen eine Gerechtigkeit und eine Rechtschaffenheit zeigen, wie es sie schon Äonen vor ihrem aufgehängten Göttersproß gegeben hat!*

Ich zwang mich zur Ruhe, ließ aber einen Teil der Wut des Alten in meine Stimme einfließen. »Larry, praktizieren Sie auch Wunderheilungen?«

Roberts versteifte sich bei meinem Tonfall und nickte dann. »Das tue ich.«

»Gut. Bruder Bonifaz hat drei Sekunden, um mit diesem Handauflegen aufzuhören, sonst wird er alle Heilung brauchen, die Sie ihm geben können.«

Die Hände des Bruders verkrampften sich.

»Zwei.«

Roberts winkte Bonifaz zurück, und der Druck ließ nach. Der Reverend kehrte zu seinem Schreibtisch zurück und setzte sich wieder. »Bruder Bonifaz ist manchmal ein wenig übereifrig, aber das ließe sich über alle meine Krieger für Christus sagen.« Dabei lächelte er zwar gütig, aber die implizite Drohung war nicht zu überhören.

Ich erhob mich langsam und strich meine Jacke glatt, während Bonifaz zurückwich und die Tür öffnete. »Vielleicht glauben Sie es nicht, Larry, aber ich respektiere tatsächlich all diejenigen, welche der Botschaft des Friedensfürsten ihr Gehör schenken. Ich glaube aber, daß die Worte, die Sie hören, ein wenig verstümmelt sind. Ich will Ihnen eines in aller Deutlichkeit sagen: Lassen Sie diese Kinder in Ruhe.«

Roberts lächelte und legte seine rechte Hand auf die Bibel, in der er in dem Simchip herumgeblättert hatte. »Ich höre Ihre Worte, Mr. Kies, aber ich darf mich nicht von meinem Kurs abbringen lassen. Auf diese Bibel habe ich geschworen, daß ich den Kindern helfen würde. Ich kann mein Wort nicht brechen.«

Ich riß ihm die Bibel aus der Hand und sah ihn erbleichen, als ich anfing, die Seiten umzublättern. Der Schutzumschlag hatte sich gelöst, und zwischen den Klebstoffflecken sah ich eine merkwürdige Sammlung absonderlicher Symbole, aber sie waren für mich ebenso böhmische Dörfer wie die Griechisch-Passagen auf den ersten Seiten des Buches. Das Vorsatzblatt trug eine Widmung: »Für meinen Liebling Tina, ich werde Dich ewig lieben. Andrew Cole«, aber das ergab noch weniger Sinn als das andere rätselhafte Zeug.

Er schnappte danach, aber ich zog die Hand zurück und vereitelte seine Bemühung. Unsere Blicke begegneten sich, und er zuckte zusammen. »Betrachten Sie das als eine Lesung aus dem Zweiten Buch der Offenbarung: Und der Wolf sagte zum Prediger, wenn du die Apokalypse willst, mach nur so weiter.«

Ich warf die Bibel auf den Tintenlöscher und nahm eine Nelke aus der Vase auf seinem Schreibtisch, die ich mir ins Knopfloch meiner Jacke steckte. Dann machte ich auf dem Absatz kehrt und ließ Roberts stehen, der nach der Bibel griff und sie an die Brust preßte. Ich ging direkt zur Tür, aber Bonifaz hielt mich fest und wirbelte mich zu sich herum, bevor ich das Büro verlassen konnte.

»Darüber ist das letzte Wort noch nicht gesprochen.« Sein Rücken war zwar dem Fenster zugewandt, aber das Sonnenlicht machte lediglich einen Schatten mit großen Ohren aus ihm. Die Drohung in seinem Tonfall machte ihn zu einem großohrigen Schattenclown.

Ich nickte zögernd und ließ mich vom Alten mit der Kraft und Schnelligkeit erfüllen, die ich brauchen würde. »Da ist vielleicht was Wahres daran, Bonifaz. Wollen wir vor die Tür gehen?«

Sein Lächeln wurde so breit, daß es fast die Ohren erreichte. »Ja, vor die Tür.«

Meine Hände schossen unter seine Achselhöhlen und schleuderten ihn Richtung Fenster, bevor er auch nur einen überraschten Aufschrei von sich geben konnte. Das Glas splitterte in einer Kettenreaktion, die im Bereich um seinen Kopf begann, und zerbrach dann in tausend Stücke. Die funkelnden Glassplitter regneten herab, während Bonifaz plötzlich verschwunden war. Eine Sekunde später folgte ihm eine Vase mit Nelken auf die Straße, die ich von einem Tisch neben der Tür nahm.

Ich wischte mir die Hände an den Vorhängen ab. »Tut mir leid, daß ich Ihnen die Aussicht ruiniert habe. Guten Tag.«

*

Nachdem ich die Tür hinter mir geschlossen hatte, fiel mir auf, daß Miss Crandall alle Mühe hatte, sich das Lachen zu verbeißen. Sie holte meine Kanone hervor und schob sie mir zu.

»Sehr verbunden.«

Ihre blauen Augen funkelten. »Es war mir ein Vergnügen, Mr. Kies. Möge Gott mit Ihnen sein.«

»Vielen Dank, Miss Crandall. Ich bin sicher, einer von ihnen ist es.«

IV

Ich stieg in meinen Fenris und gab den Startcode ein. Das Jaulen der Sirene eines Krankenwagens ließ den Alten in meinem Kopf triumphierend aufheulen. Ich löste mich vom Randstein und war auf der Straße, bevor der DocWagon mit blinkendem Blaulicht um die Ecke schoß. Er raste direkt zu der Gasse, in die Bonifaz gestürzt war, während ich die Fifth Avenue entlangfuhr.

Nach der Unterredung mit Roberts war ich wütend und ziemlich verwirrt. Ich hatte gehofft, die Erklärung, daß die Kinder seine Hilfe nicht wollten und man werde sich um sie kümmern, würde ihn von seinem Kurs abbringen. Raven war auch schon mit anderen ›Wohltätern‹ auf diese Weise verfahren, und normalerweise reichte es ihnen, wenn sich die Leute aus den Schatten um ihresgleichen kümmerten.

Ich hatte geglaubt, meinen Auftrag erfüllen zu können, bis Roberts seine Preisfrage gestellt hatte: »Glauben Sie an Gott?« Ich hatte andere Prediger kennengelernt und die Erfahrung gemacht, daß sie alle zu vernünftigem Denken und logischer Analyse eines Problems in der Lage waren. Doch wenn eine Diskussion sie auf ein Gebiet führte, in dem ihnen die Erfahrung oder die Fakten fehlten, mit denen sie ihre Argumente stützen konnten, zogen sie sich wie Roberts hinter den Schild des Göttlichen zurück. Für sie – und für ihn – läuft das ultimative Argument auf folgendes hinaus: »Vielleicht verstehen wir es nicht, aber es gehört zu Gottes Plan, und wir müssen tun, was wir können, um ihn in die Tat umzusetzen, sonst wird Satan obsiegen.«

Ich war durchaus bereit, Roberts' Mutmaßung zuzustimmen, daß Satan die Erde im Jahre 2011 übernommen hatte, als die Magie auf die Welt zurückgekehrt war. Ungeachtet des Risikos, als Ketzer betrachtet zu werden, stand für mich zudem außer Frage, daß die Rückkehr der Magie das Leben der meisten buchstäblich nicht im Geringsten verändert hatte. Ja, die wenigen Glücklichen, die Magie anwenden konnten, waren in der Lage, ihr Talent in einen Beruf umzumünzen, aber sie tat nichts für die Magieblinden. Riesige Konzerne beherrschten noch immer die Wirtschaft, und die meisten von ihnen geboten auch über ungezählte Heerscharen von Magiekundigen.

Mir ging auf, daß meine Überlegungen mehrere unerwünschte Nebenwirkungen hatten. Erstens hatte ich nicht übel Lust, umzukehren und Roberts' Knopflochsträußchen mit 9mm-Unkrautvernichter zu entlauben. Ich erkannte, daß für dieses spezielle Bedürfnis der Alte verantwortlich war, also drängte ich den Mörderischen Hund wieder in seine kleine Kiste zurück und schloß den Deckel. Außerdem sah ich, daß ich nach Süden in Richtung Barrens fuhr, und ich wußte, daß ich mich erst dann gut fühlen würde, wenn ich mich vergewissert hatte, daß die Kinder in Sicherheit waren. Zwar schien es Roberts mit seinem christlichen Denken und Handeln ernst zu sein, aber die theatralischen Ausschmückungen weckten ein gewisses Unbehagen in mir.

Doch mehr als alles andere war ich, wie mir langsam dämmerte, hungrig. Ich hielt nach einem Parkplatz

Ausschau, entdeckte einen weniger als einen Block von einer Filiale der Dominion-Pizzakette entfernt und stellte den Fenris ab. Selbst mit einer bewaffneten Eskorte würde der Laden niemals auch nur in Erwägung ziehen, in die Barrens zu liefern, also ging ich hinein und bestellte fünf Pizzas, darunter auch zwei vegetarische für den Fall, daß Kyrie nicht auf Salami stand.

Während ich auf meine Bestellung wartete, kam mir der Gedanke, im Büro anzurufen. Valerie Valkyrie meldete sich und holte Raven an den Apparat.

»Wie ist es gelaufen, Wolf?«

»Ich habe herausgefunden, daß Roberts' Leibwächter nicht fliegen kann.« Ich verzog das Gesicht und kaute für eine Sekunde auf meiner Unterlippe. »Roberts weiß unsere Anteilnahme zu schätzen, aber er meint, die Kinder seien der Eckpfeiler seines Versuchs, seine Schäfchen zu ermutigen, den Bedürftigen zu helfen. Er klingt aufrichtig, aber irgend etwas tief in mir mag ihn nicht, und ich bin derselben Meinung.«

Raven stellte einige dezidierte Fragen, und ich schilderte ihm die Unterredung so vollständig, wie es mir möglich war. Er schien großes Interesse an der Bibel, ihrer Inschrift und den Symbolen zu haben, aber wegen der Kürze des Blicks, den ich darauf geworfen hatte, waren meine spärlichen Informationen wenig brauchbar. Ich versprach zu versuchen, die Symbole nachzuzeichnen, wenn ich ins Hauptquartier zurückkehrte, und sagte ihm, ich würde den Kindern etwas zu essen bringen.

»Gute Idee, Wolf. Valerie hat ein paar interessante Informationen über Roberts zutage gefördert, aber etwas wahrhaft Finsteres war bisher nicht dabei. Ich setze sie auf diese Tina und Andrew Cole an. Vielleicht haben wir etwas, wenn Sie zurückkommen.«

»Gut. Ich glaube, es wird nicht lange dauern.«

Ich legte auf und stellte zu meiner Überraschung

fest, daß meine Bestellung bereits auf mich wartete. Ich nahm die Pizzaschachteln mit nach draußen und legte den Stapel Kartons auf den Beifahrersitz des Fenris. Als der Wagen wieder auf der Straße war, knurrte mein Magen lauter, als der Alte es je geschafft hatte.

Kid Stealth hätte es für nicht sehr klug gehalten, meinen Fenris näher als eine Meile an die Barrens heranzubringen, aber er glaubt auch, in einem Kinderwagen unterwegs zu sein, wenn die Mühle nicht gepanzert ist und kein Maschinengewehr in einem Geschützturm auf dem Dach montiert hat. Ich parkte direkt vor der Bude, die mein zeitweiliges Zuhause gewesen war, und stellte das Anti-Diebstahlsystem auf ›Verstümmeln‹. Während ich den Stapel Pizzas auf der linken Hand balancierte, klopfte ich mit der rechten an die Tür der baufälligen Bude.

Kyrie öffnete die Tür und erkannte mich nicht an dem Bruchteil meines Gesichts, der über dem obersten Pizzakarton zu sehen war. »Sie haben sich in der Nummer geirrt. Wir haben keine Pizza bestellt.«

Ich senkte die Kartons ein wenig und lächelte sie an. »Kein Grund zur Beunruhigung. Das ist Dominions neuer Service. Wir bringen Pizza vorbei, und Sie zahlen, was Sie essen. Sie sind ein Testmarkt.«

Sie lachte leise, und ich sah zum erstenmal wahre Freude in ihrem Gesicht. »Lächeln Sie öfter so, Kyrie, dann könnten Sie Dominion davon überzeugen, daß dieser Service die Mühe mehr als wert ist.«

In ihren dunklen Augen leuchtete jetzt der Übermut. »Ich bin ganz sicher, daß Dominion mir mit Freuden so einen Vertrag anbieten würde. Wir essen ziemlich oft Pizza, und meistens ist sie von Dominion.« Sie trat einen Schritt zurück. »Kommen Sie rein, bevor die Nachbarschaft Wind von dem Zeug bekommt.«

Albion begegnete uns auf halbem Weg in die Küche, und ich gab ihm den obersten Karton. Sine goß einen Eimer Wasser über die Teller und Gläser in der Spüle, wischte sich dann die Hände ab und nahm einen Karton von mir. Mit einem großangelegten Schwung des Kartons fegte sie ein paar alte Pappteller und Soyburger-Verpackungen aus Styropor vom Tisch und auf den Boden. Als ihr das einen tadelnden Blick von Kyrie einbrachte, war ihr nächster Schwung bedächtiger.

Cooper kam die Kellertreppe herauf und schloß die Tür hinter sich. Er sah mich an und lächelte. Ich gab ihm einen Karton mit der Förmlichkeit des Gouverneurs von Seattle bei der Verleihung eines Verdienstordens, und sein Lächeln wurde noch breiter, so daß er mir alle Zähne zeigte. Er setzte sich auf den Stuhl neben Sine und öffnete seinen Karton.

Ich gab Kyrie den vorletzten, so daß noch einer für mich blieb. »Bedienen Sie sich. Raven liefert bei seinen Jobs normalerweise kein Essen aus, aber wenn er es tut, ist das Essen ausgezeichnet.«

Sie lächelte und sah schüchtern zu Boden. Sie wollte etwas sagen, doch Coopers überraschter Ausruf kam ihr zuvor. »Das ist keine Pizza!«

»Natürlich ist das Pizza, Cooper. Ich habe sie gerade selbst bei Dominion geholt. Iß sie, dann wirst du so groß und stark wie Jimmy Mackelroy.«

Der kleine Bursche schüttelte unbeirrt den Kopf und stemmte seine winzigen Fäuste in die Hüften. »Nee, das ist keine Pizza. Das Pizza-Zeug oben drauf fehlt.« Er funkelte mich an, die Unterlippe trotzig vorgeschoben.

Ich runzelte die Stirn und sah Kyrie an. »Pizza-Zeug?«

Sie errötete. »Fragen Sie besser nicht. Wir beziehen unsere Lebensmittel zum größten Teil aus Müllcontainern.« Sie stellte ihre Pizza auf dem Küchenregal ab und hockte sich neben Cooper. »Paß auf, Coop, das ist eine *besondere* Pizza, darum ist kein Pizza-Zeug darauf. Du mußt es nicht abkratzen, siehst du?«

Coopers Augen blitzten wachsam. »Eine besondere Pizza?«

Kyrie nickte nachdrücklich. »Es ist eine Geburtstagspizza. Wolf hat heute Geburtstag, und er teilt seine Geburtstagspizza mit uns.«

Elektrische Erregung ließ Coopers Gesicht mit Neon-Intensität aufleuchten. »Echt? Du hast heute Geburtstag?«

Ich blinzelte ihm zu. »Worauf du dich verlassen kannst. Deshalb trage ich auch diese Blume im Knopfloch. Und jetzt iß deine Pizza, damit mein Geburtstag auch schön wird, okay?«

»Okay.«

Kyrie kam wieder zu mir und warf einen Blick auf mein Revers. »Eine Nelke. Sie sind zu Roberts gegangen, nicht wahr?«

»Klar.« Ich griff nach einem Stück Pizza, aber die Besorgnis in ihrer Stimme ließ mich meinen Hunger vergessen. »Ich habe ihm erklärt, daß ihr in Ruhe gelassen werden wollt, aber ich glaube nicht, daß er es begriffen hat. Trotzdem, sein Leibwächter muß sich erst mal von einer Glaubensprüfung erholen, also haben wir wahrscheinlich etwas Zeit gewonnen. Keine Sorge, es wird sich alles regeln.«

Ich wollte sie in die Arme nehmen, um sie zu beruhigen, aber sie wich einen Schritt zurück, und ich wußte sofort, warum. Eine Umarmung zuzulassen wäre ein Eingeständnis von Schwäche gewesen, und die durfte sie nicht zeigen. Albion bezeichnete sich zwar als Anführer der kleinen Gruppe und brachte sie wahrscheinlich auch dazu, eine Menge Dinge zu erledigen, aber Kyrie hielt die Gruppe im Alltag zusammen. Wenn sie ihm auch nur den geringsten Anlaß lieferte, würde er die Gruppe wegen seiner Verbitterung und Wut ins Verderben führen.

Cooper hüpfte von seinem Stuhl, ging zu ihr und nahm ihre Hand. »Keine Sorge, Kyrie. Mister Wolf und

Harse werden uns beschützen. Das verspreche ich.« Als hätte die Zusicherung alles wieder ins rechte Lot gerückt, lächelte er und machte sich daran, noch mehr Pizzasoße über sein Gesicht zu verschmieren.

Mit leiser Stimme fragte ich: »Harse?«

Kyrie leckte sich die Lippen. »Wenn wir Sachen organisieren, müssen wir Cooper manchmal allein hier lassen. Harse ist sein imaginärer Freund. Er sagt, Harse bewacht das Haus, und das beruhigt Cooper, also versuchen wir nicht, es ihm auszureden. Alle Kinder haben imaginäre Freunde. Irgendwann wird er zu alt dafür sein.«

»Oder SimSinn-Drehbücher darüber schreiben und ein Vermögen verdienen. Hört mal, Raven will, daß ich ins Hauptquartier zurückkehre, damit wir uns überlegen können, was wir als nächstes unternehmen. Ich sehe mich vorher noch in der Gegend um, um mich zu vergewissern, daß keine komischen Sachen ablaufen, dann verschwinde ich.« Ich legte ein Stück Pizza über ein zweites und grüßte die damit Versammlung. »Danke, daß ihr meinen Geburtstag mit mir gefeiert habt, Leute. Wir sehen uns später.«

*

In der Sekunde, als ich den Multiplex verließ, in dem die Kinder wohnten, wußte ich, daß etwas nicht stimmte. Der Alte stimmte ein beständiges Knurren in meinem Hinterkopf an, und meine Nackenhaare sträubten sich. Die Barrens sind auch im besten Fall eine gesetzlose Gefechtszone, in der sich alle bis auf die unheilbar Geisteskranken unsicher fühlen. Doch diesmal war das Gefühl weit schlimmer.

Ich biß ein Stück Pizza ab, während ich meinen Rundgang um den Block begann. Ich griff in mein Innerstes und verlangte, daß der Alte mir seine geschärften Sinne lieh. Er tat es, aber der Knoblauch in der

Pizza neutralisierte rasch jeden Vorteil, den mir der Geruchssinn des Alten möglicherweise gegeben hätte. Dennoch half mir seine bessere Nachtsicht dabei, die Schatten zu durchdringen, und sein Gehör ließ mich alles wahrnehmen, vom Huschen der Ratten an den Häuserwänden bis zu den leidenschaftlich geflüsterten Lügen in einer der Wohnungen auf der anderen Straßenseite.

Ich hörte ganz eindeutig etwas Ungewöhnliches. Es begann mit einem gedämpften feuchten Sauggeräusch, wie es ein Stiefel verursachen würde, der langsam aus einem Schlammloch gezogen wurde. Mit diesem Geräusch kam das Knirschen vom Glas einer Bierflasche, die auf einem Stein zerschmettert wurde, und ein metallisches Klirren, als schlügen Kettenglieder gegen einen Laternenpfahl. Und doch, so deutlich ich hörte, was ich beschrieben habe, ich hörte noch viel mehr als das.

Davon abgesehen wußte ich noch zwei andere Dinge. Hätte ich versucht, diese Geräusche jemandem ohne Hypersinne zu erklären, hätte man mich für verrückt gehalten. Das Geräusch hatte keinen Rhythmus und wiederholte sich nicht und entzog sich dadurch jeglicher Einordnung. Es hätte eine Blüte meiner Phantasie sein können, aber im Licht meiner anderen Erkenntnis war ich nicht gewillt, es als das abzutun.

Ich wurde verfolgt.

Das ist keine Schlußfolgerung, die ich ohne den Vorteil der Erfahrung zog. Schon einige der Besten haben mir nachgestellt. Zwei Paladine der elfischen Hohen Prinzen hatten mich im Zuge der Vollmondmorde verfolgt. Bevor er einer von uns wurde, hatte Kid Stealth sein Bestes getan, um meinen Kopf an seine Trophäenwand zu nageln. Und jedesmal verrät mir das unbehagliche Gefühl in meinen Eingeweiden, daß ich in jemandes Vorstellung von der Nahrungskette ein Glied unter ihm rangiere, und das gefällt mir nicht.

Ich schluckte, und die Pizza quetschte sich in den Knoten, der vor kurzem noch mein Magen gewesen war.

Ich wandte mich der Stelle zu, von der das Geräusch kam, aber ich sah nichts in den Schutthaufen zwischen zwei Häusern. Ich warf die Pizza weg und zog meine Viper. Ich duckte mich hinter das ausgebrannte Wrack eines Ford Americar, und plötzlich verdrängte ein stechender, bitterer Geruch die Nelke und den Knoblauch aus meiner Nase. Wer oder was mich auch verfolgte, hatte bizarre Vorstellungen von persönlicher Hygiene.

In Deckung zu gehen und zu warten irritierte den Alten unendlich. *Schleich hier nicht herum wie ein Feigling, Langzahn. Laß mich dir helfen. Ich werde dieses Ding erledigen, das uns jagt. Überlaß es mir.*

Ich schüttelte den Kopf. Der Geruch war mittlerweile zwar so durchdringend geworden, daß er stark ablenkte, aber ich hörte noch ein Geräusch: schnelle Schritte. Sie näherten sich mir von hinten. Ich fuhr herum und richtete meine Viper auf die Stoßstange des Wagens.

Cooper blieb wie angewurzelt stehen und sah mich voller verletzter Unschuld an. »Mr. Wolf?«

Ich schluckte. »Cooper! Was machst du denn hier draußen?«

Sein Lächeln spaltete verkrustete Tomatensoße in seinen Mundwinkeln. Er hielt mir ein in Zeitungspapier gewickeltes Bündel hin, das von einem Bindfaden zusammengehalten wurde. »Geburtstagsgeschenk.«

Als seien seine Worte ein Zauberspruch, verschwand das Gefühl, gejagt zu werden. Ich steckte die Viper ins Schulterhalfter und nahm das kleine bleistiftdünne Päckchen. Ich öffnete behutsam den Bindfaden. »Hast du das selbst eingepackt?«

Er nickte stolz.

»Das hast du gut gemacht. Du meine Güte, was ist denn das?«

Als ich das Papier aufriß, wußte ich ganz genau, um was für ein Geschenk es sich handelte. Der dünne Gegenstand war ein Kredstab. Es gibt zwei Sorten Kredstäbe. Bei der ersten handelt es sich um einen persönlichen Kontokredstab mit einem Mikrochip darin, der so programmiert werden kann, daß er Soll und Haben regelt – so bequem wie Bargeld, und man braucht sich nicht zu streiten, ob die Taler irgendeines Konzerns in diesem Monat gut sind oder nicht.

Bei der zweiten Sorte, zu der dieser gehörte, handelt es sich um beglaubigte Kredstäbe. In so einen Stab ist eine feste Summe eingebrannt. Wenn diese Summe auf ein Bankkonto oder auf einen persönlichen Kredstab transferiert wird, schmilzt der Chip. Manche Konzerne produzieren sie massenhaft, um damit Spesen und Auslagen ihrer Angestellten zu decken, aber der Betrag auf diesen Stäben ist im allgemeinen gering. Der Hauptvorteil eines solchen Kredstabs liegt darin, daß man ihn dazu benutzen kann, große Summen zu transferieren, ohne die Herkunft dieser Summen zurückverfolgen zu können. Im Grunde handelt es sich um kleine nicht gekennzeichnete Banknoten, die nur viel handlicher sind.

Der Kredstab, den Cooper mir gab, war durchgebrochen. Die Bruchstelle, die ihn wertlos machte, war gezackt, also nahm ich an, daß es sich um einen Unfall handelte. Ich befingerte beide Hälften, wurde aber aus den Farbmustern darauf nicht schlau. Als ich aufschaute, sah ich einen erwartungsvollen Ausdruck auf Coopers Gesicht. »Vielen Dank, Cooper.«

Seine Stimme sank zu einem Flüstern. »Die anderen suchen immer nach den längeren, also dachte ich mir, ich geb' dir zwei von den kleinen.« Er klatschte in die Hände. »Du und Harse werdet uns beschützen.«

Ich zerzauste seine blonden Haare. »Vollkommen richtig. Jetzt muß erst mal Harse auf euch aufpassen, weil ich mit Raven reden muß. Noch mal vielen Dank für das Geschenk.«

Der kleine Junge strahlte, dann drehte er sich um und lief in die Schatten. Mir fiel auf, daß er die Gegend ansteuerte, aus der ich zuvor die Geräusche gehört hatte, aber er verschwand, bevor ich ihn zurückhalten konnte. Mit den Ohren des Alten hörte ich ihn glücklich kichern und stellte mir vor, wie weitere Pizza-Überreste von seinem Gesicht abblätterten.

Ich sprang in meinen Fenris, umrundete einmal den Block und überließ es dann den Barrens, ihre Bewohner zu schützen.

V

Valeries finstere Miene konnte nur eines von zwei Dingen bedeuten. Entweder lagen die Seadogs zurück, oder es war ihr nicht gelungen, Daten über Reverend Roberts auszugraben. »Wie steht's?«

Sie zuckte die Achseln. »Eins zu null für Roberts.« Ihre finstere Miene verdunkelte ihre milchkaffeebraune Haut, intensivierte aber auch das blaue Feuer in ihren Augen.

Raven kam die Treppe herunter und bedachte Valerie mit einem ermutigenden Lächeln. »Das würde ich nicht sagen, Val. Sie haben reichlich Daten über alle Andrew Coles aufgetrieben, die je in Seattle gelebt haben.« Er wedelte mit dem Ausdruck in seinen Händen. »Dieses Material über die Kinder ist ziemlich vollständig. Außerdem haben Sie uns einen Überblick über Roberts' Imperium verschafft. Sobald sich Ihre anderen Suchframes zurückmelden, haben Sie alles erreicht, was Sie erreichen wollten.«

Val zuckte die Achseln. »Ich weiß, aber irgend etwas stimmt nicht mit diesem Bericht über Roberts. Ich weiß, daß daran herumgepfuscht worden ist.«

»Mycroft?« fragte ich, indem ich den Namen eines anderen erstklassigen Deckers nannte, den ich kannte.

Valerie rümpfte ihre hübsche Nase. »Nein, wenn es Mycroft wäre, müßte ich den Bericht mit einem Skalpell sezieren. Für diesen brauche ich eine Kettensäge. Wenn ich raten müßte, würde ich sagen, es ist eine Regierungsmaske, die über einem Aufzeichnungsprogramm läuft.«

Ravens Kopf ruckte hoch. »Angenommen, Sie haben recht, wie schwer wäre es für Roberts herauszufinden, daß die Regierung seine Konten anzapft, um ihn zu überwachen?«

»Nicht besonders schwer.« Val schloß die Augen, da sie sich konzentrierte. »Jack könnte es herausfinden und vielleicht auch Glass Tarantula. Und vielleicht noch ein halbes Dutzend weitere Decker im Sprawl, aber der Prediger hat weitreichende Verbindungen. Er könnte auch Decker aus New York oder Dallas darauf angesetzt haben, seine Daten zu überprüfen.«

Doc nickte nachdenklich. »Wolf, haben Sie irgend etwas von den Kindern erfahren, als Sie bei ihnen waren?«

Ich hockte mich auf eine Stuhlkante. »Nein, eigentlich nicht. Das meiste von dem, was bei ihnen auf den Tisch kommt, sind Reste aus Müllcontainern, aber ich glaube, das wußte ich auch schon vorher.« Ich zog die Nelke aus meinem Revers und warf sie in den Papierkorb. »Augenblick, ich habe etwas bekommen.«

Ich griff in die Tasche und holte die beiden Hälften des zerbrochenen Kredstabs heraus. »Cooper hat mir das als Geburstagsgeschenk gegeben.«

Raven nahm die beiden Hälften und legte sie zusammen. Mit der Zunge befeuchtete er eine Fingerspitze und wischte etwas von dem Dreck ab, um die farbigen Markierungen deutlicher erkennen zu können. Er starrte sie einen Augenblick an und wandte sich dann an Val. »Vergleichen Sie Cole, Andrew, mit Kensington Industries.« Er betrachtete den Stab noch einen Augenblick. »Suchen Sie in dem Zeitraum zwischen 2005 und 2035. Wenn Sie eine Übereinstimmung finden, suchen Sie Daten über die früheren Bewohner des Hauses, in dem sich die Kinder eingenistet haben, und zwar in den Monaten vor und nach Coles Sterbedatum. Außerdem brauche ich vollständige Informationen über den damaligen Bewohner des Hauses beginnend mit seinem Strafregister bei Lone Star.«

Als Raven mich schließlich ansah, gelang es mir, meine Kinnlade wieder zu heben. »Wonach suchen Sie?«

»Ich habe mir vorhin die Cole-Daten angesehen und erinnere mich an einen Andrew Cole, der für Kensington Industries gearbeitet hat. Die Farbcodierung auf diesem Kredstab wurde von dieser Firma in der Zeit zwischen 2005 und 2035 benutzt, also vor ihrer Fusion mit Saeder-Krupp.«

Ich nickte. »War Kensington nicht in finanziellen Schwierigkeiten, so daß Seader-Krupp den weißen Ritter spielte, bevor sie von Beatrice-Revlon geschluckt wurden?«

Raven lächelte. »Ihr Wissen über Seattles Wirtschaftsgeschichte überrascht mich, Wolf.«

Ich sagte nichts. Ich würde ihm nicht verraten, daß diese Geschichte Thema eines Dokumentarspiels im Trid gewesen war, das ich mir einmal angesehen hatte.

»Homerun, Doc!« Valeries enthusiastischer Ausruf ersparte mir eine mögliche Prüfung meines Wissens über Fusionen und Übernahmen der Megakonzerne. »Cole, Andrew, verheiratet mit Tina, gestorben am 14. März 2034. Er hat in der Buchhaltung von Kensington gearbeitet und stand unter dem Verdacht, 500 000 Nuyen in Spesenkredstäben veruntreut zu haben. Tina ist letztes Jahr gestorben, aber Kensington hat ihr Unbedenklichkeit bescheinigt, weil sie nie auch nur einen Nuyen ausgegeben hat, der den Rahmen ihres Einkommens sprengte. Die Versicherung hat Kensington/ Saeder-Krupp nach ihrem Tod ausbezahlt.«

»Und der Bewohner des Hauses, in dem die Kinder leben?«

»Von Juni 2033 bis März 2034 hat dort ein gewisser Thomas Harrison gewohnt. Nach einigen Unruhen in der Gegend wurde das Haus als leerstehend gemeldet. Offiziell wird es als LOA-1 geführt, aber bis jetzt hat noch niemand einen Anspruch geltend gemacht, also gehört es rechtlich gesehen der Stadt. Harrison war ein kleiner Ganove und Schwindler.« Sie fuhr auf ihrem Stuhl herum. »Die Liste seiner Festnahmen wegen Betrügereien ist länger als Mackelroys Trefferserie!«

Ich blinzelte zweimal. »Wetten, daß Harrison der namenlose Partner war, von dem der gute Reverend behauptet, der Teufel habe ihn geholt?«

Raven nickte. »Sie wollten den Bibelschwindel bei Tina Cole abziehen, nachdem ihr Mann gestorben war. Sie geht nicht darauf ein, beichtet aber diesen beiden offenbar christlichen Männern, daß ihr Mann seinen Konzern bestohlen hat.«

»Ja, Doc, genau. Sie hat Angst um seine Seele, also bieten sie ihr an, Kensington die Kredstäbe anonym zurückzugeben. Auf diese Weise wird das Seelenheil ihres Mannes gerettet, und auch sein irdischer Ruf erleidet keinen Schaden. Harrison und Roberts müssen 500 000 Nuyen in Kredstäben aufteilen. Hat Harrison sich mit ihnen abgesetzt?«

Raven schüttelte den Kopf. »Das bezweifle ich. Harrison hätte die 500 000 Nuyen in sechzehn Jahren längst durchgebracht. Wenn man Roberts' Erfolg in dieser Zeit bedenkt, muß man davon ausgehen, daß Harrison längst zurückgekehrt wäre, um seinen ehemaligen Partner zu erpressen. Ich bin sicher, daß Harrison tot ist, da Roberts ihn in einem Wutanfall umgebracht hat, nachdem Harrison sagte, er hätte die Beute versteckt.«

»Ich kann nicht ganz folgen.«

Raven verschränkte die Arme. »Die Bibel, die Roberts benutzt, stammt noch von dem Schwindel, mit dem sie Tina Cole hereinlegen wollten. Ich nehme an, Harrison hat Hinweise auf das Versteck der Kredstäbe in der Bibel hinterlassen. Die Symbole, die Sie unter dem Umschlag gesehen haben, könnten durchaus ein Code sein, der zu ihnen führt. Der Klebstoff hat irgendwann nachgegeben und das Geheimnis enthüllt, und Roberts hat die Zeichen entschlüsslt.«

Ich runzelte die Stirn. »Ich war in seinem Büro. Was sind 500 000 Nuyen für ihn?«

»Treffer, Augenblick, zwei Treffer«, verkündete Val, als sie auf den Monitor blickte. »Um deine erste Frage zu beantworten, Wolf, 500 000 Nuyen braucht man, um aus Seattle herauszukommen und behaglich zu leben. Die Regierung hat alle Konten von Roberts sperren lassen, da eine Untersuchung wegen Betrugs im Hinblick auf sein Projekt Jesusville – Vergnügungspark und Glaubenszentrum – eingeleitet wurde.«

»Was noch?«

»Zweiter Treffer. Roberts hat einen Anspruch auf das Haus unter Anwendung von LOA-1 geltend gemacht. Er hat irgendeinen Richter gefunden, der ihm in einer Phantomanhörung die Vormundschaft über die Kinder übertragen hat, also hat er den Leerstehend/Obdachlos-Anspruch in ihrem Namen gestellt. Angeblich ist Lone Star gerade dorthin unterwegs, um ihm bei der Zustellung der Papiere zu helfen.«

Raven steckte den zerbrochenen Kredstab in die Tasche. »Val, machen Sie einen LOA-1-Gegenanspruch auf das Anwesen geltend.« Er riß ein Blatt von dem Ausdruck ab, den er gerade gelesen hatte. »Benutzen Sie diesen Namen, wenn der Computer ihn akzeptiert. Andernfalls machen Sie ihn unter meinem Namen geltend, dann fechten wir es später aus. Wolf, wir gehen.«

*

Der Fenris hinterließ zwei schwarze Spuren auf dem Boden der Garage und eine in jeder Kurve, die wir auf dem Weg zu dem Haus nahmen. Ich brach die Geschwindigkeitsvorschriften nicht nur, ich zerquetschte sie zu Quarks. Wir überraschten ein paar Ancients, als ich eine Abkürzung durch ihr Revier nahm, aber die Elfen gaben die Verfolgung auf ihren Motorrädern auf, als sie aufgrund meiner Fahrweise zu dem Schluß kamen, daß ich nicht in der Stimmung für Spielchen war.

Ich trat hart auf die Bremse, riß den Fenris um die letzte Kurve und brachte ihn längs zum Randstein und genau am Rand des Lichtkreises der Straßenlaterne vor dem Haus zum Stehen. Ein Stück weiter auf der Straße sah ich einen Streifenwagen mit blinkendem Blaulicht von Lone Star, dessen Fahrertür geöffnet war. Dahinter stand Reverend Roberts im Schutz seiner Limousine.

Der Lone-Star-Cop schaute zu uns herüber, als Raven und ich mit erhobenen Händen aus dem Wagen stiegen. »Steigen Sie einfach wieder in Ihren Wagen, Wolf, und verschwinden Sie. Wir haben hier auch ohne Sie schon genug Schwierigkeiten.«

»Sie haben nicht viel für Dankbarkeit übrig, nicht wahr, Harry Braxen?« Ich ließ langsam die Hände sinken und schloß die Wagentür mit einem eleganten Hüftschwung. »Doktor Raven hilft diesen Kindern, also bleiben Sie cool.«

Der orkische Cop verzog das Gesicht. »Raven, ich kann Sie ebenso leicht einbuchten wie diese Kinder. Roberts ist ganz eindeutig der Besitzer dieses Hauses, und er ist der Vormund der Kinder.« Er hob die Stimme, so daß ihn auch die Kinder in dem Haus hören konnten. »Wenn sie nicht rauskommen, erledige ich zuerst das Großmaul mit der Kanone und führe sie dann in Handschellen ab.«

Raven hob eine Hand, um die Kinder zurückzuhalten, und dann die andere, um Braxen zu beruhigen. »Officer Braxen, Gewalt ist hier absolut nicht erforderlich. Wenn Sie die Angaben im Computer in Ihrem Wagen überprüfen, werden Sie vermutlich feststellen, daß der Anspruch des Reverends auf dieses Grundstück angefochten wird.«

Diese Information entlockte Reverend Roberts einen lauten Aufschrei. »Weiche von mir, Satan!« Er marschierte energisch vorwärts und hielt dabei seine Bibel wie ein Schwert. Er trat Raven gegenüber, achtete jedoch darauf, daß der Streifenwagen zwischen ihm und dem Doc blieb. »Sie mischen sich in ein gutes Werk, das im Namen Gottes vollbracht wird.«

Ravens Kopf ruckte hoch, und seine Lippen verzogen sich zu einem sarkastischen Lächeln. »Ich wußte gar nicht, daß Gott ein Synonym für Gier ist, Lawrence Roberts. Ich bin sicher, Tina Cole wäre schockiert darüber, wie Sie ihr Vertrauen mißbraucht haben.«

In der halben Sekunde, in der Roberts' entsetzter Blick von Raven zu mir wanderte, erkannte ich, daß alles stimmte, was Raven sich über ihn zusammengereimt hatte. Er stritt den Vorwurf stammelnd ab, aber ein unirdisches Brüllen schnitt ihm das Wort ab. Cooper kam durch die Haustür gelaufen, und Braxen duckte sich mit gezogener Waffe hinter die Streifenwagentür.

Plötzlich sah ich das Ding, das ich zuvor gehört und gerochen hatte, durch den Vorgarten rasen. Eher formlos denn humanoid, wand es sich vorwärts wie ein amöber Zentaur. Ein Haufen Lehm, Kies und Schutt umwirbelte das Ding und bildete ein kegelförmiges Fundament, das einen klobigen Rumpf mit mehreren Armen stützte. Auf diesem Rumpf saß etwas, das man als Kopf hätte bezeichnen können, und als etwas von dem Schlamm auf den Boden tropfte, sah ich Knochen.

Der Alte heulte einen Schlachtruf, bei dem mir fast

der Schädel platzte. Ich zog meine Viper und lud durch, konnte an dem Ding aber keine Stelle erkennen, wo eine Kugel möglicherweise Schaden anrichten würde. Cooper sah mich mit entsetzter Miene an und rief: »Wolf, nicht!« Er warf einen Blick auf die Kreatur und wiederholte seinen Ausruf. »Harse, nicht!«

Die Kreatur ging geradewegs auf Roberts los. Eine Stelle an ihrer Brust warf Blasen, als versuche sie etwas zu sagen, doch jeder Laut, den sie von sich gab, wurde von Roberts übertönt, als dieser die Bibel hob und etwas rief. Die Kreatur wurde eher noch schneller. Der gute Reverend warf mit dem Buch nach dem Ungeheuer und verfehlte es, dann drehte er sich um und rannte zu seiner Limousine. Harse schlug einen Haken nach links und blieb Roberts auf den Fersen, obwohl ich an der Kreatur nichts erkennen konnte, was auch nur im entferntesten Augen ähnelte.

Über den stechenden, brennenden Gestank der Kreatur hinweg stieg mir der Geruch von Roberts' Nelken in die Nase, und ich wußte, wie Harse ihn verfolgte. Das Ungeheuer mußte sich an dem Nelkenduft orientieren. Ich hatte ebenfalls eine getragen, und es hatte mich verfolgt, bis Cooper erklärt hatte, ich sei ein Freund. Jetzt ging es auf Roberts los.

Ich erwog kurz, eine Warnung zu rufen, verwarf den Gedanken dann jedoch. Was auch mit Roberts geschah, hatte er sich selbst zuzuschreiben. Es war an der Zeit, daß die Geldwechsler aus dem Tempel gejagt wurden.

Roberts schrie unzusammenhängende Gebete vor sich hin, während das Ungeheuer ihn verfolgte. Er schlug Haken wie ein Hase, um es abzuschütteln, hatte jedoch keinen Erfolg. Harse blieb Roberts auf den Fersen, als folge es einem Peilsender, und schloß bei jedem Haken Roberts' näher auf. Die Kreatur glitt auf einer Lache aus Schlamm und öligem Abfall vorwärts und schnitt den Prediger von der Limousine ab.

Braxen, dessen Kanone zitterte wie chinesisches Porzellan bei einem Erdbeben, sah mich an. Ich wandte mich ratsuchend an Raven, aber der Doktor schüttelte nur den Kopf. Er warf einen Blick auf die Kinder, die sich um Cooper versammelt hatten, und sah dann wieder zu Roberts. Irgend etwas in seinen Augen verriet mir, daß er die Kreatur auch dann nicht aufgehalten hätte, wenn es ihm möglich gewesen wäre.

Seiner Fluchtmöglichkeit beraubt, sank der Reverend auf die Knie. Er schloß krampfhaft die Augen, faltete die Hände und betete inbrünstig. Ich kann mich nicht mehr an die Worte erinnern, die er schrie, hauptsächlich deshalb, weil alle irgendwie ineinander übergingen, aber sie liefen auf ein Eingeständnis all seiner Sünden und ein Versprechen hinaus, nie wieder zu sündigen. Das ist wohlgemerkt nur die Meinung eines Laien, aber sein Sündenkatalog reichte für mehrere Leben.

Er bat um Gottes Vergebung, und Harse sorgte dafür, daß er sie auch bekam.

Die Kreatur prallte auf ihn wie eine Schlammlawine gegen ein Haus. In diesem Augenblick konnte ich Roberts noch sehen, und im nächsten war er mit zähem Schlamm bedeckt. Der Reverend wurde von der Kreatur umgestoßen, erhob sich schwankend wieder auf die Beine und fiel dann wieder zu Boden, als seine Beine unter ihm wegschmolzen. Die Berührung der Kreatur wirkte wie Säure. Sie schälte Roberts das Fleisch von den Knochen und löste seine Kleidung in Rauch auf. Er versuchte zu schreien, erbrach jedoch lediglich Schlamm.

Er fiel mit dem Gesicht voran zu Boden, und Harse bedeckte ihn mit einem Grabhügel aus Abfall. Die Tentakelarme lösten sich auf, und der geschmolzene Hügel bewegte sich nicht mehr. Ein kleiner Staubteufel löste sich von dem Haufen und tanzte davon, als trage er Harses Seele fort.

Braxen erhob sich langsam hinter seinem Streifenwagen, und die Kinder verließen die schützende vordere Veranda. Cooper versuchte vorauszulaufen, doch Sine hielt ihn zurück. Ich warf noch einen letzten Blick auf den Grabhügel, schauderte und halfterte meine Pistole. Der Alte bellte noch einen letzten Kampfruf und zog sich dann in seinen Bau zurück.

Harry schob seine Uniformmütze in den Nacken. »Was, zum Teufel, war das?«

»Gerechtigkeit?« Raven war auf ein Knie gesunken und inspizierte die Bibel, die Roberts nach Harse geworfen hatte. »Diese Bibel beweist zusammen mit seinem Geständnis, daß er seinen Partner Thomas Harrison für ein Vermögen in beglaubigten Kredstäben ermordet hat. Roberts begrub Harrison hier im Keller dieses Hauses. Offenbar blieb sein Geist ruhig, bis Roberts sich wieder für dieses Haus interessierte. Sein Haß auf seinen alten Partner war so stark, daß er sich aus Schutt und Trümmern, die er in seinem Grab und anderswo fand, einen neuen Körper machte.«

Cooper schniefte. »Ich habe Harse immer Sachen gebracht.«

Ich ging zu ihm und kniete mich neben ihn. »Sei nicht traurig, Cooper. Harse – Harrison – hat euch so beschützt, wie du es wolltest. Jetzt ist er nicht mehr da, aber jetzt ist er auch glücklich. Du willst doch, daß er glücklich ist, oder nicht?«

»Ja.«

»Gut.« Ich erhob mich wieder. »Tja, Braxen, ich glaube, Sie können den Anspruch vergessen, den Roberts auf dieses Haus angemeldet hat.«

Der Ork runzelte die Stirn. »Ich fürchte, genau das kann ich nicht, Kies. Der Anspruch ist Teil von Roberts' Nachlaß.«

Raven hob die Bibel auf und klemmte sie sich unter den Arm. »Vermutlich werden Sie feststellen, daß der

Gegenanspruch, der auf dieses Haus erhoben wird, gültig ist. Schließlich wohnt Kyrie hier schon lange genug, um den Anspruch stellen zu können.«

Kyrie versteifte sich.

Braxen schüttelte den Kopf. »Ganz netter Versuch, Raven, aber sie hat keine SIN, also kann sie das Haus nicht besitzen, auch wenn sie schon eine Ewigkeit hier wohnt.«

Raven drehte sich um und sah Kyrie an. »Ich habe ein paar Nachforschungen angestellt, Salacia. Sie mögen von zu Hause ausgerissen sein, aber Sie haben eine SIN. Nach den Obdachlosen-Statuten gehört dieses Haus Ihnen. Zahlen Sie die überfälligen Grundsteuern, und Sie sind eindeutig die neue Besitzerin.«

»Tun Sie es, Kyrie«, sagte ich, dann wandte ich mich an den Cop. »Harry, was meinen Sie, wieviel sie bezahlen muß?«

Der Ork zuckte die Achseln. »Zehn Riesen, schätze ich.«

Kyrie sperrte Mund und Nase auf. »Woher soll ich zehntausend Nuyen nehmen?«

Raven warf ihr die Bibel zu. »Fünfhunderttausend Nuyen in beglaubigten Kredstäben, die der Koshiyama Insurance Combine gehören, sind an einem Ort versteckt, der sich anhand des Codes im Einband finden läßt. Der Finderlohn beträgt üblicherweise fünfzehn Prozent, das sollte ausreichen, um das Haus und vieles von dem zu kaufen, was Roberts euch angeboten hätte.«

Sine hob Cooper hoch und drückte ihn an sich, dann drehte er sich in ihren Armen und gab Kyrie einen Kuß. »Das ist jetzt unser Haus.«

»Ja, das ist es, Cooper, es gehört uns.«

»Toll, nimm das Haus«, schnauzte Albion verbittert. »Ich verschwinde von hier.«

»Was?« Der Kummer in Kyries Augen durchfuhr mich wie eine Monopeitsche.

»Du hast eine SIN. Wir trauen keinem, der legal ist.« Er schlug Sine auf die Schulter. »Komm, Sine. Das Haus gehört jetzt ihr, also verschwinden wir.«

Sine schüttelte den Kopf. »Ich bleibe.«

»Sahne. Ich hoffe, ihr verfault hier.« Er fuhr herum und hätte mich beinahe umgerannt.

»Wir zwei müssen uns mal unterhalten.« Ich packte ihn am Kragen und ging mit ihm ein Stück die Straße entlang. »Ist dir das Gel, das du dir in die Haare schmierst, ins Gehirn gesickert?«

Er starrte mich mürrisch an, als ich ihn losließ. »Sie ist legal. Ich traue niemandem, der 'ne SIN hat.«

»Denk mal kurz nach, ja?« Ich zeigte mit dem Daumen nach hinten, wo Kyrie und die anderen standen und sich die Bibelseite mit den geheimnisvollen Symbolen ansahen. »Sie hat schon eine SIN, seit du sie kennst, aber sie hat so getan, als hätte sie keine. Was glaubst du, warum?«

»Wir hätten sie rausgeworfen, wenn sie die Wahrheit gesagt hätte.«

»Überlege mal. Du weißt ganz genau, daß sie nach Tir gehen und sich von den Elfen dort helfen lassen könnte. Sie braucht euch nicht, aber ihr braucht sie. Cooper und Sine brauchen sie. Kyrie ist geblieben, weil sie nicht wollte, daß die Gruppe auseinandergerissen wird.«

Er spie auf den Boden. »Schön für sie.«

»Sie brauchen dich auch. Du gibst ihnen den Antrieb, eure Angelegenheit zu regeln.«

Albion verschränkte die Arme vor seiner mageren Brust. »Prima, Sahne, dann soll ihnen jemand anders die Arschtritte verpassen, die sie brauchen, ich nicht. Ich verschwinde von hier.« Er drehte sich um und marschierte in die Dunkelheit.

Ich ging zu den anderen zurück. Kyrie sah mich erwartungsvoll an, aber ich schüttelte nur den Kopf. »Tut mir leid.«

Cooper blinzelte, als er sich an mich wandte. »Kommt Albion zurück?«

»Ich weiß es nicht, Cooper. Ich weiß es einfach nicht.« Ich schenkte ihm ein halbherziges Lächeln. »Wenn du fleißig betest, tut er es vielleicht.«

DER QUOTENSPIELER

Ich fühlte mich, als sei ich in einer dieser Mathematikaufgaben gefangen: Wolf, der mit 40 km/h in südlicher Richtung durch die Gasse läuft, hat noch 50 Meter bis zur Straße und zur Sicherheit zurückzulegen. Der Wagen, der mit 100 km/h in derselben Gasse in südlicher Richtung fährt, hat noch 100 Meter bis zur Einmündung zurückzulegen. Wie lange dauert es, bis eine Stahlgürtelreifen-Massage Wolf den Tag ruiniert?

Während ich über eine dreckverschmierte Kiste sprang, aus der an den Ecken etwas Giftiges quoll, rechnete ich aus, daß 40 km/h gleichbedeutend mit 40 000 Metern pro Stunde oder 666,6 Metern pro Minute oder 11,1 Metern pro Sekunde waren. Damit war ich ungefähr 5 Sekunden von der Westlake und der vagen Chance entfernt, aus eigener Kraft nach Hause gehen zu können.

Der Acura Toro hinter mir, an dessen Radioantenne ein Stück Zeitungspapier wie eine Flagge flatterte, verfolgte mich mit 100 000 Metern pro Stunde. Damit legte der Wagen annähernd 27,8 Meter pro Sekunde zurück, was bedeutete, daß er sich mir 16,7 Meter pro Sekunde näherte und in drei Sekunden schneller durch mich hindurchrauschen würde als das Curry, das ich am Abend zuvor gegessen hatte – eine entschieden unangenehme Aussicht. Die Berechnungen stimmten und ließen keinen Zweifel.

Darum hasse ich Mathe.

Darum liebe ich Magie.

Der Alte heulte vor hämischer Freude, als ich zuließ, daß er seine Wolfskraft und Schnelligkeit mit mir teilte. Ich bückte mich mitten auf der Straße und riß den schweren Kanalisationsdeckel aus Gußeisen hoch. Der Fahrer glaubte, ich wolle in die Kanalisation flüchten, gab Vollgas und hielt mit dem schnittigen Sportwagen direkt auf mich zu.

Wie ein Matador mit einem Metallcape wich ich nach rechts aus, ließ den Kanalisationsdeckel jedoch dort in der Luft hängen, wo ich zuvor gestanden hatte. Die untere Kante traf die Windschutzscheibe direkt in der Mitte und zerschmetterte sie wie eine Seifenblase. Der Deckel überschlug sich und tat sein Bestes, das Hardtop des Cabriolets in ein Faltdach zu verwandeln. Dabei hatte er jedoch mehr Erfolg mit dem Fahrer und sorgte dafür, daß dieser, obwohl er vielleicht schnell gelebt hatte und jung gestorben war, als Leiche keinen hübschen Anblick bieten würde.

Der Toro prallte ziemlich hart gegen die Hausmauer. Funken sprühten an der Stelle, wo die Fiberglaskarosserie vorbeischrammte, dann rollte der scharlachrote Renner in den Verkehr. Ein Chrysler-Nissan Jackrabbit, der in östlicher Richtung fuhr, traf ihn in der Seite, während ein Honda-Laster über seine Motorhaube fuhr. Nichts explodierte oder brach in Flammen aus, aber der Fahrer des Jackrabbit übergab sich, als er die Fahrertür des Toro aufriß. Ich glaube, er wollte den Fahrer des Toro wegen dessen Fahrweise gründlich zur Schnecke machen, saute sich statt dessen aber nur seine weiße Hose mit diversen Brocken des Fahrers ein.

Ich warf noch einen letzten Blick auf den Acura, als ich die Gasse verließ und mich in Richtung Sund wandte. Ich kannte weder den Wagen, noch hatte ich den Fahrer nach dem halbsekündigen Blick wiedererkannt, den ich auf sein Gesicht geworfen hatte, als es noch heil gewesen war. Es war nicht das erste Mal, daß ein Profi mit extrem mörderischen Gelüsten hinter mir her war, keineswegs.

Es war jedoch das erste Mal, daß jemand weniger als

einen Tag gebraucht hatte, um zu beschließen, mich aus dem Weg räumen zu lassen.

Neue Rekorde dieser Art machen mich in der Regel nervös.

*

Mein Auf und Ab durch die Straßen gab mir die Zeit, die ich brauchte, um mich zu vergewissern, daß mir niemand folgte. Ich sah noch einen Toro, was mir einen kleinen Schrecken einjagte, aber nur deshalb, weil er weiß war und wie der Geist des Wagens aussah, den ich auf dem Gewissen hatte. Ansonsten zeigte mir meine Reise durch das Herz von Seattles urbanem grauem Dschungel nichts, was ich nicht schon millionenmal zuvor gesehen hatte.

Mein Zufallskurs führte mich in die Gegend, in der ich aufgewachsen war. Normalerweise meide ich diese Gegend, wenn ich nicht gerade eine Armee bei mir habe, weil die örtliche Gang und ich nicht besonders gut miteinander auskommen. Die Halloweenies – Homo sapiens ludicrus – wurden von Charles dem Roten angeführt, aber er hatte sich während der ganzen zweiten Hälfte des Sommers nicht besonders wohl gefühlt. Das gestattete mir zu gehen, wohin ich wollte, ohne belästigt zu werden.

Als ich die alte Nachbarschaft erreichte, stellte ich fest, daß ich mir plötzlich das Wiederaufleben der Feindseligkeit wünschte. Ein Teil der Westlake zwischen der Sixth und Seventh Avenue war in der Nacht des Feuers mächtig getoastet worden. Ich erinnere mich noch gut an den Brand, da diese Nacht in mehr von meinen Alpträumen eine Hauptrolle spielt, als ich zählen kann. Jedes Fragment jener beängstigenden Landschaft hatte sich in allen Einzelheiten in mein Gedächtnis gebrannt.

Und hier auf der Straße erkannte ich nicht das Geringste wieder.

Die ausgebrannten Wagen waren nicht mehr da. Gebäude hatten eine neue Fassade bekommen, und der Asphalt war glatter und neuer, als ich ihn je gesehen hatte. Alte, mit Brettern vernagelte Wohnungen waren renoviert und, nach den Gardinen zu urteilen, bereits neu bezogen worden. All die miesen kleinen Geschäfte auf der Straße waren schick aussehenden Boutiquen mit Markisen gewichen.

Und an keiner einzigen Straßenlaterne lehnte eine Hure.

Als ich die Gegend betrachtete, in der ich aufgewachsen war, verstand ich endlich das Wort Entweihung.

In meinem tiefsten Innern, in der lichtlosen Höhle, wo der Wolfsgeist wohnt, knurrte der Alte tief und kehlig. *Jetzt weißt du, was ich in der Schlafzeit gesehen habe. Dein Volk, Langzahn, zerstört das Land, das ich geliebt habe. Es hat mein Volk vernichtet und meine Welt verheert. Und wofür?*

»Damit du dich darüber beklagen kannst.«

»Entschuldigen Sie, junger Mann?« Eine alte Frau mit einem gebeugten Rücken blieb vor mir stehen und hielt ihr kleines Einkaufswägelchen aus Metall an. »Sagten Sie etwas zu mir?«

Ich lächelte sie an. »Nein, tut mir leid. Ich habe mit mir selbst geredet.«

Sie blinzelte, und ich rechnete halb damit, daß sie mich wiedererkennen würde. Irgend etwas blitzte tatsächlich in ihren Augen auf, und ich durchforschte mein Gedächtnis verzweifelt nach einem Namen, den ich ihrem Gesicht zuordnen konnte, fand aber nichts. Sie zeigte hingegen auf meine Krawatte. »Wir schulden Ihnen außerordentlichen Dank.«

Ich zog eine Augenbraue hoch. »Pardon?«

Sie deutete wiederum auf meine Krawatte. »Sie arbeiten doch für Tucker and Bors, nicht wahr?«

Wenigstens diese Woche, falls ich es überlebe. »Ja – tut mir leid, ich habe dort gerade erst angefangen.«

»Oh.« Sie lächelte freundlich. »Ihre Firma hat den Wiederaufbau dieser Gegend durchgeführt und alles sehr schnell erledigt. Jetzt kann man es nicht mehr sehen, aber diese Gegend war früher furchtbar.«

»Das glaube ich Ihnen gern.« Ich lächelte sie an und trat dann auf die Straße. »Guten Abend, Ma'am.«

Mein Lächeln wurde breiter, als ich einen vertrauten schmalen Hauseingang mit einem Halloween-Kürbis darüber sah, der auf mich herabstarrte. Tucker and Bors mochten diesen Stadtteil nach der Nacht des Feuers saniert haben, aber es gab einige Institutionen, die zu heilig waren, um angetastet zu werden, und zu widerlich, um zu sterben. *The Jackal's Lantern* war eine davon.

Ich zog die Tür auf und schwelgte in der Barriere aus stehendem Qualm, die mir entgegenkam. Sicher, ich hatte den Laden nie gemocht, als ich noch hier wohnte, und die Halloweener hätten mir für das Eindringen in ihre Festung das Herz herausgerissen, aber *Jackal's Lantern* war wie eine Schwimmweste für einen Ertrinkenden. Ich ließ die Tür hinter mir zuschwingen und rieb mir die Hände. Wer sagt, daß man nicht heimkehren kann?

Nun, wer auch immer, er hat recht. *Jackal's Lantern* mochte zu heilig gewesen sein, um angetastet zu werden, und zu widerlich, um zu sterben, aber offenbar war der Laden nicht so schwer aufzukaufen.

Der Rauch klebte nicht auf meiner Haut wie giftiger Nebel, weil er aus einer Rauchmaschine kam. Die einzige Lichtquelle in dem Laden war noch immer ein Kürbis aus orangefarbenem und schwarzem Plastik, aber die Wattzahl der Glühbirnen war erhöht worden, so daß man mehr sehen konnte als nur ein paar Schritte weit in die Bar. Sie hatten die Autokotflügel so um die Säulen gewickelt gelassen, wie ich mich an sie erinnerte, aber alle funkelten in einem neuen Überzug aus Chrom. Verschiedene Teile von Schaufensterpuppen waren auch jetzt noch mit Stacheldrahtschmuck behängt, aber der Rost war wegpoliert worden, und der ehemals messerscharfe Draht war stumpfer als der Realitätssinn eines durchschnittlichen Chipheads. Sie benutzten weiterhin Kabeltrommeln als Tische, doch sie waren mit einer dicken Schicht Klarlack überzogen, welche die Graffiti versiegelten, die noch aus einer Zeit stammten, als reale Leute den Laden bevölkert hatten.

Ein Mädchen mit frischem Gesicht kam zu mir und lächelte. Die beiden dunklen Dreiecke um ihre Augen zeigten mit der Spitze nach unten, und ein nach oben zeigendes verbarg ihre Nase, aber sie waren mit dunkelgrünem Make-up gezeichnet, nicht mit dem Schwarzen, das die Halloweener verlangten. Ihre Kleidung war zwar modisch zerlumpt, aber offensichtlich in der letzten Woche gewaschen worden. Anstatt wie ein Zombie auszusehen, der aus dem Jenseits beschworen worden war, um in der *Jackal's Lantern* zu bedienen, sah sie mehr wie ein Wesen aus dem Universum von Casper-dem-freundlichen-Geist aus.

»Willkommen in *Jack O's Lantern*«, lächelte sie.

Etwas in mir starb. »*Jack O's Lantern?*«

»Genau. Einen Tisch für eine Person?«

Ich blinzelte zweimal, dann schüttelte ich den Kopf. »Ich bin hier mit jemandem verabredet. Ein Mann, Mitte Vierzig ...« Sie rümpfte in offensichtlicher Abneigung die Nase. »Hinten. Er nuckelt an einem Bier.«

Ich lächelte. »Bringen Sie uns beiden eines.«

Ich ließ sie stehen und ging an den Konzernaffen in Kunstleder, die an der Bar saßen und hart auszusehen versuchten, vorbei und nach hinten. Zwar gefielen mir die Veränderungen nicht, aber ich mußte zugeben, daß das hellere Licht ein Vorteil war. Mir war nie aufgefallen, wie groß der Laden und wie hoch die Vogelscheuche war, die gekreuzigt an der Rückwand hing. Natürlich stand ihr das Smiley-Gesicht nicht, aber nicht viele Leute drangen so weit nach hinten vor.

Ich glitt in die Nische und stellte fest, daß mein Name immer noch in die Tischplatte geritzt war. Sogar die neun Linien darunter hatte man nicht angerührt. »Hi, Dempsey. Wie läuft's denn so?«

Dempsey zuckte die Achseln. Er gehört zu den Burschen, die absolut durchschnittlich aussehen – man vergißt ihn binnen einer Sekunde, wenn man keinen Grund hat, sich an ihn zu erinnern. Das und der Umstand, daß er Leute kennt, die praktisch alles und jeden auf der ganzen Welt kennen, machen ihn sehr gut darin, was er tut. Dempsey ist Privatdetektiv, und für jemanden, der weder über Magie noch Chrom verfügt, hat er sich länger gehalten, als es Rechtens ist.

»Das Leben geht weiter.«

»Du hast leicht reden.« Ich lachte leise. »Mein plötzliches Engagement in der Konzernwelt bedeutet, daß ich zu einer Zeit aufstehen muß, die man Morgen nennt.«

Dempsey hatte beide Hände um seine beschlagene Bierflasche gelegt und schien nicht zu hören, was ich gerade gesagt hatte. »Ich habe ein paar Sachen überprüft, wie du gesagt hast.«

»Und?«

Ein weiteres Achselzucken hob die Schultern seines mit Kevlar gefütterten Trenchcoats. »Es gibt massenhaft Leute, die Tucker and Bors dafür an den Kragen wollen, was sie mit der *Lantern* hier gemacht haben, aber niemand weiß irgendwas, das darauf hindeuten würde, daß TAB wütend auf die Ancients ist. Außerdem gibt es keine Anti-Meta-Gruppen mit Verbindungen zu TAB. In dieser Stadt wimmelt es von Humanis-Mitgliedern, aber TAB ist in dieser Hinsicht so sauber, wie der Laden nur sein kann.«

Ich kaute auf meiner Unterlippe. »Wie groß sind die Chancen, daß irgendwo unter einem Stein, den du noch nicht umgedreht hast, eine Schlange zum Vorschein kommt?«

Dempsey schien mir nicht übelzunehmen, daß ich seine Fähigkeiten anzweifelte. »Gering bis nicht vorhanden. Es geht das Gerücht, daß Andrew Bors eine Tochter hat, die gleich nach dem Erwachen goblinisiert ist. Ihr Daddy hat sie aus Seattle herausgeschafft und sie in einem Anwesen auf Vachon Island untergebracht. Danach wurden potentielle Angestellte bei ihrem Einstellungsgespräch auch hinsichtlich ihrer Ansichten zu Metamenschen unter die Lupe genommen. Wenn man Anzeichen von Bigotterie erkennen läßt, ist man draußen.«

»Verdammt.« Ich war bei Tucker and Bors eingeschleust worden, weil die Ancients mit ihrem Verdacht zu Doktor Richard Raven gekommen waren, TAB unterstütze Gangs, von denen sie angegriffen würden. Da die Ancients eine ziemlich mächtige und militärisch begabte Straßengang sind, lag ein Angriff auf das TAB-Hauptquartier durchaus im Bereich des Möglichen, und Raven hatte sich des Problems angenommen, damit es nicht so weit kam.

Die Kellnerin kam mit unserem Bier, und ich gab ihr ein paar Konzerntaler. Sie sah sie an und lachte. »Sie hätten mir ruhig sagen können, daß Sie zu uns gehören.«

Ich runzelte die Stirn. »Wie meinen Sie das?«

»Sie sind ein Tabbie, genau wie ich. Tabbies bekommen Rabatt.« Sie nahm das Geld und ging wieder nach vorn.

Dem Alten gefiel es nicht, Tabbie genannt zu werden*, aber es gelang mir, ihn in Schach zu halten. »Dempsey, du mußt weitergraben, was diese Policlub-Sache angeht. Die ganze Geschichte stinkt für mich nach Rassenhaß. Irgendwas muß da sein.«

Er nickte. »Sonst noch etwas?«

---

* Anmerkung des Übersetzers: Als ›Tabby‹ bezeichnet man eine getigerte oder gescheckte Katze.

»Ja. Du mußt herausfinden, ob jemand Geld auf meinen Kopf ausgesetzt hat.«

»Du meinst, außer La Plante?«

»Ja, außer La Plante.« Es war ein offenes Geheimnis, daß Etienne La Plante eine Belohnung auf den Kopf von Doktor Raven und dessen Partner ausgesetzt hatte. Außerdem war wohlbekannt, daß Kid Stealth aktiv würde, falls auch nur einem von uns ein einziges Haar gekrümmt würde – was nachdrücklich bewies, daß die Todesstrafe, wenn sie rasch und gnadenlos vollstreckt wurde, zur Abschreckung vor Verbrechen dienen konnte. »Irgendeine Messerklaue in einem Toro hat versucht, mein Interesse für die Fusion mit Asphalt zu wecken. Ich habe abgelehnt, und er hat bei einem Unfall einen Deckel auf die Birne bekommen.«

Dempsey nahm das ganz gelassen auf. »Leite ich meine Informationen immer noch über Valerie Valkyrie weiter?«

Ich dachte kurz nach und schüttelte dann den Kopf. »Das dauert zu lange. Wenn du irgendwas hinsichtlich des Kontrakts herausfindest, rufe bei TAB an und verlange Keith Wolverton.«

»Und wenn Mr. Wolverton nicht an seinem Platz ist und ich eine Nachricht hinterlassen will?«

»Dann sagst du, daß ein Verwandter zu Besuch kommt. Je größer die Gefahr, desto entfernter der Verwandte.«

Dempseys Augen schienen kurz in weite Fernen zu schauen. Als er den Blick wieder auf mich richtete, lag ein Funkeln darin. »Wenn ich also sage, daß Adam und Eva zu Besuch kommen …«

»Weiß ich, daß Stealth wieder freischaffend arbeitet.« Ich warf einen Blick auf die Uhr und glitt aus meiner Nische. »Bleib und trink noch einen, wenn du willst. Ich muß zu Raven.«

Dempsey schüttelte den Kopf und verließ die Nische.

»Wenn ich hierbleibe, kommt die Firma vorbei und verpaßt mir einen neuen Trenchcoat.«

»Es ist echt die Hölle, wenn man Trendsetter für die Mode ist.« Ich betrachtete die renovierte Bar und schauderte. »Ich glaube, das ist das erste Mal, daß ich hier bin und nicht das Bedürfnis habe, anschließend ein Bad zu nehmen.«

»Ist das erste Mal, daß ich hier bin und anschließend kein Bad brauche«, erwiderte Dempsey. »Tja, die guten alten Zeiten.«

*

Ich ging ein paar Blocks entlang zu dem Parkhaus, wo ich den Fenris abgestellt hatte. Das schwarze Coupé wartete auf mich in einer dunklen Ecke des Untergeschosses wie ein Raubtier, das sich vor dem Licht verbarg. Ich schaltete die Anti-Diebstahlvorrichtungen aus – man vergißt nur einmal, das zu tun –, gab den Startcode ein und fädelte mich in den dünnen Abendverkehr ein.

Die Fahrt zu Ravens Hauptquartier dauerte etwas länger, weil ich eine Reihe von Umwegen fuhr, um mich zu vergewissern, daß mir niemand folgte. Nachdem Raven und der Rest unserer Truppe verschiedene Dinge getan hatten, die einige der mächtigeren Persönlichkeiten im Sprawl ziemlich ärgerten, war Paranoia zu einer Überlebensfrage geworden. Nur weil Kid Stealth jedem, der uns zu nahe trat, wie ein blutiger Rächer aufs Dach steigen würde, bedeutete das noch lange nicht, daß wir unantastbar waren. Unzurechnungsfähigkeit ist vor Gericht ein mildernder Umstand, weil eine Menge Leute irrationale Dinge tun, und ich hatte nicht das Bedürfnis, Teile von mir in kleinen Beuteln mit der Aufschrift ›Beweisstück A‹ wiederzufinden.

Ich parkte den Fenris in der Garage unter Ravens Haus und nahm dann zwei Stufen auf einmal, als ich die Treppe zum Erdgeschoß hinaufeilte. Ich richtete meine Krawatte und krempelte meine Ärmel herunter, um dann gleich zu Ravens Büro zu gehen und in der Tür innezuhalten. »Ich wäre schon früher hiergewesen, Doc, aber jemand wollte, daß ich den Prellbock für seine unwiderstehliche Kraft spiele.«

Raven lehnte sich in seinem schwarzen Ledersessel zurück, faltete die Hände und legte die Zeigefinger auf die Lippen. In seinem maßgefertigten Sessel hinter dem antiken Schreibtisch sah er normal proportioniert aus. Die Spitzen seiner Elfenohren ragten als einzige Hinweise auf seine rassische Herkunft durch seine langen schwarzen Haare. Ohne die Ohren hätten ihn seine kupferfarbene Haut, die hohen Wangenknochen und die breitschultrige muskulöse Statur als Amerindianer gekennzeichnet.

Seine dunklen Augen waren nicht direkt auf mich gerichtet, aber ihr steter Blick verzauberte mich trotzdem. Das Flackern der Blau- und Rottöne, die eine Art Halo darin bildeten, war, wie ich mir zumindest einbildete, ein Spiegel dafür, wie schnell die Gedanken durch seinen Verstand jagten. Das Flackern verlangsamte sich, dann schloß er die Augen, und ich hatte wieder das Gefühl, Herr über meinen Verstand zu sein.

»Interessant.« Seine Hände fielen herab, als er sich vorbeugte und aufstand. »Natürlich will ich später einen vollständigen Bericht, aber zunächst sollte ich Sie unseren Klienten vorstellen. Das sind Sting und ihr Stellvertreter Green Lucifer.«

Elfische Frauen werden oft mit Metaphern aus der Pflanzenwelt beschrieben, aber bei Sting hätten es künstliche Pflanzen sein müssen. Sicher, sie war groß und schlank wie die meisten Elfen, aber man konnte sie nur als biegsam und geschmeidig beschreiben, wenn man glaubte, daß Eisenstangen in leichten Brisen schwankten. Ich hatte gehört, daß ihr Temperament ihrer feurigen Mähne entsprach, doch ihre gelben Opticon-Augen reflektierten jedenfalls nichts von der Wärme in ihrer Seele – falls sie eine hatte. Ihr haftete eine Härte an, die klarmachte, warum sie die Ancients führte, mir aber auch verriet, warum ich sie nicht verführerisch fand, obwohl sie attraktiv war.

»Ist mir ein Vergnügen.« Ich lächelte, bot ihr jedoch nicht meine Hand an. Ich wußte, daß sie sich ihren Straßennamen mit den Metallklauen verdient hatte, die aus ihren Handrücken schießen und Fleisch wie Butter durchtrennen konnten.

»Sie sind also Wolfgang Kies. Das macht Sinn, nehme ich an.«

Bevor ich auch nur beginnen konnte, mir einen Weg durch den Irrgarten aus Tonfall und Rückschlüssen zu bahnen, die ihre Worte zuließen, zog das fast unmerkliche Versteifen ihres Partners meine Aufmerksamkeit auf ihn. Anders als Raven hatte Green Lucifer die typische unterernährt wirkende Statur eines Elfs. Sein Kinn oder vielmehr sein Mangel daran deutete auf einen Charakterfehler hin, den das gleißende Licht in seinen grauen Augen als Brennstoff benutzte. Green Lucifer war ganz eindeutig nicht begeistert, daß Sting mich überhaupt zur Kenntnis genommen hatte, und er sehnte sich nach irgendeiner Gelegenheit, seine territorialen Rechte auszuüben. Das verriet mir, daß sie mehr als nur Partner in bezug auf die Macht waren und Green Lucifer der eifersüchtige Typ war.

Ich setzte ihn sofort auf die Liste der Leute, in deren Händen ich keine Kettensäge sehen wollte, wenn ich ihnen den Rücken zudrehte.

»Mr. Kies, oder ›Mr. Wolverton‹«, begann er mit geheuchelter Offenheit, »was haben Sie erfahren?«

Ich starrte ihn einen Augenblick an, dann wandte ich mich Raven zu. »Ich bin praktisch den ganzen Tag lang eingewiesen worden. Valeries Versetzung von Mike Kant nach Shanghai ist ebenso ohne Rückfrage akzeptiert worden wie die Tatsache, daß ich sein Nachfolger bin. Ms. Terpstra verhält sich mehr wie eine Schullehrerin denn als eine Abteilungsleiterin, aber Bill Frid hilft mir dabei, mich in Kants Büro einzurichten. Tatsächlich hatte ich noch nichts zu tun, weil Frid alles gemacht und mir dabei gezeigt hat, was ich zu tun habe.«

Raven sank wieder in seinen Sessel. »Gut. Was ist mit diesem Anschlag auf Ihr Leben?«

Die Erwähnung eines Attentatsversuchs veranlaßte die vierte Person in dem Raum, bewußte Notiz von dem Gespräch zu nehmen. Kid Stealth, der in der Hocke dasaß, wandte den Kopf, um mich zu beobachten. Das Licht wurde von seinen Zeiss-Augen reflektiert, und seine Brauen berührten sich fast über der Nase. Ich war nicht so dumm zu glauben, daß er besorgt um mich war – er konnte sehen, daß ich überlebt hatte –, seine Aufmerksamkeit entsprang vielmehr seinem Bedürfnis zu hören, wie ein anderer Attentäter in seinem Job versagt hatte.

Daß Stealth hinter Green Lucifer hockte und Greenie unauffällig versuchte, ihn im Auge zu behalten, bewirkte, daß ich mich viel besser fühlte.

»Ich bin in einigen Dateien fündig geworden und habe Ausdrucke von ihnen angefertigt. Diese habe ich in meinen Papierkorb geworfen, den ich dann in eine Mülltüte geleert und in den Müllschlucker geworfen habe. Nach der Arbeit ging ich in die Hintergasse und fischte die Tüte aus dem Container.« Ich griff in meine Gesäßtasche und zog die zusammengefalteten Papiere heraus. »Das sind mehrere Quittungen, die Kant bekam, während er, soweit ich das beurteilen kann, Überweisungen an die Leute vornahm, die gegen die Ancients kämpfen.«

Green Lucifers Miene verdunkelte sich. »Das ist kaum ein handfester Beweis, Mr. Kies.«

Ich richtete meine Worte weiterhin an Raven. »Es

muß ein Beweis sein, weil eine Messerklaue in einem Acura Toro mich mit einer Auffahrt verwechselt hat.«

»Haben Sie etwas aus ihm herausgeholt?« fragte Raven.

»Tut mir leid, Doc. Die Toten reden nicht gern mit mir. Aber es besteht die Möglichkeit, daß meine Tarnung aufgeflogen ist. Ich glaube, wir sollten in Erwägung ziehen, mich dort abzuziehen.«

Raven nickte ernst. »Wenn Sie das für das beste halten.«

Green Lucifer hieb mit der Faust auf die Lehne seines roten Ledersessels. »Das ist zu wichtig und die Vorbereitungen haben auch viel zu lange gedauert, um es einfach dabei bewenden zu lassen. Wir werden systematisch ausgerottet. Befehlen Sie ihm, an Ort und Stelle zu bleiben.«

Raven beugte sich vor und legte die Hände auf den Schreibtisch. »Da Sie neu hier sind, verstehen Sie nicht ...«

»Ich verstehe sehr wohl, daß es diesem menschlichen Agenten von Ihnen nichts bedeutet, daß Elfen ihr Leben verlieren.« Green Lucifer bedachte mich mit einem grauäugigen Blick, der den Alten zu einem trotzigen Knurren in meinem Hinterkopf veranlaßte. »Er ist Ihr Angestellter. Befehlen Sie ihm, seine Arbeit fortzusetzen.«

»Sie verstehen *nicht*«, wiederholte Raven bedächtig. Die Drohung durchzuckte seine Worte wie ein Blitz, und Zorn hallte wie Donner in seiner Stimme nach. »Diese Leute sind nicht meine Angestellten. Sie sind meine Helfer, meine Kameraden, meine Freunde und meine Verbündeten. Sie arbeiten mit mir, nicht für mich. Was sie tun, das tun sie, weil ich sie darum bitte, nicht, weil ich es ihnen befehle. Ich habe noch nie Grund gehabt, ihr Urteilsvermögen, ihren Mut oder ihr Mitgefühl anzuzweifeln. Wenn Wolf glaubt, daß sein Leben in Gefahr ist, dann glaube ich das auch.«

Green Lucifer schaffte es, mehr Fassung zu bewahren als das andere halbe Dutzend Leute, die ich dabei erlebt hatte, wie sie Ravens Zorn weckten. Er lehnte sich in seinem Sessel zurück wie ein Stahlträger, der durch das unvermeidliche Vorrücken eines Gletschers gebeugt wird, aber sein Widerstand war noch nicht gebrochen. Trotzdem war er nicht so dumm, den Mund zu öffnen.

In kaum unbeschwerterem Tonfall fuhr Doc fort. »Wolf ist sich über Ihre Situation völlig im klaren. Er weiß, daß Ihre Alternative zu einer friedlichen Lösung darin besteht, daß die Ancients einen Krieg gegen Tucker and Bors führen, was höchstwahrscheinlich nicht sehr erfreulich werden würde. Wir haben diese Untersuchung Ihretwegen und um der Unschuldigen willen begonnen, die dabei ins Kreuzfeuer geraten würden. Wolf weiß, daß ich ihn nicht bitten würde, dorthin zurückzukehren, wenn ich das Risiko nicht für gerechtfertigt hielte, aber wenn er meine Bitte ablehnt, werde ich ihn deswegen nicht geringer schätzen, und mein Vertrauen in ihn wird nicht nachlassen.«

Ich hätte gesagt, daß ich Seattle verlasse und nach Japan gehe, wenn ich der Ansicht gewesen wäre, daß Green Lucifers finstere Miene dadurch noch finsterer geworden wäre, und ich wußte, daß Raven mich in so einem Fall selbstverständlich decken würde. Ich feilte noch an der perfekten Art und Weise, Greenie diese Information unterzujubeln, aber dann begegnete ich Stings Blick, sah die hoffnungslose Entschlossenheit darin und änderte meine Haltung.

Ich wußte, daß die Ancients erst kürzlich einen schweren Kampf mit einer anderen Straßengang ausgetragen hatten. Die Ancients hatten angeblich auf Anregung von jemandem bei TAB versucht, ihr Territorium in das Revier der Meat Junkies auszuweiten. Der Kampf war rasch eskaliert und hatte nicht gut für die Ancients ausgesehen, als ein orkischer Scharfschütze ihren Anführer getötet hatte. In diesem Augenblick hatte jedoch Green Lucifer den Scharfschützen erledigt und mit dessen Gewehr den Boß der Meat Junkies weggeputzt.

Beide Gangs hatten sich zurückgezogen, um ihre Wunden zu lecken, aber in den folgenden Wochen hatten andere Gangs Überfälle auf die Ancients unternommen. Das hätte keinerlei Aufmerksamkeit erregt, wenn nicht ähnliche Überfälle auf die gleichermaßen geschwächten Meat Junkies ausgeblieben wären und die Junkies nicht plötzlich sehr neue und sehr teure Waffen und Motorräder ihr eigen genannt hätten. Da TAB aufgehört hatte, die Ancients zu finanzieren, konnte jeder mit mehr als zwei funktionierenden Hirnzellen daraus einen Wechsel in der Konzernpolitik ableiten, der für die Elfen nicht sehr vorteilhaft war.

Sting wußte ganz genau, daß ihre Gang sich mit dem Problem der wechselnden Loyalität von TAB auseinandersetzen mußte, sonst würden die Ancients bald Futter für die Nachrufseiten der Nachrichtenfaxe sein. Wenn Raven ihnen nicht helfen konnte – und daß sie sich um Hilfe von außen bemühte, auch wenn es ein Elf war, zeigte, wie verzweifelt sie war –, mußten sie in den Krieg ziehen. Wenn man bedachte, daß TAB wie jeder Multi seine eigene Armee hatte, würden sich nicht viele finden, die ihr Geld auf die Gang setzten.

Auch wenn Sting das wußte, blieb ihr keine andere Wahl. Wenn sie keinen Krieg führte, würde sie von jemandem abgelöst werden, der es tun würde. Das Resultat wäre dasselbe, aber wenn man »Hab ich's nicht gesagt« aus dem Grab flüstert, hören im allgemeinen nur wenig Leute zu.

»Ich habe Dempsey auf den Kontrakt angesetzt, Doc. Das könnte eine Abkürzung hin zu demjenigen sein, der hinter dieser ganzen Aktion steckt. Wenn ich aussteige, haben wir keinen Köder mehr. Ich muß einfach vorsichtiger sein.« Dann wandte ich mich an Sting.

»Da ich Kants Ersatz bin und er der Lieblingskurier des großen Bosses gewesen zu sein scheint, müßte sich bald etwas ergeben. Wenn wir durchsickern lassen, daß sie sich für eine Waffenladung interessieren, die nach Seattle unterwegs ist, müßte unser Mann aktiv werden, um sich diese Ladung vor Ihnen zu sichern.«

Raven lächelte. »Wenn jemand Ihren Tod will, wird Dempsey es herausfinden. Gute Wahl, Wolf.«

Ich setzte ein breites Lächeln auf und ließ es stolz Green Lucifer sehen. Er wurde ein wenig unruhig in seinem Sessel, aber Stealths rechter Arm aus Fleisch und Blut schoß über die Lehne des Sessels und Greenies rechte Schulter hinweg, um in meine Richtung zeigend kurz vor Greenies Gesicht innezuhalten. Aus dem Ärmel von Stealths taillierter Jacke glitt ein klobiger Derringer in seine Handfläche. Die Transportvorrichtung zog sich lautlos zurück, dann warf Stealth mir die Kanone zu.

Ich fing sie behutsam. »Was ist das?«

Stealth lächelte nicht gerade, aber seine Miene hellte sich doch so sehr auf, wie sie es sonst nur tat, wenn jemand in unmittelbarer Umgebung starb. »Richard sagte, er fände es beunruhigend, daß du unbewaffnet bist. Dieses Modell hier beruht auf einem Remington Double Derringer[1]. Ich habe das Kaliber auf 0.50 vergrößert und einige deiner Silberkugeln präpariert, so

---

[1] Weil Stealth weiß, daß ich gerne eine Beretta Viper und eine HK MP-9 benutze – die seiner Ansicht nach beide in ein Museum gehören –, ist er zu dem Schluß gekommen, daß ich nicht mit Waffen umgehen kann, die für das einundzwanzigste Jahrhundert konzipiert wurden. Die Spezifikationen für einen Derringer hat er irgendeinem Dokumentarfilm über den alten Westen entnommen (ich glaube, er hieß *Deadlands*) und dann die Waffe für mich angefertigt. Ich meine, ich war erleichtert, daß ich sie hatte, und noch froher, daß er ein Hobby hatte, aber ich wünschte irgendwie, dieses Hobby wäre harmloser, wie zum Beispiel Modelleisenbahnen. Andererseits wollte ich im Grunde gar nicht sehen, was die Mordmaschine mit Modelleisenbahnen anstellen würde.

daß sie in die Waffe passen. Die Waffe hat kein Magazin. Du hast zwei Schüsse.«

Ich drehte und wendete die Pistole in der Hand und steckte sie dann in die Tasche. Sie bei TAB einzuschleusen würde kein Problem sein, und ich würde mich auch ohne Kanalisationsdeckel in unmittelbarer Nähe sicher fühlen können. »Danke, Maestro.«

Ich wußte, daß die Waffe geladen war, weil etwas anderes für Stealth undenkbar war. Der Alte wußte es ebenfalls und knurrte irgend etwas Verächtliches über meine Abhängigkeit vom Makelbehafteten und Künstlichen, wohingegen seine Hilfsmittel doch so rein und natürlich seien. Das einzige Problem mit dem Alten und den Fähigkeiten, die er mir in Zeiten der Not lieh, bestand darin, daß ich nicht immer sicher sein konnte, auch Herr meiner Entschlüsse und Handlungen zu bleiben. Im Licht dieses Problems konnte man zu der Ansicht gelangen, daß die Benutzung einer von Hand zu zündenden Atombombe durchaus Vorteile hatte.

»Wie sieht also Ihr nächster Schritt aus?« Green Lucifer beugte sich vor und stützte das Kinn auf seine rechte Hand.

»Nun, heute abend werde ich mich einer ehemaligen Klientin widmen, Lynn Ingold. Das ist ein sehr wichtiger Punkt in dieser Angelegenheit.« Ich sah, wie Raven ein Lächeln unterdrückte. Lynn Ingold war eine junge Frau, die wir früher in diesem Sommer vor La Plante gerettet hatten. Wir beide hatten angefangen, uns zu treffen, und ich hatte vorgehabt, mit ihr zu einem Spiel der Seadogs[2] zu gehen, bevor das TAB-Problem aufgetaucht war. »Morgen gehe ich dann wieder zur Arbeit und warte ab.«

---

2 Als wir Lynn retteten, hatte sich irgendwie das Gefühl in mir breitgemacht, daß sie etwas Besonderes war. Die Tatsache, daß sie ein Fan der Seadogs war, bewies das. Und ich meine damit, daß sie ein Fan der *Seadogs* war – ich glaube, ich habe noch nie gehört, daß sie die Mannschaft Mariners genannt hat.

Sein Gesicht verzog sich zu einer sauertöpfischen Miene, als habe er Schwefelschnaps durch einen Strohhalm getrunken. »Wir können es uns nicht leisten, so lange zu warten.«

Raven warf einen Blick auf Stealth. »Kid Stealth wird durchsickern lassen, er und seine Redwings warteten nur darauf, daß jemand mit der Schießerei auf Sie beginne, so daß sie unverteidigtes Gebiet plündern könnten. Auch das erhöht den Druck auf TAB und wird es leichter für uns machen herauszufinden, wer hinter all dem steckt.«

»Schön, Raven, solange Sie wissen, daß wir nicht ewig warten werden.« Greenie lehnte sich zurück und legte die Hände zusammen. »Sie haben Zeit bis Frei ...«

Sting legte die rechte Hand auf seinen linken Arm. »An dieser Stelle haben Sie so lange Zeit, wie Sie brauchen. Wenn sich die Dinge ändern, lasse ich es Sie wissen.«

Das gefiel Greenie nicht besonders, aber er und Sting wechselten einen Blick, den ich nur mit Kobra und Mungo beschreiben kann. Ich lächelte breit über sein Unbehagen, was mir zweifellos einen massiven Sprung nach oben auf seiner Feindesliste einbrachte, und nickte ihr zu. »Wir sorgen für Resultate.«

»Gut, Mr. Kies.« Sie musterte mich von den Zehen bis zu den Haarspitzen und wieder zurück. »Nur daß Sie Bescheid wissen, falls man Sie erwischt, wird Kid Stealth alle Hilfe bekommen, die er braucht, um Sie zu rächen.«

Verdammt noch mal, ich liebe es einfach, wenn Frauen derart starke Worte benutzen.

*

Lynn benutzte nicht so starke Worte, aber sie sagte ein paar andere Dinge, die mich glauben ließen, ich sei gestorben und im Himmel. Am nächsten Morgen war ich so müde, daß ich Stealths Derringer beinahe an meinem Wecker ausprobiert hätte. Ich nahm davon Abstand, weil ich zu faul war, das Loch zu stopfen, das eine Kugel in meiner Wand – und in derjenigen der anderen Hausbewohner dieser Etage – hinterlassen würde, und ließ mich zurücksinken, um noch eine halbe Stunde zu schlafen.

Die Blavatskys unter mir weckten mich zum zweitenmal mit einer Diskussion über Dinge, die bei Tageslicht nicht erwähnt werden dürften. Nachdem ich mich geduscht und rasiert hatte, fuhr ich in die Innenstadt zu Tucker and Bors. Ich kam zehn Minuten zu spät und im nachhinein zu dem Schluß, daß dies möglicherweise keine so schlechte Idee gewesen war. Wer auch immer den Auftrag erteilt hatte, mich umzubringen, würde möglicherweise in Ohnmacht fallen, wenn er mich so unvermutet hereinschlendern sah.

Tatsächlich war die einzige Person, die mich überhaupt zur Kenntnis zu nehmen schien, die matronenhafte Ms. Terpstra. Sie starrte mich so durchdringend an, als wolle sie mein Hirn zum Schmelzen bringen, aber ich huschte so schnell zu meiner Büronische, daß sie ihre Kräfte nicht richtig konzentrieren konnte. Auf meinem Monitor las ich eine Mitteilung, die sie mir um genau 09:00:01 Uhr geschickt hatte: »Pünktlichkeit ist eine Tugend, und die Tugendhaften werden belohnt. Diejenigen ohne Tugend erwartet das Verderben.«

Bill Frid erschien in der Tür zu meiner privaten Domäne und reichte mir eine Tasse mit dampfendem Soykaf. »Wie ich sehe, haben Sie ein Verderben-Memo bekommen.«

Ich nahm den Soykaf und nippte daran. »Ist das schlimm?«

»Nee, warten Sie ab, bis Sie eine ›Ewige-Verdammnis‹-Notiz bekommen. Das ist schlimm. Sie hat schlechte Laune, seit Reverend Roberts nicht mehr im Trid predigt.« Bill war ein jovialer Bursche mit einem Doppelkinn und lockigen blonden Haaren, die ihn weicher aussehen ließen, als er sich meiner Ansicht nach selbst sah. Von Anfang an hatte ich ihn für einen von den Typen gehalten, die alle Abkürzungen kennen, um ihre Angelegenheiten geregelt zu bekommen. Es sind Arbeitspferde, und kein Konzern käme ohne sie zurecht, aber Verachtung für die Bürokratie verwehrte ihnen den Aufstieg in die Machtstruktur.

»Sie sehen müde aus. Fühlen Sie sich wohl?« fragte er mich.

Ich zuckte die Achseln. »Ich habe mir gestern abend das Spiel der Dogs angesehen.«

»Extra-Innings?«

»Ja.« Ich lächelte. »Nein, warten Sie mal, Sie meinen das Spiel. Nein, nur achteinhalb. Mackelroy hat einen Ball gefangen und dann einen Läufer ausgeworfen und damit das Spiel beendet. War echt toll.«

Bill nippte an seinem Soykaf. »Schön, schön. Wir müssen uns mal ein Spiel zusammen ansehen.«

Ich nickte. »Ja. Das machen wir, wenn wir für TAB unterwegs sind und ein Geschäftsessen auf die Spesenrechnung setzen können.«

»Das gefällt mir.« Er zwinkerte mir verschwörerisch zu, dann sah er auf und nickte. »Die böse Hexe der Lohnabrechnung beobachtet uns, also kehre ich besser an meinen Arbeitsplatz zurück. Wenn Sie irgendwas brauchen, lassen Sie es mich wissen.«

»Danke, Bill.«

Auf mich allein gestellt, mußte ich herausfinden, was ich tun sollte. Ich hatte keine Ahnung, welche Pflichten Kant gehabt hatte, und auch Frid war ziemlich vage gewesen. Nach allem, was ich mir zusammenreimen konnte, war Kant teils Feuerwehrmann und teils vertraulicher Kurier gewesen. Als ich ein Protokoll der Aufträge aufrief, die Kant in den vergangenen zwei Wochen erledigt hatte, sah es so aus, als hätte er die meiste Zeit auf den Händen gesessen.

In dem vollen Bewußtsein, daß müßige Hände die Spielzeuge des Teufels sind – eine Vorstellung, die Ms. Terpstra gewiß verabscheute –, holte ich eine leere Aktenmappe aus meiner Schreibtischschublade und legte die Einstellungs- und Arbeitsbestimmungen hinein, die ich gestern unterschrieben hatte. Ich beschriftete die Mappe mit ›Wolverton, Keith‹ und ordnete sie hinter der Akte ›Wolcott Trucking‹ ein.

Danach war ich ziemlich zufrieden mit mir, mußte aber gleich darauf zu meinem Verdruß feststellen, daß ich noch zwei Stunden bis zur Mittagspause totzuschlagen hatte. Ich sah mir den Stapel Datenchips auf meinem Schreibtisch an, aber sie handelten alle von Statistik, Mathematik und Wahrscheinlichkeitsmodellen, also konnte ich mich einfach nicht überwinden, einen davon in den Computer einzuwerfen. Während ich mir im Geiste einen Vermerk machte, Valerie darauf anzusprechen, mir ein paar Spiele zu besorgen, die auf diesem Monster liefen, begann ich mit der Erforschung des Interaktiven Gebäudeverzeichnisses.

Als das Telekom summte und mich rettete, war es mir gelungen, mir die Namen und Abteilungen aller TAB-Angestellten von A bis J im Gebäude zu merken. »Keith Wolverton am Apparat.«

»Ich habe eine gute und eine schlechte Nachricht für dich.« Dempsey gehörte zu den wenigen Personen, die am Telekom besser klangen als in natura. »Welche willst du zuerst hören?«

Als ich sah, daß Ms. Terpstra mißbilligend in meine Richtung schaute, hob ich die Stimme ein wenig, so daß sie mich hören konnte. »Nun, Doktor, wird der Patient überleben?«

»Mr. Kies ist nicht in Gefahr, abgesehen natürlich von den Gefahren, mit denen ein Mann in seinem Beruf immer rechnen muß. Er war im Irrtum, was die Symptome betrifft, die er zu haben glaubte.«

»Und die schlechte Nachricht?«

»Niemand hat vor, Wolf umzulegen, aber auf Ihren Kopf sind fünftausend Nuyen ausgesetzt, Mr. Wolverton.«

Jemand wollte Keith Wolverton erledigen? Warum? Vor achtundvierzig Stunden hatte er noch gar nicht existiert. »Ich nehme an, deine Quelle ist so zuverlässig wie üblich?«

Dempsey lachte grunzend. »Die trauernde Witwe hat die fünfhundert Nuyen Vorschuß dafür ausgegeben, die Erinnerung an ihren verblichenen Schatz auszulöschen. Geschlossener Sarg bei der Trauerfeier.«

»Wenigstens konnte sie das kürzeste Modell nehmen und so Geld sparen.« Ich trank einen Schluck Soykaf. »Hast du den Namen des Auftraggebers dieser armen verschiedenen Seele?«

»Sitzt du gut, und bist du allein?«

Ich schaute auf den Monitor und sah, wie sich mir eine Botschaft präsentierte, Buchstabe für Buchstabe. »Ja, nur erinnert mich meine wunderbare Abteilungsleiterin Ms. Terpstra gerade daran, daß ich die Wunder der binären Magie nicht zum Zwecke privater Telekomgespräche mißbrauchen sollte.«

»Dann ist es wahrscheinlich sicher. Sagt dir der Name William Frid irgendwas?«

Plötzlich fragte ich mich, ob Soykaf den Geschmack von Arsen überdecken konnte. Ich nahm an, daß ich es bald herausfinden würde. »Kommt mir bekannt vor. Danke, Dempsey.«

»Null Problemo, Chummer. Sag mal, ist deine Ms. Terpstra schwer gebaut und heißt Agnes mit Vornamen?«

Ich zuckte die Achseln. »Ja zu Punkt eins und ein ›A‹ als Initiale auf ihrem Namensschild. Warum?«

»Ohne besonderen Grund.« Ich konnte Dempsey in irgendeiner dunklen Telekomzelle wie einen Fuchs lächeln sehen. »Ich hörte nur, das sei der Name, den sie angenommen hat. Ich habe mich immer gefragt, wo sie nach dem Unterschlagungsskandal bei Mitsuhama wohl gelandet sein könnte. Achte auf deinen Gehaltsscheck.«

»Verstanden, Dempsey. Ich schulde dir einiges.«

»Du hörst von mir.«

»Jederzeit, Chummer, jederzeit.«

Ich unterbrach die Verbindung und warf einen Blick auf Bills Büronische. Ungeachtet des harschen Ausdrucks auf Ms. Terpstras Gesicht ging ich dorthin und hockte mich neben ihn. »Bill, ich brauche Ihre Hilfe.«

Sein Lächeln erlosch, als die Ernsthaftigkeit in meiner Stimme zu ihm durchdrang. »Sicher, Keith, worum geht es?«

Ich schüttelte den Kopf. »Nicht hier. Es ist persönlich. Ich bin neu in dieser Stadt, und da war diese Frau letzte Nacht …«

Er klopfte mir auf die Schulter. »Sie haben recht, nicht hier. Kommen Sie mit.«

Er ging an der Drachenlady vorbei zur Herrentoilette. Wir sahen rasch in den Kabinen nach, ob es unerwünschte Zuhörer gab, und sperrten den Raum dann ab. Bill lehnte sich gegen ein Waschbecken und lächelte mit milder Belustigung. »Also, wo liegt das Problem?«

Ich zuckte die Achseln. »Das Problem liegt darin, daß diese Frau ziemlich sauer ist, weil der Mann, den Sie angeheuert haben, um mich zu töten, bei dem Versuch ums Leben gekommen ist.« Ich zog Stealths Pistole. »Das hätte mir fast den Tag verdorben. Erklären Sie mir, warum ich nicht Ihren verderben sollte.«

Bills Augen weiteten sich, bis sie so groß waren wie das Kaliber der Pistole, auf die er starrte. »Nein, nein, nein! Sie haben da irgendwas ganz falsch gemacht.«

»Das trifft zumindest auf einen von uns beiden zu.« Ich klappte den Deckel der Handtuchhalterung hoch, löste die Arretierung und zog meterweise Handtuch von der Rolle.

Seine blauen Pupillen eierten umher wie ein Kreidefleck auf einer Billardkugel. »Was soll das?«

»Sie werden sich das um den Kopf wickeln, damit das Hirn nicht herumspritzt, wenn ich Sie erschieße.« Ich ließ mein Lächeln erlöschen, behielt aber ein nervöses Zucken im Mundwinkel bei, das ihn davon überzeugte, daß ich es ernst meinte. »Kein Grund, dem Hausmeister seinen Job unnötig zu erschweren.«

»Ogottogottogott.« Frid sank auf die Knie. »Ich will nicht sterben!«

»Gut, dann erzählen Sie mir alles, was Sie über die Elfen und TAB wissen.«

»Was?« Er sah mich mit absolutem Entsetzen an. »Wovon reden Sie?«

»Von den Ancients.«

»Von wem?«

»Verdammt noch mal!« Er zuckte zusammen, als ich fluchte. »Warum wollten Sie mich umbringen lassen?«

»Ich wollte Sie gar nicht umbringen lassen. Ich wollte Sie nur ... äh ... verprügeln lassen.« Seine dicken Lippen zitterten auf eine Weise, die mir verriet, daß er die Wahrheit sagte.

»Fünftausend Nuyen sind ziemlich viel, nur um jemanden verprügeln zu lassen.« Er sah mich niedergeschlagen an. »Woher hätte ich das wissen sollen? Ich bin zu *Damian's* gegangen und habe einem Burschen fünf Riesen für den Job angeboten, dann gab ich ihm fünfhundert Vorschuß und ein Foto von Ihnen, das ich von der Sicherheit bekommen hatte. Ich wollte nur, daß Sie eine Woche außer Gefecht sind.«

Ich runzelte die Stirn. »Ich warte immer noch auf das ›Warum‹, Chummer.«

»Weil ich Ihren Job wollte. Kant hat immer alle möglichen Zulagen und Prämien bekommen.« Er schaute auf den Boden und faltete die Hände wie zum Gebet. »Sie müssen mir glauben.«

»Nein, Chummer«, sagte ich, indem ich ihm das Handtuch zuwarf. »Sie müssen mich überzeugen. Was wissen Sie über Kants Kurierjobs?«

»O Gott, Sie sind von der Innenrevision, nicht wahr?« Frid wurde schlaff, und seine Schultern sackten nach vorn. »Kant sagte, er hätte mit Schattenprojekten zu tun.«

Schattenprojekte. Alles, was ein Konzern ohne Mitwissen der Anteilseigner und der Regierung tun wollte. Projekte, die niemals in den Büchern auftauchten, in die aber über Scheinunternehmungen Geld gepumpt wurde. Wenn man die miteinander verschachtelten Direktorate und die vertikale Integration innerhalb der Konzernwelt berücksichtigte, war ein Zurückverfolgen der Finanzierungsquellen für alles und jedes unmöglich. Auf Schattenprojekte traf dies erst recht zu.

Und einen Krieg gegen die Ancients zu finanzieren, klang für mich ganz eindeutig nach einem Schattenprojekt.

»Okay, Bill, gehen wir die Sache ganz langsam durch. Kant hat kürzlich drei Kurierjobs ausgeführt. Einer war am dreiundzwanzigsten des letzten Monats. In diesem Monat waren es einer am siebten und der andere am zwölften. Klären Sie mich auf.«

Schweiß lief ihm von der Stirn und über das Gesicht. »Ich weiß nichts darüber.«

»Sie sehen wirklich gut mit einem Turban aus.«

»Keith, ich weiß nichts. Ehrlich nicht.«

Ich ging in die Hocke und parkte den Derringer etwa einen Zentimeter von seiner Nasenspitze. »Sie haben bereits zwei Strikes hingelegt, Sie Wiesel. Sie haben gedacht, Sie würden Kants Job und seine Prämien bekommen, und Sie glauben noch immer, daß Sie mit irgendeinem Deal in der Tasche aus dieser Sache herauskommen ...« Ich hielt inne, um ihn überlegen zu lassen, wieviel seine Gier ihn kosten mochte. »Tja, Chummer, das können Sie. Ich interessiere mich nur für diesen einen Job. Er hat mit Elfen zu tun und hat sich hier in der Gegend abgespielt.«

Ich tippte ihm mit der Kanone gegen die Nasenspitze. »Wofür entscheiden Sie sich? Für eine ehrliche Beichte oder für den Tod in dem Wissen, daß Ihr Frühstück das letzte war, was Sie je zu sich genommen haben.«

»Ogottogottogott. Äh ... ah ...« Er kniff die Augen zu. »Ich weiß es nicht mit Sicherheit, Keith. All diese Jobs sind über Ms. Terpstras Schreibtisch gelaufen. Bitte glauben Sie mir.«

Ich hatte genug Männer zusammenbrechen sehen, um zu wissen, daß der Pudding von Frids innerstem Wesen durch alle Risse in ihm quoll. Er mußte die Wahrheit sagen, was bedeutete, daß ich eine neue Nuß zu knacken hatte. Ich hätte Ms. Terpstra nicht für fähig gehalten, ein Schattenprojekt zu leiten, aber angesichts Dempseys Warnung war alles möglich.

»Okay, Bill, wir werden jetzt Folgendes tun: Sie melden sich sofort krank und gehen nach Hause.« Der Mann nickte wie ein Kind, das dem Nikolaus versprach, artig zu sein. »Sollte ich herausfinden, daß Sie mich belogen haben, können Sie unser kleines Gespräch hier als den Prolog des schlimmsten Alptraums betrachten, den Sie je hatten.« Ich steckte die Kanone wieder ein. »Verschwinden Sie.«

*

Wieder im Büro baute ich mich vor Ms. Terpstras Schreibtisch auf. »Agnes, ich muß unbedingt wissen, wer Sie aufgefordert hat, Mike Kant Kurierjobs zu geben, die das Ableben der Ancients betrafen.«

Ms. Terpstras Kopf ruckte herum, als hätte ich sie in

einem Fischernetz gefangen und aus dem Sund gezogen. »Mr. Wolverton, ich habe keine Ahnung, wovon Sie reden. Wie können Sie es wagen, mich auf derart vertrauliche Weise anzusprechen?«

Ich bedachte Sie mit einem Lächeln, das besagte: Ich weiß eine Menge Dinge, von denen Sie nichts wissen wollen. »Liegt es daran, daß Tucker and Bors eine bessere Altersversorgung haben, oder hatten Sie die Konzerntretmühle bei Mitsuhama einfach satt? Buchprüfungen nach einer Unterschlagung können ziemlich lästig sein, finden Sie nicht auch, Aggie?« Dem mürrischen Blick, mit dem sie meine Frage beantwortete, konnte ich entnehmen, daß derjenige, der sie dazu veranlaßt hatte, ein Schattenprojekt zu leiten, sie mit diesem oder einem ähnlichen Wissen erpreßte.

»Sie spielen gut, Mr. Wolverton, aber Sie werden noch Ihren Meister finden.« Sie lächelte kalt. »Benbrook, Sidney M.«

»Benbrook?« Ich runzelte die Stirn, da ich versuchte, mich an seinen Eintrag aus dem Verzeichnis zu erinnern. »Benbrook ist in der Marketing-Abteilung! Warum sollte die Marketing-Abteilung ein Schattenprojekt ins Leben rufen?«

»Es steht mir nicht zu, nach dem Grund zu fragen ...«

»Ja, Sie bevorzugen Unterschlagungen.« Ich schüttelte den Kopf. »Vielen Dank für Ihre Hilfe, Ms. Terpstra. Sie machen mich stolz, ein Tabbie zu sein.«

*

Sidney Benbrook sah genauso aus, wie man es von jemandem dieses Namens erwarten würde. Das Interaktive Gebäudeverzeichnis zeigte mir einen hochgewachsenen, kadaverhaft schlanken Mann mit dunklem Haar, das so dünn war, daß es von einem Strichcode-Lesegerät entziffert werden konnte. Seine tiefliegenden

Augen blieben im Schatten verborgen und stärkten zusammen mit seiner leichenhaften Blässe den Eindruck, daß er gegen Ende des letzten Jahrhunderts gestorben war.

Als ich das abgedunkelte Allerheiligste seines Büros betrat, wußte ich augenblicklich, daß er für das Problem mit den Ancients verantwortlich war, wie wohlwollend er auch aussehen mochte.

Benbrook saß auf einem großen Polsterstuhl, der auf einem Podest am Ende einer schmalen Schlucht stand, die aus Wänden von Computern und anderen elektronischen Geräten gebildet wurde. Kleine bernsteinfarbene und rote Lämpchen blinkten überall auf den Maschinen und hüllten ihn in ein Sternenfeld mit ständig wechselnden Konstellationen. Kabel liefen kreuz und quer durch den Bereich hinter ihm, und eines erhob sich aus dem Wirrwarr und endete in der Buchse hinter seinem linken Ohr.

Wie eine Spinne, die die unbedachte Landung einer Fliege auf einem der Fäden ihres Netzes registriert hat, drehte Benbrook seinen Stuhl zu mir herum, als ich den Raum betrat. Ich hatte mir keine Mühe gegeben, besonders leise zu sein, aber seine Reaktion entnervte mich. Sein Kopf ruckte augenblicklich hoch, und sein Rumpf drehte sich ebenso augenblicklich herum, aber seine Augen brauchten eine Weile, bis sie sich auf mich konzentrierten.

»Sie sind Sidney Benbrook?«

»Das weiß ich. Wer sind Sie?« Die Worte kamen als heiseres Krächzen heraus, als sei er nicht daran gewöhnt, mit anderen zu reden. »Ich habe Sie nicht rufen lassen.«

Ich hatte schon andere Elektronik-Junkies gesehen, die noch inniger mit ihren Maschinen verbunden waren, aber noch nie in einer Konzernumgebung wie dieser. Ich hob die Hände in der universellen Geste der Kapitulation. »Ich bin Keith Wolverton. Ich übernehme

Kants Platz. Ich dachte, wir sollten uns miteinander bekannt machen, falls Sie irgend etwas erledigt haben wollen.«

»Erledigt haben wollen?«

Ich bedachte ihn mit einem Lächeln, das besagte: Hey, wir wissen doch alle hier Bescheid. »Aggie hat mir erzählt, daß Kant Kurierjobs für Sie erledigt hat, rein hypothetisch, ohne zu prahlen. Sie sagt, damit seien Prämien verbunden. Sie hat auch hinzugefügt, daß es gefährlich werden könnte, aber ich habe ihr geantwortet, ich hätte keine Angst vor irgendwelchen Müslifressern.«

»Müsli ... ja, Elfen.« Benbrook erstarrte – die einzige Bewegung in seiner Hälfte des Raums stammte von der Computer-Lightshow. »Ich finde es bestürzend, Mr. Wolverton, daß an Ihren Computerdaten scheinbar niemals herumgepfuscht worden ist. Wie erklären Sie sich das?«

Mein Lächeln wurde breiter. »Sie können davon ausgehen, daß ich Karriere gemacht habe, indem ich meine Nase sehr sauber gehalten habe. Sie können aber auch annehmen, daß ich zufällig auf Kants Nebenverdienst gestoßen und zu dem Schluß gekommen bin, daß ich die Geldkuh selbst eine Weile melken will.«

»Tucker and Bors haben nichts für Erpressung übrig, Mr. Wolverton.«

»Ich sagte ›melken‹, nicht ›schlachten‹. Sie haben beträchtliche Mittel abgezweigt, um eine Gruppe von Elfen zu vernichten. Wenn Sie zufällig jemanden kennen, der für Elfenskalps zahlt, kenne ich vielleicht ein paar Leute, die bereit wären, diese Nachfrage zu befriedigen.«

»Sie intoleranter Kleingeist. Elfen und Skalps und Kopfgeldprämien sind unwichtig.« Benbrooks Augen reflektierten die blinkenden Computerlämpchen rings um ihn. »Glauben Sie, diese Leute könnten die Ancients beseitigen?«

Ich runzelte die Stirn. »Jetzt verwirren Sie mich. Sie sagten, Skalps seien unwichtig, aber Sie wollen, daß jemand die Ancients beseitigt?«

»Das ist korrekt.«

»Aber Sie meinen ›beseitigen‹ nicht im Sinne von ›töten‹?«

Seine Miene verfinsterte sich, was angesichts seiner blassen Hautfarbe ziemlich unheimlich aussah. »Ich meine es im Sinne von Vertreiben, Loswerden, eine geringere Bevölkerungsdichte schaffen.«

Ich zuckte die Achseln. »Das läuft für mich auf töten hinaus.«

»Wie auch immer!« Finger klickten und klackten über eine imaginäre Tastatur. »Ich muß bis zum Ende des Steuerjahres eine zehnprozentige Verringerung des Bevölkerungsanteils der Elfen in der Gegend um den Denny Park bewerkstelligen. Ist das möglich?«

Der Denny Park markierte den Südwestrand des Territoriums, das die Ancients für sich beanspruchten. Ihr kürzlicher Kampf mit den Meat Junkies war um ein Gebiet im Westen davon geführt worden. Diese Zone war eine der unbewohnbarsten Gegenden in der Seattler Elfenenklave, aber sie war die Festung der Ancients.

»Möglich ist es schon, aber es wird kein Kinderspiel.« Irgendwas stimmte hier nicht, weil ich keine typischen Policlub-Sprüche hörte. Tatsächlich hatte Benbrook mich sogar beschuldigt, ein Rassist zu sein. »Wenn Ihnen egal ist, wie ich die Elfen beseitige, warum liegt Ihnen dann etwas an diesem speziellen Gebiet?«

Seine rechte Hand hob sich von der Lehne seines Stuhls und drehte sich mit nach unten weisendem Zeigefinger, um mir zu bedeuten, daß ich mich umdrehen solle. Als ich es tat, senkte sich ein großer Bildschirm von der Decke herab, erwachte flackernd zum Leben und zeigte mir eine Computergrafik von Seattle. Dann kam das Bild näher, als stoße ein Hubschrauber aus dem Himmel in die Vektorgrafik-Schluchten herab. Auf seinem Kurs, der ihn von der Innenstadt nach Norden führte, stieß er auf ein Gebiet aus solidem Grün: das Revier der Ancients.

Das Bild löste sich auf und wich einer Reihe von Zahlen. Sie huschten ziemlich rasch durch, aber ich bekam hier und da etwas mit. Es schien sich um einen Kostenvergleich zweier Programme zu handeln, dann wechselte die Darstellung zu einem Punkt-für-Punkt-Vergleich der Bevölkerung. Rot umrandet und im Rhythmus meines Herzschlags pulsierend sah ich die ungefähre Anzahl von Elfen, die in der Denny-Park-Gegend Seattles wohnten.

Ich drehte mich wieder um. »Ich verstehe es immer noch nicht. Warum bezahlen Sie für die Beseitigung von Elfen?«

»Das ist doch offensichtlich.« Benbrook starrte mich an, als sei ich ein Idiot. »Demographie.«

Mir fielen die Datenchips auf Kants Schreibtisch ein, und ich starrte Benbrook ungläubig an. »Sie bringen sie aufgrund von Zahlen und Statistiken um?«

Das rote pulsierende Licht blinkte in seinen Augen. »Das sind nicht nur Zahlen, Mr. Wolverton. Sie sind das Herzblut dieses Konzerns. Diese Zahlen bestimmen unseren Profit. Das bedeutet, sie bestimmen, wieviel wir Ihnen zahlen können, wie hoch Ihre Rente wird und wie Ihre Umsatzbeteiligung ausfällt. Diese Zahlen sind die wichtigsten auf der ganzen Welt.«

Obwohl ich es seinem Aussehen nach nicht für möglich gehalten hätte, erhob Benbrook sich von seinem Stuhl und zeigte mit einem Vogelscheuchenfinger auf mich. »Sie sind auf immer dazu verurteilt, ein Sklavenchip in den Maschinen der Industrie zu sein, wenn es Ihnen nicht gelingt zu begreifen, wie wichtig diese Zahlen sind. Rechts sehen Sie die demographischen und psychographischen Werte der Gruppe, welche die

North American Testing Agency benutzt, um unsere Produkte für den Markt zu testen.«

Seine Schultern krümmten sich, und er rieb sich die Hände wie ein Geizhals, der sich danach sehnt, Kredstäbe zu befingern. »Sie legen fest, was wir zu welchem Zeitpunkt produzieren, wie es schmeckt, wie es aussieht, wie es riecht, wie es sich anfühlt und was wir dafür verlangen können. Eine Veränderung von ein oder zwei Prozent in der Akzeptanz eines Produkts kann uns dazu veranlassen, eine Fabrik umzurüsten oder eine Produktreihe ganz einzustellen. NATAs Testgruppe ist eine launische Gebieterin, der wir gefallen wollen, für die wir jedoch bezahlen, ob die Ergebnisse uns befriedigen oder ärgern.«

Sein Blick wanderte zum Bildschirm. »Ich werde uns von der Abhängigkeit von der NATA und ihrer Testgruppe befreien. Der Bezirk Denny Park ist mit ihrem Gebiet bis auf eine Sache identisch. Wir haben zu viele Elfen. Sobald genug von ihnen eliminiert sind, haben wir dort unseren eigenen geschlossenen Testmarkt. Ich kann eine Abteilung einrichten, die dasselbe tun wird wie die NATA, und dann brauchen wir sie nicht mehr. Unsere Marktforschungskosten werden einen Bruchteil unserer jetzigen betragen, und wir können unsere Testgruppe an andere vermieten, was den negativen Cashflow in meiner Abteilung umkehren wird.«

Ich schüttelte mich, um meinen Kopf von dieser missionarischen Botschaft zu befreien. »Sie wollen Elfen umbringen, damit Sie den Geschmack von Schokoladenriegeln im Sprawl testen können?«

»Das ist grob ausgedrückt, aber ich glaube, Sie stehen mit einem Bein in der Realität.«

»Oh, ich stehe mit mehr als nur einem Bein in der Realität, Chummer.« Ich zeigte auf die blinkenden roten Zahlen. »Sie versuchen den Pegelstand des Flusses zu senken, wo Sie doch lediglich die Brücke heben müssen!«

Er schüttelte den Kopf. »Das habe ich versucht. Ich habe die Ancients dafür bezahlt, daß sie ihr Gebiet außerhalb des Denny Parks erweitern. Dadurch wäre es zu einer gleichmäßigeren Verteilung gekommen, aber sie haben versagt.«

»Nein!« Ich setzte mich langsam in Richtung seines Silikon-Altars in Bewegung. »Haben Sie gesehen, was TAB auf der Westlake gemacht hat?«

Benbrook hielt inne, als sei er nicht in der Lage, sich an das Projekt zu erinnern, oder unfähig zu begreifen, warum ich es zur Sprache brachte. »Das war die Bauabteilung. Die geht mich nichts an. Das ist irrelevant.«

»Höchst relevant, Mr. Benbrook.« Ich ließ das empörte Knurren des Alten in meine Stimme einfließen. »Sie wollen etwas zerstören, obwohl Sie etwas verbessern könnten. Sie lassen sich eine unglaubliche Gelegenheit entgehen, mehr zu tun als nur eine neue Abteilung zu entwickeln.«

Sein Adlerblick bohrte sich in mich, während er sich zögernd setzte. »Erklären Sie das näher.«

Als er mich aufforderte, meine Karten aufzudecken, geriet ich einen Augenblick in Panik. Der Alte kam mir zu Hilfe, indem er all die demographischen Statistiken in seine eigene Weltsicht übertrug. Plötzlich sah ich Seattle, wie es ausgesehen haben mußte, bevor die Menschen einen Fuß auf den Kontinent setzten. Der Alte und seine Brüder wußten, wo das Wild trank. Sie wußten, welche Pflanzen wann blühen oder Früchte tragen und Tiere für die Jagd anlocken würden. Hätte es in ihrer Macht gestanden, hätten sie mehr Unterstände geschaffen, wo sie im Winter Schutz suchen konnten, und mehr Weiden, um sie im Sommer zu füttern.

»Im Grunde ist es ganz einfach«, sagte ich. »Sie können Teile des Gebiets um den Denny Park wiederaufbauen. Ermutigen Sie Leute, dorthin zu ziehen, welche die Bevölkerungszusammensetzung Ihren Wünschen entsprechend verändern. Dann haben Sie Ihre eigene kleine Bevölkerung, aus der Sie Ihre Testgruppen rekrutieren können. Sie können eigene Geschäfte eröffnen, um die Produktplazierung zu testen. Sie können einige der Leute einstellen und ihr Einkommen so erhöhen oder senken, daß es Ihren Testzwecken entspricht. Sie können Ihre eigene kleine Welt erschaffen, und die wird ganze Datenströme produzieren, die Sie analysieren können, während Sie zusätzlich noch Geld sparen.«

Sein Gesicht bekam eindeutig einen lebendigen Ausdruck, während ich redete. Ich dachte, ich hätte ihn mit den ›Datenströmen‹ endgültig herumgekriegt, aber dann veränderte sich etwas. Das Licht in seinen Augen erlosch. Er ließ seinen eckigen, skelettartigen Körper auf seinen Stuhl sinken und wurde wieder zu einer elektronischen Spinne.

»Eine Projektion zeigt, daß die Kosten des Wiederaufbaus dieses Gebiets die Kosten der Auslöschung der Ancients bei weitem übersteigen würden.«

Ich zog die Pistole. »Berücksichtigen Sie die Kosten Ihrer Beerdigung.«

Er schüttelte langsam den Kopf. »Der Angestelltenvertrag, Seite zwei, Absatz sechs, Paragraph drei, verbietet einem Angestellten, einen anderen mit tödlicher Gewalt zu bedrohen.«

»Ich kündige.«

»Jetzt, wo ich darüber nachdenke, hat Ihr Vorschlag einiges für sich.«

Ich nickte ernst. »Die Kosten des Aufbaus können durch die Gebühren von Klienten erwirtschaftet werden, die Ihren Markt für eigene Testzwecke benutzen. Und die Veränderungen können Sie über die Bauabteilungen laufen lassen, was dem Leiter dieser Abteilung einen hübschen Gewinn bei den Bauarbeiten garantiert, während die Arbeit für Sie unter Marktpreis erledigt wird.«

Benbrooks Kopf fing an, im Rhythmus einer Musik zu wackeln, die ich nicht hören konnte. »Ja, das könnte funktionieren. Wie Sie schon sagten, hätte ich Versuchsgruppen und Geschäfte, um die Produktplazierung zu testen.« Sein Blick huschte zu mir. »Diese Leute hätten Kinder, und ich müßte für Ihre Ausbildung sorgen, richtig?«

»Worauf Sie sich verlassen können.«

»Hervorragend. Wir expandieren in Kinderartikel.«

Ich zwinkerte ihm zu. »Sie bauen Schulen und Sportanlagen. Sie verbessern den Denny Park und ...«

»Und wir gründen Sportligen für Angestellte. Sie haben Bewegung, was die Krankenversicherungskosten senken wird. Und alle werden Kleidung tragen, die sie bei uns kaufen und die mit unserem Logo gekennzeichnet ist.«

»Jetzt haben Sie begriffen.«

Er hörte mich gar nicht mehr. »Und wir schaffen Indoktrinationszentren zur Erhaltung der Markentreue. Wir schärfen den Kindern ein, nur unsere Produkte zu kaufen. Wir können jedes Haus mit geschlossenen Trideoanlagen ausrüsten, die unsere Werbespots senden ...«

Seine Augen bekamen einen orgiastischen Glanz, also spannte ich die Pistole und riß ihn vorzeitig heraus. »Hey, Sparky, Sie müssen außerdem die Ancients dafür bezahlen, daß sie die Gegend patrouillieren, damit niemand sie infiltrieren kann, richtig?«

Benbrook zögerte und nickte dann. »Wir können Ihnen Uniformen beschaffen ...«

»Wollen Sie wirklich sehen, was sie mit Uniformen anstellen würden?«

»Nein, vielleicht nicht. Das ermöglicht ein glaubhaftes Ableugnen jeglicher Verbindung, was eventuelle Schadenersatzansprüche mindert.« Seine Augen wurden für einen kurzen Moment blicklos, dann lächelte er. »Ja, ich glaube, aufgrund der Informationsentwicklungsmöglichkeiten und der Einzelhandelsverkäufe hat dieser Ansatz ein höheres Profitpotential. Es wird funktionieren.«

»Gut für Sie.« Meine Augen verengten sich und bekamen denselben silbrigen Glanz wie der Wolfskopfanhänger, den ich um den Hals trage. »Hören Sie, Moses, Sie müssen nur noch eine Sache tun, bevor Sie Ihr Volk ins gelobte Land führen können.«

»Und die wäre?«

»Sie werden das Umfeld eines Profitzentrums ändern, weil die psychographischen Daten keinen Zweifel daran lassen, daß es andernfalls zu einer negativen Wachstumsrate kommen wird.« Ich bedachte ihn mit einem Lächeln, das ganz Chaos und Zerstörung war.

»Das klingt unbefriedigend. Ich bin sicher, ich kann als Gegenleistung für Ihre Dienste etwas in dieser Angelegenheit unternehmen.« Seine Hände hingen im Raum wie über einer Tastatur. »Erklären Sie das näher.«

Ich lächelte. »Haben Sie schon mal von einem Laden namens *Jack O's Lantern* gehört?«

*

Ich atmete ein, und der giftige Qualm, der mir in die Nase drang, überzeugte mich davon, daß jemand Autoreifen verbrannte, um *Jackal's Lantern* zu heizen. Natürlich konnte ich nicht so weit in den Laden hineinsehen, aber ich fühlte mich so gut, daß ich durchaus bereit war, blind nach hinten zu stolpern. Zum Glück für mich sah mich eine blonde Kellnerin namens Pia umherirren und hakte sich bei mir ein.

»Die Elfen sagten, sie würden auf Sie warten, Wolf.« Trotz des schwarzen Make-ups, das ihr Gesicht in eine alptraumhafte Kürbismaske verwandelte, zog mir ihr Lächeln die Schuhe aus. »Ich kann weicher sein als sie, und ich bin viel hübscher als er.«

»Daran besteht kein Zweifel.« Ich erwiderte ihr Lächeln. »Es ist rein geschäftlich, Süße.«

»Nur Arbeit und kein Vergnügen macht Wolf zu einem stumpfen Jungen.«

»Und du bist der Schleifstein, der mich wieder schärft?«

»Wir können unsere Körper aneinanderreiben und sehen, was passiert.« Sie lachte leise, als wir den rückwärtigen Teil der Bar erreichten. »Ein Henry Weinhard's für Sie, Mr. Kies?«

»In der Flasche, kein Glas.« Ich glitt gegenüber von Sting und Green Lucifer in die Nische. »Irgendwas für Sie?«

Sting schüttelte den Kopf, und Pia verschwand in der wallenden Rauchwolke. Green Lucifer rümpfte die Nase, schaute sich um und fauchte mich dann an: »Warum haben Sie verlangt, daß wir in dieses Drekloch kommen?«

»Ich wollte Sie in Ihrer natürlichen Umgebung sehen.« Ich wandte mich an Sting. »Hier ist der Vorschlag: TAB saniert ein paar Blocks in Ihrem Revier und möbelt das Denny-Park-Gebiet ganz allgemein auf. Man bezahlt Sie dafür, um die Dinge unter Kontrolle zu halten. Die neuen Häuser gehen zur Hälfte an Leute, die bereits dort wohnen, und zur Hälfte an solche, die TAB neu dorthin bringt.«

Während Sting über den Vorschlag nachdachte und Green Lucifer seinen ›Ich-bin-böse-und-gemein‹-Blick an mir übte, kam Pia mit meinem Bier. Ich sah, daß sie ihre Telekomnummer auf die Serviette geschrieben hatte, die unter der beschlagenen Flasche lag, und ich zwinkerte ihr zu. Ich öffnete den Verschluß mit der linken Hand, trank, stellte dann die Flasche wieder ab und sah Green Lucifer stirnrunzelnd an. »Na, bezahlen Sie das Bier.«

Seine großen Elfenaugen blinzelten mich an. »Was?«

»Und geben Sie ihr ein großzügiges Trinkgeld. Ich bin ein großer Trinkgeldgeber.«

Pia lächelte und zwinkerte mir zu. »Vielen Dank, Mr. Kies.«

Green Lucifer wurde ungebärdig. »Wenn Sie glauben …«

Sting stieß ihn mit dem Ellbogen an. Green Lucifer verzog das Gesicht, kramte ein paar Kredstäbe aus der Tasche und suchte nach einem, der groß genug war, um mein Bier zu bezahlen. Ein leises Hüsteln von Sting veranlaßte ihn, noch zwei kleinere hinzuzufügen, und alle drei landeten auf dem Tablett, das Pia trug. Mit einem breiten Lächeln und einem Nicken des Dankes an Stings Adresse zog Pia sich zurück.

Ich trank noch einen Schluck. »Was meinen Sie?«

Stings Augen verengten sich zu leblosen bernsteinfarbenen Schlitzen. »Glauben Sie, daß die Abmachung längerfristig eingehalten wird?«

Ich zuckte die Achseln und zog mit dem linken Daumen die Buchstaben meines Namens in der Tischplatte nach. »Wenn sie so in das Projekt investieren, wie es vorgesehen ist, werden sie langfristig dort bleiben. Wenn nicht, werden wir das früh genug erfahren, um weiterem Ärger zuvorzukommen. Es ist eine unsichere Sache, aber wenn Raven glaubte, der Deal würde uns um die Ohren fliegen, hätte er Sie nicht gebeten, sich hier mit mir zu treffen. Sind wir uns einig?«

Sting nickte.

»Gut.« Meine Miene hellte sich auf, und ich empfand tatsächlich Stolz auf mich, aber dann verdarb Green Lucifer alles. Sein Gesicht verkrampfte sich, als stehe er kurz vor einem Wutanfall, doch dann entspannte sich seine Miene wieder, nur nicht um die Augen. »Und nun der Minderheitenbericht?«

»Ich will nur eines von Ihnen, Kies.« Er zischte den letzten Buchstaben meines Namens wie eine Schlange. »Wer hat hinter dem Plan gesteckt, uns zu töten?«

Ich schüttelte den Kopf. »Das gehört nicht zur Abmachung. Sie haben uns angeworben, um sie aufzuhalten, nicht um sie an eine Trophäenwand zu hängen.«

»Sie brauchen sich keine Sorgen zu machen, das erledigen wir selbst«, höhnte er.

»Hey, Greenie, das ist hier die wirkliche Welt.« Ich ließ das Knurren des Alten heraus, während ich mit der rechten Hand meinen silbernen Wolfskopfanhänger rieb. »Alle, die mit Raven zusammenarbeiten, sind bereit, Wetwork zu erledigen, aber nicht, um Ihrem Ego zu schmeicheln. Also, Chummer, Sie haben das, was Sie haben wollten.«

»Was ich habe, ist ein anti-elfischer Rassist, der andere derselben Sorte schützt.« Er ballte die Fäuste und ließ sie auf die Tischplatte heruntersausen, so daß beinahe meine Bierflasche umgefallen wäre. »Von uns sind Leute da draußen gestorben. Auf den Straßen ist Elfenblut geflossen. Jemand muß dafür büßen.«

Die Farbe meiner Augen wechselte langsam von Grün auf Silber, wobei die schwarzen Killerringe die Iris umkreisten. »Jemand büßt bereits dafür. TAB zahlt ein Bußgeld, das die Dinge für Ihre Leute erheblich verbessern wird.«

»Sagen Sie das den Toten.«

Meine rechte Hand ballte sich zur Faust. »Ich habe schon reichlich Blut in den Straßen fließen sehen, Chummer, und selbst einiges dazu beigetragen. Es ist verdammt leicht, nach dem Blut anderer zu schreien, wenn man nicht derjenige ist, dessen Blut vergossen wird. Und Sie können mir nicht erzählen, Greenie, daß der Tod eines Mannes bei TAB das Leben der Leute verbessern wird, die im Denny Park leben.«

Er setzte zu einer hitzigen Antwort an, doch Sting kam ihm zuvor. »Ihr Vorschlag ist akzeptabel, und wenn TAB seinen Teil der Abmachung einhält, lassen wir die Angelegenheit fallen.« Sie funkelte Greenie an, und er nickte so ausgiebig, wie es ihm in seiner Wut möglich war. »Wir stehen in Ihrer und Ravens Schuld und sogar Ihrem Freund Dempsey sind wir zu Dank verpflichtet.«

»Raven wird Ihnen eine Rechnung schicken«, sagte ich lächelnd, »und wenn Sie nach Hause kommen, wartet dort wahrscheinlich bereits eine Nachricht von Dempsey.« Ich benutzte den Verschluß der Bierflasche, um eine zehnte Linie unter meinen Namen zu kratzen, dann landete ich eine rechte Gerade an Green Lucifers Kinn, die seinen Kopf in den Nacken riß. Er prallte gegen die Rückwand der Nische, dann knallte seine Stirn auf den Tisch, bevor sein bewußtloser Körper von der Sitzbank glitt. »Was mich betrifft, sind wir quitt.«

BYTEBALL

Der Wurf kam mit 153 km/h, aber der Schläger des Schwarzen peitschte noch schneller herum. Mit einem knochenbrecherischen Krachen schoß der Baseball davon wie ein Satellit auf einer Ares-Trägerrakete. Ich beobachtete die weiße Kugel auf ihrer ballistischen Flugbahn durch die reglose Atmosphäre des Seattle Kingdome. Sie wurde kleiner und verschwand hinter dem Dominion-Pizza-Schild draußen an der 131-Meter-Marke. Der Center-Fielder winkte dem Ball nur hinterher, als er vorbeiflog.

Ich klatschte anerkennend, als der Schlagmann das Schlagmal verließ. »Verdammt noch mal, Spike, das war ein Schlag. Hunderteinunddreißig Meter und sauber über den Zaun.«

Jimmy ›Spike‹ Mackelroy lächelte breit. »Ja, den hab' ich gut erwischt.« Er warf den Schläger in die Luft, fing ihn an der Spitze und hielt ihn mir mit dem Griff hin. »Du solltest ein paar Schläge machen, Wolf.«

Ich japste ein ersticktes Lachen heraus. »Das halte ich für keine besonders gute Idee, Spike. Als ich das letztemal einen Ball geschlagen habe, hatte ich einen Besenstiel als Schläger und wir haben auf blankem Asphalt gespielt, nicht auf diesem schicken Kunstrasen.« Ich stocherte mit der rechten Schuhspitze in dem Plastikgras herum. »Außerdem wirft euer Werfer schneller, als ich fahre, und sein Drall läßt den Ball praktisch wie einen Bumerang zu ihm zurückfliegen.«

Spike legte mir einen massigen Arm um die Schultern und führte mich zum Schlagkäfig. »Das Training ist fast vorbei, und jetzt ist niemand mehr im Dome, der über dich lachen könnte.« Er schlug mir auf den

Rücken. »Du trägst das Trikot. Dann kannst du auch ein paar Bälle schlagen.«

So sehr ich auch einwenden wollte, daß ich nicht nach Ärger Ausschau halten konnte, wenn ich ein paar Bälle schlug, der kleine Junge in mir sehnte sich verzweifelt nach der Gelegenheit, auf das Schlagmal zu treten. »Also schön, du hast dein Opfer. Du läßt das doch nicht aufzeichnen, oder?«

»Wolf, würde ich dir das antun?«

Als ich die marineblaue Trainingsjacke der Seattle Seadogs[1] ablegte, gab Jimmy mir einen Schlaghelm. »Setz den auf. Du bist nicht verchromt, oder?«

»Nein. Die einzigen Chips in mir sind die Nachos, die wir zum Mittagessen hatten.«

Bevor er mir den Helm gab, legte er einen Schalter auf der Rückseite um, und eine grüne LED-Anzeige fing an zu blinken. Ich setzte den Helm auf und bemerkte das schwache grüne Leuchten auf dem Vollvisier. Der Helm bestand aus hochwiderstandsfähigem Plastik und fühlte sich nicht besonders schwer an, obwohl ich wußte, daß er Batterien enthielt, die das Visier mit Strom versorgten.

»Wolf, sieh dir das mal an.« Jimmy hob einen der Baseballs auf, die neben dem Schlagkäfig lagen. Er hielt ihn unter eine kleine Lampe, die in den Schlagkäfig eingebaut war. Als er ihn langsam drehte, sah ich ein violettes Gitter wie Elmsfeuer auf der weißen Oberfläche flimmern. Auf dem Visier des Helms sah ich eine fast lebensgroße Nachahmung des Balles samt Gitter, die den Bewegungen des Balls folgte.

»Der Helm verfolgt den Ball?«

Jimmy nickte und erhob sich langsam. »Da oben im

---

[1] Ich hatte tatsächlich vor, in diesem Teil meiner Memoiren die Seadogs als Mariners zu bezeichnen, aber die Textverarbeitung, die Val mir eingerichtet hat, scheint entschlossen zu sein, den Gebrauch des Begriffes Mariner zu vermeiden.

Dach ist ein Projektor für ultraviolettes Licht, der für die Beleuchtung sorgt, damit das Gitter für unsere Augen sichtbar wird – oder in deinem Fall auf dem Helmvisier. Bei den meisten verchippten Schlagmännern würde der Helm sich mit der Biosoft des Schlagmanns kurzschließen und einen Impuls senden, der ihm sagt, wann er schwingen muß, damit er den Ball trifft. In deinem Fall bekommst du eine Projektion der Flugkurve des Balls, aber du mußt selbst entscheiden, wann du schwingst.«

Ich hörte Gelächter und schaute hinüber zum Bullpen, dem Übungsplatz für die Reservewerfer. Die Werfer hatten sich dort versammelt, um mir zuzuschauen, zweifellos in dem sicheren Gefühl, endlich jemanden zu sehen, der am Schlagmal noch schlechter war als sie. In den zwei Tagen, die ich bei der Mannschaft war, hatten sie alle einen mehr oder weniger großen Bogen um mich gemacht, was mir jedoch nichts ausmachte. Ein Haufen Witzbolde, die mich hochzunehmen versuchten, hätten mir gerade noch gefehlt, während ich herausfinden sollte, wie die Mannschaft bei ihren Ligaspielen sabotiert wurde.

Kurz bevor ich in den Schlagkäfig ging, schaute ich zum Wurfmal. Der Übungswerfer war von einem hochgewachsenen, untersetzten Spieler mit einer Boxernase und einem breiten Grinsen verscheucht worden. Ich wandte mich wieder an Jimmy. »Ihr Jungens habt das die ganze Zeit geplant, nicht wahr?« Ich zeigte in einer Geste auf das Wurfmal, die mein Werfer berühmt gemacht hatte. »Ich bin vielleicht nicht der Welt größter Baseballexperte, aber selbst ich weiß, daß Babe Ruth eine flotte Hand auf der Werferplatte hatte.«

Jimmy schüttelte den Kopf. »Keine Sorge. Ken ist im Moment nicht mit der Vergangenheit verdrahtet.«

Babe klaubte einen Ball aus dem Korb hinter dem Wurfmal. »Komm schon, Wolf, sie lassen mich sonst nie werfen. Du hast doch wohl keine Angst vor mir, oder?«

Ich stieß ein tiefes Knurren aus, als ich mich auf der linken Seite des Schlagmals aufbaute. »Ich hasse nur linkshändige Werfer, das ist alles, Babe.«

Er holte aus und warf.

Das Visier erfaßte den Ball, als er Babes Hand verließ. In einer Mikrosekunde hatte der Computer einen Kasten um ihn gezeichnet und eine gerade Linie von diesem Kasten zu einer Stelle rechts oberhalb meiner Knie gezeichnet. Eine Reihe grüner Kästchen zeichnete dann die tatsächliche Flugbahn des Balls nach. Die direkte Verbindungslinie veränderte sich, als der Ball eine leichte Kurve beschrieb, aber bis ich alles gesehen und versucht hatte, die Informationen zu verarbeiten, zappelte der Ball bereits im Wurfkäfig.

Auf der Anzeigetafel gab jemand einen Strike ein. Aus dem Unterstand ertönte leises Kichern, und die Außenfeldspieler kamen langsam nach vorn getrottet. Babe strahlte und bewaffnete sich mit einem neuen Baseball.

»Laß dich davon nicht beeindrucken, Wolf.« Jimmys beruhigende Stimme nahm mir etwas von meiner Verlegenheit, und ich nahm den Schläger fester. »Entspann dich einfach. Wenn du die erste Linie siehst, zieh den Schwung durch. Du wirst den Ball schon noch treffen. Der Helm ist für uns alle ziemlich schwer.«

»Ja, aber ihr werdet dafür bezahlt.«

Babes zweiter Wurf kam, und ich wußte, daß ich diese Flugbahn schon gesehen hatte. Ich holte aus, schaffte es aber nicht, den Ball mit dem ganzen Schläger zu treffen. Der Ball sprang steil nach oben und schoß dann wieder herunter, als er vom Stahlgitter des Käfigs abprallte. Ich sprang zurück und wich ihm aus.

Das neuerliche Gelächter aus dem Unterstand trieb mir die Schamröte ins Gesicht. Ein zweiter Strike tauchte auf der Anzeigetafel auf, und jemand startete eine Computergrafik, in der eine Zeichentrickfigur den Schläger schwang und den Ball um einiges verfehlte.

Du mußt dir das nicht gefallen lassen, Langzahn, knurrte der Alte in meinem Kopf. *Laß mich dir meine Schnelligkeit und Kraft geben. Dann wirst du es ihnen zeigen.*

Ich schüttelte den Kopf. Vier Watcher-Geister umringten das Spielfeld und überwachten es auf Magie. Wenn ich den Wolfsgeist in einem echten Spiel rief, würde das zu einer lebenslangen Sperre führen. Hier im Training würde es unerwünschte Aufmerksamkeit auf mich ziehen, und man war sich zuvor darüber einig gewesen, daß dies keine gute Idee war.

Ich hob die Hand, um Babe eine kurze Pause zu bedeuten, und verließ den Schlagkäfig. »Hattest du je das Bedürfnis, einen Ball die dritte Baseline entlang und in diese Clowns zu jagen?«

Jimmy kicherte leise. »Ja, damals in der Doppel-A-Liga, als ich angefangen habe. Diese Werfer können einem das Leben zur Hölle machen, weil sie die meiste Zeit da draußen ohne die Aufsicht Erwachsener auf ihrem Übungsplatz sind.«

»Ich weiß. Als ich vorhin bei ihnen war, haben sie mir gezeigt, wie man spuckt.«

»Also das ist eine Fertigkeit für die Fünfte Welt.« Jimmy hakte die Finger in das Stahlnetz des Käfigs. »Was würdest du tun, wenn Babe mit einer Kanone auf dich schießen würde?«

»Ich würde zurückschießen.«

»Das hier ist genau dasselbe, nur ist die Kugel größer, und du teilst sie dir mit ihm.«

»Verstanden.« Ich griff mir an den Hinterkopf und schaltete die Helmelektronik aus. »Ich glaube, ich bin jetzt bereit.«

»Los, schnapp sie dir.« Jimmy winkte die Außenfeldspieler zurück. »Jetzt kommt einer, der einen langen Ball schlägt, Jungens. Sattelt schon mal die Pferde.«

Babe holte aus und warf einen soliden Fastball. Er kam direkt auf mich zu, und ich zog den Schwung voll durch. Ich war jedoch eine Winzigkeit zu spät daran, also flog der Ball ins Aus, aber sehr weit ins Aus. Das überraschte Babe, weil sein nächster Wurf zu hoch kam, so daß es jetzt 1 : 2 auf der Anzeigetafel stand.

»Wolf, jetzt kommt sein Curveball. Nimm ihn dicht am Körper, als wolltest du einen Golfball schlagen.«

Wie Jimmy vorausgesagt hatte, kam Babes Curveball und sackte im letzten Augenblick durch. Ich trat dem Ball entgegen und schwang den Schläger, der den Ball mittig traf. Der Ball explodierte förmlich von meinem Schläger und flog über Williams' Handschuh hinweg, als der Mann an der dritten Base danach sprang. Der Ball landete weit hinter ihm und bohrte sich in eine Ecke des Außenfelds.

Hinter mir kicherte Jimmy. »Das war mit Sicherheit ein Zweier, vielleicht sogar ein Dreier. Du bist auf Draht.«

»Und du bist sehr wohlwollend.«

»Als Undercover-Mann mußt du ab und zu ein wenig prahlen, Wolf, sonst fällst du auf.«

»Ich nehme mir nur ein Beispiel an dir, Jim.«

Seine restlichen Würfe zielte Babe alle nah auf den Körper, aber ich traf mehr, als ich verfehlte. Als er langsam müde wurde und ich meinen Rhythmus fand, war es ein wirklich tolles Gefühl, den Ball zu treffen. Als wir beide uns schließlich darauf einigten, daß dies der letzte Wurf sein würde, zeigte ich ins Außenfeld. »Diesmal mache ich ernst.«

Babe lachte laut. »Ja, ja, du und alle anderen Gartenzwerge. Keine Gnade, Wolf.«

»Weder gebeten noch gewährt, Babe.«

Weil ich mich mittlerweile auf seine Curvebälle eingestellt hatte, versuchte er es mit einem harten Fastball. Ich sah, wie er ihn auf dem Höhepunkt seines Armschwungs losließ, und wußte einen Sekundenbruchteil später, daß dieser Ball fett und breit direkt durch meine Schlagzone rauschen würde. Ich stieß mich mit dem linken Fuß ab und trat einen Schritt vor.

Als ich den Schläger voll durchzog, wußte ich, daß der Ball weit fliegen würde.

Das tat er auch, nämlich direkt in das Gitter des Schlagkäfigs, als mein Schlag ihn ebenso weit verfehlte wie Weihnachten den Juni.

Mein Schläger traf den Boden, da mein Schwung mich herumriß, und ich sank auf die Knie. Als ich aufschaute, sah ich, daß selbst Jimmy sich lachend die Seite hielt. »Was, zum Teufel, war das?«

Babe trabte vom Wurfmal zu uns und lachte mit leiser, finsterer Stimme. »Nur eine Erinnerung, Kleiner. Wir sind die Profis in dieser Liga, und du bist nur ein vielversprechender Amateur.« Wäre nicht das schalkhafte Flackern in seinen Augen gewesen, hätte ich geglaubt, Babe sei wütend auf mich. Er schlug Jimmy auf die Schulter und ging zum Unterstand.

Ich erhob mich langsam und wischte mir die Knie ab. »Der Ball ist ausgebrochen wie ein Ferrari auf einer Schlaglochpiste.«

Jimmy nickte und trat einige der Bälle in Richtung Wurfmal. »Tja, Babe hat dich nur ein wenig auf den Arm genommen.«

»Was war das für ein Wurf?«

Er trat einen Ball in meine Richtung, und ich sah, wie sich ein Lehmklumpen von ihm löste. »Babe hat dir einen Spuckball geworfen.«

Ich fluchte. »Und was machst *du*, wenn dir jemand so einen zuwirft?«

»Ich schlage daneben wie du ...« Jimmy zuckte die Achseln. »Oder ich treffe ihn auf der trockenen Seite.«

*

Obwohl ich nicht sonderlich ins Schwitzen geraten war, tat die Dusche gut. Ich wäre gern noch geblieben, aber Jimmy und ich hatten eine Verabredung für den Abend, und die Frau, mit der ich mich traf, betrachtete

Pünktlichkeit neben Reinlichkeit gewissermaßen als göttliche Attribute. Ich war nicht so dumm, sie warten zu lassen, und ich erwog ernsthaft unter der Dusche, ihr den einen oder anderen Tempel zu weihen.

Ein großer bierbäuchiger Mann mit einem schiefen Lächeln warf mir ein dickes weißes Handtuch zu, als ich aus der Dusche trat. »Du hasses mittem Spuckball versucht. Issen ekliger Wurf.« Er schlug sich stolz auf die Brust. »Ich hätte 'n treffen können.«

Die etwas undeutliche Sprechweise des Mannes und die teilweise Lähmung seiner rechten Körperhälfte weckten ein gewisses Unbehagen in mir, aber ich erwiderte sein Lächeln. »In dem Fall bist du besser als ich.«

Jimmy verließ die Dusche und fing mühelos den Handtuch-Fastball. »Das hättest du, Thumper. Du könntest diesen Spuckball treffen, als hätte er schon Jahre in der Wüste gelegen.« Er zeigte mit dem Daumen auf mich. »Wolfgang Kies, das ist Al Grater. Er hat vor ungefähr zehn Jahren unter Ted Williams für Seattle gespielt.«

Mein Lächeln wurde breiter. »Ja klar, ich erinnere mich jetzt. Du hast '39 die Saison von Williams von 1947 gespielt, nicht wahr? Ich habe dich sogar spielen sehen. Du hast in dem Spiel einen Zweier, einen Dreier und einen Homerun geschlagen.«

»Thumper, das bin ich.« Seine braunen Augen beobachteten mich eindringlich. »War 'n gutes Jahr.«

Die gezackte Narbe unter seinen schwarzen Haaren auf der linken Seite seines Kopfes erinnerten mich daran, was ihm zugestoßen war. In der Saison von 2040 war er von einem Wurf getroffen worden, der, wie sich herausstellte, einen Schädelbruch zur Folge hatte. Er blieb am Schlagmal und donnerte den nächsten Wurf über den Zaun, brach aber an der dritten Base zusammen. Der Hirnschaden traf ihn wie ein Schlaganfall. Das Management der Seadogs versuchte alles, um ihn wieder zusammenflicken zu lassen, doch damit wurde es nichts, also ließen sie ihn als Hausmeister im Dome arbeiten.

»Das war tatsächlich ein gutes Jahr.« Babe Ruth legte Thumper einen Arm um die Schultern. Er zeigte mit der glühenden Spitze einer dicken Zigarre auf mich und grinste. »Das war das Jahr, in dem ich der AAA-Mannschaft für die Küstenliga beitrat, und das letzte Jahr, in dem ich je nach einem Spuckball geschlagen habe.«

Jimmy rieb sich mit dem Handtuch seine kurzen schwarzen Kraushaare trocken. »Du mußtest den Wurf machen, weil du wußtest, daß Wolf jeden anderen Ball getroffen hätte.«

Babe zwinkerte mir zu. »Das stimmt. Etwas Spielerfahrung, Wolf, und du könntest Wildfire Schulte oder Footsie Marcum spielen.«

»Danke.«

Jimmy legte mir die linke Hand auf die rechte Schulter. »Das solltest du besser noch mal überdenken, Babe. Wolf ist nicht verdrahtet und hat den Helm abgeschaltet. Er hat sozusagen ganz allein gegen dich geschlagen.«

Babe erbleichte ein wenig, aber seine Fröhlichkeit verschwand nur für eine Nanosekunde. »Ich lasse mir von jemandem meine ›16-Statsofts‹[2] holen, und dann lassen wir ihn mal richtig schwitzen.«

Ich nickte. »Abgemacht.« Ich wandte mich an Jimmy. »Wir beeilen uns besser. Wir sollten uns nicht verspäten.«

---

[2] So werden die Baseball-Aktionssofts genannt. Statsofts sind in jeder Hinsicht wie normale Aktionssofts mit der Besonderheit, daß sie eine leichte Persönlichkeitsüberlagerung mit sich bringen – so wie eine Aktionssoft von Hamlet für einen Schauspieler vielleicht Daten mitbringt, wie die Rolle von diesem oder jenem Schauspieler in der Vergangenheit gespielt wurde. Je nachdem, welchen Hamlet man spielen will, kann man Gibson, Branagh oder Olivier sein.

Jimmy band sich das Handtuch um seine schlanken Hüften. »Ich hoffe, du hast recht mit dieser Frau, die ich treffen soll. Ich hasse Verabredungen mit Leuten, die ich nicht kenne.«

Ich runzelte die Stirn. »Eigentlich ist es keine Verabredung. Nur Drinks und vielleicht Abendessen. Mehr würde ich weder dir noch ihr antun wollen.«

Babe setzte sich auf die Bank vor unseren Spinden. »Die große Nacht? Wohin geht ihr?«

»Es ist ein neuer Laden.« Ich verzog das Gesicht. »Er nennt sich *ParVenue*.«

Babe lächelte schief. »Oh, ich glaube, du wirst den Laden mögen, Jimmy. Ich habe schon daran gedacht, die Jungens aus der obersten Etage darum zu bitten, mir als meine nächste Vertragsprämie die Mitgliedschaft zu schenken.«

Jimmy grunzte, aber ich war nicht sicher, ob er sich noch unwohl wegen der Verabredung mit einer Unbekannten fühlte oder ob ihn etwas an dem Club störte, den Valerie ausgesucht hatte. Ich sah Babe und Thumper an. »Wenn ihr zwei mitkommen wollt – meine Connection kann euch sicher hineinbringen.«

Babe schüttelte den Kopf. »Ich nicht. Seattles Gouverneur will den Sultan auf irgendeinem Empfang sehen, den sie heute abend schmeißt.«

»Thumper?«

Al schüttelte ebenfalls den Kopf mit einer ruckartigen Bewegung. »Is' nix für mich. Außerdem hab ich hier noch zu tun. Muß alle durchgebrannten Glühbirnen an der Anzeigetafel wechseln. Muß doch alles in Ordnung sein, wenn wir die San Diego Jaguars schlagen.«

»Dann ein andermal.« Ich öffnete meinen Spind, als sie Jimmy und mich allein ließen. Ich zwinkerte dem Bild von Lynn zu, das ich mir innen an die Tür geklebt hatte – wohlgemerkt nur, um meiner Tarnung zu entsprechen –, und zog eine Khakihose an. Das Polohemd, das ich mir über den Kopf zog, war marineblau, und auf der rechten Brust prangte das Mannschaftslogo. Ich schlüpfte in ein paar Sportschuhe von Armani-Nike[3] und beendete meine Vorbereitungen, indem ich mir sorgfältig die Haare kämmte.

Jimmy warf einen Seitenblick auf mich und pfiff durch die Zähne. »Du siehst jetzt viel besser aus als im Schlagkäfig.«

Ich klingelte mit meinen Wagenschlüsseln vor seiner Nase. »Und im Fenris sehen wir beide besser aus.«

»Dann geh vor, mein Freund.«

*

Ein kurzer Tunnel brachte uns direkt von der Umkleidekabine zum Parkhaus hinter dem Stadion. Rechts von uns lauerte der Fenris wie ein Stück ursprüngliche Dunkelheit. Die schnittige Karosserie reflektierte infolge des radarabsorbierenden Überzugs, den Doktor Raven aufgesprüht hatte, nichts von dem spärlichen Licht in dem Parkhaus. Der Zeitablauf schien sich zu verlangsamen, wenn man sich dem Wagen näherte, aber ich nahm an, daß dies mit der Relativität zusammenhing, weil der Wagen aussah, als fahre er mit Lichtgeschwindigkeit, wenn er noch stand.

Der Fenris beeindruckte sogar Jimmy. »Das Fünfziger Modell mit Zwölfzylindermotor, richtig?«

Ich nickte. »Siebentausendfünfhundert Kilometer auf dem Tacho und noch keine Beule.«

Jimmy strich mit der Hand leicht über die Karosserie. »Doc Raven muß sehr gut zahlen.«

---

3 Aktivmode für die Schickeria. Ich selbst ziehe eigentlich Treter von Gucci-Puma vor – trotz der Proteste des Alten –, aber der Sponsorendeal der Mannschaft beinhaltete, daß wir die Dinger umsonst bekamen, was bedeutete, daß es mir nichts ausmachte, sie anzuziehen.

Ich lächelte und öffnete per Fernbedienung die Türen. Die Schlösser öffneten sich, und Jimmy setzte sich auf den Beifahrersitz. »Der Wagen ist eigentlich ein Geschenk von einem Freund, aber Raven ist bekannt dafür, daß er großzügig ist.« Ich lächelte offenherzig. »Du kannst darauf wetten, daß Ms. Lacy-Mitsuto sehr gut zahlen wird, wenn ich euer kleines Problem hier lösen kann.«

»Wenn du herausfindest, wer versucht, unsere Spiele zu sabotieren, ist Geld kein Problem.«

Ich gab den Zündungscode ein, und das Dutzend Zylinder unter der Haube des Fenris fing an zu röhren. Die Scheinwerfer des Wagens klappten hoch, und ich legte den ersten Gang ein. »*ParVenue*, wir kommen.«

Wieder flackerte so etwas wie Verärgerung über Jimmys Miene, aber ich kannte ihn nicht gut genug, um zu wissen, was der Grund dafür sein mochte. Er beherrschte sich und zwang sich dazu, sich zu entspannen. »Hey, Wolf, das war nett von dir, Thumper zu fragen, ob er mitkommen will.«

»Ist keine große Sache. Er scheint ein netter Kerl zu sein. Ich dachte, er würde vielleicht gerne mal ein paar Stunden vom Dome wegkommen.«

Jimmy runzelte die Stirn. »Wahrscheinlich würde er das wirklich gern, aber ich glaube nicht, daß er außerhalb des Domes und der Zirkusatmosphäre überhaupt existieren kann. Er braucht das irgendwie.«

»Wie Babe?«

»Nein.« Jimmy schüttelte nachdrücklich den Kopf. »Ken Wilson ist aus freien Stücken dabei. Klar, die Seattler Organisation wollte Babe Ruth verpflichten und benutzen, also wollten sie jemanden wie Ken, dessen Physiologie der von Babe bis zur Länge seiner Daumen und der Spanne zwischen seinen Augen entspricht. Ken ist schon seit der Schulliga darauf getrimmt worden, Babe Ruth zu spielen, also ist es für ihn die Erfüllung eines Traums, daß er es in die große Schau geschafft hat.«

Als wir das Parkhaus verließen, winkte ich Thumper zu und fuhr dann in Richtung Seattler Innenstadt. »Wilson hatte Glück – er sieht Babe Ruth so ähnlich, daß er sein Klon sein könnte.«

»Als er angefangen hat, war das anders.« Jimmy verzog das Gesicht. »Der Mann hat mehr kosmetische Operationen hinter sich als viele Möchtegern-Elfen. Ken steckt tief drinnen, weil er es so wollte. Er läßt die Statsoft immer geladen, und er trägt Babes Identität wie eine Maske.«

»Deinem Tonfall entnehme ich, daß du ein Problem damit hast, was Ken macht?«

Jimmy winkte ab. »Eigentlich nicht, ich bin nur anderer Meinung. Paß auf, als ich mit dem Ballspielen anfing, war ich wie du. Ich habe auf der Straße mit den Kindern aus der Nachbarschaft gespielt und bin dann in eine Mannschaft der Schülerliga gewechselt, die von Renraku gesponsert wurde. Mein Vater war ihr Distriktmanager, und die Konzerne kümmern sich um ihre Leute. Ein Talentsucher sah mich, und ich wurde zur Seattler Organisation verfrachtet, von der Renraku ein großer Teil gehört.«

Die Straßenlaternen draußen zeichneten rosa Punkte auf das Schwarz von Jimmys Stirn und Nase. Humanoide Schatten huschten durch die Dunkelheit der Gegend um die Fourth Avenue South, als wir die Renraku-Arcologie passierten. So sehr ich mich auch bemühte, ich konnte keine Spuren des Hubschraubers erkennen, der in der Nacht des Feuers abgestürzt war, aber ich hatte auch damit gerechnet, daß Renraku schnell aufräumen würde, also war ich nicht besonders überrascht. Ich wußte auch, daß die Gegend um die Westlake, in der ich in eben jener Nacht aktiv gewesen war, von Tucker and Bors längst wieder aufpoliert worden war, also stellte ich die

Kraft der Konzerne, ihre Wunden zu heilen, nicht ernsthaft in Frage.

Jimmy bleckte seine weißen Zähne in einem ironischen Grinsen. »Ich liebe dieses Spiel aufrichtig. Tatsächlich habe ich sogar in meinem Vertrag stehen, daß ich an Auswahl- und Freundschaftsspielen teilnehmen kann, wann immer ich will – anders als andere, deren Spielzeit vertraglich genau festgelegt ist.«

»Daß dein Vater ein Pinkel in der Konzernhierarchie ist, muß eine große Hilfe sein.«

»Ja, es hat seine Vorteile.« Er reckte sich und legte die Hände flach auf das Armaturenbrett. »Ken läßt seine Statsoft ständig geladen, weil er tatsächlich Babe Ruth sein will. Welche Persönlichkeit Ken ursprünglich auch gehabt haben mag, sie ist von seiner Statsoft längst erstickt worden. Mir hingegen ist klar, daß Baseball im Augenblick mein Leben ist, aber das wird nicht immer so sein. Ich lade eine Statsoft nur, wenn ich auf dem Feld stehe. Ansonsten bin ich Jimmy Mackelroy.«

Ich nickte. Der Alte, das Fragment des Wolfsgeistes, das in meinem Verstand lauerte, mußte gleichfalls aus meinem Leben abgesondert werden. Ja, seine Kraft und seine Fähigkeiten gaben mir durch Magie das, was Jimmy durch verdrahtete Reflexe und Cyberaugen bekam. Trotzdem brachte der Alte mit seinen wüsten Wünschen nach Kampf, Töten und Blut eine dunkle Seite mit sich, die ich nicht einfach ignorieren konnte. Ich durfte mich nicht vom Alten kontrollieren lassen, sonst würde ich meine Persönlichkeit verlieren und vielen Leuten weh tun.

Als mir diese Gedanken durch den Kopf gingen, schaute ich nach draußen und sah einen fast vollen Mond durch den Lattenzaun der Wolkenkratzer in der Seattler Innenstadt scheinen. Das Heulen des Alten hallte durch meinen Verstand. *Hüte dich, Langzahn, mit dem Mond kommt meine Macht. Einstweilen behältst du die*

Kontrolle, aber wenn du mich rufst, zeige ich dir den wahren Weg des Kriegers.

Mich schauderte, und ich sagte etwas, um meine Gedanken von dem Pfad abzulenken, den das Flüstern des Alten beschworen hatte. »Und worin unterscheidet Thumper sich von Ken Wilson?«

»Ken hat die Wahl, Thumper nicht.« Jimmys braune Augen verengten sich, während seine Stimme einen bitteren Unterton bekam. »Al hatte Ted Williams geladen, als er sich den Schädelbruch zuzog. Der Hirnschaden war ziemlich massiv, und die Ärzte glaubten anfänglich, er werde nie mehr sein als ein Trottel, der sich als Organspender eignete. Seine Schwester gab ihr Einverständnis, den Stecker bei ihm zu ziehen, aber sie stellte die Bedingung, daß man ihm gestatten solle, als Ted Williams zu sterben. Der Ligaausschuß war einverstanden, und man setzte ihm die Statsoft wieder ein. Das riß Al aus seinem Koma, obwohl sich während der Rehabilitation seine Persönlichkeit mit der Statsoft verband und die Mischpersönlichkeit Thumper erschaffen wurde. Die Konzernmetzger bezeichnen ihn als erste KI in einem organischen Chip. Die Schweine.«

»Amen.« Ich schlug das Lenkrad ein und bog in die halbkreisförmige Auffahrt vor dem *ParVenue* ein. »Wir sind da.«

Ein orkischer Hausdiener öffnete meine Wagentür und war mir beim Aussteigen behilflich. »Seien Sie nett zu meinem Wagen, dann bin ich nett zu Ihnen«, sagte ich mit einem Lächeln zu ihm. Er sah mich an, bärbeißig, bis er meinem Blick begegnete. Der dunkle Ring um meine grünen Pupillen flößte ihm ein wenig Respekt ein.

»Jawohl, Sir. Nicht ein Kratzer, Sir.«

Ich nickte zufrieden. Was hat es für einen Sinn, Killerringe in den Augen zu haben, wenn man sie sich nicht zunutze machen kann? Ein Heulen des Alten erscholl aus den Tiefen meines Verstandes, aber ich unterdrückte es. *Nicht jetzt, du alte Töle. Hier gibt es nichts und niemanden zu bekämpfen.*

Der *ParVenue Club* hatte eine ziemlich einzigartige Architektur. Die Auffahrt führte zu einer schlichten dreistöckigen Wohnhausfassade ganz ähnlich derjenigen von Doktor Ravens Hauptquartier. Der Fertighaus-Granit sah ausreichend verwittert aus, um dem Gebäude einen Anflug des Antiken zu verleihen, und die Kupfermarkisen leuchteten grün in einer Reklame für Gebäudekonservierung. In einer stromlinienförmigen Hochgeschwindigkeitswelt, in der eine ehrwürdige Abstammung Respektabilität und Tugend bedeutet, wirkte dieses Haus wie eine alteingesessene Familie mit Vermögen und einer jungfräulichen Tochter.

Der Elf an der Tür, geschniegelt gewandet in einem langen scharlachroten Wollmantel mit goldenen Tressen, lächelte zaghaft, als Jimmy und ich uns ihm näherten. »Guten Abend, meine Herren.« Er verwandelte die Anrede in einen Titel, der äußerste Freude implizierte, uns zu sehen, wenngleich seine angespannte Haltung und sein mürrischer Blick seine Worte Lügen straften.

»Guten Abend.« Ich bedachte ihn mit einem Lächeln, das besagte: Hey, hier ist alles total cool, Chummer. »Sie wollen gewiß unsere Mitgliedschaft überprüfen?«

Seine Spannung ließ um etwa ein Mikrovolt nach. »Ja, Sir, ich fürchte, das muß ich.« Er berührte mit weiß behandschuhter Hand einen Ziegel in der Mauer hinter sich. Ein Paneel hob sich, und aus dem Loch in der Wand fuhr eine eckige erleuchtete Tafel. Ich lächelte und legte meine rechte Hand darauf. Ein Licht fuhr unter meiner Hand entlang und wieder zurück, dann ertönte das Summen, das meine Mitgliedschaft bestätigte.

Der Elf lächelte. »Sehr gut, Sir. Und das ist Ihr Gast?«

Ich durchbohrte den Mann mit einem fragenden

Blick. »Gast? Mr. Mackelroy ist Mitglied.« Ich zwinkerte Jimmy zu und bedeutete ihm vorzutreten.

Der Elf erbleichte – was für einen Elf ohnehin schon eine beachtliche Leistung ist. »Ich fürchte, Sie befinden sich im Irrtum, Mr. Kies. Er hat Zutritt als Ihr Gast, aber ...«

Jimmy zögerte, und der Blick des Elfs bekam etwas Verzweifeltes. »Glauben Sie mir, meine Herren.« Ich lächelte. »Mr. Mackelroy ist Mitglied.«

»Wolf, davon weiß ich nichts«, murmelte Jimmy.

»Keine Sorge, Jimmy. Stell dir einfach vor, du hättest eine Statsoft von Jackie Robinson eingelegt.«

Jimmy legte seine Hand auf den Handflächenscanner, und der Elf machte kein Hehl aus seiner Überraschung, als das Gerät bestätigend summte. Er lächelte so albern, wie dies einem Elf überhaupt möglich ist. »Willkommen im *ParVenue,* Chummers.« Er öffnete schwungvoll die Tür und lächelte. »Der Umkleideraum ist gleich links. Ihre Schränke haben die Nummern vier und sieben. Ich habe dafür gesorgt, daß es Einheiten in der oberen Reihe sind.«

Ich rammte einen Kredstab in eine diskrete Buchse neben der Tür und überwies ihm fünf Nuyen Trinkgeld. »Sehr aufmerksam von Ihnen, Chummer. Lassen Sie sich von den Konzernbonzen nicht unterkriegen.«

»Keine Sorge«, sagte er mit einem Lachen, um dann die Tür aus Eiche und Glas hinter uns zu schließen.

Als wir den Umkleideraum betraten, sahen wir eine einzelne Wand mit vierundzwanzig Schränken vor uns. Zwei der Schränke in der oberen Reihe, der vierte und der siebte, verschwanden in der Wand. Danach sah die Reihe für einen Augenblick wie das abgebrochene Grinsen einer Messerklaue aus, dann glitten neue Schränke an Ort und Stelle. Wir wechselten einen Blick, dann zuckten wir die Achseln und fanden unsere Schränke anhand der kleinen laminierten Namensschilder auf der Tür.

Ich öffnete meinen Schrank und setzte mich dann schwer auf die Bank. »Ach, Val, was hast du nur angerichtet?«

»Müssen wir das Zeug anziehen?«

»Kleidervorschrift.« Ich stöhnte laut. »Die Sachen werden dir perfekt passen. Valerie ist ziemlich gewitzt, aber ihr Geschmack ist etwas sonderbar.«

Das *ParVenue* war die neueste Errungenschaft auf dem Sektor virtuelle Country Clubs und verlangte von seinen Gästen, daß sie sich in den Räumen des Clubs angemessen kleideten. Das bedeutete, daß ich mein Polohemd gegen ein Matrosenhemd eintauschte, dessen Designer preiswerter und dessen Stoff leichter war. Darüber zog ich eine gelbe Strickjacke, deren Farbton ich bisher nur im Schnee gesehen hatte. Die Knickerbocker, die ich anstelle meiner Hose anzog, entsprachen in der Farbe der Strickjacke und wurden direkt unter den Knien mit einem kleinen Gurt festgezogen. Die blau-gelb karierten Socken reichten bis unter diese Gurte, und meine Pseudo-Golfschuhe waren gnädigerweise schwarz und hatten keine Spikes.

»Die Kappe setze ich nicht auf«, knurrte Jimmy.

Ach ja, meine Kappe entsprach farblich den Socken. In stummer Übereinstimmung mit Jimmy warf ich sie wie ein Frisbee in den Abfalleimer. »Es gibt immer einen Punkt, an dem das Maß voll ist.«

Ich schloß die Tür meines Schranks, so daß Jimmy mich zum erstenmal von Kopf bis Fuß sehen konnte. »Wolf, so ähnlich hat meine Mutter immer ihren Pudel gekleidet.«

Ich knurrte ihn an. »Wenn du die Arme ausstreckst, siehst du in diesen roten Klamotten wie der Lieblingshydrant des Pudels aus.«

»Ich weiß, was du meinst. Ich hoffe, diese Frauen sind es wert.«

In einem Wandspiegel erhaschte ich einen flüchtigen

Blick auf mein Spiegelbild. »Ich bezweifle es langsam, aber wir wollen sie trotzdem nicht warten lassen, nur für alle Fälle.«

*

So seltsam es auch erscheinen mag, Jimmy und ich waren nicht die am merkwürdigsten gekleideten Individuen im Club. Der Gang, der vom Umkleideraum zur Bar und zum Restaurant führte, hatte eine Glaswand, die uns einen Blick in die kaufhausähnliche Halle gestattete.

Jimmy hielt inne und starrte auf die dort versammelten Leute. »Man muß sich nur mal vorstellen, wieviel Honig sie sammeln könnten, wenn sie Bienen wären.«

Ich nickte über den treffenden Vergleich. Honigwabenartig gestapelte Golfboxen erhoben sich vom Boden bis zur Decke. In den beiden unteren Etagen waren die weißen Boxen mit Golfern bevölkert, die SimSinn-Helme trugen. Kleine mechanische Ballsetzer legten Bälle auf entsprechend angewinkelte Flecken Kunstrasen. Wenn die Spieler ihre Schläger schwangen, schlugen sie die Bälle in Netze am anderen Ende ihres Golfkäfigs. Ein Bursche am Ende einer Reihe ertrug einen von der Box produzierten Regenschauer und böigen Wind, da er das ultimative Simgolf-Erlebnis suchte.

Die Golfer über ihnen trugen ebenfalls SimSinn-Helme, schlugen aber keine Bälle. Sie schwangen dennoch ihre Schläger mit versunkener Hingabe, und ein Mann zerbrach einen Putter und warf ihn in das Netz, das die Etagen darunter schützte. Andere Golfer schlugen Bälle auf ein imaginäres Grün, und ein Mann stand mit einem Driver in der Hand da und bedeutete verzweifelt einem imaginären Ball über die imaginären Bäume und auf den imaginären Fairway zu fliegen.

In der obersten Etage hatten die sechseckigen Boxen rauchgraue Dächer. Die Golfer in diesen Räumen zogen sich die SimSinn-Daten direkt aus der Golfkurs-Datenbank des *ParVenue*. Diese Leute brauchten die Herausforderung von Wetter und Bällen und perfekter Schlaghaltung oder echter Schläger nicht. Sie spielten ausschließlich in Gedanken. Für sie lag die Herausforderung darin, Golfkurse an Orten zu bewältigen, die sich Verrückte und Physiker ausgedacht hatten und auf den schnellsten existierenden Decks modelliert waren. Sie spielten vielleicht zwei Löcher von einem Mondkurs und wechselten dann auf einen Kurs auf der glühendheißen Oberfläche der Venus. Ihre Gegner waren Veränderungen in der Gravitation und Atmosphärendichte.

Ich sah, wie ein Golfer in der untersten Etage einen Ball verschlug und sich wegdrehte, bevor er sich auf die Knie fallen ließ. »Gibt es im Golf auch Spuckbälle?«

Jimmy zuckte die Achseln. »Keine Ahnung. Vielleicht war das ein Wasserhindernis.«

Ich lächelte und ging voran zur Bar. Wir kamen an zwei klatschnassen Burschen vorüber, die sich gegenseitig Geschichten erzählten, wie sie die Clubsimulation des Burning-Tree-Kurses während des Hurricans Felicia gespielt hätten, und ich sah unsere beiden Verabredungen sofort. Natürlich kannte ich keinen aus dem halben Dutzend Männer, die sie von der Bar und den Tischen ringsherum beobachteten, aber ich nahm an, daß das auch auf die Frauen zutraf, und die Situation schien ihnen zu gefallen.

Ich lächelte Lynn Ingold an, nahm sie in die Arme und gab ihr einen Kuß, als ich den Tisch erreichte. Sie hatte ihr kupferfarbenes Haar geflochten, und der Zopf lag vorn auf ihrer weißen Bluse und reichte ihr bis zur Spitze ihrer linken Brust. Ihre kecke Nase und das offene Lächeln vereinigten sich mit den leuchtend grünen Augen und den Sommersprossen zu einer Miene elfenhafter Schalkhaftigkeit aus einer Zeit, als dies noch nicht gleichbedeutend mit Schießereien und

Magie gewesen war. Sie reichte mir bis zur Nase, und mein Arm paßte um ihre Schultern, als seien wir als Paar erschaffen worden.

»Jimmy Mackelroy, das ist Lynn Ingold. Und das ist wahrscheinlich dein größter Fan in ganz Seattle. Valerie Valkyrie, das ist Jimmy Mackelroy.«

Val ist normalerweise sehr scharfzüngig, und ich rechnete mit einer verbalen Retourkutsche für meine Vorstellung, aber sie war so voller Ehrfurcht, daß sie mich einfach ignorierte. Wie Jimmy war sie afro-amerikanischer Abstammung, aber ihre blauen Augen und die milchkaffeefarbene Haut ließen eine großzügige Dosis anderer Zutaten in ihrer Ahnenreihe vermuten. Sie hatte ihre braunen Haare zu einem Pferdeschwanz zusammengebunden. Sie war größer als Lynn, hatte aber denselben schlanken, langbeinigen Körperbau und sah so umwerfend aus, daß der Papst sich bei ihrem Anblick sein Zölibatsgelübde wahrscheinlich dreimal überlegt hätte.

Wäre nicht die kaum sichtbare Datenbuchse hinter ihrem linken Ohr gewesen, wäre sie das Ebenbild jener Art Models gewesen, mit denen Jimmy sich der Regenbogenpresse zufolge traf.

Jimmy nahm ihre rechte Hand. »Freut mich sehr, Sie endlich kennenzulernen.«

Das riß Val aus ihrer Trance. »Endlich?«

Jimmy lächelte. »Block sieben, Reihe fünf, Platz zwölf. Sie haben eine Dauerkarte für die gesamte Loge. Die ganze Mannschaft ist neugierig gewesen, aber unsere Decker können nicht herausfinden, wer Sie sind.«

Val errötete und setzte sich wieder. »Ach, das. Tja …«

»Jimmy«, sagte ich mit einem Kopfnicken in Valeries Richtung. »Sie ist der Grund, warum wir hier Mitglieder sind. Könnten das die Decker deines Vaters auch?«

»Nein, vermutlich nicht.« Sein Lächeln wurde breiter, als sein Blick von Val zu mir wanderte. »Ich glaube, jetzt bin ich dir was schuldig.«

»Wie bitte?«

Jimmy lächelte albern. »Weißt du noch, als wir uns kennengelernt haben, sagtest du, du wärst mir was schuldig? Nun, daß du mich Ms. Valkyrie vorgestellt hast, gleicht das mehr als aus. Ach, und das Essen und die Drinks gehen auf mich – die Mannschaft hat demjenigen eine Prämie versprochen, der als erster ihren Namen erfährt.«

Alle am Tisch lachten, wodurch sich Valeries Aufregung ein wenig legte. Ihre Nervosität kam mir komisch vor, weil ich wußte, daß sie dreist genug war, um ohne die geringste Ängstlichkeit auch in die sichersten Konzerndatenbanken zu decken. Bei anderen Deckern hätte das Problem in dem Versuch bestanden, sich mit etwas kurzzuschließen, das nicht auf Silikon beruhte, aber Val war noch nie eine soziale Katastrophe. Sie war wirklich von Jimmy eingenommen und deswegen fast gelähmt.

Lynn spürte offenbar dasselbe in Valerie und ergriff die Initiative, bevor die Stille peinlich werden konnte. »Jimmy, es ist mir nie gelungen, Wolf dazu zu bringen, mir zu erzählen, wie Sie sich tatsächlich kennengelernt haben. Ich weiß, daß er Ihnen jetzt hilft, aber ich glaube, Sie kennen sich schon länger.«

Jimmy nickte unbeschwert und beugte sich vor. »Sie erinnern sich noch an die Nacht, in der alle Gangs durchdrehten und diesen Wohnkomplex in die Luft jagten?«

Lynn nickte. Sie wußte davon, wie fast alle anderen Leute Seattles auch – das, was sie im Trid gesehen und in den Nachrichtenfaxen gelesen hatte. Das bedeutete, sie hatte keine Ahnung von meiner Beteiligung an den Ereignissen jener Nacht. Da sie eine Pazifistin ist, die kein allzu großes Interesse daran hat herauszufinden, worin genau meine Zusammenarbeit mit Doktor Raven eigentlich besteht, hatte ich bisher noch nie die Neigung verspürt, ihr in allen Einzelheiten zu beschreiben, was in jener Nacht geschehen war. Nicht, daß ich die Geschichte dieser Nacht besonders oft erzählen würde – zu schildern, wie man fast gestorben wäre, läßt einige Wünsche offen.

»Ungefähr eine Woche später sah ich im Dome diesen Burschen an meinem Wagen lehnen. Ich wurde nicht recht schlau aus ihm, aber er kam mir nicht übermäßig gefährlich vor. Er stellte sich als Wolf vor und fragte mich, ob ich bereit sei, mich mal in einer Pizzeria in der Innenstadt blicken zu lassen.« Jimmy zuckte die Achseln. »Ich hätte ihn beinahe an meine Agentin verwiesen, um ihn abzuwimmeln, was meine übliche Vorgehensweise in so einem Fall ist.«

Bevor Jimmy seine Geschichte fortsetzen konnte, kam ein Mann an unseren Tisch geschlendert, dem es gelungen war, eine Modescheußlichkeit im Rahmen der Kleidervorschriften des Clubs zu schaffen, und schlug Jimmy locker auf die Schulter. »Jimmy Mackelroy, nicht wahr?«

Jimmy nickte und schüttelte dem Mann die dargebotene Hand. »Und wer sind Sie?«

»Phil Knobson. Mir gehört die Mitsubishi-Vertretung drüben in Bellevue. Ace Mitsubishi. Schon mal davon gehört?«

Jimmy dachte kurz nach und schüttelte dann den Kopf. »Tut mir leid, aber während der Saison schlage ich mir alle Nebensächlichkeiten aus dem Kopf, wissen Sie?«

»Ja«, erwiderte der Mann automatisch, während er eine Frau herüberwinkte. Ihr Outfit entsprach Phils, und ich hielt nach einem Telekom Ausschau, um die Haute-Couture-Polizei zu verständigen. »Das ist meine Frau Maggie. Maggie, das ist Jimmy Mackelroy. Ich habe dir von ihm erzählt, nicht wahr?«

Maggie nickte, und dabei zeigte sich, daß ihre blonde Dauerwelle so steif wie ein Spinnennetz aus Acryl war. »Phil versäumt keines Ihrer Spiele.«

»Hören Sie, Jimmy, ich glaube, wir könnten ins Geschäft kommen. Sie kommen einfach in meinen Laden, dann drehen wir einen Werbespot oder zwei, und dann unterhalten wir uns über Ihren neuen Wagen, okay?«

Jimmy erhob sich langsam, wobei er auch weiterhin lächelte, während er den Vertreter um Kopfeslänge überragte. »Ich glaube, darüber könnte man reden, Phil, aber jetzt bin ich gerade mit meinen Freunden hier, wissen Sie.«

»Sicher, sicher, schon verstanden. Hören Sie, warum essen wir nicht alle gemeinsam? Auf meine Rechnung.« Phil warf einen Blick in unsere Runde, dann sah er wieder Jimmy an.

Ich ließ die Abneigung des Alten gegen Phil und dessen Plastikfrau in meine Stimme einfließen. »Eigentlich wollten wir außerhalb des Clubs zu Abend essen, Phil. Eine Privatparty.«

Phil verstand meinen Wink nicht, seine Frau hingegen schon, und sie zupfte leicht am Ärmel ihres Mannes. »Schatz, überlassen wir diese netten Leute doch einfach ihrer Party, okay?«

Phil sah Maggie an, als sei ihr Vorschlag ein verirrter Ball, aber als er einen Blick auf Jimmy warf, sah er, daß dieser ihn aus dem Stadion geschlagen hatte. »Ja, okay ... äh ... hören Sie, kann ich Sie anrufen?«

»Rufen Sie einfach in der Geschäftsstelle der Mannschaft an, dort wird man Sie dann mit meiner Agentin verbinden. Sie kümmert sich um alle derartigen Dinge.« Jimmy schüttelte noch einmal Phils Hand. »Ich bin sicher, wir können irgendeine Vereinbarung treffen.«

»Gut. Noch einen schönen Abend, Leute.«

Als sie gegangen waren, schauderte Valerie sichtlich. »Wenn ich nach Hause komme, wird seine Kreditwürdigkeit daran glauben.«

Jimmy lächelte. »Wenn Sie das schaffen, garantiere

ich Ihnen einen Haufen Geschäftsangebote von den anderen Spielern unserer Mannschaft.«

Lynn hob eine Augenbraue. »Das kommt doch nicht sehr oft vor, oder?«

»Öfter als mir lieb ist, fürchte ich.« Jimmy zuckte die Achseln und deutete mit dem Kopf in meine Richtung. »Wenn jemand an mich herantritt, muß ich unwillkürlich denken, ›Was soll ich ihm abkaufen? Was springt für ihn dabei heraus?‹ Das ist ziemlich unangenehm, vor allem, wenn es ein Kind ist, das ein Autogramm will, weil Händler dafür bekannt sind, daß sie Kinder benutzen, um Spieler dazu zu bringen, Holos zu unterschreiben, die sie später für reichlich Nuyen verkaufen. Meistens sind die Leute einfach nur nervös und aufrichtig, aber es gibt auch schwarze Schafe.«

Lynn legte ihre linke Hand auf meine rechte und drückte sie. »Was glaubten Sie also, was Wolf von Ihnen wollte, als Sie ihm zum erstenmal begegnet sind?«

»Er war anders. Keine falsche Kameraderie, auch kein entschuldigendes ›Sie kennen mich nicht, aber ...‹ Er hat sich einfach vorgestellt und mich gefragt, wobei er gesagt hat, er hätte bereits jemandem versprochen, daß ich unterschreiben würde. Die meisten Leute hätten versucht, an mein Mitgefühl zu appellieren, und mich angefleht, sie nicht hängen zu lassen. Wolf sagte nur: ›Wenn Sie wollen, toll, wenn nicht, muß ich mir etwas anderes einfallen lassen.‹«

Ich grinste verlegen. »Ich glaube, du erinnerst dich besser daran als ich. Wenn ich daran zurückdenke, sehe ich mich immer unartikuliert stammeln.«

»Nein, Mann, du warst cool.« Jimmy kicherte leichthin. »Anstatt etwas von mir zu wollen, gab Wolf mir Gelegenheit, für jemanden etwas Nettes zu tun. Ich fragte ihn, was für mich dabei herausspringe, und er lächelte nur so, wie er es jetzt tut. Er sagte, er hätte nicht viel anzubieten, aber in dem Fall sei er mir etwas schuldig. Ich hatte plötzlich das Gefühl, das es keine schlechte Sache war, wenn er in meiner Schuld stand.«

Lynn gab mir einen Kuß auf die Wange. »Für mich war es das auch nicht.«

Jimmy lächelte, dann nickte er mir zu. »Wenigstens hat er mich wie ein menschliches Wesen behandelt. Zu viele Spieler werden mit den Spielern identifiziert, deren Statsoft sie benutzen. Ich nehme an, das ist wie bei Tridschauspielern, die mit ihren Rollen gleichgesetzt werden. Für die Burschen, denen das gefällt, ist es toll – Babe ist ein prima Beispiel dafür. Aber für alle anderen ist es ziemlich nervig.«

Lynn runzelte die Stirn. »Ich verstehe überhaupt nicht, warum Sie beim Spielen Statsofts benutzen müssen.«

Valeries Augen leuchteten auf. »Das ist eigentlich nicht so schwer zu verstehen, Lynn. Am Ende des zwanzigsten Jahrhunderts ließ die Beliebtheit von Baseball stark nach. Ein verheerender Spielerstreik und eine Reihe von Wettskandalen ruinierten das Ansehen. Weil Spieler und Manager auf den Ausgang der Spiele wetteten und als extrem überbezahlt angesehen wurden, wanderten die Fans in Scharen ab. Die Baseball-Offiziellen reagierten und unternahmen ernsthafte Schritte. Zum Beispiel wurde einer der ganz Großen wegen Glücksspiel gesperrt und ihm die Wahl in die Ruhmeshalle verwehrt. Die Verantwortlichen versuchten mit Expansion, erweiterten Ligen und radikalen Neuausrichtungen, die Fans zurückzuholen, aber das verlangsamte den Abstieg nur. Sie brauchten etwas, um den Trend umzukehren, und das und zwei andere Dinge waren für die Einrichtung des heutigen Systems verantwortlich.«

Ihre Nervosität war wie weggeblasen, kaum daß die Diskussion über Baseball begonnen hatte. Sie legte die dem gegenwärtigen System zugrunde liegenden Gedanken dar wie ein Professor, der aus seiner Dissertation zitiert. »Mit der Veränderung der Welt, der Rückkehr der Magie und dem Boom im Bereich Bio- und Cyberware stiegen auch die Möglichkeiten, Spiele zu manipulieren, sprunghaft an. Etwas mußte getan werden, um diese Möglichkeit auszuschließen. Gleichzeitig hatten es die Zahlenfanatiker geschafft, das Spiel auf einen Haufen Statistiken zu reduzieren, und mit dem richtigen Programm konnte man ein Spiel derart genau simulieren, daß das Ergebnis der Simulation dem tatsächlichen Endergebnis des Spiels sehr nahe kam.«

Val hielt die linke Hand mit der Innenseite nach oben, dann machte sie dieselbe Geste mit der rechten Hand. »Ungefähr zur gleichen Zeit erlebte Baseball einen nostalgischen Aufschwung. Alte Spielergrößen und die Wiederholungen früherer Meisterschaftsspiele im Trid waren auf einmal sehr beliebt. Der Film *Feld der Träume* und die Trideofortsetzungen spielten haufenweise Geld ein. Plötzlich hatten die Konzerne, denen der Baseball gehörte, eine großartige Idee.«

Sie legte die Hände zusammen und verschränkte die Finger. »Die Ruhmeshalle produziert Statsofts für alle Spieler, die je gespielt haben. Mannschaften bieten für Spieler in gewissen Jahren ihrer Karriere – was eine statistisch abgesicherte Leistung garantiert. Das macht es möglich, zum Beispiel den Babe Ruth von 1916 gegen sich selbst von 1927 werfen zu lassen, und das macht das Spiel ziemlich aufregend.«

Lynn zuckte die Achseln. »Aber das könnte man auch mit einer Computersimulation erreichen. Wozu brauchen sie noch Spieler?«

Jimmy nickte. »Gute Frage. Sie benutzen uns als Vehikel, weil wir uns verletzen oder Formschwächen haben können, was ein Element in das Spiel einführt, das eine Computersimulation nicht vollständig abdecken kann.«

»Trotzdem, steht das Ergebnis eines Spiels nicht von vornherein fest – statistisch gesehen?«

Ich drückte Lynns Hand. »Das wäre tatsächlich so, gäbe es nicht Spieler wie Jimmy hier. Er ist ein Jokerspieler.«

»Was ist das?«

Jimmy zögerte, und Val antwortete für ihn. »Es gibt einige Spieler in den Annalen des Profibaseballs, die nie Gelegenheit hatten, oft genug zu spielen, um eine solide statistische Basis zu schaffen, die sie als gute Spieler ausweisen würde. Die Mannschaften bieten einen Haufen Geld für die besten Spieler wie Babe Ruth und Tom Seaver, und dann füllen sie die Mannschaft mit weniger bekannten Spielern auf. Jokerspieler kommen danach, und ihre Identität wird geheimgehalten. Das bringt mehr Unwägbarkeiten ins Spiel und ermuntert die Leute zu raten, wer ihre Lieblingsspieler sind.«

Sie tippte Jimmy auf den Handrücken. »Letztes Jahr dachte ich, Sie würden Luscious Luke Easter von 1953 spielen, aber dieses Jahr weiß ich es nicht. In dieser Saison könnten Sie Red Lutz von 1922 oder Bobby Lowe von 1894 sein.«

»Alles keine schlechten Tips.« Jimmy lächelte sie an, und ich sah Val erröten. »Luke Easter war ein großartiger Spieler. Ich möchte gern glauben, daß ich ihm gerecht werden könnte, *wenn* ich ihn spielen würde.«

Das galt auch für die Mannschaftsleitung, und das war das eigentliche Problem, das zu lösen man mich gebeten hatte. Die Mannschaft blieb hinter ihren statistischen Durchschnittswerten zurück. Zwar schlugen sich ein paar Spieler wie Jimmy besser als erwartet, aber die Mehrheit erreichte ihr Niveau nicht, was dazu führte, daß die Mannschaft insgesamt schlechter spielte, als dies normalerweise hätte der Fall sein dürfen, und das ließ für das anstehende Endspiel gegen die San Diego Jaguars nichts Gutes ahnen.

Jimmy beugte sich vor und senkte seine Stimme zu einem verschwörerischem Flüstern. »Hört mal, bei diesem Laden hier sträuben sich meine Nackenhaare. Wollen wir von hier verschwinden?«

»Sicher, warum nicht? Wir können irgendwo anders essen.«

Jimmys Miene hellte sich auf. »Weißt du, ich würde gerne in diese Pizzeria auf der Westlake gehen, zu deren Besuch du mich damals beschwatzt hast.«

Val sah ein wenig erschüttert aus. »Die Dominion-Filiale gegenüber dem *Jackal's Lantern*?«

Ich winkte ab. »Keine Sorge, Val. Die vorherrschende Windrichtung weht die Brise vom Dominion zum *Lantern*, nicht umgekehrt.« Ich stand auf und zog Lynns Stuhl für sie zurück. »Wie bist du hergekommen?«

»Val hat mich mitgenommen.«

Valerie lächelte, als Jimmy ihren Stuhl für sie hielt. »Lynn, warum fährst du nicht mit Wolf? Ich fahre mit Jimmy, wenn Sie nichts dagegen haben.«

»Es wäre mir ein Vergnügen«, erwiderte er, und ich zweifelte nicht daran, daß er meinte, was er sagte.

II

Wegen des Abendspiels traf ich am nächsten Tag spätnachmittags im Dome ein. Jimmy war bereits dort, und ich setzte mich vor den Spind, der mir zugeteilt worden war. »Jimmy, danke, daß du gestern mitgekommen bist. Valerie schwebt in den Wolken, jedenfalls hat Lynn mir das gesagt, nachdem sie mit Val gesprochen hat.«

»Gut. Sie war ein reines Vergnügen.« Er lächelte freudig. »Sie hat mich nach Hause gefahren, und wir haben uns noch sehr lange unterhalten. Sie kennt sich mit Baseball aus und auch noch mit vielen anderen Dingen.«

Ich zog die Schuhe aus und stellte sie auf den Boden meines Spinds. »Mir wurde aufgetragen, dir durch subtile, aber effektive Mittel zu verstehen zu geben, daß Val bereit wäre, noch einmal mit dir auszugehen.«

Er nickte. »Ja, ich würde sie auch gern wiedersehen. Ist es dir gelungen, Lynn wieder in ihrer Wohnung im Tower abzuliefern, bevor ihre Leute bei Lone Star angerufen haben?«

Ich schüttelte den Kopf. »Sie haben angerufen, aber ich habe einen Freund bei Lone Star, der die Meldung abfing, sie beruhigte und mich im Wagen anrief.« Lynn und ihre Eltern arbeiten für Fuchi und teilen sich eine Familienwohnung in einem von Fuchis Konzernwolkenkratzern in der Innenstadt. Da Lynn ein Einzelkind ist und der Konzern enge Familienbande ermutigt, neigen ihre Eltern dazu, sich Sorgen zu machen. Ich komme gut mit ihnen aus, aber wenn die Geisterstunde naht, wird ihre Mutter ängstlich. »Lynn sagte, ihre Mutter hätte wissen wollen, ob wir uns amüsiert hätten, obwohl der Abend so kurz gewesen sei.«

Ich zog meine Lederjacke aus und legte mein Schulterhalfter ab. Als ich mich umdrehte, um die Beretta Viper-14 unter die Jacke zu hängen, knackte meine rechte Schulter hörbar. Jimmy sah auf, und ich ließ die Schultern kreisen, was ein ähnliches Knacken in der linken Schulter hervorrief. »Ich bin etwas steif nach dem Schlagtraining.«

Jimmy winkte Thumper herüber. »Wolf, zieh den Rollkragenpullover und die Kevlarweste aus. Thumper, massiere etwas von der Wundersalbe in seine Schultern ein.«

»Entspann dich, Wolf, die Linderung wird gleich eintreten.«

Ich zog den Pullover und die Weste aus, während Thumper den Zeigefinger in eine schlichte weiße Dose mit einem roten Gel tauchte. Der große Klumpen Gel an seinem Finger stach so sehr in den Augen, daß er Zwiebeln zum Weinen gebracht hätte, und der Alte fing wegen des Geruchs an zu heulen. Ich gab mir alle

Mühe, sein Winseln zu ignorieren, und genoß die Wärme, als Thumper das Gel in Schultern und Nacken einmassierte. »Mann, Thumper, das ist toll.«

Jimmy lächelte, dann nickte er einem grauhaarigen Zwerg mit einem schwarzen Koffer zu. »Ist es schon soweit, Trainer? Wir haben noch ein paar Stunden bis zum Spiel.«

Der Zwerg zuckte die Achseln. »Die Liga hat jemanden hergeschickt, der alles kontrolliert, also gehe ich davon aus, daß der ganze Vorgang länger dauern wird.« Der Zwerg knickte Jimmys rechtes Ohr nach unten, so daß die Datenbuchse in seinem Schläfenknochen sichtbar wurde. Aus dem Koffer holte er kleines Etui mit einem Chip, den er mit einem Klicken in die Buchse steckte.

Jimmys Kopf sank nach vorn, dann summte er leise vor sich hin, während der Chip-Trainer weiter zu dem Ork[4] ging, der am dritten Mal spielte.

Ich wandte mich an Thumper. »Was macht Jimmy da?«

»Er wärmt sich auf und läßt die Software mit der Wetware verschmelzen. Der Übergang ist manchmal nicht ganz leicht.«

»Richtig. Das hätte ich mir denken können.« Aktionssofts sind ab dem Augenblick aktiv, in dem sie geladen werden, aber anzunehmen, daß jeder Anwender augenblickliche und perfekte Kontrolle darüber hat, wäre absurd. Wenn das stimmte, könnten alle Golfer

---

4 Natürlich hat es eine Zeit gegeben, als es Metamenschen verboten war, Baseball zu spielen, aber mit dieser Art Vorurteil war es schnell vorbei, als den Leuten klar wurde, daß Elfen großartige Werfer sind und es schwierig ist, Orks über den Haufen zu rennen, die ein Mal blockieren. Zwerge und Trolle durften natürlich nicht spielen, weil das zu große Probleme mit der Trefferzone aufgeworfen hätte, aber sie hatten ihre eigenen Ligen und zogen anständig Zuschauer an.

Tiger 4.2 laden und ihre Freunde in Grund und Boden spielen. Tatsache ist, daß die Wetware-Seite der Gleichung voller Unbekannter steckt, und wenn jemand nicht in der Lage ist, sich zu konzentrieren und seine Physiologie mit der Aktionssoft zu integrieren, wird sie ihm nicht sonderlich viel nützen.

Um die Aktionssofts anwenden zu können, müssen alle Spieler verchromt sein. Manche gehen aufs Ganze und lassen sich die Augen ersetzen oder ändern wie Ken ihr Aussehen, um wie ein ehemaliger Spieler auszusehen. Andere wie Jimmy und Thumper haben eine konservativere Einstellung. Glasfaserkabel waren in Jimmys Sehnerven eingearbeitet und in seine Augen implantiert, so daß er die Daten wahrnehmen konnte, die der Schlaghelm präsentierte. Dann reagierten seine verdrahteten Reflexe und Muskeln entsprechend und trafen oder verfehlten auf eine statistisch angemessene Weise.

Der Vorteil des konservativen Verfahrens lag darin, daß Jimmy und Thumper vollkommen normal aussahen. Ich habe reichlich Messerklauen kennengelernt, die in dem fremdartigen Aussehen schwelgten, das ihnen ihre Modifikationen verliehen, aber nicht jeder will ein Chromkönig sein. Vermutlich war die mit der Verschmelzung einer anderen Persönlichkeit während eines Spiels verbundene Desorientierung für viele Spieler genug, so daß sie es vorzogen, nicht daran erinnert zu werden, wenn sie nicht auf dem Spielfeld standen.

Jimmy blinzelte, dann gähnte er und hielt sich dabei die Hand vor den Mund. »Tut mir leid, daß ich mich vor dir ausgeklinkt habe, Wolf, aber ich muß mein Gesicht für das Spiel aufsetzen. Ich gehe jetzt zur Verifikation. Triff mich dort, wenn du mit dem Umziehen fertig bist.«

»Okay.«

Thumper schlug mir auf die Schulter und ging dann

zu einem anderen Spieler, um diesen zu massieren. Ich hing meine Kleidung, darunter auch meine Kevlarweste, im Spind auf und zog mein Trikot an. Es gefiel mir nicht, die Weste im Spind zu lassen, aber Kevlar wird normalerweise nicht unter einem Trikot getragen[5], und die Seattler Mannschaftsbosse wollten nicht, daß ich irgendwelche Hinweise gab, daß etwas nicht stimmte. Bis jetzt waren die Sabotageversuche subtil bis kaum wahrnehmbar gewesen, also war der Gefahrenindex in diesem Job ziemlich niedrig. Andernfalls hätte Doc Raven sicher Kid Stealth geschickt, um gründlich aufzuräumen.

Spikes, selbst die kurzen für Kunstrasen, fühlen sich merkwürdig an den Füßen an, wenn man auf Zement oder Beton geht. Sie boten keinen Halt auf dem nassen Abschnitt des Bodens, wo Babe nackt bis auf das Wasser, das von seinem Körper und den Tränensäcken unter den Augen tropfte, aus der Dusche kam. Er schnüffelte, als er an mir vorbeiging, und betrat dann die Umkleide, wo er leise nach Thumper rief.

Bevor ich zur Softwareverifikation kam, zog mich Bobby Kane, der kleine untersetzte Teammanager, in sein Büro. »Wolf, ich möchte Ihnen Palmer Clark vorstellen. Er ist beim Ligaausschuß für die Verifikation. Mr. Clark, das ist Wolfgang Kies.«

Clark war vielleicht einen Zentimeter größer als ich, doch im Gegensatz zu mir schleppte er noch immer einen Haufen Muskeln mit sich herum. »Freut mich, Sie kennenzulernen, Mr. Clark. Ich kann mich noch erinnern, als sie '43 hier gespielt haben. Obwohl sie für Cincinnati und gegen uns gespielt haben. Tja, ich war einer von ›Charlie's Hustlers‹ draußen im rechten Feld. Sie waren großartig.«

»Danke.« Er lächelte so verkniffen, daß ich zu dem

---

5 Die Ausnahme sind natürlich Fahrten nach New York.

Schluß kam, er müsse der Ansicht sein, ein überschwenglicher Fan habe ihm gerade noch gefehlt, also hielt ich mich zurück. »Der Club hat den Ligaausschuß davon in Kenntnis gesetzt, daß man einen unabhängigen Feuerwehrmann herangezogen hat, und wir heißen die Initiative des Clubs gut. Ich wollte Sie kennenlernen, um noch einmal zu betonen, daß nichts über diese Angelegenheit nach außen dringen darf. Kein Sterbenswörtchen. Wenn es auch nur die Andeutung eines Skandals in bezug auf unser System gibt, tja, dann wäre das wohl das Ende.«

»Wolf ist die Diskretion in Person, Mr. Clark.«

»Davon bin ich überzeugt, Bobby, ebenso wie dieser Raven, für den er arbeitet. Ziemlich beeindruckende Bilanz, die Raven und seine Jungens vorweisen können. Ich will nur ganz sichergehen, daß sie die Notwendigkeit zur Geheimhaltung voll und ganz verstehen. Dieses ganze Problem ist äußerst verdrießlich, und ich weiß die Hilfe zu schätzen, aber der Baseball muß an erster Stelle stehen.«

Ich machte mir langsam ein Bild von Clark, und Miene und Tonfall konnte ich entnehmen, was seine Worte tatsächlich bedeuteten. »Hören Sie, ich bin nicht hier, um mich in Szene zu setzen oder Ihnen auf die Zehen zu treten. Ich beobachte nur und stelle Fragen, weil für mich noch lange nicht offensichtlich ist, was für Sie hier auf der Hand liegt. Ich bin nur ein interessierter Beobachter, mehr nicht. Und ich werde kein Wort über irgend etwas von dem hier verlauten lassen – ich arbeite nicht nur mit einem Baseballfan zusammen, der mir das Leben zur Hölle machen würde, wenn ich das Spiel zerstörte, sondern ich habe mich auch mit Leuten wie Jimmy und Bobby angefreundet und will ihnen nicht schaden.«

»Gut, dann verstehen wir uns also.« Clarks Miene hellte sich auf. »Also, wie kann ich Ihnen helfen?«

Ich zögerte einen Augenblick, als mein Kopf plötzlich leer war, da ich eine Million Fragen durchging, die ich auf dem Herzen hatte. Ich nahm mir mein Kurzzeitgedächtnis vor und stellte dann eine allgemeine Frage. »Jimmy ist in der Verifikation. Macht es Ihnen etwas aus, mir einen kurzen Überblick über diesen Vorgang zu geben?«

Clark lächelte, als habe ich gerade einen sauberen Curveball mit Spielern an allen Malen serviert. »Wir benutzen eine simple helmartige Vorrichtung, die den Augen der Spieler ultraviolette Signale übermittelt. Kopfhaut, Gesichts- und Ohrmuskeln reagieren dem ausgesandten Muster entsprechend, wie es von der Statsoft interpretiert wird. Wir messen die elektronische Aktivität dieser Muskeln und vergleichen sie mit der erwarteten Reaktion. Wenn es eine Abweichung gibt, testen wir weiter. Wenn die Statsoft nicht in Ordnung ist, legen wir den Spieler mit einer codierten Botschaft still und holen die Statsoft heraus, die er geladen hat. Die Statsoft wird untersucht, und wenn daran herumgepfuscht wurde, ist der Spieler draußen und die Mannschaft wird bestraft, falls sich herausstellt, daß die Modifikationen den Spieler verbessert haben und der Club schuld ist.«

»Ich nehme an, das kommt nicht sehr oft vor?«

Clark schüttelte energisch den Kopf. »Das System ist narrensicher, also macht sich niemand mehr die Mühe. Zumindest bis jetzt nicht. Deshalb ist es auch so wichtig, daß wir herausfinden, was los ist, weil der Leistungsabfall Seattles Hoffnung auf die Playoffs gefährden könnte.«

»Verstanden.« Trotz der Eindringlichkeit in Clarks Stimme spürte ich einen Unterschied zwischen den beiden Punkten seiner Aussage: er wollte wissen, warum Seattles Spieler hinter der statistischen Erwartung zurückblieben, aber er nahm keinen Anteil daran, daß es so war. Seattle war noch nie eine wirklich begehrte Mannschaft gewesen. Was die Fanartikel betraf, hinkte die Mannschaft hinterher. Das war auch der Grund dafür, warum sich die Seadog-Artikel so gut verkauften. Die San Diego Jaguars hatten zum Beispiel ein attraktiveres Logo und viel besser aussehende Trikots, was der Mannschaft und der Liga eine Menge zusätzliche Einnahmen einbrachte. Clark, der die Dinge aus der Perspektive der Liga betrachtete, wollte zwar, daß die Unregelmäßigkeiten aufhörten, aber vielleicht erst nachdem die Dinge so weit gediehen waren, daß Seattle auf dem Weg zur Zonenmeisterschaft hoffnungslos hinter den Jaguars zurückgefallen sein würde.

Ich bedachte Bobby und Clark mit einem Lächeln. »Ich halte die Augen offen.«

Clark nickte ernst. »Gut. Wir müssen das bereinigen, bevor echter Schaden angerichtet wird.«

*

Als ich im Unterstand saß, hatte ich mit allen möglichen widersprüchlichen Gefühlen zu kämpfen – alle davon positiv. Sie krochen durch mein Hirn wie Kleinkinder, die im Wagen vorn sitzen wollten. Die Aufstellung an der dritten Baseline beim Abspielen der Nationalhymne war ein echter Kick, besonders deshalb, weil Valerie und Lynn in Vals Loge saßen und mir zuwinkten. Ich sah mich nicht auf dem Megatron-Schirm in der Mitte, aber ich wußte, daß ich mir später zu Hause eine Wiederholung des Spiels ansehen konnte. Dort zu sein war erregend, die Erfüllung eines Traums, von dem ich nie gewußt hatte, daß ich ihn überhaupt hatte. Das bloße Wissen, daß etwas, das ich auf dem Spielfeld tun könnte, die Aufmerksamkeit vieler tausend Zuschauer auf mich ziehen würde, tja, so etwas kann einem echt zu Kopf steigen.

Die Tatsache, daß Ken die Babe-Ruth-Statsoft immer eingelegt hat, ergab langsam mehr Sinn für mich.

Rein technisch gesehen, *konnte* ich ins Spiel gebracht werden. Es war September, und die Mannschaften hatten noch einen erweiterten Kader. Ich war auf der Liste der aktiven Spieler, um zu erklären, warum ich mit der Mannschaft trainierte und zu den Auswärtsspielen der Küstenliga mitkam. Die tatsächlichen Chancen, zum Einsatz zu kommen, waren natürlich gleich null, weil ich nicht richtig schlagen konnte und nicht genug von Strategie verstand, um zu wissen, wohin ich den Ball zu werfen hatte, falls ich im Feld eingesetzt und mir zufällig ein Ball in den Handschuh fallen würde. Ich hatte mich jedoch mit den Trainerzeichen beschäftigt und sie mir gemerkt, also hatte ich eine vage Vorstellung davon, was im Spiel geschehen würde.[6]

Wir standen gleichauf mit den Jaguars, und wenn wir uns vor sie setzen konnten, würden wir Heimvorteil in den Spielen haben, was in der Tat ein großes Plus sein würde. Wir spielten gegen die Portland Lords – unsere weiter südlich gelegene Nemesis. Sie standen zwar am Tabellenende in unserer Liga, aber die Vorstellung, Spielverderber zu sein, spornte sie mächtig an. Am Wurfmal hatten sie einen Elf, der die Statsoft von Rosy Ryan in seiner Saison von 1923 bei den New York Giants geladen hatte. Rosy hatte uns auch früher schon Schwierigkeiten gemacht, und der heutige Tag war keine Ausnahme.

Das siebte Inning kam und ging, ohne daß eine Seite gepunktet hätte. Unser Werfer, Pete Weatheral, spielte Nomo aus dem Jahre '03 und war nur einmal kurz in Schwierigkeiten geraten. Ryan hatte einmal größere Probleme gehabt, aber für uns war nichts Zählbares dabei herausgesprungen, weil sein dritter

---

6 Tatsächlich hatte Val mir geraten, das zu tun, und ich wollte ihr aus Gründen des nackten Überlebens keinen Anlaß geben, wütend auf mich zu sein.

Malspieler einmal großartig gerettet hatte. Am Ende des achten Innings ermüdete Ryan langsam, also nahm Bobby Kane Weatheral heraus und schickte einen weiteren Schlagmann für ihn aufs Feld, wo noch ein Durchgang offen und ein Mann unterwegs war. Durch das Opfer rückte unser Läufer zum zweiten Mal vor, dann donnerte unser Schlagmann einen Ball in die Lücke im rechten Mittelfeld, so daß der Läufer nach Hause kam. Unser nächster Schlagmann schlug einen Rohrkrepierer zum dritten Mal und war aus, bevor er das erste Mal erreichte, was das Ende des achten Innings war.

Unsere Führung von 1 : 0 löste sich nach einem Homerun und einem weiteren Punkt in der ersten Hälfte des neunten Innings in Wohlgefallen auf. Nachdem unser Ersatzmann einen Schlagmann ausgeworfen und den nächsten hatte ins Spiel kommen lassen, erwischte er den vierten Mann mit einem Doubleplay, so daß wir am Ende der ersten Hälfte des neunten Innings nur einen Punkt hinten lagen. Wir hatten wirklich Glück gehabt, so billig davongekommen zu sein, und wir alle wußten es.

Bobby Kane schlich durch den Unterstand und klatschte in die Hände. »Wir haben eine gute Chance, das Spiel zu gewinnen, Leute, also laßt es uns auch tun. Babe, du bist dran. Jimmy, du gehst nach ihm. Nichts Abgefahrenes, Babe, schlag einfach und komm nach Hause, verstanden?«

Babe zwinkerte Bobby zu und setzte seinen Schlaghelm auf. »Du schlägst ihn besser über den Zaun, Jimmy. Ich will nicht schnell laufen müssen, um zu punkten.«

»Ja, ja, sieh nur zu, daß du ans erste Mal kommst, du Schaumschläger.«

Ich lächelte, als Jimmy zu dem Gestell mit den Schlägern ging und sich einen aussuchte. »Du kommst gut mit dem Druck zurecht.«

Jimmy zuckte die Achseln. »Man darf die Kleinigkeiten einfach nicht zu sich durchdringen lassen.«

»Aber Gewinnen ist doch eine ziemlich große Sache, oder nicht?«

»Ja, aber die Einzelheiten sind alle ziemlich klein. Hast du kürzlich mal einen Blick auf die Anzeigetafel geworfen?«

Ich schaute unwillkürlich zur Mitte unterhalb des Megatron-Schirms. Abgesehen von einer einzigen ausgebrannten Birne sah alles gut aus, dann sah ich, daß das Spiel Dodgers gegen Jaguars mit einem Sieg der Dodgers um einen Run zu Ende gegangen war. »Wenn wir das Spiel gewinnen, gehen wir mit einem ganzen Spiel Vorsprung in das Spiel am Montagabend.«

»Ja, das ist die eine Sache.« Jimmy stülpte sich den Helm über den Kopf, und seine Stimme war nur noch gedämpft zu hören. »Ihr Werfer ist eine andere.«

Die Lords hatten einen Ork auf die Werferplatte geschickt, und die Anzeigetafel meldete, daß er Fat Freddie Fitzsimmons aus dem Jahr 1939 von den Brooklyn Dodgers geladen hatte. Die angezeigten statistischen Werte waren nicht so überwältigend, aber Freddie hatte in dem Jahr etwa dreimal so viele Spiele gewonnen wie verloren. Da er die letzten beiden Spiele für die Lords verloren hatte, war für ihn statistisch gesehen ein Sieg überfällig.

Ich runzelte die Stirn. »Hat im wirklichen Leben Ruth je Fitzsimmons gegenübergestanden?«

Spike schüttelte den Kopf. »Ihre Karrieren haben sich überlagert, aber Ruth hat hauptsächlich in der American League gespielt und Fitzsimmons ausschließlich in der National. Sie hätten nur in der World Series aufeinandertreffen können, aber da haben sie sich um ein Jahr verfehlt. Das ist das Tolle daran, wie das Spiel jetzt gespielt wird – die Großen des Spiels können gegeneinander antreten, um herauszufinden, was in so einem Fall früher wohl passiert wäre.«

Kane spie braunen Saft in eine Ecke. »Ruth hätte ihn fertiggemacht. Fitzsimmons hat in den Spielen der Serie nie gut ausgesehen.«

»Hoffen wir, daß du recht hast, statistisch gesprochen.« Ich sah zu, wie Babe zum Schlagmal schritt. Er ging langsam, aber entschlossen, und er schien ebenso selbstverständlich in diese Umgebung zu gehören wie die Rufe der Hotdog-Verkäufer und der Geruch nach Popcorn. Eine Fangruppe der Lords, die in ihren irischgrünen Trikots leicht zu erkennen waren, riefen Babe Beleidigungen zu, während dieser sich mit dem Schläger Lehm von den Spikes klopfte.

»Du Fettsack könntest den Ball nicht mal treffen, wenn man ihn dir auf einem Silbertablett servieren würde!«

Ken lächelte, wie Babe Ruth gelächelt hätte, dann zeigte er mit dem Schläger auf das Mittelfeld. Das rief Jubel bei unseren Fans und Häme bei den Anhängern der Lords hervor. Dann stellte Ken sich auf, hob den Schläger in Schulterhöhe und wartete.

Bobby fluchte und trat gegen die Bank neben mir. »Nein! Nein, nein, nein! Von allen dämlichen ...«

»Was denn?« Ich sah Jimmy an, aber der zeigte nur auf den Megatron-Schirm. Er zeigte Kens Gesicht in Großaufnahme und die Tatsache, daß seine Augen fest geschlossen waren. »Was macht er da?«

Jimmy schüttelte den Kopf. »Auf die Art zeigt er seine Verachtung für den Werfer.«

»Auf die Art zeigt er seine Verachtung für den Manager.« Bobby spie mehr Tabaksaft in die Ecke. »Das kann man sich leisten, wenn man mit einem Dutzend Runs führt und nur für die Statistik schlägt, aber jetzt?«

Jimmy zuckte die Achseln. »Man muß einfach an ihn glauben, Skipper.«

Kane knurrte. »Ich werde seinen Arsch über den Zaun treten, wenn er sich rauswerfen läßt.«

Der erste Ball kam, und Babe schlug danach. Er erwischte ihn nicht richtig, traf ihn aber doch so gut, daß er in die Tribünen ins Aus flog. Er lächelte gelassen und baute sich wieder auf, dann ließ er einen Ball durch, der zu hoch kam. Der nächste Ball kam außerhalb, und auch den ließ er durch, was mir Rätsel aufgab. *Woher weiß er es?*

Der Alte knurrte tief in mir. *Es ist seine Natur, es zu wissen, Langzahn. So wie du weißt, wenn es Ärger gibt, weiß er, was gut und was schlecht ist.*

Irgendwie bezweifelte ich das. »Er muß blinzeln.«

Jimmy drehte sich zu mir um und zwinkerte mir zu. »Er sieht nicht besonders viel durch seine Wimpern, aber es reicht.«

Der vierte Ball kam, und Babe traf ihn ziemlich hart. Er flog durch das Innenfeld zwischen dem ersten und dritten Mal hindurch. Der Mann im linken Außenfeld hob ihn auf und warf ihn zum zweiten Mal, aber Ken war kaum am ersten vorbei und tänzelte zur Sicherheit des Kissens zurück. Dort hob er die Hände und nahm den Beifall der Menge entgegen, dann nahm er den Schlaghelm ab und warf ihn dem Trainer am ersten Mal zu, um dann seine Kappe aufzusetzen. Er lächelte und winkte weiter, dann wandte er sich seinem Bild auf dem Megatron zu, nahm die Kappe ab und vollführte eine Verbeugung mit elegantem Kappenschwung.

Er kam aus dieser Verbeugung nicht mehr hoch, sondern fiel mit dem Gesicht voran in den Matsch des Innenfelds. Das Gelächter setzte ein, als habe er einen Witz gemacht, dann fing sein Körper an zu zucken, als sei er auf einem Starkstromkabel gelandet. Er wälzte sich auf den Rücken, und die Kappe entglitt seinen gefühllosen Fingern. In seinen Mundwinkeln bildete sich Schaum, dann wurde er von einem weiteren Anfall geschüttelt und lag schließlich reglos da.

Bobby und unser Trainer liefen aus dem Unterstand

und schlossen sich dem Trainer am ersten Mal an, der sich über Ken gebeugt hatte. Bobby drehte sich um und gab dem Unterstand aufgeregt Zeichen, was unseren Chiptrainer aufs Feld eilen ließ, dann kam ein Golfwägelchen mit einer Bahre vom Übungsplatz aufs Spielfeld gefahren. Der Chiptrainer zog die Statsoft aus Kens Datenbuchse, was diesen zu einem letzten Zucken veranlaßte, dann hoben Bobby und der Trainer Ken auf die Bahre. Der Chiptrainer begleitete Ken, als er vom Feld gefahren wurde.

Bobby kam zurück zum Unterstand getrabt und zeigte auf mich. »Zieh deine Jacke aus, Wolf. Du gehst als Ersatzläufer für Ken raus.«

Ich blinzelte ihn an. »Ich?«

»Du.«

»Aber ...«

Er zog mich aus dem Unterstand heraus und legte mir einen Arm um die Schultern. »Du bist schnell und kannst gut die Male ablaufen.«

»Das können alle anderen auch.«

»Ja, aber du bist nicht von irgendeinem Bytegeist besessen.«

Ich spürte, wie es mir kalt den Rücken herunterlief. »Wovon reden Sie?«

Bobby schauderte. »Ich habe so eine Reaktion schon einmal gesehen, in meiner Jugend. Jemand hatte eine Statsoft frisiert, und so etwas passiert einem Spieler, wenn er schlechten Code geladen hat.«

»Aber Ken war in der Verifikation.«

»Richtig, irgend etwas anderes hat den Fehler verursacht. Ich weiß nicht, was, aber bis ich es weiß, läufst du für ihn.« Bobby schlug mir auf den Rücken. »Das ist deine Chance, dir einen Traum zu erfüllen, Junge. Laß uns nicht hängen.«

»Nichts Abgefahrenes, wenn ich mich recht entsinne.«

»Nun ja, das galt für Babe. *Dich* brauche ich in einer

Position, um zu punkten. Achte auf die Zeichen und tu, was die Trainer dir sagen.«

Ich zog die Jacke aus, warf sie in den Unterstand und lief zum ersten Mal. Der Ansager verkündete: »Als Ersatzläufer jetzt am ersten Mal: Keith Wolfley[7].«

Wären nicht zwei begeisterte weibliche Stimmen gewesen, der Singsang der Hotdog-Verkäufer hätte den Jubel, der sich daraufhin erhob, mühelos übertönt. Ich erreichte das erste Mal und lächelte Red Fisher an, den Trainer am ersten. »Welchen Rat haben Sie für mich?«

Die Augen des grauhaarigen alten Mannes verengten sich. »Laß dich nicht auswerfen.«

»Ich tue mein Bestes.« Ich trat einen Schritt vom ersten Mal weg in Richtung des zweiten, um mir ein wenig Vorsprung zu verschaffen, auch ein wenig ermutigt durch den Umstand, daß Fitzsimmons mir den Rücken zudrehte. Ich sah, wie Bobby mich einen weiteren Schritt vorwärts winkte, und hörte Red knurren: »Das wird aus einem guten Grund Vorsprung genannt, Junge. Geh vor.«

Ich tastete mich zentimeterweise weiter vor, um dann wieder zum Kissen zurückzutraben, als Fitzsimmons warf und Jimmy den Ball durchließ. Ich grinste den Gegenspieler am ersten Mal an, doch der spie nur auf meine Füße. Als der Werfer sich auf seinen nächsten Wurf vorbereitete, tastete ich mich wieder vor, um mir einen Vorsprung zu verschaffen. Obwohl nur 27,43 Meter zwischen den Kissen des ersten und zweiten Mals liegen, kam es mir so vor, als sei das zweite Mal Lichtjahre entfernt.

Ich kann dir Warp-Geschwindigkeit geben, Langzahn.

Ich fauchte den Alten an und beschloß, nie wieder vor dem Trid einzuschlafen, wenn Wiederholungen

---

[7] Das war der Name, unter dem sie mich spielen ließen, weil er meinem richtigen Namen so nahe kam, daß ich mich angesprochen fühlte, und weil er mühelos auf den Rücken eines Trikots paßte.

alter Serien gezeigt wurden. Das Technologieverständnis des Alten endete ungefähr zu der Zeit, als der Mensch anfing, seine Werkzeuge aus etwas anderem als Stein herzustellen, aber hin und wieder kapierte er Phantasiekram. Jemand hat mal gesagt, jede ausreichend hoch entwickelte Technologie sei von Magie nicht mehr zu unterscheiden[8], und ein Beweis dafür war die Tatsache, daß der Alte das pseudowissenschaftliche Geschwafel, das in den Medien als Unterhaltung verkauft wurde, für bare Münze nahm. Natürlich stellte er sich diese Filme als ›Schamanen im Weltraum‹ vor – sie waren voller Tricks und Spezialeffekte, die er für Magie hielt –, aber die Leute, welche die Einschaltquoten auswerteten, fragten trotzdem nie nach seiner Meinung.

Ein rasches Jaulen des Alten warnte mich eine halbe Sekunde bevor ich sah, wie der Werfer zu mir herumfuhr. Ich stieß mich mit dem rechten Fuß ab und hechtete zum Kissen zurück. Lehm spritzte in mein Gesicht, und meine Hände spürten Stoff, als ich über mir das Klatschen des Balles im Handschuh des Mannes am ersten Mal hörte. Einen Sekundenbruchteil später schlug er mir mit dem Ball über den Kopf, und der Knall übertönte alles außer dem ›Safe‹ des Schiedsrichters.

Ich unterdrückte den Drang des Alten, den Mann am ersten Mal zu beißen, und erhob mich langsam, wobei ich darauf achtete, ständig Kontakt zum Kissen zu haben. Ich wischte etwas Lehm von meinem Trikot. »Fitz hat einen guten Wurf zum Kissen.«

Mein Gegenspieler grinste mich höhnisch an. »Klingelt es noch im Ohr?«

»Ja, aber ich habe einen Anrufbeantworter.« Ich

---

8 Raven sagte, das sei Arthur C. Clarke gewesen, irgendein alter Bursche, der noch zu einer Zeit schrieb, als man dazu Tinte und Papier benutzte.

machte einen Schritt in Richtung zweites Mal. »Ich nehme am zweiten ab.«

»Sicher, Kumpel.« Der Lord schüttelte den Kopf. »Im Traum.«

In meinem Traum, in deinem Alptraum. Bobby gab mir das Zeichen, mir das Mal zu stehlen. Wenigstens war ich ziemlich sicher, daß es das entsprechende Zeichen war. Es war völlig logisch – am zweiten Mal würde ich in Stellung sein, um zu punkten, und ich habe tatsächlich schnelle Beine. Tatsächlich sprach nur die Tatsache dagegen, mir das zweite Mal zu stehlen, daß ich kein Mal mehr gestohlen hatte, seit sich mein Alter im zweistelligen Bereich bewegte.

Ich rechnete fast damit, daß in so einem Augenblick mein Leben vor meinem geistigen Auge vorbeihuschen würde, aber so etwas Ernstes geschah nicht. Statt dessen ging mir jedes Gespräch durch den Kopf, das ich je mit Valerie über Baseball geführt hatte. Sie war ein wandelndes Lexikon für markige Baseballsprüche, darunter auch der sehr zutreffende: »Man stiehlt nicht gegen den Fänger, sondern gegen den Werfer.« Ich machte einen weiteren Schritt und raste dann los, als Fitzsimmons Arm nach vorn schoß.

Mein Blickfeld verengte sich, bis ich nur noch das Kissen sah. Der Mann am zweiten Mal hob den Handschuh, um den Ball zu fangen. Ich spürte die Spikes unter meinen Schuhen wie Krallen, die sich in den Kunstrasen bohrten. Meine Beine stampften, meine Arme schwangen. Ich hörte meinen Puls in den Ohren dröhnen. Ich hatte den Blick fest auf das Kissen gerichtet, während ich mich auf einen Hechtsprung zum Kissen vorbereitete, und ich grinste sogar über die Aussicht, mit dem Kopf voran über den Rasen zu rutschen.

Dann hörte ich das Krachen des Schlägers und den plötzlichen Jubel der Menge. Es geht nichts über das Geräusch eines Holzschlägers, wenn er einen Ball mit voller Wucht sauber trifft. Ich sah einen verschwommenen weißen Fleck links von mir und drehte dann den Kopf nach rechts, um mitzubekommen, wie das winzige Geschoß immer kleiner wurde. Der Ball flog in hohem Bogen durch den Dome und dann über die Mauer.

Hinter der Anzeigetafel und dem Megatron schossen Raketen in die Luft und explodierten in einem prächtigen Feuerwerk. Die Grafik auf der Anzeigetafel zeigte dasselbe. Die Kanonade der Feuerwerkskörper erfüllte den Dome mit roten, grünen, goldenen und blauen Funken, die langsam zur Erde fielen, während der Megatron eine Zeitlupenwiederholung von Jimmys Schlag zeigte. Als der Feuerwerksdonner erstarb, toste der pulsierende Jubel der Zuschauer über das Spielfeld, und ich brüllte vor Freude.

Ich achtete darauf, auf die Kissen am zweiten und dritten Mal und dann zu Hause zu treten, und beglückwünschte Jimmy zu seinem Homerun. Er schlug mir auf beide Hände, dann sprangen wir uns mit vorgereckter Brust an und begannen zu lachen, während der Rest der Mannschaft zu uns gelaufen kam. Eine Armee aus Händen und Armen griff an mir vorbei, um Jimmy zu gratulieren.

Es gelang mir, mich aus der Menge zu lösen, und ich fühlte mich merkwürdig allein, als die Mannschaftstraube zum Unterstand und weiter zur Umkleidekabine ging. Ich war so glücklich wie alle anderen über den Sieg – die Seadogs waren ebensosehr meine Mannschaft wie die der anderen –, aber ich gehörte nicht wirklich dazu. Ja, der Run, den ich geschafft hatte, ließ uns an den Lords vorbeiziehen, aber ich hatte ein Gefühl, als wildere ich in fremdem Revier. Ich hatte mir meinen Platz dort nicht verdient, ich hatte kein Recht, so zu feiern wie die anderen.

Doch allein dort zu stehen war nicht dasselbe wie einsam zu sein. Ich hielt mich von ihnen fern, nicht weil ich das Gefühl hatte, unwillkommen zu sein, sondern weil ich nicht eindringen wollte. Ihre Kameradschaft entsprang einer Vielzahl gemeinsam geschlagener Schlachten, so ähnlich, wie es sich bei mir mit Raven, Stealth, Tark und Val verhielt. Sogar mit Zig und Zag. Ich respektierte das zu sehr, um mich hineindrängen zu wollen. Ich freute mich für sie, freute mich für das, was sie geschafft hatten, und freute mich, etwas dazu beigetragen zu haben, wenn auch auf bescheidene Art und Weise. Mir reichte es.

Ich trat in den Unterstand, als sich die letzten Spieler in den Gang zur Umkleidekabine quetschten. Bobby Kane hielt mich auf, indem er mir eine Hand auf die Brust legte. »Dein Versuch, das zweite zu stehlen ...«

Ich zuckte zusammen. »Ich habe das Zeichen falsch verstanden, richtig?«

Der Manager schüttelte den Kopf. »Du hast es schon richtig verstanden, aber das Zeichen bedeutete, daß du es versuchen könntest, wenn du wolltest. Wir brauchten dich dort, wo du punkten konntest, aber ich wollte dich nicht zwingen, es zu versuchen.« Er wischte etwas Lehm von meinem Trikot. »Du hast Mumm, Junge. Bei all diesen verdrahteten Burschen, die statistische Geister nachahmen, vergißt man manchmal, daß man in diesem Spiel genau das braucht.«

»Danke.« Ich lächelte flüchtig. »Irgendwas Neues über Ken?«

»Sie haben ihn ins Krankenhaus gebracht. Er dürfte wieder auf die Beine kommen, aber sie müssen seinen Elektrolythaushalt wieder ins Gleichgewicht bringen, und er braucht Ruhe. Wenn man berücksichtigt, daß wir als nächstes gegen die Jaguars spielen, und den Unsinn betrachtet, den Ken als seinen normalen Lebensstil bezeichnet, ist es vielleicht ganz gut, wenn er zwei Tage im Bett liegt.«

»Das stimmt, aber dort ist er angreifbar. Ich werde Raven anrufen. Er kann ihn sich ansehen und für Schutz sorgen.« Meine Augen verengten sich. »Wenn das ein Versuch war, ihn aus den nächsten Spielen herauszunehmen, will ich demjenigen, der das getan hat, keine Möglichkeit für einen zweiten Versuch geben.«

»Amen.« Bobby schlug mir auf den Rücken. »Hey, Wolf, nur für den Fall, daß niemand anders daran denkt, es zu sagen: danke. Und willkommen bei der Show. Du hast einen Run erzielt, du gehst in die Statistik ein.«

»Klar, eines Tages wird mich jemand als Jokerspieler benutzen.«

Wir lachten beide, und ich ging in die Umkleidekabine. Ich schälte mich aus dem Trikot und ging unter die Dusche. Ich suchte mir eine in der Ecke aus, nicht aus einem Gefühl der Bescheidenheit, sondern weil das weit genug vom Eingang entfernt war, so daß mich weder der kühle Durchzug noch kichernde Spieler mit zusammengerollten Handtüchern leicht erreichen konnten. Das heiße Wasser fühlte sich gut an, und sogar der Alte hörte auf zu knurren, wenn wir gelegentlich das Klatschen eines Handtuchs und den darauf folgenden schmerzhaften Aufschrei hörten.

Nach viel zu kurzer Zeit kam ich wieder heraus und trocknete mich ab. Ein leises Knurren und ein Blick aus silberfarbenen Augen hielt ein paar Spaßvögel davon ab, mir auf dem Weg zu meinem Spind mit ihren zusammengerollten Handtüchern zuzusetzen. Ich ließ mich neben Jimmy auf der Bank nieder und zog mich an. »Netter Schlag.«

»Danke.« Er lächelte mich an. »Tut mir leid, daß ich dich der Chance beraubt habe, ein Mal zu stehlen, aber als du losliefst, hat Fitz seinen Wurf beschleunigt. Er kam ein bißchen höher, als ich es mag …«

»Nicht, daß es einem bei dem Treffer aufgefallen wäre.«

Sein Grinsen wurde breiter. »Ja, wohl wahr. Ich hab ihn echt rausgehauen, oder?«

Die reine unverfälschte Freude in seiner Frage zauberte ein großes Lächeln auf mein Gesicht. Ich nickte und schloß meine Kevlarweste. »Ich wette, eine Seite dieses Balles ist plattgedrückt.«

»Vielleicht. Aber es zählt nur, daß wir gewonnen haben. Die Jaguars können jetzt nur noch mit uns gleichziehen, und dann gibt es ein Playoff um die Zonenmeisterschaft.«

Ich zog meinen Rollkragenpullover an. »Ich wollte gleich ins Krankenhaus fahren und sehen, wie es Ken geht. Willst du mitkommen?«

»Daran habe ich auch schon gedacht, und ich will Thumper mitnehmen – er sagte, er wolle mitkommen.« Jimmy zeigte mit dem Daumen in die Richtung des Medienbüros. »Ich muß zuerst mit den Blutsaugern von den Nachrichtensendern reden, was eine Weile dauern wird. Thumper will eine Birne in der Anzeigetafel auswechseln – er sagt, entweder bekommen wir schlechte Glühbirnen oder eine Fassung muß ersetzt werden. Er will, daß für das Spiel gegen die Jaguars alles perfekt ist.«

»In Ordnung. Ich hole Thumper, und dann fahren wir ins Krankenhaus, wenn du dich von den Medienhaien losgeeist hast.« Ich warf einen Blick auf meine Armbanduhr und legte sie mir dann um das linke Handgelenk. »Ich muß ohnehin noch mit Raven telefonieren. In zwanzig Minuten?«

Jimmy nickte. »Das müßte reichen. Wenn ich bis dahin noch nicht zurück bin, komm mit geladener Pistole und hol mich raus.«

»Verlaß dich drauf.« Ich zog meine Jeans an und dann die Stiefel mit Stahlspitzen und mit einem in der rechten Sohle verborgenen schlanken Stilett. Ich streifte das Schulterhalfter über und zog eine Lederjacke darüber an. Mein einziges Zugeständnis an den Teamgeist bestand in der Kappe des Teams, dessen Schirm ich in den Nacken drehte.

Ich verließ das Netz der Gänge und Flure, die dem

Personal Zugang zu jedem Winkel und jeder Nische im Dome ermöglichten, und fand ein öffentliches Telekom. Ich schilderte Doc, was geschehen war. Er sagte, er würde sofort ins Krankenhaus fahren und dafür sorgen, daß rund um die Uhr jemand bei Ken sein würde. Ich bat ihn, Val von dieser Verpflichtung auszunehmen, und er sagte lachend, daß er das tun werde. Wir verabredeten uns im Krankenhaus, und ich beendete das Gespräch und machte mich auf die Suche nach Thumper.

Ich fragte die Putzkolonne, ob jemand Thumper gesehen habe, und wurde in verschiedene Richtungen verwiesen. Keiner dieser Hinweise führte zum Ziel, also ging ich zur Anzeigetafel, wohin ich zuallererst hätte gehen sollen. Nach ein paar Fehlversuchen fand ich den Gang zu dem Bereich hinter der Anzeigetafel und ging hindurch. Da das Spiel vorbei war und die Besucher das Stadion mittlerweile verlassen hatten, brannte in den Gängen nur noch die Hälfte und auf dem Spielfeld ein Drittel des Lichts. Die Klimaanlagen waren abgeschaltet worden, was dem Dome eine warme Enge verlieh, bei der man sich leicht vorstellen konnte, daß wir eigentlich nur in einem großen Loch im Boden standen.

Als ich den Bereich hinter der Anzeigetafel erreichte, sah alles normal aus. Die Fläche erschien mir wie eine kleine Zirkusarena und wurde zur Aufbewahrung von Harken, Schaufeln, einer Rasenwalze und defekten Sitzen benutzt. Der schwarze Umriß der rückwärtigen Zugangsluke zur Anzeigetafel und dem Megatron verriet, daß sie geöffnet war, aber das hatte ich erwartet. In dem matten Licht sah ich am Fundament der Anzeigetafel die sechs kurzen orgelpfeifenartigen Mörser, die bei einem Homerun Feuerwerkraketen abschossen. Der Stuhl neben ihnen lag auf der Seite, und ich sah etwas, das durch die Mörser halb verborgen war.

Sofort veranlaßte ich den Alten, mir seine Sinne zu

geben. Als mein Geruchssinn sich ausdehnte, nahm ich einen schweren Blutgeruch und einen Anflug von Wundersalbe wahr. Außerdem roch ich mehrere unterschiedliche Rasierwasser und griff nach meiner Viper.

Ein Schatten bewegte sich zu meiner Rechten. Der Schlagstock, den mein Angreifer schwang, sauste rasch auf mich nieder. Ich versuchte, mit dem Schlag mitzugehen, war aber zu langsam. Er traf mich im Nacken und hätte mich sauber gefällt, aber der Schirm meiner Kappe dämpfte ihn ein wenig. Ich fiel nach links und rollte ein wenig, so daß ich mit entblößter Kehle auf dem Rücken liegen blieb.

Unter Berücksichtigung der augenblicklichen Mondphase und meiner Benommenheit durch den Schlag war dies nicht die beste Stellung, in der ich hatte enden können. Der Alte kam sofort zu dem Schluß, daß ich in Todesgefahr schwebte und bereits besiegt war, da mein Bauch und meine Kehle jedem Angriff schutzlos ausgeliefert waren. Mit grimmigem Abscheu in seinem Aufheulen breitete er sich in mir aus und erfüllte meine Glieder mit Kraft.

Ich werde uns retten, Langzahn.

Ich hatte alle Hände voll zu tun, um ihn daran zu hindern, mich in ein Wolfsmonster zu verwandeln, da ich sonst die Kontrolle über meine Handlungen verloren hätte. Der Alte ließ mich herumwirbeln und meine Gegnerin mit einem Fußtritt angreifen. Es gelang uns, sie mit dem Tritt zu Boden zu werfen – der Alte fauchte darüber, daß er gegen eine Frau kämpfte –, aber die Art, wie sie nach dem Tritt aufsprang, verriet mir, daß sie mehr Draht in sich hatte als das Stromnetz des Sprawls und sie KillaKarate 2.3 Aktionssofts, und zwar die Edition Schwarzer Gürtel, geladen haben mußte.

Zu ihrem Pech gibt es im Grunde nicht so viele Katas, die sich mit dem Kampfstil Mann-der-wie-Wolf-kämpft beschäftigen. Der Alte ließ mich aufspringen und rasch auf sie eindringen. Sie riß die Hände zur Abwehr hoch, aber ich sprang sie einfach an, den Mund zu einem Biß aufgerissen, der ihre Luftröhre zerfetzen würde. Da ich keine Schnauze hatte, wußte ich, daß das nicht so gut funktionieren würde, aber das war dem Alten egal. Er rammte mein Gesicht in ihre Kehle, was bedeutete, daß ich ihr Kinn in mein linkes Auge bekam, aber ihr Mund schloß sich mit hörbarem Knacken, als ihre Zähne aufeinanderschlugen.

Sie wich zurück und schaffte es, mich über ihre Hüfte zu werfen, aber ich rollte ab und duckte mich unter dem Tritt hinweg, den sie mit dem rechten Fuß gegen meinen Kopf zielte. Der Alte trieb mich wieder vorwärts, und wir griffen ihr linkes Bein an. Ich hatte plötzlich den Mund voll Kunstleder und Achillessehne, schaffte es aber, was viel wichtiger war, sie aus dem Gleichgewicht zu bringen und zu Boden zu werfen. Sie fiel auf den Bauch, und der Alte ließ mich vorspringen. Ich landete auf ihrem Rücken, und meine Knie bohrten sich in ihre Nieren, während meine Hände ihr Gesicht auf den Boden drückten.

Ein Tritt ihres Partners in meine Rippen schleuderte mich von ihr. Ich hätte aufgeheult, aber der Tritt raubte mir den Atem. Ich landete schwer und rollte mich ab, aber er griff mich sofort wieder an und traf mich mit dem Fuß am Kopf. Der Tritt wirbelte mich herum und schleuderte mich neben den Mörsern zu Boden.

Und in die Lache von Thumpers Blut.

Sein Blut bedeckte mich, und der Alte wurde zum Berserker. Hier lag jemand tot auf dem Boden, der zu meinem Rudel gehört hatte. Mein Auftrag hatte darin bestanden, ihn und die anderen zu beschützen, und diese Angreifer hatten ein Mitglied des Rudels getötet. Das war kein Verbrechen, denn der Alte hatte keinen Sinn für Gerechtigkeit, es war eine Beleidigung, eine Verirrung. Es war eine Tat, die den Lauf der Dinge störte, und alles schrie danach, wieder ins rechte Lot gebracht zu werden. Und alles wieder ins rechte Lot zu bringen war das, was der Alte tun würde.

Zwar hatte der Alte mir oft seine Sinne geliehen, aber ich hatte die Dinge durch seine Augen noch nie so klar gesehen wie jetzt, während unser Angreifer auf uns losging. Ich sah den heranstürmenden Mann – eine einfache Messerklaue, nichts Besonderes – als eine Ansammlung von Schwachstellen und Gefahrenpunkten. Die Füße, die behandschuhten Hände konnten uns verletzen, aber wir konnten ihnen ausweichen. Ich duckte mich unter einem Tritt hinweg und wich dann auf allen vieren einem zweiten aus. Die Messerklaue wich zurück und bereitete sich auf einen neuen Angriff vor. Der Mann tänzelte zur Seite, um mich von seiner Partnerin abzuschneiden, so daß sie sich erholen konnte, und um mir jeden Fluchtweg zu versperren.

Wäre ich ein Mensch gewesen, der auch wie ein Mensch dachte, hätte mich das beunruhigt. Hätte ich strikt wie ein Mensch gedacht, hätte ich meine Viper gezogen und beide erschossen, aber der Alte bestimmte, was gespielt wurde, und ich konnte nur nach seiner Pfeife tanzen.

Der Alte erwies sich als Meister des Raubtierwalzers. Bei seinen ersten Angriffen hatte er mich so gelenkt, wie er einen Wolf gelenkt hätte, und mich so kämpfen lassen, wie es ein Wolf getan hätte. Jetzt änderte er seine Vorgehensweise, indem er meine Vorteile einsetzte, um meine Nachteile auszugleichen. Zwar würde seine Liste meiner Nachteile unzählige Chips füllen, aber eines gefällt ihm an mir, und das ist die Tatsache, daß ich über eine Waffe verfüge, die er nicht hat: eine Hand. Darüber hinaus hat diese Hand auch noch einen Daumen und kann zur Faust geballt werden.

Der Alte ließ mich in einem Angriff auf die Messerklaue losgehen, den ich als kopflosen Ansturm einstufte, aber er heulte nur bei meinem Gedanken, daß wir eine Taktik anwendeten, wie sie Beutetiere benutzten, um sich zu verteidigen. Ein Tritt streifte meinen linken Arm, dann rammte der Alte meine Faust in den Unterleib der Messerklaue. Der Mann trug einen Schutz, aber die schiere Wucht des Schlags quetschte empfindliche Teile zusammen und überraschte ihn. Mein Kopf schoß knirschend gegen seinen Kiefer, dann rammte der Alte meine linke Hand gegen die Kehle des Mannes.

Die Messerklaue gurgelte und wankte in die Schatten. Ich sprang ihm nach und erwischte ihn an der rechten Flanke. Er hielt sich mit beiden Händen die Kehle, also winkelte ich seinen Ellbogen mit der rechten Hand ab und stach ihm mit der gestreckten Linken in die Achselhöhle. Mein rechtes Knie fuhr hoch und bohrte sich in seine Magengrube, dann traf ihn meine linke Faust wie ein Hammer im Nacken. Er grunzte und fiel in die Schatten in der Ecke des Raums.

Ich hörte seine Partnerin aufstehen und weglaufen, aber der Alte machte sich nicht an ihre Verfolgung. Er hatte seine Beute bereits gefunden und wollte sie töten. Seine Entschlossenheit, die Messerklaue zu erledigen, wurde durch seine Empörung darüber verstärkt, hier im Dome gefangen zu sein, in diesem Gebäude, das wie die Messerklaue ganz wider die Natur war. Dies war ein Ort, wo der Mensch versuchte, die Natur zu unterwerfen, wo sie seinen Launen und seinem Vergnügen ausgeliefert war. Und das war ebenfalls eine überhebliche Verirrung, die der Korrektur bedurfte.

Ich sprang den Mann an und schlug auf ihn ein, dann spürte ich den Alten nach der endgültigen Macht greifen. Er benutzte den Blutgeruch, das Wimmern des Mannes, auf dem ich hockte, und meine Erinnerungen an Thumper als Keule, um meine Kontrolle über meinen Körper zu zerschmettern. Ich versuchte ihn zu bekämpfen, aber dann traf mich ein schneller Rückhandschlag meines Gegners im Gesicht. Er überraschte mich mehr, als daß er schmerzte, aber er bewirkte, daß meine Konzentration nachließ, und da rastete der Alte aus.

Ich hörte meine Knochen brechen wie das Knallen von Schüssen, als der Alte mich nach seinem Bild formte. In seiner Vorstellung denaturierte er mich nicht, sondern *re*naturierte mich, verwandelte mich in das, was ich hätte sein sollen. Die Armknochen verkürzten sich, und Muskelprotoplasma floß an neue Stellen. Meine Hände zogen sich zusammen und wurden klobiger, die Fingernägel wurden dicker und länger. Schmerzen schossen durch meinen Kiefer, als meine Zähne wuchsen und sich mein Gesicht verzerrte, da mir eine Wolfsschnauze wuchs.

Der Alte ließ mich die Kehle der Messerklaue anspringen, aber ich biß kurz vor dem angepeilten Ziel zu und hielt mein Maul fest geschlossen. *Er ist keine Beute, die du töten und fressen würdest.*

Er muß sterben, denn er ist unnatürlich!

Das ist die Denkweise des Menschen, du räudiger Köter, nicht deine! Du tötest nicht aus Spaß.

Menschen schon. Töte ihn.

Menschen mögen das tun, ich *nicht!* Ich gewann die Kontrolle über meinen Körper zurück und stoppte die Verwandlung, bevor sie das vom Alten beabsichtigte Ausmaß erreichte. Mit einem raschen Rückhandschlag beendete ich die Bemühungen der Messerklaue, sich von mir zu befreien, dann wälzte ich mich von seiner Brust und setzte mich mit dem Rücken zur Wand. Im Augenblick hatte ich die Kontrolle, aber ich spürte, wie der Alte seine Kräfte sammelte, um mich herauszufordern, und der Gestank nach Blut half ihm. Thumper *war* tot, und ein Teil von mir schrie nach Vergeltung, aber das war zu einfach in dieser Situation.

Irgendwo in dem dunklen Gang ins Stadion hörte ich ein Klatschen, dann taumelte die Partnerin der Messerklaue zurück in den kleinen Raum. Eine halbe

Sekunde später folgte ihr Jimmy mit einem Baseballschläger in den Händen. »Wolf? Thumper?«

Ich versuchte ihm zu antworten, doch der Alte knurrte.

Jimmy wandte sich den Schatten zu und hob den Schläger.

Der Alte betrachtete das als Bedrohung und versuchte mich dazu zu bringen, ihn anzufallen.

Ich biß auf die Zähne, hielt mein Maul fest geschlossen und weigerte mich. »Geh … weg … Jimmy.« Meine Stimme war ein heiseres Krächzen mit viel Knurren darin. »Geh.«

Er ist auch unnatürlich, Langzahn. Er ist so schlecht wie dieser Ort.

Aber er ist mein Freund. Ich formte einen Stock aus meiner Willenskraft und stach damit nach dem Alten. *Du hast versucht, die Spiele der Menschen zu spielen, und du hast verloren.*

Es wird nicht immer so sein, Langzahn.

Ein Spiel nach dem anderen.

Jimmy senkte ein wenig den Kopf in dem Versuch, die Dunkelheit zu durchdringen, die mich einhüllte. »Wolf, bist du das? Alles in Ordnung mit dir?«

»Ich bin es, Jimmy. Du mußt weggehen.« Ich zwängte die Worte förmlich durch meine Kehle. »Ruf die Sicherheit. Thumper ist schwer verletzt. Tot, glaube ich. Diese beiden haben es getan. Geh … jetzt, bitte.«

»Bist du verletzt?« Jimmy kam einen halben Schritt näher. »Du siehst … anders aus.«

Seine Augen sind vercybert, wahrscheinlich kann er mich sehen. Ich wußte nicht, ob seine optischen Modifikationen auch Lichtverstärker beinhalteten, aber die Schatten würden mich nur verbergen, wenn er nicht weiter ging. »Es geht mir gut. *Bitte*, geh einfach. Ich komme gleich nach und erkläre dir alles. Hol Hilfe für Thumper.«

Er nickte. »Okay, wenn es das ist, was du willst.«

»Danke.«

Jimmy machte kehrt und lief zurück durch den Gang, und der Druck des Alten ließ nach. Ich spürte plötzlich wieder alle schmerzenden Stellen an meinem Körper, aber ich weigerte mich aufzuschreien. Mich auf diese Weise zu quälen war nicht seine Art, aber ich hatte seine Pläne vereitelt, also war es ihm egal. Knurrend wie ein Straßenköter zog er sich tief in mein Innerstes zurück und lauerte dort wie ein Kater.

Ich erbebte und erhob mich dann mühsam. Ich mochte mich tief in den Eingeweiden eines Gebäudes befinden, das die Natur verspottete, und mit dem Blut von Leuten besudelt sein, die ihre Natur verleugnet hatten, aber zumindest war ich wieder ich selbst.

Und für den Augenblick war das ein Sieg.

III

Wie das mit einigen Siegen manchmal so ist, dieser war jedenfalls ziemlich kostspielig. Thumpers Tod lähmte die Mannschaft. Seine Begeisterung hatte alle mitgerissen, seine freundlichen Worte hatten die negative Einstellung verjagt, die eine Schwächeperiode verlängern konnte, und sein Sinn für Humor hatte alle daran erinnert, daß sie da draußen Spaß haben sollten, weil Baseball eigentlich nur ein Spiel war. Daß er tot war, bestürzte alle zutiefst, und zu einem derart wichtigen Zeitpunkt im Jahr konnte das leicht den Untergang der ganzen Mannschaft bedeuten.

Merkwürdigerweise half Ken Wilson dabei, das Ruder herumzureißen. Gegen die Anweisungen der Ärzte verließ er das Krankenhaus und nahm an der Mannschaftssitzung nach Thumpers Tod teil. Er sah alle Versammelten an und hielt eine prägnante, kraftvolle Lobrede. »Jeder von uns«, sagte er, »weiß, wer er tief in seinem Innern ist. Ich bin nicht Babe Ruth, und ihr seid nicht Matt Williams oder Pee Wee Reese. Wenn wir das Spielfeld verlassen, wenn wir unsere Statsofts herausnehmen, sind wir jemand außerhalb des Spiels. Thumper hat sein ganzes Leben dem Baseball gewidmet und wurde zu einer Person, die im wahrsten Sinne des Wortes für ihn lebte. Und jetzt ist er für ihn gestorben. Er ist gestorben bei dem Versuch, alles perfekt für uns zu machen, für unser morgiges Spiel gegen die Jaguars. Unsere Pflicht, unsere Schuld ihm gegenüber gebietet, daß wir bei diesem Spiel unser Bestes geben, so wie er für uns und unser Spiel sein Bestes gegeben hat. Ihr wißt alle, daß er immer noch da ist und uns zusieht. Ich werde ihn jedenfalls nicht hängenlassen.«

Während Ken sprach, spürte ich eine Gefühlsaufwallung und konnte dasselbe Gefühl in den Augen der anderen Spieler glänzen sehen. Ich wußte, sie waren voll und ganz darauf eingestiegen, aber das lag daran, daß sie nicht wußten, wie Thumper wirklich gestorben war. Palmer Clark hatte sofort die Leitung der Untersuchung übernommen und die ganze Angelegenheit offiziell rasch unter den Teppich gekehrt. Die Medien erfuhren nur, daß Thumper bei Routinewartungsarbeiten ausgerutscht und tödlich mit dem Kopf aufgeschlagen war.

Die Wahrheit war nicht annähernd so eindeutig. Es ließ sich nicht abstreiten, daß die beiden Messerklauen ihn getötet hatten, aber es gab nichts, was sie mit der hinter der Statistik zurückbleibenden Mannschaftsleistung in Verbindung brachte. Ich nahm an keinem Verhör teil, aber nach allem, was Clark mir erzählte, waren die beiden so verschlossen wie eine Auster. Sie hatten ein Vorstrafenregister als Einbrecher und bevorzugten dabei Konzernwohnungen und Apartments, in denen VIPs ihre außerehelichen Liebschaften unterbrachten. Sie raubten Wohnungen aus, von denen sie glaubten, daß einerseits ihre Bewohner nicht viel Aufsehen erregen wollten, in denen andererseits dort aber auch wertvolle Gegenstände versteckt sein würden. Clark nahm an, daß sie sich hatten verstecken wollen, um in die Logen des Domes einzubrechen, daß sie aber von Thumper überrascht worden waren und er in dem anschließenden Handgemenge ums Leben gekommen war.

Dagegen konnte ich nichts einwenden, und ich hütete mich, eine Verbindung herzustellen, wo keine existierte. Dennoch wollte mir scheinen, daß sie leicht eine Ausrede hätten finden und verschwinden können, wenn Thumper sie in ihrem Versteck überrascht hatte. Außerdem waren sie verdrahtet und geschickt genug, um Thumper außer Gefecht zu setzen, ohne ihn gleich umzubringen. Der einzige Grund, den sie gehabt haben konnten, ihn zu töten, war der, daß er etwas gesehen hatte, was er nicht hatte sehen sollen. Sein Tod mochte vielleicht ein Unfall gewesen sein, aber dann hätten sie den Ort des Verbrechens sofort verlassen und nicht noch dort gewartet.

Trotzdem, die Sicherheit und ich sahen uns um und konnten nichts Ungewöhnliches entdecken. Es gefiel mir nicht, aber die Unfalltheorie schien die Vorgänge am einleuchtendsten zu erklären. Normalerweise reicht mir das, aber in diesem Fall war ich ziemlich sicher, daß es noch ein paar Punkte gab, die noch nicht durch Linien miteinander verbunden waren, und wenn ich sie finden konnte, würde ich in der Lage sein, mir zusammenzureimen, was tatsächlich vorging.

Mein allgemeines Gefühl des Unbehagens verstärkte sich noch durch eine gewisse Distanz zwischen Jimmy und mir. Beim Training konzentrierte er sich ausschließlich auf das Spiel und ließ sonst nichts an sich heran. Er sagte mir, er habe in jener Nacht nur helfen wollen und mich gesucht, als ich nach seiner Medienkonferenz nicht in der Umkleidekabine gewesen sei. Er sei zur Anzeigetafel gegangen, weil er angenommen habe, Thumper dort zu finden. Er sei buchstäblich in die Frau gelaufen, die auf der Flucht gewesen sei, habe sie mit dem Schläger wieder zurückbefördert und habe mir dann helfen wollen.

Als er mir das erzählte, konnte ich aus seiner Stimme heraushören, wie gekränkt er war, daß ich ihn gebeten hatte zu gehen. Ich wollte ihm wirklich sagen, *warum* ich ihn darum gebeten hatte, aber jemanden wissen zu lassen, daß man sich in ein Ungeheuer verwandelt hatte, das ihm wahrscheinlich die Kehle durchgebissen hätte, wenn er geblieben wäre, ist nicht die richtige Art und Weise, eine Freundschaft zu besiegeln. Ich erklärte ihm, ich hätte angesichts der Leichen versucht, ihn vor einem Skandal und überhaupt allem zu schützen, was der Mannschaft schaden würde. Schließlich war das tatsächlich meine Aufgabe.

Er schien diese Erklärung zu akzeptieren, was nicht heißen soll, daß er sie glaubte. Danach entfernten wir uns voneinander – wir konnten zwar gemeinsam über Witze lachen, aber es war nicht mehr dasselbe. Angesichts des Drucks, unter dem er stand, sah ich keinen Grund, das Thema zur Sprache zu bringen. Und ihm alles zu erklären, hätte von mir verlangt, ihm mein Geheimnis zu verraten. Ich wußte zwar, daß ich es ihm anvertrauen konnte, aber das Wissen darum hatte schon zu vielen von Ravens Helfern das Leben gekostet. Da Thumpers Tod zeigte, daß die Leute bei diesem Spiel um höchste Einsätze spielten, würde ich Jimmy diese Last nicht noch zusätzlich aufbürden.

Ich verbrachte den Großteil meiner Zeit mit den Werfern. Ich fing viele Bälle und bekam *Fortgeschrittenen*unterricht in den angemessenen Methoden des Spuckens. Kautabak und Dünger haben eine Menge gemeinsam, und man verschluckt Tabaksaft nur *einmal*, was ausreichend Anreiz dafür ist, zu lernen, wie man ihn so weit weg wie möglich spuckt. Ich ging rasch dazu über, Kaugummi zu kauen, und lernte, mit einer Präzision zu spucken, von der ich annahm, daß sie sogar Kid Stealth beeindrucken würde.[9]

*

In einer Geschichte über Baseball wäre es wohl angemessen, wenn ich schriebe, daß der Tag des großen Spiels strahlend und sonnig dämmerte, vielversprechend und voller Hoffnung, aber das würden Sie mir nicht glauben. Schließlich ist das hier Seattle, wo Bilder von der Sonne auf Sojamilchkartons gedruckt werden, nur um die Leute daran zu erinnern, wie sie aussieht. Und unser Spiel fand am späten Abend im Dome statt, was bedeutet, der treffendste Kommentar zu den Wetterbedingungen ist der, daß das Dach nicht an irgendwelchen wichtigen Stellen leckte.

Das traf auf die Mannschaft leider nicht zu. Wir hinkten hinterher und zwar sehr stark, nur in unserem Fall in bezug auf Zahlen. San Diego hatte einen Elf, der Tom Seaver geladen hatte. Er benutzte die Statistiken von 1971. In diesem Jahr hatte Seaver 289 Strike-outs erzielt. Er warf die Bälle an unseren Leuten vorbei und in die Hand seines Fängers, wie er wollte, oder brachte sie mit weichen Bällen aus dem Konzept. Die wenigen, die tatsächlich einen Ball trafen, wurden dann beim Laufen ausgeworfen. Wir wußten alle, daß Seaver im Jahre '71 vier Shut-outs geworfen hatte, in diesem Jahr aber erst drei.

Die Stimmung im Unterstand verschlechterte sich, obwohl die Burschen ihre Kappen auf links oder mit

---

[9] Aber ich habe ihm nie gezeigt, wie gut ich spucken kann. Ich dachte immer, er könne sich die Zunge herausnehmen und durch irgendein Cyberding ersetzen lassen, das ihm die Fähigkeit geben würde, Gift zu spucken wie eine Kobra, wenn er je auf diesen Gedanken käme. (Falls er es nicht schon längst getan hat!)

dem Schirm nach hinten drehten – kurzum, sie taten alles, um endlich ins Spiel zu kommen! Ich war extrem frustriert, weil ich weder im Unterstand noch auf dem Feld irgend etwas tun konnte, um der Mannschaft zu helfen. Der Alte fauchte mir zu, ich solle Bobby davon überzeugen, mich einzuwechseln.

Ich habe genug von diesem Spiel gesehen, Langzahn. Ich kann dich so schnell machen, daß du den Ball leicht fängst, und ich kann dich so stark machen, daß du ihn zu Tode prügelst.

Die Vorstellung, wie ich versuchte, einen Wurf zu treffen, der hoch und nah am Körper kam, ließ mich zusammenzucken. *Tut mir leid, Alter, das ist nicht dein Spiel.* Ich konnte ihm nicht erklären, daß das Spiel sofort für uns als verloren gewertet würde, wenn die ätherischen Sensoren die Anwendung von Magie registrierten. Auf der Spielerliste zu stehen gab mir den Zugang, den ich brauchte, um meinen Job zu erledigen, erlegte mir aber auch Beschränkungen auf.

Ich setzte mich ans Ende der Bank, als wir zu Beginn des achten Innings aufs Feld gingen. Ich ging alles noch mal in Gedanken durch und betrachtete alle Vorfälle aus anderem Blickwinkeln und unter anderen Gesichtspunkten, um vielleicht festzustellen, ob ich irgend etwas übersehen hatte. Wir wußten alle, daß irgendwie gepfuscht wurde, aber die Software wurde vor jedem Spiel von der Liga verifiziert, also war sie sauber. Und es war nicht so, daß sich die Spieler auf dem Feld ein Virus einfingen …

Oder vielleicht doch? Was ich über Computer und deren Funktionsweise wußte, paßte auf einen Chip, auf dem danach immer noch Terabytes frei wären, aber ich kannte einige jener großen, alten, ehrwürdigen Sprichwörter, die mittlerweile zu abgedroschenen Platitüden verkommen waren. Das älteste davon lautete: Wie man in den Wald hineinruft, so schallt es heraus. Nach allem, was Jimmy mir erzählt hatte, als er mich zum Schlagtraining überredete, wußte ich, daß die Spieler während des Spiels tatsächlich mit Daten gefüttert wurden. Das ermöglichte ihnen, den geworfenen Ball zu verfolgen. Einem Schlagmann falsche Daten zuzuführen wäre demnach eine simple Methode, seine Leistung unter die statistische Vorgabe zu drücken.

Aber woher kommt der Input? Ich schaute vom Schlagkäfig zum Spielfeld. *Die Anzeigetafel mit dieser einen ausgebrannten Glühbirne!*

Die Erkenntnis traf mich wie ein Vorschlaghammer. Ken Wilson hätte auf dem Schlagmal untergehen müssen, aber er schlug mit geschlossenen Augen. Erst als er sich verbeugte, hatte er die Anzeigetafel gesehen, und dann hatten ihn die Signale ausgeschaltet. Und Thumper war dort gewesen, um eine ausgebrannte Glühbirne zu wechseln, die überhaupt nicht ausgebrannt war, sondern Anweisungen im Ultraviolettbereich blinkte. Selbst wenn Zuschauer auf der Tribüne oder andere Spieler das Blinken bemerkten, wenn der Code nichts mit ihrer Statsoft anstellte, waren sie in keiner Hinsicht betroffen und hatten später keine Veranlassung, sich daran zu erinnern.

Ich machte eine Blase mit meinem Kaugummi und erschrak ein wenig, als sie platzte. Die beiden Messerklauen hatten nicht auf eine Gelegenheit gewartet, die Logen auszuräumen, sie hatten dafür gesorgt, daß auf der Anzeigetafel die richtige Birne in der richtigen Fassung saß. Thumper hatte sie überrascht, und sie hatten ihn getötet. *Was bedeutet, diese Glühbirne ist für unsere schlechte Leistung verantwortlich.*

Ich stand auf und lief ins Clubhaus. Das ist mit Spikes gar nicht so einfach. Ich rannte klickend durch Flure und Gänge, schlitterte um Kurven und mühte mich wie eine Zeichentrickfigur, Geschwindigkeit für meinen nächsten Spurt aufzunehmen. Ich hörte das gedämpfte Toben der Menge, als wir alle Schlagmänner

San Diegos ausgeworfen hatten und selbst zum Schlagen aufs Feld kamen. *Jetzt oder nie.*

Ich prallte von der Wand des Ganges ab, der zur Anzeigetafel führte, und lief hinein. Ich sah Palmer Clark am Eingang warten, und mir wurde klar, daß er mich kommen gehört haben mußte, was ihm die Zeit gegeben hatte, sich auf meine Ankunft vorzubereiten. Seine rechte Hand kam herunter, und der Lauf seiner Pistole traf mich im Nacken. Ich ging schwer zu Boden und wäre bewußtlos liegen geblieben, hätte ich nicht im letzten Augenblick gebremst, als ich ihn sah. Ich war in meinen Schuhen ausgeglitten und bereits zu Boden unterwegs, so daß mich der Schlag nicht so hart traf wie von ihm beabsichtigt. Trotzdem schlug ich schwer auf und prallte gegen die Wand, vor der ich schon vor zwei Nächten im Schatten gekauert hatte.

Aus meiner Position konnte ich mehrere Dinge sehen, zuallererst den Ares Predator in Clarks rechter Hand. Die Mündung sah wie das Südende der Ölpipeline von Alaska aus, und ich hatte nicht das geringste Bedürfnis, mir das einzufangen, was daraus hervorschießen würde. Hinter Clark, am Rande des Megatron, sah ich einen kleineren Trideomonitor hoch über den Sitzen der dritten Baseline. Er zeigte Jimmy, wie er sich aufwärmte und zum Schlagmal ging.

Clark lächelte. »Es trifft sich gut, daß Sie hier sind. Ich hatte geplant, Ihnen die Schuld für den Skandal in die Schuhe zu schieben, als ich hörte, daß Sie mit der Mannschaft arbeiten. Sie leiern diese Manipulationsgeschichte an, werden erwischt und sterben dabei.«

»Das ist der Dank dafür, daß ich Shoeless Joe Jackson geladen habe, nicht?«

»Soviel steht Ihnen zu.« Als Jimmy den Schlagkäfig betrat, zeigte Clark mit einer Fernbedienung auf die Anzeigetafel. Ich sah keinen Empfänger, aber aus meinem Blickwinkel konnte ich nicht an den Mörsern für das Feuerwerk vorbei schauen, also nahm ich an, daß er dahinter verborgen war. »Nun, das sollte reichen.«

Auf dem Schirm sah ich, wie Seaver ausholte und warf. Jimmy schwang nach dem Ball mit allem, was er hatte, verfehlte ihn aber ganz klar. Die Wucht seines Schwungs riß ihn herum und zu Boden. Er blieb einen Augenblick unten, dann schüttelte er den Kopf und erhob sich langsam. Der Schiedsrichter forderte zur Fortsetzung des Spiels auf, während Jimmy sich aufbaute und Staub von seinem Trikot schlug.

Ich lächelte Clark an. »Er ist zäher als Ken.«

Clark zuckte die Achseln. »Was mit Ken passiert ist, war nicht besonders raffiniert, aber es war nötig, um zu demonstrieren, was möglich ist. Heute abend war die Wirkung sanfter.«

Benutz mich, Langzahn. Wir können ihm die Waffe entreißen und ihn aufhalten.

Ich schüttelte den Kopf und rieb mir den Nacken. Mein Hinterkopf schmerzte immer noch von dem Schlag, und ich war nicht sicher, ob ich mich stark genug konzentrieren konnte, um die Hilfe des Alten zu beschwören. Außerdem wußte ich, daß das Spiel verloren war, wenn ich es tat; ich würde tot sein, und Clark hätte alle Freiheit, das fortzusetzen, was er begonnen hatte.

Ein zweiter Wurf kam, und Jimmy setzte zum Schwung an, brach dann aber ab. Der Ball flog in den Handschuh des Fängers, und der Schiedsrichter rief: »Strike.«

Clark lächelte. »Noch ein Wurf, und Ihr Junge ist aus. Der enttäuschte Aufschrei vieler Tausender treuer Fans wird laut genug sein, um den Schuß zu übertönen, der Sie töten wird.«

»Glauben Sie?«

Clark setzte eine Miene gelassener Höflichkeit auf. »Verlassen Sie sich darauf.«

Das Ausholen.

Der Wurf.

Ich servierte Clark einen Spuckball.

Die kleine Kugel aus Kaugummi kam wie ein hängender Curveball. Clark stolperte einen Schritt zurück und wehrte sie mit der linken Hand ab. Ekel kräuselte seine Oberlippe, und er wollte mir etwas entgegenschnauzen, als er ein Geräusch hörte, das ihn erstarren ließ.

Das Krachen eines Schlägers gegen einen Ball.

Komische Sache so weit draußen im Feld. Auf dem Bildschirm sah ich Jimmy schwingen und treffen, aber es verging fast eine Sekunde, bevor ich das Geräusch des Treffers hörte. Clark drehte sich halb zu dem Schirm um, auf den ich starrte, und beendete die Drehung ungefähr zu dem Zeitpunkt, als der Ball über den Zaun flog.

Ich glaube nicht, daß irgend jemand bemerkte, daß nur aus fünf der sechs Mörser Feuerwerksraketen in den Himmel flogen. Diejenige, welche Clark traf, drang im Rücken ein, hob ihn etwa einen Meter vom Boden hoch und wirbelte ihn herum. Als ich sein Gesicht wieder sehen konnte, lag ein Anflug von Entsetzen und Qual in seinen Augen, dann kotzte er grünes Feuer. Sein Körper überschlug sich einmal, fiel dann zu Boden und zappelte lange herum, bis fettiger grauer Rauch aus Rücken und Mund aufstieg.

Langzahn.

Ich lehnte den Kopf gegen die Wand und schloß die Augen, um den Anblick verblassen zu lassen. »Ja?«

Ich verstehe jetzt, warum dir dieses Spiel gefällt.

*

Ich sah Jimmy etwa einen Tag später. Ich lehnte an seinem Wagen und lächelte, als er kam. »Ich hatte noch keine Gelegenheit, dir zu sagen, daß das gestern ein Riesending war.«

»Danke.« Er sah zu Boden, dann stellte er seine Tasche ab und verschränkte die Arme vor der Brust. »Man hat uns einiges erzählt. Es hieß, Clark hätte einen zusätzlichen Code in die Statsofts geschleust, der bei der Verifikation nicht erfaßt worden sei. Das hätte ihm ermöglicht, Befehle für uns zu codieren und sie über die Anzeigetafel einzuladen.«

»Genau.« Ich schüttelte den Kopf. »Ich hätte gleich darauf kommen müssen. Die einzigen Leute außerhalb der Liga, die von der Statsoft-Situation profitierten, waren die Buchmacher. Sie können die Statistiken durchlaufen lassen und berechnen, wie ein Spiel ausgehen sollte, und dann die Quoten entsprechend festsetzen. Mit dem, was er tat, zeigte Clark, daß er die Wahrscheinlichkeiten stark verändern konnte.«

»Glaubst du, daß er auf den Ausgang von Spielen gewettet hat?«

»Schon möglich. Offenbar hatte er immer noch eines der Pete-Rose-Jahre geladen, die er früher gespielt hat.« Ich zuckte die Achseln. »Kein Buchmacher wird zugeben, seine Wetten angenommen zu haben, aber ich glaube, er wollte etwas Größeres. Ich glaube, er hatte den Eindruck, Rose sei von den Buchmachern als Sündenbock mißbraucht worden, und wollte ihn rächen. Mit dem Beweis, daß er die Ergebnisse verfälschen konnte, wäre er in der Lage gewesen, Wettorganisationen zu erpressen. Clark hätte sich dafür bezahlen lassen können, gar nichts zu tun.«

Jimmy nickte, aber die Steifheit seiner Haltung lockerte sich nicht. »Komisch, wie es einen aus der Bahn werfen kann, wenn man eine andere Persönlichkeit eingeladen hat.«

»Das ist im allgemeinen der Grund, warum nur eine Persönlichkeit pro Körper erlaubt ist.« Ich lächelte, aber Jimmy erwiderte es nicht.

»Sie sagten, du hättest Clark erwischt, bevor er mir seine Befehle verpassen konnte. Die Analyse seines Codes ergab, daß ich keinen Homerun geschlagen hätte, sondern mich hätte auswerfen lassen.«

»Tatsächlich? Davon haben sie mir nichts gesagt.«

»Hast du ihnen die Wahrheit gesagt?«

Ich zuckte die Achseln. »Die Wahrheit ist immer auch eine Interpretationssache. Die einzige Wahrheit, die mir etwas bedeutet, war dein Volltreffer im achten Inning. Dadurch haben wir gewonnen und ziehen in die Playoffs ein.«

»Aber du weißt Bescheid.«

»Über dein Geheimnis? Ja, ich weiß Bescheid.« Ich nickte zögernd. »Als du nicht ausgeworfen wurdest, sah ich die Überraschung auf Clarks Gesicht – eine ganze Sekunde lang –, und mir wurde klar, daß wir uns sehr ähnlich sind. Was du jetzt siehst, das bin wirklich ich, aber was du in der Nacht von Thumpers Tod gesehen hast, ist ebenfalls ein Teil von mir. Ein verborgener Teil von mir. Nicht einmal Val kennt ihn, auch Lynn nicht. Das bin ich, wenn ich *urwüchsig* bin.« Ich lächelte ihn an. »Du bist auch *urwüchsig*. Du bist nicht das, was die Leute erwarten. Du magst die Software laden, damit sie verifiziert werden kann, und du hast auch gewisse Modifikationen an dir vornehmen lassen, aber du benutzt keine verdrahteten Reflexe auf dem Spielfeld. Du bist einfach nur du selbst.«

Jimmys Gesicht verhärtete sich. »Ich liebe Baseball schon seit meiner frühesten Kindheit. Es ist ein Spiel für Kinder und Leute, die sich immer noch an Dingen erfreuen, die Kindern Spaß machen.«

»Nicht für solche, die Kinderspaß 1.3 laden?«

»Ganz genau.« Er schnaubte ein kurzes Lächeln heraus. »Ich habe Baseball immer als Spiel für Personen und nicht für Maschinen angesehen, und mein Vater war der gleichen Meinung. Er arbeitet für den Konzern, der die Mannschaft sponsert, also konnte er alle Unterlagen *abändern*, die zeigen, was an mir gemacht worden ist, und die Liga glaubt, ich sei wie alle anderen. Aber das bin ich nicht. Jetzt kennst du mein Geheimnis, also ist meine Karriere vorbei.«

»Und du kennst meines.« Ich grinste. »Ich vertraue dir, wenn du mir vertraust.«

»Das ist alles?«

»Sollte ich noch mehr wollen?«

»Ich denke schon. Ich meine ...« Jimmy fuhr sich mit einer Hand über seine kurzgeschnittenen Haare. »Wenn ich daran gedacht habe, was wohl geschehen würde, wenn jemand mein Geheimnis erfährt, kam ich immer zu dem Ergebnis, man würde Geld wollen. Mit Baseball werden Milliarden umgesetzt.«

Ich trat vor und schlug ihm auf die Schulter. »Ja, aber wie du schon sagtest, es ist ein Spiel für Kinder und Leute, die sich noch an Kinderkram erfreuen können. Betrachte mich als großes Kind. Ich habe keine Verwendung für Geld. Ich hätte lieber einen Freund.«

»Ja, ein Freund ist irgendwie kostbarer als Geld, nicht wahr?«

»Ich glaube, das hängt mit Angebot und Nachfrage zusammen.«

Jimmy bückte sich, hob seine Tasche auf und legte dann einen Arm um meine Schulter. »Also, Kumpel, wie wär's mit einem Happen zu essen?«

»Und Frauen?«

»Hört sich gut an.« Jimmy lächelte und zwinkerte mir zu. »Schön zu wissen, daß ich einen Freund habe, der an alles denkt.«

LEICHTE BEUTE

Es sah so aus, als hätten die Gebete doch nicht geholfen.

An der Gasseneinmündung hatte sich keine besonders große Menschenmenge versammelt. Die Schaulustigen hatten alle schon mal eine Leiche gesehen. Da dieser keine Teile fehlten und es sich auch nicht um eine Berühmtheit handelte, gab es nichts zu gaffen. Die Tatsache, daß die meisten von ihnen allergisch gegen das blinkende Blaulicht auf dem Dach des Lone-Star-Streifenwagens waren, der quer auf dem Gehsteig stand und mit seinen Scheinwerfern die Leiche anstrahlte, half ebenfalls, den Pöbel auszudünnen. Niemand stand mir im Weg, als ich mich an dem Streifenwagen vorbei und in die Gasse zwängte.

Der Ork-Cop sah mich an, während im grellen Licht der Scheinwerfer die Regentropfen weißlich fielen. »Kennen Sie ihn, Kies?« Harry Braxen blinzelte und kniff die Augen vor dem warmen Regen zusammen. »Sehen Sie ihn sich gut an.«

Ich brauchte nicht länger als eine Sekunde. Mit seinen pinkfarbenen Augen, die in den grauen Seattler Himmel starrten, sah der Albino mehr wie eine Wachsfigur aus denn als der Überrest eines menschlichen Wesens. Seine weißen Haare waren zu einer Irokesensichel geschnitten, und es gelang dem Regen nicht, die eingegelten Stacheln zu glätten. Seine Lippen hatten noch nie viel Farbe gehabt, aber ihr ungesundes Blau paßte gut zur grauen Blässe seiner Haut und des Nebels, der vom Sund hereintrieb.

»Sie kannten ihn auch, Braxen. Sie haben ihn in den Barrens gesehen, und zwar an dem Tag, als Reverend

Roberts seinen Märtyrertanz aufgeführt hat. An dem Tag, als ich einem kleinen Jungen sagte, er solle für das Wohlergehen des Albinos beten. Sein Name war Albion. Ich glaube nicht, daß er eine SIN hatte.«

Braxen schrieb etwas in ein kleines Notizbuch. »Irgendeine Vermutung, warum es ihn erwischt hat?«

»Warum?« Ich schüttelte den Kopf und griff instinktiv nach dem silbernen Wolfskopfanhänger an meinem Hals. »Keinen Schimmer.«

»Es ist nicht schwer festzustellen, wie es ihn erwischt hat«, meldete sich mein Schatten zu Wort. Kid Stealth schob sich vor und hockte sich auf seine vogelähnlichen Titanbeine. Dann zog er die vom Regen durchgeweichte Zeitung weg, die an Albions dem Wind zugewandter Seite klebte. Er enthüllte ein Loch in der Seite von Albions verwaschenem Mercurial-T-Shirt. Ungeachtet Braxens schwacher Proteste riß Stealth das T-Shirt mit der linken Hand auf und zeigte auf das bläulich verfärbte Loch in Albions Brust. »Eintrittswunde Kaliber .30-06 mit einer leichten Kugel und einer leichten Ladung. Spröder Kupfermantel, würde ich sagen, der beim Aufprall auseinanderfliegt.«

Stealth drehte den Kopf und sah Braxen an. »Der größte Teil seines Bluts wird sich in den Lungen finden. Er wurde getroffen, fing an zu bluten und rannte sich zu Tode.«

Braxen nickte, machte sich aber keine Notizen. Er und ich wußten beide, wenn Stealth – einer der Welt größten Experten für innovative Methoden der Beseitigung von Rivalen – etwas feststellte, was die Todesursache betraf, würde er sich nicht irren. »Was für eine Kanone?«

Stealths Fußkrallen knirschten leise auf dem Zement, als er sich wieder aufrichtete. »Spezialgewehr. Langer Lauf für maximale Präzision und Mündungsgeschwindigkeit. Gute Arbeit.«

Die Scheinwerfer des Streifenwagens ließen Braxens

Hauer vor seiner dunklen Haut deutlich hervortreten. »Sind Sie für die Arbeit verantwortlich?«

»Ich bin kein Spielzeugmacher.«

»Das war kein Spielzeug, was diesen Jungen umgebracht hat, Stealth.«

Stealth zuckte die Achseln, als wolle er sagen: Ganz wie Sie meinen. Er rammte die Hände in die Taschen seines Trenchcoats und ging wieder in die Hocke. Die Scheinwerfer machten bis auf das rötliche Licht, das in seinen Zeiss-Augen brannte, eine Silhouette aus ihm.

Stealths Schulterhaltung konnte ich entnehmen, daß er nichts mehr zu Braxen sagen würde. »Harry, Ihre Leute von der Gerichtsmedizin werden Stealths Beobachtungen bestätigen.«

Der Ork-Cop schüttelte den Kopf. »Nein, das werden sie nicht. Es wird keine Autopsie für diesen Jungen geben.«

»Wovon reden Sie? Es ist ein verdächtiger Todesfall, oder etwa nicht?« Ich warf einen Blick auf Albions Leiche. »Sie brauchen eine Autopsie für die Untersuchung.«

»Welche Untersuchung, Kies? Dieser Junge hat keine SIN. Er existiert gar nicht für das System. Er ist nicht mal eine statistische Zahl.«

Ich wollte ihn packen und schütteln, aber zwei Dinge hielten mich davon ab. Das erste war die Erkenntnis, daß Braxen vollkommen recht hatte. Ohne Systemidentifikationsnummer existierten offiziell weder Albion noch all die anderen Schattenbewohner des Sprawl. Schulen nahmen sie nicht auf, Krankenhäuser behandelten sie nicht, Hilfezentren ignorierten sie.

Ich wußte das genau, denn ich war selbst ohne SIN aufgewachsen.

Das System würde auf keinen Fall den Tod von jemandem wie Albion untersuchen. Wäre er ein Elf, ein Ork oder ein Amerindianer gewesen, hätten vielleicht seine eigenen Leute ein Interesse an ihm gehabt. Lone Star war jedoch ein Privatkonzern, dessen Aufgabe es war, den Frieden in Seattle zu bewahren, und nicht, hinter einem Mörder aufzuräumen, der nachlässig bei seiner Abfallbeseitigung war.

Das zweite, was mich davon abhielt, war Braxens Tonfall. Harry Braxen war zwar ein Cop, aber er war anders als die meisten Blauen. Er war in Seattle aufgewachsen und wußte als Ork alles über Diskriminierung und die Abgebrühtheit des Systems. Er hatte Albion in dem Augenblick erkannt, als er die Leiche gesehen hatte, aber er hatte mich angerufen, um die Leiche zu identifizieren, wahrscheinlich mit dem Hintergedanken, mich für den Fall zu interessieren.

»Raus damit, Harry. Ich stehe sehr ungern gern im Regen.«

Braxen hockte sich neben die Leiche, und ich kauerte mich neben ihn. Kid Stealths Schatten verbarg uns beide, und Harry sprach so leise, daß nur Albion und die Mordmaschine uns hören konnten. »Das könnte das vierte Mordopfer sein, das es auf diese Weise erwischt hat. Zwei Messerklauen bei den Docks und ein Chiphead in Belmont. Der Chiphead war eine Frau und die erste Leiche dieser Art. Wir hatten ein paar Dateien über sie, bevor sie die Leiche verloren. Die Dateien wurden gelöscht.«

»Hat sie einen Namen?«

»Ich habe eine Akte unter dem Namen Athena Neon angelegt. Sie hatte eine Neonrose mit einer gelben Schleife auf den Hintern tätowiert.«

Ich nickte zögernd. »Und die Umstände des Todes waren bei allen gleich?«

»Identisch bis auf ein Detail.« Braxen drehte Albions Gesicht erst nach links und dann nach rechts. »Bei ihm weiß ich es nicht, aber die anderen drei hatten alle eine Haarlocke verloren. Eine der Messerklauen war ein Bursche, den ich mir erst vor ein paar Wochen vorgenommen hatte. Da ist es mir zum erstenmal aufgefallen. Sein kleiner Rattenschwanz im Nacken fehlte.«

In meinem Hinterkopf fing der Alte – so nenne ich den Wolfsgeist, der in meiner Psyche haust – an zu knurren. Ich spürte, wie sich meine Nackenhaare aufrichteten. »Keine anderen Verbindungen?«

Braxen zuckte die Achseln. »Sie wissen, daß wir Cops uns manchmal ›Hobbyfälle‹ halten.«

»Fälle, an denen Sie in Ihrer Freizeit arbeiten, richtig?« Ich lächelte. »Ich habe für so etwas eine Liste von Frauen.«

Harry nickte. »Nun, diese Morde waren ein Steckenpferd von mir, aber meine Dateien sind weg, schlicht und einfach verschwunden. Jemand mit einem Haufen Saft hat sich meine Ecke der Matrix vorgenommen und sie weggeputzt.«

Ich richtete mich auf. »Rufen Sie einen Leichentransporter für ihn?«

»Es sei denn, Sie glauben, Salacia und ihre Leute wollen etwas für ihn arrangieren.« Braxen schaute auf den Jungen herab, während der Wind eine Plastiktüte auf Albions Gesicht wehte und dort festnagelte. »Der Junge hätte da bleiben sollen, wo er sicher war.«

»Amen«, sagte ich in dem Wissen, wenn ich herausfinden wollte, was mit Albion geschehen war, würde ich Orte besuchen, die nicht einmal in Rufweite von *sicher* waren.

II

Stealth und ich zogen uns tiefer in die Gasse zurück, als der Transporter vom Leichenschauhaus eintraf. Die Angestellten verstauten Albion in einem regenglänzenden Leichensack. Harry gab Anweisungen und reichte dem Fahrer eine Karte. Dann stieg er in seinen Wagen und folgte dem Transporter, wobei er sein

Scheinwerferlicht mitnahm und uns im Dunkeln stehen ließ.

Ich wandte mich an Kid Stealth. »Er ist weg. Sag mir, was du hast, denn ich weiß, du bist ganz scharf darauf, daß ich die Sache aufkläre.«

Stealth antwortete mir in kategorischem, monotonem Tonfall. »Doc Raven kommt morgen abend aus Tokio zurück. Wir können ihm alles erzählen und ihn dann entscheiden lassen, was in dieser Sache unternommen werden soll.«

»Stealth, laß mich erst mal etwas Beinarbeit erledigen.« Ich zeigte auf die Stelle, wo der Regen begonnen hatte, Albions Blut fortzuwaschen. »Sonst wird die Spur kalt.«

»Der Mörder wird wieder zuschlagen.« Das rote Licht in Stealths Augen schwoll an und schrumpfte. »Er ist ein Hobbykiller.«

»Was?«

»Das ist sein Hobby.« Stealth sah mich einen Moment an, schaute weg und nickte dann. »Die Kugeln, die du für deine Viper benutzt[1] ...«

»Silber, angebohrt und mit einer Silbernitratlösung gefüllt, um sie explosiv zu machen.«

»Warum?«

Ich zögerte. Kid Stealth war bei der Aufklärung der Vollmondmorde nicht dabeigewesen, also wußte er nicht, womit Raven und ich es damals zu tun hatten. Ich hatte die Kugeln entwickelt, um mit dieser Schweinerei fertig zu werden, und seitdem benutzte ich sie

[1] Das Schöne daran, eine Waffe zu tragen, die so alt ist wie die Beretta Viper 14, ist, daß die jüngsten Gesetze Antiquitäten im Grunde nicht als ›Waffen‹ einstufen. Was mich betrifft, so habe ich noch nie einen Reiz in diesen neumodischen Kanonen voller Computerbestandteile entdecken können. Nur zu, verlassen Sie sich ruhig auf Windows Sniper 4.0, wenn Sie wollen, aber ich ziehe es vor, keine Software-Patches zu brauchen, wenn ich gerade in einem Feuergefecht bin.

nur für alle Fälle. Ich hörte aus seiner Frage jedoch weniger das Verlangen heraus, die Geschichte meiner Kugeln kennenzulernen, sondern den Wunsch, die Denkweise zu verstehen, die zu ihrer Herstellung geführt hatte.

»Ich machte sie mit der Maßgabe, Schock und Zerstörungskraft zu maximieren. Kugeln sollen töten, und ich wollte, daß meine ihren Job besonders gut erledigen.«

Stealth musterte mich einen Augenblick, bevor er antwortete. »Die Kugel, mit der auf Albion geschossen wurde, zielte darauf ab, ihn *sterben* zu lassen. Damals vor dem Erwachen, vor der Rückkehr der Magie, gab es Leute, die ihre Fähigkeiten zur Jagd testeten, indem sie Pfeil und Bogen benutzten, um Wild zu erlegen.« Stealth hielt die Hände vor sich, als wolle er veranschaulichen, was er beschrieb. »Ein Bogen ist eine unsichere Sache. Weil ein Pfeil vielleicht nicht genug Schaden verursachen mochte, wurden innovative Pfeilspitzen ersonnen. Eine Sorte hatte drei oder vier scharfe Kanten, die in Spiralen um die Pfeilspitze liefen wie bei einer Schraube. Diese Sorte wurde Bluter genannt und zielte darauf ab, so viel von den Innereien des Tiers wie möglich zu zerfetzen und gleichzeitig eine Blutspur zu hinterlassen, der der Jäger folgen konnte.«

Der Alte heulte wütend in meinem Hinterkopf auf. »Stealth, du hast von einem porösen Kupfermantel mit leichter Kugel und leichter Ladung gesprochen. Willst du damit sagen, daß Albion mit dem ballistischen Äquivalent dieses Pfeils erschossen wurde?«

»Seine Wunde war nicht tödlich.«

Ich runzelte die Stirn. »Sie hat ihn trotzdem umgebracht.«

»Nein. Das Gewehr, das verwendet wurde, war mehr als geeignet, jemandem aus mindestens zweihundertfünfzig Metern Entfernung eine Kugel zwischen die Augen zu jagen. Albion wurde absichtlich verwundet.«

»Was hat ihn dann getötet?«

»Er ist an seinem eigenen Blut ertrunken. Er wurde zu Tode gehetzt.«

»Gehetzt?«

Stealth nickte, und – Wunder über Wunder – der Alte war zur Abwechslung einmal seiner Meinung. Ungebeten lieh mir der Wolfsgeist seine geschärften Sinne. Die Nachtsicht ließ alles in der Gasse viel klarer hervortreten, aber das war nicht der Sinn, den ich benutzen sollte. Meine Nasenflügel zuckten, und inmitten der giftigen Dämpfe verrottenden Mülls und dreifach verbrannter Kühlerflüssigkeit witterte ich einen sehr scharfen Geruch.

Der Alte zwang mich, ihn auszukosten. *Ein großer Hund, Langzahn. Er war hier und hat das Territorium markiert, indem er getötet hat. Er hat getan, was sein Herr verlangte. Er ähnelt der Mordmaschine, mit der du sprichst.*

»Ein vercyberter Hund hat Albion zu Tode gehetzt?«

Stealth nickte. »Fußsporne haben die Mauer dort drüben zerkratzt, als er das Bein gehoben hat, um sein Jagdrevier zu markieren.«

»Spezialgewehr, Spezialhund. Dieser Bursche muß reichlich Nuyen haben, um seinem Hobby frönen zu können.« Ich schüttelte den Kopf. »Wenn Braxens Vermutung zutrifft, hat er schon vier Personen umgelegt. Und er wird wahrscheinlich nicht damit aufhören – wie du schon sagtest, ein Hobbykiller.«

»Ein Dilettant.« Stealth musterte mich durchdringend. »Du wirst dieser Sache nachgehen, bevor Raven zurückkehrt?«

Ein Anflug von Schuldgefühl stahl sich langsam in meine Gedanken. Albion war wütend gewesen, als ich ihn zuletzt gesehen hatte, und war allein in die Nacht marschiert. Das lag Monate zurück, aber ein Teil von mir glaubte, sein Tod sei meine Schuld. Ich wußte natürlich, daß das Unsinn war, aber ich konnte das Gefühl nicht abschütteln.

»Ich kannte ihn. Es ist persönlich.«

Stealth streckte die linke Hand aus, die aus Metall. »Gib mir etwas Geld für ein Taxi.«

»Ich setze dich vor Ravens Haus ab, bevor ich anfange.«

»Gib mir zehn Nuyen.«

Ich wühlte in meiner Hosentasche. Hätte Guinness es je nachprüfen können, Kid Stealth hätte es mit Sicherheit in zehn verschiedenen Kategorien auf den Chip der Weltrekorde geschafft – alle zehn in der Abteilung Mord. Ich zog einen Kredstab aus meiner Jeanstasche und reichte ihn ihm.

»Ich will eine Quittung und mein Wechselgeld zurück«, fügte ich hinzu. Auf Stealths Konto mochten mehr ungeklärte Mordfälle gehen, als Elvis Imitatoren hatte, aber wenn ich ihm keine Steine in den Weg legte, würde er unerträglich sein.

Stealth nahm den Stab und steckte ihn in eine Tasche. »Wolf, dieser Bursche spielt mit dem Tod.«

Ich nickte. Weiter würde Stealth niemals gehen, um mir zu sagen, ich solle vorsichtig sein. Was seine Fürsorge für andere Leute betrifft, ist er ein Anhänger der Schule: dem Weisen reicht ein Wort zur rechten Zeit. Da er mir beim letztenmal, als er versuchte, Anteil an meinem Schicksal zu nehmen, in den Rücken geschossen hatte, kam mir die verbale Botschaft vergleichsweise freundlich vor. »Ich halte dich auf dem laufenden, das verspreche ich dir.«

Ohne auch nur zu nicken, wandte Stealth sich ab und zog sich in die Gasse zurück. Ich sah ihm nicht nach, weil der Alte immer versucht, mich über Stealths Gang, der wie das Gehoppel eines Cyberhasen aussieht, zum Lachen zu bringen. Was die Tödlichkeit so einer Aktion betrifft, kann man sie damit vergleichen, täglich zwanzig Päckchen Nikotinstäbchen über einen längeren Zeitraum zu qualmen, als ich lebe. Der andere Grund, weshalb ich ihm nicht nachsah, war der, daß Stealth höchstwahrscheinlich zur Seventh Avenue kommen würde, indem er seine Wunderkrallen benutzte, um ein Gebäude zu erklimmen. Mir die Knöchel blutig zu schrammen, weil der Alte zu beweisen versucht, daß wir das auch können, ist echt nervig.

Die Sinne des Alten kamen mir gerade recht, da ich sie wieder auf die Straße richtete. Als ich die allgemeine Richtung zu der Gasse einschlug, wo ich meinen Fenris geparkt hatte, hörte ich jemanden schluchzen. Tränen sind nicht so ungewöhnlich im Sprawl, und mehr als ein Samariter ist schon mit Kopfschmerzen aufgewacht, nachdem er irrtümlich geglaubt hatte, er rette eine Frau in Nöten. In diesem Fall stammte das Schluchzen jedoch nicht von einem Stimmensynthesizer, sondern aus der Kehle eines Straßenmädchens, das an der Mauer der Gasse kauerte.

Der Regen hatte ihre Haare durchnäßt und zu Strähnen zusammengeklumpt, die ungefähr so dünn wie ihre Arme und Beine waren. Sie trug einen durchsichtigen Plastikregenmantel, dessen Saum irgendwo zwischen ihren neongrünen Hot Pants und den Kniestrümpfen mit Karomuster endete. Die Bluse entsprach farblich den Hot Pants und endete dicht unterhalb der Brüste, so daß ihr flacher Bauch zu sehen war. Ihre Rippen waren ebenfalls zu sehen. Als sie mich mit eingefallenen, rotumränderten Augen ansah, fragte ich mich, ob sie magersüchtig war.

Ich bedachte sie mit einem Lächeln, von dem ich hoffte, daß es sie nicht verschrecken würde. »Wie lange kanntest du Albion schon?«

Sie blinzelte, als ich seinen Namen aussprach. »Du hast ihn auch gekannt?«

Ich nickte. Ein Blick die Straße entlang zeigte mir einen Imbiß, in dem ich schon gegessen hatte, ohne zu sterben. »Sehen wir zu, daß wir aus dem Regen rauskommen.« Ich griff nach ihrem Arm, aber sie zog sich vor mir zurück.

»Auf keinen Fall, Chummer. Ich habe vielleicht Kummer, aber ich bin nicht lebensmüde.«

Ich hob die Hände und hielt sie gut sichtbar nach oben. »Okay, schlechter Anfang. Ich heiße Wolfgang Kies. Ich kannte Albion und werde herausfinden, was ihm zugestoßen ist. Wenn du helfen willst, wird mir das die Arbeit erleichtern.«

Sie musterte mich wachsam und nickte dann. »Okay. Albie hat deinen Namen erwähnt. Ich bin Cutty.«

Ich zeigte auf den Imbiß, und sie nickte. »Wie lange bist du schon mit Albion zusammen, Cutty?«

Sie ging über die Straße wie ein Zombie, den es nach dem Kuß einer Stoßstange gelüstete. Sie nahm weder das Quietschen der Bremsen zur Kenntnis noch die Flüche, die ihr nachgerufen wurden. Ich ließ den Alten jeden anknurren, der seinen Zorn gegen mich richtete, und das beruhigte die aufgebrachten Gemüter im großen und ganzen. Auf der anderen Straßenseite steuerte Cutty den Imbiß an und ließ sich in eine Nische fallen wie eine Strohpuppe, die plötzlich eine Bleifüllung bekommen hatte.

Die Kellnerin musterte sie mit gerunzelter Stirn, aber ich schenkte ihr eines meiner Lächeln, das besagte: Heute könnte dein Glückstag sein, Süße, und sie entspannte sich. »Soykaf für mich. Milch und eine warme Suppe für sie, okay?« Die Kellnerin ließ ihren Kaugummi knallen, dann drehte sie sich um und sang dem Ork, der in der Küche arbeitete, unsere Bestellung vor.

»Aller guten Dinge sind drei. Cutty, wie lange bist du schon mit Albion zusammen?«

Ihr Kopf kam hoch, und ich sah einen Funken von Leben in ihren braunen Augen. »Einen Monat, glaube ich.« Sie blinzelte zweimal und runzelte dann die Stirn. »Wir haben jetzt Oktober, oder?«

»November, um genau zu sein?«

»Ach so, dann sind es zwei Monate.«

»Aha.« Ich hatte Albion zuletzt in einer sehr warmen Julinacht gesehen, so daß er sie binnen sechs Wochen kennengelernt haben mußte, nachdem er seine Freunde in den Barrens verlassen hatte. »Er war cool in der ganzen Zeit? Keine Probleme?«

Cutty nickte. »Wie Eis. Er hat 'n paar Sachen geklaut, aber sein Ding war, kaputte Sachen wieder in Gang zu bringen, und er hat immer Decks repariert, bevor die Leute sie verhökert haben. Dadurch wurde er fast so was wie korrekt, weißt du? Dann fingen die Leute an, ihn zu empfehlen, und er hat haufenweise Zeugs repariert.«

»Ich kann mir ein Bild machen.« Und dieses Bild war entmutigend. Ich hatte gehofft, Albion habe sich einer Gruppe oder Gang angeschlossen, was den Bereich meiner Nachforschungen eingeengt hätte. Wenn ich jedem kaputten oder gestohlenen Deck nachgehen mußte, an das er einen Schraubenzieher angelegt hatte, würde ich seinen Mörder noch suchen, lange nachdem Kid Stealth verrostet und begraben war.

Die Kellnerin kam mit unserem Essen, und Cutty starrte die Muschelsuppe mit demselben entsetzten Ausdruck an, den man hätte erwarten können, wenn die Kellnerin sie ihr direkt am Tisch auf den Teller erbrochen hätte. Sie sah die Milch an, als sei die Kellnerin Lucretia Borgia. Ich glich das aus, indem ich die Tasse mit dem dampfenden Soykaf betrachtete, als sei sie der Heilige Gral, und die Kellnerin, als sei sie die Mutter Gottes. Die Kellnerin hielt sich jedoch ganz eindeutig für eine andere Art von Madonna, und mir wurde klar, daß die Musik, die wir gemeinsam hätten machen können, jeden gregorianischen Gesang um eine ekklesiastische Meile geschlagen hätte.

»Iß und trink. Du brauchst die Milch zur Stärkung deiner Knochen, und die Suppe wird dafür sorgen, daß etwas Fleisch darauf kommt.« Ich requirierte etwas von ihrer Milch für meinen Soykaf, was sie plötzlich sehr besitzergreifend werden ließ. Ich heuchelte Kränkung, was sie irgendwie zu freuen schien und sie dazu brachte zu essen. »Albion hatte keinen regelmäßigen Zeitvertreib, oder? Irgendwas, das ihn zu einem Kandidaten für eine Giftmüllkippe gemacht hätte?«

Sie nickte, wobei ein Tropfen Suppe über ihr spitzes Kinn lief. »Er hatte gerade eine Sache im Pacific Northwest Hunting Club laufen. Die hat ihm jemand vermittelt, für den er ein paar Sachen verschoben hat. Regelmäßige Arbeit, die seiner Nebenbeschäftigung nicht in die Quere kam. Er brauchte keine SIN dafür.«

Letzteres mußte Albion angezogen haben, wie eine Flamme eine Motte anzieht. Albion verteidigte seine Unabhängigkeit mit Zähnen und Klauen und wollte nichts mit dem System zu tun haben. Wie alle anderen, die in den Schatten leben, träumte er davon, eines Tages so groß zu werden wie Mercurial, aber die Chancen dafür waren dünner als Cutty hier vor mir. Was er nicht wußte, was wenige von uns ohne SIN wissen, ist die Tatsache, daß es für die Gesellschaft viel leichter ist, einen zu zerstören, als einen überhaupt zur Kenntnis zu nehmen.

»Das ist ein Anfang. Erinnerst du dich noch, wer ihm den Job gegeben hat?«

Ihre nassen Haare flogen hin und her, als sie den Kopf schüttelte. Wenigstens glaube ich, daß sie den Kopf schüttelte, aber ich konnte ihr Gesicht nicht sehen, da sie den Teller an die Lippen angesetzt hatte, um die letzten Tropfen Suppe aufzuschlürfen. Der Teller wurde abgesetzt, und ein mit Suppe verschmierter Plastikärmel löste sich von ihrem Gesicht. »Kann mich nicht mehr erinnern.« Sie schaute zum Tresen und leckte sich die Lippen, da sie einen Stapel mit Zuckerglasur überzogener Dougnuts beäugte.

Ich hatte schon Ziegelsteine mit einer längeren Aufmerksamkeitsspanne gesehen als ihrer, aber ich führte es darauf zurück, daß sie unter Schock stand. Unsere Kellnerin kehrte zurück und brachte das Tablett mit den

Dougnuts mit. Cutty suchte sich zwei große Fettpillen mit Schokoglasur aus, und da ich paßte, nahm Cutty noch einen dritten, falls ich es mir noch anders überlegte. Ich zahlte die Rechnung und gab ein Trinkgeld, während Cutty das Verschwinden des Kredstabs fast ebenso hungrig beobachtete, wie sie die Dougnuts betrachtete.

»Jetzt, da Albion nicht mehr bei dir ist, was machst du da, um an Geld zu kommen?«

Sie lächelte mich an, und ihre Augen bekamen einen leeren Ausdruck. »Für fünfzig Nuyen mache ich alles, was du willst.«

»Ja?«

Sie nickte ernsthaft. »Alles.«

»Also gut.« Ich zückte meinen mageren Bargeldvorrat – da ich annahm, sie würde mit dem Geld leichter umgehen können als mit einem Kredstab – und legte zwei Zwanziger und einen Zehner auf den Tisch. »Du hast gesagt, alles, richtig?«

Cutty leckte auf eine Weise an der Zuckerglasur, von der sie hoffte, daß sie andeutungsweise erotisch war. »Du zahlst, und du bestimmst, was gespielt wird.«

»Gut.« Wäre ich ein Nekrophiler mit einer Vorliebe für skelettdünne Frauen gewesen, hätte ich vielleicht einen wirklich einfallsreichen Vorschlag gemacht, wie sie sich mein Geld verdienen konnte. Wie die Dinge aber nun mal lagen, schwebte mir etwas Finstereres vor. »Für diese fünfzig Nuyen wirst du hier sitzen bleiben und auf eine Elfe namens Salacia warten, die hierherkommen wird. Sie war eine Freundin von Albion, bevor ihr euch kennengelernt habt – nur eine Freundin, nicht seine Geliebte. Erzähl ihr von ihm.« Ich stand auf. »Bleib bei ihr und dem Rest von Albions Familie und laß sie wissen, was ihm zugestoßen ist.«

Cutty sah mich an und schüttelte den Kopf. »Albion hat immer gesagt, du wärst ein merkwürdiger Chummer, aber einer, dem er vertrauen könnte. Er hat nicht vielen vertraut.«

»Wirst du warten?«

Sie nickte traurig. »Ich bleibe bei Salacia, und dann kannst du mir erzählen, wie Albions Geschichte endet.«

*

Ich ließ Cutty in dem Imbiß zurück und ging zu meinem Fenris. Obwohl der Alte nicht viel mit Technologie am Hut hat, gefällt der Fenris sogar ihm. Niedrig und schnittig gebaut, eckig außer dort, wo sich die schwarze Karosserie um einen Radkasten schmiegt, sieht der Wagen wie ein Keil aus, der scharf genug ist, um den Horizont zu spalten.

Noch bevor ich um die Ecke der Gasse bog, zückte ich die Fernbedienung für das Antidiebstahlsystem. Weil dieser Stadtteil nicht ganz so schlimm war, hatte ich es nur auf ein warnendes Piepsen und Betäubung eingestellt. Als der Wagen in Sicht kam, drückte ich auf den Knopf und hörte als Antwort ein einzelnes Piepsen, da ich das Sicherheitssystem deaktivierte. Hinter dem Wagen sprangen zwei erschrockene Kinder auf und flohen durch die Gasse.

Ihr Gelächter ließ mich glauben, daß sie Unfug und vielleicht noch etwas mehr im Sinn gehabt hatten, aber die Vorsicht ließ mich doch hinter dem Wagen nachsehen. Zwei große alte Ratten, die fette Sorte, die sich aus Müllcontainern ernährt, lagen zuckend auf dem Boden. Die Kinder hatten sich amüsiert, indem sie die Ratten gefangen und gegen die Karosserie des Fenris geworfen hatten. Der Elektroschock hatte die Ratten beinahe getötet, die Kinder aber auch sehr anschaulich davor gewarnt, sich an meinem Wagen zu schaffen zu machen.

Der Fenris schnurrte mit mir durch die Straßen von Seattle. Der radarabsorbierende Überzug, mit dem Raven ihn eingesprüht hatte, ließ ihn weniger Licht reflektieren als der regennasse Asphalt. Ich fuhr in der Gegend herum und vergewisserte mich, daß mich niemand verfolgte. Dann schlug ich die Richtung zu Ravens Haus ein und benutzte das Autotelekom, um Salacia in ihrem Haus in den Barrens anzurufen.

Ein anderes von den Kindern, die in dem Haus leben, nahm den Anruf entgegen. Sine versprach es Salacia auszurichten, und dann würden sie Cutty schnell abholen.

»Gut«, sagte ich zu ihr. »Aber das Mädchen steht unter Schock. Vielleicht könnt ihr für die Kleine tun, was niemand von uns für Albion tun konnte.«

Sie war einverstanden, und ich legte auf, als ich den Fenris in Ravens unterirdische Garage fuhr. Die automatische Tür schloß sich hinter mir und wurde verriegelt. Ich stieg aus dem Fenris und schloß ihn ab, dann stellte ich die Sicherheit auf zwei Piepser und Zerfetzen. Jeder, der so dumm war, in Ravens Haus einzubrechen, verdiente so viele Überraschungen, wie er verarbeiten konnte.

Ich ging von der Garage direkt zum Computerraum im Keller. Das hygienische Weiß der Wände und Kacheln ist auch in guten Zeiten schockierend, aber nach dem verregneten Seattler Abend kam es mir fast traumartig vor. Dasselbe ließ sich nach einem mit Braxen und Kid Stealth verbrachten Abend über die einzige Anwesende in dem Raum sagen.

Valerie Valkyrie hielt sich eine schlankfingrige Hand vor den Mund, da sie ausgiebig gähnte. Sie schien noch immer zu strahlen, nachdem sie vor kurzem Jimmy Mackelroy kennengelernt hatte, das *enfant terrible* der Seattle Seadogs[2]. Ich glaube, das Strahlen

[2] Valerie betrachtete es als persönlichen Sieg, daß Jimmy in der Chat-Ecke, die sie ihm in der Matrix eingerichtet hatte, die Mannschaft als Seadogs bezeichnete, und das trotz des Ärgers, den ihm das einbringen konnte. Zugegeben, nur ein paar ihrer engsten Freunde waren anwesend, und die einzige Aufzeichnung des Gesprächs war mit einem Virus verseucht, das häßliche Dinge anstellte, aber es war trotzdem ein Sieg für sie.

war darauf zurückzuführen, daß sie ihm über das Trauma des Ausscheidens von Seattle in den Playoffs hinweggeholfen hatte, was kein Vergleich zum letzten Jahr war, als sie bis zum Beginn des Frühjahrstrainings Trübsal geblasen hatte. Obwohl sie ihr Herz an ihn verloren hatte, hatte sie noch ein Lächeln für mich übrig, und ich erwiderte es mit Zins und Zinseszins.

»Guten Morgen, Ms. Valkyrie. Sind wir schon früh auf oder noch spät?«

Halb verborgene blaue Augen unter schweren Lidern musterten ihn. »Nach sechsunddreißig Stunden läßt sich so eine Frage kaum beantworten.« Sie warf einen Blick auf das Deck und das Datenkabel, das normalerweise in der Buchse hinter ihrem linken Ohr steckte. »Wieder eine Marathonsitzung Dementia-Gate. Ich hätte noch weitermachen können, aber Lynn sagte, sie wolle aus dem Spiel aussteigen, damit sie sich für eure Verabredung morgen abend ausruhen könne. Haben wir etwa ernste Absichten, Mr. Kies?«

»Diese Verabredung ist heute abend, nachdem die Sonne aufgegangen ist.« Hätte Valerie nicht von Natur aus eine milchkaffeebraune Hautfarbe gehabt, hätte sie so blaß ausgesehen wie Albion. »Du hast in diesem Monat doch schon die Sonne gesehen, oder?«

»Nettes Ausweichmanöver, Wolf.« Sie lächelte und unterdrückte ein weiteres Gähnen. »Hat dich das Komitee für die Produktion von Vitamin D geschickt, oder hast du einen Job für mich, der deine bescheidenen Computertalente übersteigt?«

»Bescheiden?« Ich runzelte die Stirn, während ich meine schwarze Lederjacke auszog und auf einen der weißen Ledersessel in der Ecke warf. »Ich weiß, wie man diese Dinger ein- und ausschaltet. Bescheiden, Blödsinn.«

Sie nickte übertrieben. »Sicher weißt du das. Was brauchst du?«

»Der Pacific Northwest Hunting Club hat heute abend einen Angestellten verloren. Du hast eine Akte über ihn angelegt, als wir hinter Reverend Roberts her waren. Erinnerst du dich noch an Albion?«

»Seine Akte war eine Null. Burkingmen wußte ein paar Anekdoten über ihn. Er hat für den PNHC gearbeitet?«

»Das habe ich jedenfalls gehört. Ein Mitglied hat ihn empfohlen. Ich will wissen, wer das war, und dann noch einiges über den Betreffenden.«

»Ist das alles?« Valerie verdrehte die Augen. »Sieh mal, Wolf, dafür brauche ich mich nicht mal einzustöpseln.«

Ich streckte ihr die Zunge heraus, aber sie hatte bereits damit begonnen, ein hartes Stakkato auf den Tasten ihres Decks zu schlagen. Ich verließ den Raum und ging die Treppe ins Erdgeschoß hinauf. In der Küche schnappte ich mir zwei Tassen Kaf und wechselte eine Reihe wenig informativer Grunzer mit Tom Electric. Seine Augen klebten förmlich an einem Bookman, und er tat sein Bestes, den Inhalt irgendeines Selbsthilfebuchs in den Speicher seiner grauen Zellen zu laden.

»Annie kommt wieder in die Stadt, was, Tom?«

Grunzen und Nicken.

Ich sah mir das Etui des Buchchips an. *Alles, was ich brauche, um Frauen zu verstehen, habe ich in der Sonntagsschule gelernt.* »Bist du sicher, daß dir das helfen wird, Tom?«

Hoffnungsvolles Grunzen und ein nachdrückliches Nicken.

Ich zuckte die Achseln und nahm die beiden Tassen Soykaf mit, als ich den Raum wieder verließ. Toms Ex-Frau kommt etwa alle sechs Monate nach Seattle, gleichgültig, ob Tom sich von ihrem letzten Besuch erholt hat oder nicht. Ich wunderte mich über die Auswahl seiner Lektüre, weil ich noch nie eine weniger nonnenhafte Frau gesehen hatte als Annie. Andererseits konnte ich die Möglichkeit nicht ausschließen, daß sie dort draußen ein Kloster gefunden hatte, welches sich speziell an sich makrobiotisch ernährende, politisch korrekte, archäo-feministische, Neo-Retro-Splatter-Metal-Enthusiasten mit bipolaren Störungen wandte.

Valerie verzieh mir stillschweigend, daß ich so lange gebraucht hatte, als ich ihr die randvolle Tasse gab. »Ich habe deine Beute.«

»So *leicht* war das?«

»Nein, Schatz, ich bin so gut.« Sie schüttelte den Kopf, und ihr dicker brauner Zopf flog von Schulter zu Schulter. »Was sieht Lynn eigentlich in dir?«

»Ganz tief drinnen weiß sie, daß ich ein echt sensibler Bursche bin.« Ich schenkte ihr ein Krokodil-Lächeln, dann lehnte ich mich gegen einen Mainframe-Schrank. »Wer ist er?«

»Sie. Ihr Name lautet Selene Reece. Sie ist eine Urenkelin von Harold Reece. Er hatte vor dem Erwachen ein Presseimperium. Er hat sein Kapital gestreut und allen einen Haufen Geld hinterlassen. Sie ist das schwarze Schaf der Familie, die uneheliche Tochter einer Enkelin, die einen Haufen Unterhaltungschemikalien zu einer Zeit eingeworfen hat, als man glaubte, LSD könne einen vor der Goblinisierung bewahren.«

Ich nickte. Orks und Trolle werden normalerweise als solche geboren, aber ein paar Leute in der normalen Bevölkerung haben offenbar Monstergene. Sie haben die Eigenart, in der Pubertät auszubrechen, was ein wenig peinlicher ist als ein Stimmbruch oder ein Ausbruch von Gesichtsakne. Im wesentlichen bricht der ganze Körper aus, und der Betreffende verwandelt sich von einem normalen menschlichen Kind in einen Ork oder noch Schlimmeres.

Das ist nicht schön und normalerweise sehr verwirrend. Es gibt massenhaft Orks, die ihre Transformation nicht mit intakter Psyche überstehen. Es gibt sogar noch mehr Schwindler, die ein Vermögen damit verdienen, von Zuckerpillen bis hin zu geweihten Kerzen alles mögliche zu verkaufen, was angeblich verhindert, daß Kinder der Verwandlung unterworfen werden. Kinder mögen das Problem zwar noch nicht völlig verstehen, aber ihre Eltern verstehen es und tun praktisch alles, um sich die Demütigung zu ersparen, ein Kind zu haben, das angeblich von zu Hause ausgerissen ist.

»Diese Reece hat Albion dem Club empfohlen? Es fällt mir schwer, mir Albion mit seiner Stachelschweinfrisur in so einer Umgebung vorzustellen.«

Val zuckte die Achseln und nippte an ihrem Soykaf. »Billige Kicks für die Elite, ohne daß sie in die Slums gehen müßten. Im Computer des Clubs findet sich kein Eintrag für seine Einstellung, aber der Schneider, der seine Uniform anfertigte, hatte immer noch eine Kopie der Einstellungsunterlagen. Selene Reece ist als sein Gönner genannt.«

»Das stimmt mit dem überein, was Cutty mir erzählt hat. Wo ist Reece jetzt?«

»Du erwartest eine ganze Menge für eine Tasse Kaf. Tom Electric hätte mir Dougnuts mitgebracht.«

»Ich bin dir was schuldig. Weißt du, wo sie ist?«

Valerie nickte. »Laut Clubplan ist sie am Yukon. Sie hat bei einer Tombola gewonnen und jagt irgendeinen Schnee-Elch. Kommt erst in einer Woche zurück.«

Ich lächelte so breit, daß Valerie wußte, ich würde mich in Schwierigkeiten bringen und wollte, daß sie alles dafür vorbereitete. »Kannst du noch einmal in ihren Computer einbrechen, um eine Dinner-Verabredung mit mir im Club um sechs Uhr heute abend einzugeben? Laß es so aussehen, als sei die Verabredung schon vor längerer Zeit getroffen worden und dann wegen des Tombolagewinns ursprünglich ausgefallen.«

Sie musterte mich durchdringend. »Du triffst dich heute abend mit Lynn, Wolf.«

»Ich weiß, ich weiß.« Ich stellte die Tasse auf den Computer. »Setz dieses Dinner für achtzehn Uhr an. Ich treffe mich um acht Uhr mit Lynn. Ich will nur eine Gelegenheit, mich umzusehen. Ich gehe schnell rein und ebenso schnell wieder raus. Ich will nur etwas kundschaften, damit ich Doc Bericht erstatten kann, wenn er zurückkommt.«

Valerie holte tief Luft und ließ sie dann langsam entweichen. »In Ordnung, aber wenn du Lynn versetzt, wirst du es bereuen.«

»Das würde mir nicht im Traum einfallen, Val, ehrlich nicht.«

»Gut.« Sie lächelte hinterhältig. »Denn wenn du es doch tust, sorge ich dafür, daß du auf der Adressenliste jeder windigen Ramschverkaufsagentur stehst, und zwar von jetzt bis zum Zusammenbruch der westlichen Zivilisation.«

III

An dieser Stelle der Geschichte würden die meisten Erzähler erwähnen, daß sie unruhig schliefen und prophetische Träume hatten, in denen Vergangenheit und Zukunft verschmolzen. Ich würde Ihnen alles über die Träume erzählen, und zwar unter Verwendung kryptischer Ausdrücke, die Sie verwirren würden, bis die Dinge sich später zusammenfügen würden. Wenn es sich so verhält, wissen Sie sofort, daß das Zeug, was Sie gerade lesen, *Kunst* ist.

Ich habe Ihnen keine Träume zu erzählen. Das bedeutet wohlgemerkt nicht, daß ich nicht geträumt hätte, sondern nur, daß ich Ihnen diese Träume nicht erzählen will. Von dem Augenblick, als mein Kopf auf das Kissen in dem Gästezimmer zu liegen kam, das Raven für mich eingerichtet hat, träumte ich von Lynn. Die Träume mochten visionär sein – tatsächlich hoffte ich sogar, daß sie das waren –, was erklärt, warum ich Sie Ihnen nicht erzählen werde.

Ich hatte eigentlich beabsichtigt zu schlafen, bis die Sonne so hoch über der Rahnock stand, daß eine Satellitenverbindung für die Kommunikation erforderlich wäre, aber Stealth kam knirschend und knarrend in mein Zimmer. Meine Augen öffneten sich sofort, aber meine Viper blieb unter dem Kopfkissen. Es hat keinen Sinn, eine Kugel für ein Ziel zu verschwenden, das einen Treffer von einer Exocet ohne Beulen überstehen würde.

»Keine neuen Spielzeuge, die du mir zeigen willst?« Ich richtete mich im Bett auf und verbiß mir weiteren Sarkasmus. Seine Panzerung schützt noch besser vor Humor als vor Kugeln. »Was liegt an, Stealth?«

»Valerie Valkyrie meinte, du hättest nach dem Pacific Northwest Hunting Club gefragt.«

Ich nickte. »Albion hatte dort in der vergangenen Woche einen Job. Er wurde von einem Mitglied empfohlen. Ich dachte, ich sollte dem heute abend auf den Grund gehen.«

Stealth verhielt sich einen Moment lang absolut still. Er atmete nicht einmal, was er eigentlich ohnehin nicht braucht, schließlich hatte er sich vor seiner Zeit bei Raven einen Lungenflügel herausnehmen und durch einen Lufttank ersetzen lassen.

Endlich sprach das Orakel. »Wirst du bewaffnet sein?«

Stealth lebt nach jenem Funken Weisheit, der besagt: Es gibt kein Problem, das so groß wäre, daß man es nicht durch die geeignete Anwendung von Plastiksprengstoff lösen könnte. Er war der lebende Beweis, sowohl in seinem Berufs- als auch in seinem Privatleben.

»Eigentlich gehe ich davon aus, daß es ein ungefährliches Unternehmen wird. Ich treffe mich später noch mit Lynn …«

»Ms. Ingold.«

»Dieselbe. Sie mag keine Kanonen – sie ist immer noch etwas voreingenommen wegen der Schweinebacken, die sie geschnappt haben, also dachte ich, ich sollte mit leichtem Gepäck reisen.«

»Ich verstehe.« Er erstarrte wieder für eine Sekunde, dann drehte er sich um und machte Anstalten, den Raum zu verlassen.

»Hey, Stealth, warte!«

Er blieb stehen und schaute über die Schulter zurück. »Was ist mit meinem Wechselgeld von der Taxifahrt?«

Seine Zeiss-Augen blinzelten mich einmal an, dann wandte er sich wortlos um und ging.

Stealths stummer Abmarsch störte mich nicht so sehr, wie er vielleicht jemand anders gestört hätte. Er ist so verdreht, daß ich damit leben kann, wenn er mir aus dem Weg geht, nur weil er mir Geld schuldet. Andererseits mochte er nach allem, was ich über ihn wußte, auch gegangen sein, um sich zu überlegen, wie er mir das Wechselgeld in Kugeln verschiedenen Kalibers ausbezahlen konnte.

Der Alte begrüßte mich mit einem Jaulen, als ich im Spiegel das Ergebnis einer Dusche, einer Rasur und der geeigneten Anwendung bekleidungstechnischer Ausstaffierung begutachtete. Ich wußte diese Meinungsäußerung zu schätzen, würde aber auf Valeries Ansicht warten, bevor ich entschied, ob mir bei meiner Wahl wohl war. Nicht, daß ich mich in der Kleidung wohl gefühlt hätte – Krawatten und Garotten haben mehr miteinander gemeinsam als nur dieselbe Lautendung.

Valerie strahlte mich mit dem vollen 1000-Watt-Lächeln an. »Oh, Wolf, wenn ich einen Ice-Brecher hätte, der so scharf ist wie du, wäre ich in den Datenbanken Aztechnologys, und das mit einem Kinderdeck. Doppelreihiger blauer Blazer, gute Wahl, graue Hose, dunkle Socken, weißes Hemd, Markenkrawatte, nett, und auf Hochglanz polierte Schuhe.« Sie musterte mich von Kopf bis Fuß. »Bereitest du dich darauf vor, aus dieser Verabredung etwas *wirklich* Besonderes zu machen?«

Ich blinzelte sie an. »Val, jede Verabredung mit mir ist etwas Besonderes. Und die Antwort lautet: Nein, ich gebe ihr kein in Gold gefaßtes Eis. Wir essen mit ihrer Großtante aus St. Louis zu abend.« Ich wollte noch eine Spöttelei hinzufügen, aber der Brunnen war ausgetrocknet. Über Lynn und mich und die Zukunft nachzudenken erforderte so viel Hirnschmalz, daß mir nicht genügend untätige Zellen blieben, um mir noch witzige Bemerkungen auszudenken.

Val ließ mir eine Umarmung angedeihen und sagte, ich solle sie an Lynn weitergeben, wobei sie anmerkte: »Danach bist du auf dich allein gestellt, Junge.« Ich gab ihr einen Kuß auf die Wange und sagte ihr ausdrücklich, daß sie den *nicht* von mir an Jimmy Mackelroy weitergeben solle. Dann ging ich hinunter in die Garage. Ich stellte die Diebstahlsicherung des Fenris aus sicherer Entfernung ab und raste dann mit ihm hinaus in die Seattler Nacht.

Der Regen hatte aufgehört, und der dunkle Himmel sah klar und eine Spur frisch aus. Ich fand den Pacific Northwest Hunting Club gleich beim ersten Versuch und parkte den Fenris einen Block weiter. Zwei Piepser von der Fernbedienung stellten die Diebstahlsicherung auf extremen Schaden, was mehr als ausreichen würde, um die hiesigen Nassauer davon abzuhalten, den Wagen mit einer Bar, einer Toilette oder einem Luxusbett zu verwechseln.

Bis ich die Markise erreichte, die sich weit über den Gehsteig erstreckte, war es mir gelungen, den inneren Knopf der doppelreihigen Jacke durch das dazugehörige Loch zu zwängen. Ein Türsteher wartete am Ende der Steintreppe und öffnete mir kommentarlos die Tür. Eine weitere Treppe und eine Wendung nach links brachten mich ins Foyer des Clubs, wo mich ein großer Mann mit einem Lächeln begrüßte. »Ja, Sir?«

»Guten Abend. Ich bin Wynn Archer. Ich habe eine Verabredung mit Selene Reece zum Dinner.« Ich warf einen nervösen Blick auf meine Armbanduhr. »Ich bin zu früh daran.«

Dunkle Wolken der Verwirrung breiteten sich auf dem Gesicht des Mannes aus. »Ms. Reece hat für heute abend keine Dinnerreservierung, Sir. Vielleicht verwechseln Sie das Datum?«

Ich schüttelte den Kopf und ließ ihn durch mein Lächeln wissen, daß ich meiner Sache sicher war. »Mittwoch, den Siebenundzwanzigsten. Ich freue mich schon seit zwei Wochen darauf.«

Er hob eine Hand. »Einen Augenblick.« Er verschwand hinter einem Vorhang, und ich hörte das Klicken einer Tastatur. Ich wußte, daß es Valerie gelungen war, seine Unterlagen durcheinanderzubringen, als das Geräusch des Tastatur-Hämmerns lauter wurde.

Er kehrte mit einem Lächeln auf dem Gesicht zurück. »Es gab ein Versehen, Sir. Ms. Reece hat offenbar doch eine Reservierung, aber diese wurde storniert, als sie die Stadt in einer dringenden Angelegenheit verlassen mußte.«

»Sind Sie sicher? Vielleicht sollte ich im Salon warten, bis wir sehen, ob sie es nicht doch noch schafft. Ich zweifle nicht daran, daß Sie mir abgesagt hätte, wenn sie nicht damit rechnen würde, hier zu sein.«

Der Mann machte Anstalten, mir zu sagen, daß der

Salon nur für Mitglieder sei, hielt dann aber inne, da er sich plötzlich in einem Dilemma befand. Wenn er mich abwies, konnte das dazu führen, daß er ein Mitglied in Verlegenheit brachte, weil Reeces Pläne zufällig nicht beinhalteten, ihn über ihr Kommen und Gehen zu unterrichten. Er musterte mich ein wenig eingehender und mußte wohl zu dem Schluß gekommen sein, daß ich harmlos aussah.

»Bitte, Sir, wir würden uns freuen, wenn Sie im Salon warten. Natürlich brauche ich nicht eigens zu erwähnen, daß der Salon eigentlich nur für Mitglieder ist, also …«

Ich nickte. »… werde ich an der Bar warten und niemanden belästigen.«

Sein Lächeln verriet mir, daß wir uns verstanden hatten, und ich schlenderte in die Bar. Sie war matt und indirekt beleuchtet und mit dunkler Holzvertäfelung und üppigen Lederpolstern eingerichtet. Unter Berücksichtigung der Identität der wenigen hiesigen Berühmtheiten, die ich erkannte, gelangte ich zu der Überzeugung, daß der Club wahrscheinlich so hohe Beiträge von seinen Mitgliedern erhob, daß die Einrichtung vermutlich echt war. Sogar die Erdnüsse in der Schale auf dem Tresen sahen nicht nach synthetischen Laborerzeugnissen, sondern gepflückt aus.

Ich orderte das Hausgebräu und stellte fest, daß ein Krug davon mich in höhere Unkosten stürzte als Stealths Taxifahrt. Es schmeckte ziemlich gut, aber nicht *so* gut. Ich tröstete mich, indem ich mir ansah, was die anderen tranken, und zu erraten versuchte, wie ihre Getränkerechnung wohl aussehen mochte.

Ich bestellte ein zweites Bier beim Barmann und versuchte ein Gespräch mit ihm zu beginnen, aber er eilte davon, um sich mit anderen Gästen zu befassen – mit denjenigen, die aussahen, als gäben sie reichlich Trinkgeld oder als seien sie mit jemand anderes Ehepartner da. Bevor er in das Niemandsland zurückkehren konnte, wo ich saß, tippte mir jemand auf die Schulter.

»Mr. Archer? Mir ist zu Ohren gekommen, daß wir heute abend zum Dinner verabredet sind?«

Ich drehte mich um und sah mich einer Frau gegenüber, die mich in vielerlei Hinsicht überraschte. Hätte ich gestanden, wäre sie kaum kleiner gewesen als ich. Kräftige Schultern verjüngten sich zu einer schlanken Taille und wohlgeformten Beinen, die ein ernsthaftes Interesse an Sport im Gegensatz zu milderen Fitneß-Übungen erahnen ließen. Ihr Gesicht zeigte Spuren einer arktischen Sonnenbräune, und ihr Make-up, das sie sehr behutsam einsetzte, kaschierte die weißen Stellen rings um die braunen Augen. Ihre schwarzen Haare, die jungenhaft kurz geschnitten waren, bedeckten ihre Ohren und rahmten ein scharf geschnittenes, eckiges Gesicht ein. Eine kecke Nase und volle Lippen machten sie zu einer Schönheit nach allen bekannten Maßstäben, aber das Feuer in ihren Augen machte sie zu einer Herausforderung.

Ich reichte ihr die Hand. »Freut mich, Sie kennenzulernen, Ms. Reece.« An dieser Stelle hatte ich zwei Möglichkeiten, die Sache anzugehen, indem ich sie entweder davon zu überzeugen versuchte, daß wir beide getäuscht worden waren, oder aber aufrichtig zu ihr war. Als sie meine Hand in einem festen, trockenen Griff nahm, kam ich zu dem Schluß, daß Ehrlichkeit wahrscheinlich die beste Politik war. »Aber ich bin nicht Wynn Archer. Mein Name ist Wolfgang Kies.« Ich deutete auf den leeren Hocker neben mir. »Bitte setzen Sie sich doch. Ich kann den Grund für mein Täuschungsmanöver erklären.«

Sie beobachtete mich einen Moment und kniff dabei unwillkürlich das linke Auge zusammen, als nehme sie mich über den Lauf eines Gewehrs hinweg aufs Korn. »Mir gefallen Leute, die bereit sind, ihre Taktik zu ändern, wenn die Eröffnung scheitert. Sie haben fünf Minuten.« Sie ließ meine Hand los, nachdem sie auf den Hocker neben mir geglitten war, und bestellte beim Barmann einen Gimlet.

Ich schwieg, bis der Barmann das Getränk gebracht und sich wieder zurückgezogen hatte, dann zeichnete ich müßig ein A in den nassen Ring, den das Glas auf dem Tresen hinterlassen hatte. »Ein junger Mann, den Sie zur Einstellung hier empfohlen haben, wurde letzte Nacht ermordet.«

»Der Albino, Albion. Ich habe davon gehört.« Sie trank einen Schluck von ihrem Drink und stellte das Glas wieder auf den Tresen. »Ich habe heute früh davon erfahren, als ich mein Computersystem überprüfte. Ich bin sofort vom Yukon zurückgekehrt. Als ich meinen Terminkalender auf den neuesten Stand brachte, sah ich die Dinnerverabredung und bin sofort gekommen. Wissen Sie, wer ihn umgebracht hat?«

Ich schüttelte den Kopf. »Nein, aber ich kannte Albion, und ich kenne Leute, denen Albions Tod sehr leid tut. Ich will herausfinden, wer ihn umgebracht hat, und Sie sind die einzige, die mir weiterhelfen kann.«

»Ich verstehe.« Sie tauchte einen Finger in ihren Drink und hob ihn zum Mund. Ein Tropfen hing an ihrem Nagel wie Gift am Stachel eines Skorpions, dann leckte sie ihn ab. »Albion hat die Stereoanlage in meinem Mako repariert und mich gebeten, ihn bei meinen Freunden weiterzuempfehlen. Das habe ich getan, und ein paar schlugen vor, ich solle ihm einen Job im Club verschaffen.«

»Ich sehe da keinen Zusammenhang.« Ich schob mir eine Erdnuß in den Mund. »Warum sollten Sie einen Straßenpunk mit Irokesenschnitt hier arbeiten lassen?«

Selene schlug die Beine übereinander. Ihr Outfit, eine dunkelgrüne Seidenbluse unter einem dunkelgrünen Blazer und ein enger schwarzer Rock, gab den Blick auf eine Menge Bein frei. »Dieser Club ist für Leute, die Abenteurer sind. Wir wagen es, Mutter

Natur in ihrer wunderbaren und magischen Pracht herauszufordern.«

Sie zeigte durch die Tür auf eine Galerie von Holobildern, die Clubmitglieder mit Kreaturen zeigten, welche sie erlegt hatten. »Den Mitgliedern ist daran gelegen, an entfernte Orte zu reisen, exotische Dinge zu sehen …«

»Und sie zu töten?«

»Unter anderem.« Sie schloß die Augen halb und musterte mich über den Rand ihres Glases. »Wir suchen den Nervenkitzel.«

»Also ist es ein Nervenkitzel, einen Bestandteil des Seattler Straßenlebens in Ihren Club zu bringen.«

»Sie wollen auf die Frage hinaus, ob ich glaube, Albion sei von einem Mitglied unseres Clubs zur Jagdbeute auserkoren worden.« Sie spielte mit dem Stiel ihres Glases und drehte ihn langsam, so daß das Licht den Alkohol zum Leuchten brachte. »Wir leben für die Gefahr.«

Ich beobachtete ihr Gesicht ganz genau. »Und Albion in der Betonwelt zu jagen, die seine natürliche Umgebung ist, wäre nicht gefährlich?«

»Wir mögen die ultimativen Jäger sein, aber wir sind keine Mörder. Jemanden wie Albion hierher zu bringen heißt, etwas von der Gefahr der Straße zu importieren, ja. Er ist nicht das, was man normalerweise hier zu sehen erwartet, also war er eine Kuriosität.« Sie verschränkte die Hände auf einem Knie. »Eine Zeitlang haben wir uns hier einen Leopard und einen bengalischen Tiger gehalten, bis gewisse Naturschutzgruppen anfingen, uns zu bedrohen.«

Der Alte heulte in meinem Hinterkopf. »Ich kann mir ohne weiteres vorstellen, daß sie in diesem Club einen Tempel des Todes sehen.«

»Aber Sie wissen nicht, was wir wirklich tun, denn dieser Club ist auch ein Altar des Lebens.« Sie lachte unbeschwert. »Wer, glauben Sie, gibt mehr Geld für die

Bereitstellung von Habitaten für bedrohte und gefährdete Arten aus, wir oder alle Tierschutzgruppen zusammengenommen?«

»Ist das eine Fangfrage?« Ich runzelte die Stirn. »Die Tierschutzgruppen natürlich.«

»Nein, das tun sie *nicht*.« Die Haut um ihre Augen spannte sich. »Das Gebiet, in dem ich einen Schnee-Elch gejagt habe, ist zum Beispiel ein privates Reservat, das von diesem Club gekauft wurde und auch instandgehalten wird. Unsere Mitglieder haben entweder durch diesen Club oder ganz privat Hektar um Hektar bedrohter Biotope und Wälder in öffentliche und private Parks umgewandelt. Wußten Sie, daß es seit der zweiten Hälfte des zwanzigsten Jahrhunderts den Jägern und den Gebühren, die sie für Jagdscheine und so weiter entrichten, zu verdanken ist, daß ausreichend Geld für Tierschutz vorhanden ist und in vielen Fällen die Population der Tiere wieder das Niveau der Kolonialzeit erreicht und sogar übertroffen hat?«

Ich lehnte mich zurück und gab mir alle Mühe, zerknirscht auszusehen. »Nein, das wußte ich nicht.«

»Es ist aber so.« Sie deutete beiläufig auf die anderen Gäste an der Bar. »Unsere Mitglieder sind außerdem an vielen philanthropischen Projekten hier in Seattle beteiligt. Das findet auch seinen Niederschlag in unserer Bereitschaft, jemanden wie Albion einzustellen.«

»Glauben Sie, jemand hat seine Vorstellung von ›Artenschutz‹ bei Albion zu weit getrieben und ihn getötet?«

»Ich hoffe nicht.« Sie beugte sich vor, und ich brachte mein Ohr ganz nah an ihren Mund. »An einem Ort wie diesem gibt es immer Gerüchte, daß jemand das gefährlichste Wild erlegt hat. Luftschlösser und Alkoholphantasien, aber es wäre möglich, daß jemand beschlossen hat, sie wahr werden zu lassen. In diesem Fall wäre ich verantwortlich, weil ich ihn hergebracht habe.«

Ich lehnte mich zurück und trank einen Schluck von meinem Bier. Aus Stealths Beschreibung der Waffe folgte ganz eindeutig, daß für ihre Anfertigung eine Menge Geld erforderlich war, wie sie ein Mitglied des Pacific Northwest Hunting Club mit Sicherheit besaß. Außerdem hielt ich es für absolut möglich, daß ein Clubmitglied zu dem Schluß gekommen sein mochte, die Jagd auf eine zweibeinige Beute in der Stadt sei einem Aufenthalt in der Kälte Alaskas mit dem Ziel, ein Geweih zu erbeuten, bei weitem vorzuziehen. Natürlich wußte Ms. Reece nicht, was ich wußte, daß nämlich Albion das letzte Opfer einer ganzen Reihe war.

»Konzentrieren sich die Geschichten hier auf eine Person?«

Sie sah auf und versuchte nicht einmal, ihre Überraschung zu verbergen. »Nein, nicht, daß ich wüßte.« Sie trank einen Schluck. »Das ist alles äußerst bestürzend.« Sie überlegte einen Moment, und ihre dunklen Brauen verschoben sich zu ihrem Nasenrücken. »Kommen sie mit, dann besprechen wir die Angelegenheit mit dem Direktor.«

Ich sah auf die Uhr und schüttelte dann den Kopf. »Das kann ich nicht. Ich habe eine Verabredung. Albion läuft uns nicht mehr weg. Die Sache kann auch noch ein paar Tage warten.«

Sie nickte, dann starrte sie auf ihr Glas und die Flüssigkeit, die noch darin war. »Haben Sie morgen abend Zeit? Ich kann eine Unterredung mit dem Direktor arrangieren.« Ihre Miene straffte sich, und ihre Nasenflügel bebten, während sie mich aus dem Augenwinkel beobachtete. »Morgend abend werden Sie mein Dinnergast sein.«

Ich winkte ab. »Das ist nicht nötig, Ms. Reece, wirklich nicht.«

»Ich bestehe darauf.« Ihr Lächeln erwärmte sich und auch mich. »Sie faszinieren mich. Sie verschaffen sich mit einem Trick Zugang, und dann geben Sie den Betrug zu. Sie sind anders als die meisten.«

»Exotisch?«

»Herausfordernd, Mr. ...«

»Kies, Wolfgang Kies.«

»Sagen Sie zu, Mr. Kies. Jeder hier wird Ihnen bestätigen, daß ich als Jäger unbarmherzig bin.«

»Also haben Sie mich aufs Korn genommen?«

Sie sah mich sehr direkt an, und der Alte fing in meinem Hinterkopf leise an zu knurren. »Sie sind zu phantasievoll, um sich an den Buchstaben des Worts zu klammern, Mr. Kies. Ich finde die Verfolgung spannender als das Töten, und mein Geschmack, was Männer betrifft, erstreckt sich nicht auf Leichen.«

Ich hörte die Aufforderung in ihrem Tonfall und die Warnung, daß, was auch geschah, nur zu ihren Bedingungen stattfinden würde. »Hier um sieben Uhr?«

Sie nahm meine linke Hand und drückte sie. »Dann also bis in vierundzwanzig Stunden.«

Ich nickte und gab ihr einen Kuß auf die Wange. Als ich den Club verließ, wurde Albion zu einem Geist. Zu erfahren, wer ihn umgebracht hatte, war als Grund für meine Bereitschaft, mich am nächsten Abend mit Selene Reece zu treffen, bedeutungslos geworden. Sie wußte es, ich wußte es.

Die Jagdzeit für Wölfe hatte begonnen.

IV

Die Jagdsaison für Wölfe wäre fast wieder beendet worden, weil Lynns Großtante Sadie mich in ein vorbeugendes Züchtungsprogramm einzubinden versuchte. »Oh, Wolfgang, Sie sind so ein Gentleman! Sie beide sind ein ganz reizendes Paar. Sie werden wunderbare Kinder haben – gescheit und hübsch.«

Zum Glück wehrte Lynn die Bemerkungen ihrer

Tante ab, was mir die Zeit gab, mich mit dem Alten auseinanderzusetzen. Aus irgendeinem Grund hatte er sich auf Sadies Seite geschlagen und verbrachte den Abend damit, sich entweder darüber zu beschweren, daß meine erste Rippe zu stark ausgeprägt war, oder Lynn anzupreisen. *Das ist die ideale Gefährtin für dich, Langzahn. Ihre Augen sind klar, ihr rötliches Fell ist lang, und sie ist schlau. Deine Jungen werden stark sein und scharfe Zähne haben.*

Ich war sicher, daß Lynn, die einmal erwähnt hatte, ihren Kindern die Brust geben zu wollen, diese letzte Bemerkung gefallen würde. Glücklicherweise redete Sadie später über die zweiundzwanzig Katzen, die bei ihr lebten, wodurch sich die Begeisterung des Alten für seine Verbündete etwas abkühlte. Dennoch wuffte er den Rest des Abends jedesmal dann aufmunternd, wenn Lynn irgend etwas tat, von dem er das Gefühl hatte, es müsse mich stolz machen.

Die Träume, in denen ich früher am Tag geschwelgt hatte, waren, wie sich herausstellte, nicht im buchstäblichen Sinn prophetisch, funktionierten aber perfekt in einem allegorischen Sinn. Nachdem Lynn und ich ihre Großtante abgesetzt hatten, gingen wir noch eine Zeitlang auf dem Markt spazieren und lachten über das, was ihre Tante gesagt hatte. Da Lynn noch nicht über den Alten Bescheid wußte, erzählte ich ihr nichts von seinen Bemerkungen, aber mein Gelächter veranlaßte ihn zu einem knurrenden Rückzug. Das war auch gut so, weil wir uns später in meine Wohnung zurückzogen und uns Aktivitäten zuwandten, die ihn sonst dazu veranlaßt hätten, praktisch unablässig aufmunternde Bemerkungen zu Lynn abzugeben.

Lynn weckte mich früh – die Stunde war den zweistelligen Zahlen nicht einmal nahe –, duschte dann und ging zur Arbeit. Normalerweise verbrachte sie nicht den ganzen Abend mit mir, weil sie sich eine Konzernwohnung mit ihren Eltern teilte. Nun, da

Tante Sadie ihr Zimmer benutzte, zogen die Ingolds es vor, Lynns Geschichte zu glauben, sie würde die Nacht bei einer Freundin verbringen.

Sie fragte, ob wir uns später sehen würden, aber ich sagte ihr, Raven käme heute zurück und ich hätte etwas zu erledigen. Da wir uns im Laufe eines Unternehmens kennengelernt haben, in dem Raven, Stealth und ich sie aus den Händen von Entführern befreit hatten, hat sie eine vage Vorstellung davon, was ich tue. Unter Berücksichtigung der Tatsache, daß ich mich später noch mit Selene treffen wollte, zog ich es vor, ihr meine Pläne nicht genauer darzulegen.

Ich schlief noch ein paar Stunden und stand dann kurz vor Mittag auf. Ich kam zu dem Schluß, daß ich einen neuen Anzug für mein nächtliches Abenteuer brauchte, also kleidete ich mich rasch an und verließ meine Wohnung. Das Knurren des Alten bereitete mir langsam Kopfschmerzen, aber es gelang mir, ihn zu ignorieren. Ich stieg in den Fenris, fuhr in die Innenstadt und klapperte die Herrenausstatter ab.

Nach ein paar Fehlstarts entschied ich mich für einen schwarzen Doppelreiher im französischen Schnitt. Der Schneider, der mein Maß für die nötigen Änderungen nahm, fragte mich, ob ich ›schwer‹ oder ›dick‹ sein würde, wenn ich ihn trug, aber ich schüttelte den Kopf. Eine Kanone oder Kevlarweste beim Dinner in einem der elegantesten Clubs der Stadt zu tragen war nicht angebracht. Ich suchte ein Hemd und eine passende Krawatte aus, dann aß ich bei *Kell's* zu Mittag und trank ein Bier, während der Schneider an den Änderungen arbeitete.

Als die Nacht spürbar näher rückte, brachte sie ein Gefühl drohenden Unheils mit sich. Normalerweise hätte ich es darauf zurückgeführt, daß Stealth in der Nähe war, aber ich nahm an, daß Lynn und Selene der Grund dafür waren. Als ich mein Vorhaben überdachte, konnte ich mich am Steuer des Fenris sehen, wie ich auf eine Steilklippe zuraste. Eine Staubwolke verbarg, was hinter mir lag, und ich hatte das unbestimmte Gefühl, daß es eine gleichermaßen steile Klippe war.

Ich liebte Lynn, und ich hoffte, daß sie für mich dasselbe empfand. Ich hatte mich noch nie so sehr verknallt und es auch noch nie so lange mit einer Frau ausgehalten. Die meisten Frauen kamen zu der Erkenntnis, daß ich Ärger bedeutete, und gaben mir den Laufpaß, bevor die Dinge ernst wurden. Auf solche Art zurückgewiesen zu werden schmerzte tatsächlich, aber gewöhnlich trennten wir uns freundschaftlich, was den Schmerz viel erträglicher machte. Außerdem waren genug andere Frauen bereit, mir Trost zu spenden, also lernte ich mit dem Mythos zu leben, daß ich eines Tages die Frau finden würde, die für mich bestimmt war.

Nun schien dieser Tag gekommen zu sein, und ich fand das beängstigender als die meisten Schießereien, die ich durchgemacht hatte. In jenen Fällen konnte ich schlimmstenfalls sterben. In dieser Situation konnte ich *überleben*. Ich würde Verantwortung und Verpflichtungen haben. Zwar war Lynn all das mehr als wert, aber ein Teil von mir sah, wie sich das Fenster zur Freiheit vor mir schloß.

Auftritt Selene. Sie und Lynn gehörten derselben Rasse und demselben Geschlecht an, aber dort endete die Ähnlichkeit. Selene war sehr attraktiv und aggressiv. Daß mir jemand nachstellte, der so stark und begehrenswert war, stärkte mein Ego ungemein. Ich starrte auf eine Zukunft der Gefangenschaft mit einer Frau, während Selene Reece dastand und mir eine ›Du-kommst-aus-dem-Gefängnis-frei‹-Karte reichte.

Der Pacific Northwest Hunting Club lag in der Innenstadt und war nicht weit von dem Fuchi-Konzern-Wolkenkratzer entfernt, in dem Lynn wohnte, also parkte ich den Fenris in einer Gasse etwa vier Blocks vom Club entfernt. Ich stellte die Anti-Diebstahlsicherung auf drei Piepser in der Annahme, daß die Dunkelheit der Gasse die Anzahl der zufällig verletzten Passanten gering halten würde. Ich steckte die Fernbedienung ein und machte mich auf den Weg zum Club.

Der untersetzte Mann, der mich am Abend zuvor in die Bar gelassen hatte, war wieder auf seinem Posten. Er lächelte, als er mich sah, und bedeutete mir, ihm zu folgen. »Hier entlang, Mr. Kies. Ms. Reece erwartet Sie bereits.«

Selene glitt aus einer Ecknische, als ich eintraf. Sie trug eine himmelblaue Bluse mit nadeldünnen Streifen unter einer dunkelblauen Seidenjacke und eine farblich dazu passende Hose. Sie bot mir ihre Hand an, und ich küßte sie mit einer leichten Verbeugung. Sie lachte, und wir setzten uns beide.

Der Kellner bot mir eine Speisekarte an, aber ich schüttelte den Kopf. »Ich vertraue Ihrem Urteil, Selene.«

Sie lächelte und bestellte eine Flasche Champagner und rohe Austern als Vorspeise. »Als Hauptgericht nehmen wir die Hirschfilets mit Steinpilzen und wildem Reis.«

»Sehr wohl, Madam.«

Als er sich zurückzog, musterte sie mich eindringlich. »Ich nehme an, Sie mögen Wild.«

Ich nickte. »Selbst geschossen?«

»Nein. Ich habe meinen letzten Hirsch vor gut einem Jahr erlegt und den größten Teil des Fleisches einem anderen Mitglied überlassen. Er revanchiert sich für den Gefallen.« Ihr Lächeln wurde breiter. »Die Austern habe ich auch nicht selbst gefischt, aber ich gehe davon aus, daß sie Ihnen trotzdem schmecken werden.«

»Dessen bin ich mir sicher.«

Unser Champagner kam, und sie lehnte sich zurück und trank einen Schluck. »Sie sind noch faszinierender, als ich dachte, Wolfgang. Bis ich einige Nachforschungen anstellte, hatte ich keine Ahnung, daß Sie mit Richard Raven zusammenarbeiten. Nach allem, was ich in Erfahrung bringen konnte, haben Sie genug gejagt, um hier Mitglied sein zu können.«

Ich zuckte die Achseln. »Ich jage hauptsächlich Ungeziefer. Doc beschäftigt mich wegen meines hohen Unterhaltungswerts. Und meine Freunde nennen mich Wolf.«

»Sie sind zu bescheiden, Wolf.« Ihre Stimme verweilte bei meinem Namen, und die Aussicht, daß sie eine intime Freundin werden konnte, ließ mich lächeln. »Nach allem, was ich gehört habe, hält Sie eine ganze Reihe der hiesigen Straßengangs für ziemlich gefährlich.«

»Ich nehme an, Selene, daß verschiedene Spezies von Großwild Sie ebenfalls für gefährlich halten.«

»Touché. Wie scheinen ein ebenbürtiges Paar zu sein.«

Ich hob mein Glas und prostete ihr zu. »Darauf, ein perfektes Paar zu sein.«

»In der Tat.«

Von dort aus ging es weiter, und der Rest des Abends wurde ziemlich heiß. Wir tranken beide mehr Champagner, als gut für uns war, gingen aber nicht soweit, uns einfach zu betrinken. Wir führten einen Krieg der Anzüglichkeiten und Doppeldeutigkeiten, der viel für die Nacht versprach, bis der Kellner an unseren Tisch kam und sie davon in Kenntnis setzte, daß der Direktor jetzt in seinem Büro sei.

Bei dieser Nachricht wurde sie ernst, fing dann aber an zu kichern, als der Kellner gegangen war. »Ich nehme an, wir sollten uns ums Geschäft kümmern, bevor wir uns fürs Geschäft *niederlassen*, nicht wahr, Mr. Kies?« Sie streifte sich den Schulterriemen ihrer Handtasche über und glitt aus der Nische.

Ich nickte beinahe nüchtern. »In der Tat, Ms. Reece.«

Ich folgte ihr aus dem Restaurant und eine Treppe

hinauf. Wir gingen durch einen Flur, der vor einer Doppeltür endete. Als wir uns der Tür näherten, hörte ich ein Klicken, und die Tür öffnete sich für uns. Ich ging ohne Bedenken in den abgedunkelten Raum.

Bevor ich auch nur in Ansätzen überlegen konnte, warum der Raum so matt beleuchtet war, raste flüssiges Feuer durch meine Wirbelsäule. Ich hörte ein schwaches Knistern, und mein Körper verkrampfte sich vor Schmerzen, die von einer Stelle zwischen meinen Schulterblättern ausgingen. Ich versuchte, mich umzudrehen, aber angesichts der Tatsache, daß mein Gleichgewichtssinn durch den Alkohol gelitten und die durch meinen Körper geleitete Elektrizität meine Muskeln in Gelee verwandelt hatte, gelang es mir nur, schwer zu Boden zu gehen.

Selene hakte einen Zeh unter meine Brust und drehte mich auf den Rücken. In ihrer linken Hand sah ich den Elektroschocker, den sie gegen mich eingesetzt hatte. Sie drückte auf den Aktivierungsknopf, so daß eine gezackte blaue Energielinie zwischen den beiden Elektroden an einem Ende aufleuchtete. Mein Körper zuckte reflexhaft, und Schmerzneuronen feuerten nur zum Spaß noch einmal. Sie sah mich an und lächelte zögernd.

»Verzeihen Sie mir.«

Zuerst dachte ich, sie rede mit mir, aber ich irrte mich. Aus meiner Perspektive auf dem Boden sah alles sehr hoch aus. Das schloß die hufeisenförmige Bank ein, die von einer Ecke des Raums zur anderen verlief. Hinter dieser Bank saßen auf hohen Stühlen mit ovalen Lehnen ein Dutzend Clubmitglieder, deren Silhouetten sich in der matten Wandbeleuchtung düster abzeichneten und die auf mich herabsahen.

Plötzlich blitzte eine Lampe hinter einem Stuhl auf. Ihr Licht fiel auf den an der Wand befestigten Kopf eines Bären. »Ich habe eine Frage«, sagte ein Mann mit einer tiefen heiseren Stimme.

»Ja, Bruder Bär?« sagte Selene, indem sie den Kopf neigte. Während sie sprach, leuchtete eine Lampe hinter einem leeren Stuhl auf und schien auf eine große durchsichtige Schlange, die ich für eine mittelamerikanische Mondpython hielt.

»Ich glaube, Schwester Schlange, Sie haben diesen Monat bereits einen Straßenaffen gejagt.«

»Ein berechtigter Einwand, Bruder Bär, aber dieser hier ist ein Sonderfall. Er stellt eine Bedrohung für uns dar, ist aber höchstwahrscheinlich auch die größte Herausforderung, der einer von uns je begegnet ist. Hinzu kommt, daß ich mir vorgestern nacht keine Blutlocke holen konnte, weil die Möglichkeit der Entdeckung zu groß war. Die Regeln besagen, daß mir daher noch kein Abschuß gutgeschrieben wurde.«

Ein weiteres Licht blitzte auf, das den Kopf eines schwarzen Einhorns mit einem Horn aus Elfenbein beleuchtete, das aus der Stirn ragte. Der Kopf hing genau in der Mitte des Halbkreises. »Schwester Schlange hat recht. Die Jagd steht ihr zu.«

»Danke, Großmeister.« Selene ließ sich auf ein Knie sinken und verpaßte mir einen zweiten Stromstoß, indem sie den Schocker gegen meine Brust preßte. Ich bäumte mich auf, fiel wieder zurück und lag dann da wie ein zugedröhnter Chiphead.

Sie küßte mich auf die Lippen. »Nichts Persönliches, Wolf, aber es ist die Jagd. Ich weiß, du wirst um Klassen besser sein als Albion.«

Sie erhob sich und trat einen Schritt zurück. Ich hörte ein Klicken, und der Fußboden kippte unter mir weg. Ich rutschte mit dem Kopf voran in die Tiefe, was mich nicht sehr glücklich machte, weil ich immer noch keine Kontrolle über meine Gliedmaßen hatte. Als die Rutsche in eine abwärts führende Spirale überging, kam mir das Abendessen hoch, wobei die Austern den Vorstoß in die Freiheit anführten. Der Champagner, der in meinem Magen aufgewühlt wurde, sammelte sich zu einem Aufstoßen, welches das Gefühl, sich übergeben zu müssen, noch verstärkte.

Plötzlich endete die Rutschpartie. Als meine Schultern auf das Segeltuchpolster prallten, vollführte ich einen unfreiwilligen Überschlag und landete flach auf dem Bauch. Ich wurde gleich wieder hochgeschleudert und gab den Kampf gegen meinen Magen auf. Als ich wieder aufschlug, gab ich alles von mir, was ich zu mir genommen hatte, vom Dessert bis zu den Erdnüssen, die ich in der Bar gegessen hatte.

Ich versuchte, das trockene Würgen zu unterdrücken, aber es hatte einen Verbündeten in meinem Kopf. *Ja, Langzahn, reinige dich von den Giften. Laß mich dich erfüllen, laß mich dir helfen. Wir finden diese Hündin, die dich jagt, und wir werden sie töten.* Visionen von aufblitzenden Fängen und hellrotem Blut erfüllten meinen Verstand, während der Alte mich aufmunterte.

»Nein«, keuchte ich. Schwach um mich tretend, gelang es mir, mich von dem Erbrochenen zu entfernen. Dann stieß ich mich irgendwie weit genug von der Lache ab, um die rechte Hand aufstützen und mich zur Wand des kleinen Raums schieben zu können, in dem ich gelandet war.

Ich zog mich zur Wand, setzte mich mit dem Rücken dagegen und wischte mir den Mund mit dem Jackenärmel ab. Ich spie mehrmals in dem Versuch aus, meinen Mund zu reinigen, verwässerte dabei aber lediglich den sauren Geschmack. Ich ließ den Kopf gegen die Wand sinken und schloß für einen Moment die Augen. *So fühlt man sich also als knochenloses Huhn.*

So großen Gefahren ich in meiner Zeit mit Raven auch ausgesetzt war, diese mußte die absolut schlimmste sein. Der Alkohol hatte meine grauen Zellen benebelt, obwohl dadurch, daß ich mich übergeben hatte, wahrscheinlich größerer Schaden verhindert worden war. Der Schocker hatte Gummi aus meinen Muskeln gemacht, obwohl sie sich langsam wieder zurückmeldeten. Jetzt befand ich mich in einem dunklen Kasten, während irgendwo draußen eine Frau mit einem schicken Gewehr sich darauf vorbereitete, mich in eine gefährdete Art zu verwandeln. Drek, wenn es nach ihr ging, würde ich aussterben.

Bei anderen Gelegenheiten hatte ich unter ähnlichen Umständen zumindest ein paar Vorteile gehabt. In mein Gürtelschloß war ein Peilsender eingebaut, den ich im Notfall aktivieren konnte, aber heute abend trug ich einen neuen Gürtel, den ich passend zum Anzug gekauft hatte. Außerdem hatte ich meine übliche Kevlarweste aus Anlaß des Abends zu Hause gelassen. Dasselbe galt für meine Kanone, da ich gedacht hatte, daß ich sie nicht brauchen würde.

Das sind künstliche Hilfsmittel, Langzahn. Du brauchst sie nicht, wenn du mich hast.

»Ich brauche sie, wenn jemand auf uns schießt. Trotz allem, was du für mich getan hast, wird es dir wohl kaum gelingen, den Kugeln auszuweichen.« Ich hörte ihn protestierend heulen, aber wir wußten beide, daß der andere in mancherlei Hinsicht recht hatte. Seine Geschwindigkeit und sinnlichen Fähigkeiten würden mir enorm helfen, wenn ich überleben wollte. Er forderte, daß ich angriff, aber ich wollte seine Fähigkeiten im Moment nur, um eine einzige Sache zu tun – zum Fenris zu laufen. Mit seinem Tempo hatte Selene keine Chance, mit mir Schritt zu halten.

»Gib sie mir, Alter. Dein Tempo, deine Augen, deine Ohren und deine Nase.«

Wie du willst, Langzahn, aber draußen. Hier stinkt es zu sehr nach der Angst anderer.

Das war keine Überraschung. Als der Alte meinen Körper stärkte, stellte ich fest, daß meine Muskeln wieder mehr oder weniger richtig auf bewußte Befehle reagierten. Ich war gewiß nicht in der Verfassung, um einen komplizierten chirurgischen Eingriff auszuführen, aber Laufen und zugleich Kaugummi zu kauen überstieg vermutlich nicht meine Kräfte.

Mit den Augen des Alten sah ich den schwachen Umriß eines Rechtecks an der Wand gegenüber dem Ende der Rutsche. Ich kroch dorthin und schob die Luke auf. Sie rastete ein und zeigte mir, daß ich mich drei Meter über einer Gasse befand. *Toll. Spring hinaus, orientier dich und lauf zum Fenris.*

Ich sprang mit den Füßen voran durch das Loch und ging bei der Landung in die Hocke. Die kühle Nachtluft half mir dabei, einen klaren Kopf zu bekommen. Ich lockerte meine Krawatte und öffnete den obersten Hemdknopf, um leichter atmen zu können. Der Geruchssinn des Alten setzte ein, und ich konnte Selenes Parfüm nicht wittern, wodurch ich mich gleich besser fühlte. Ich kehrte dem Wind den Rücken und sah die Lichter auf dem Fuchi-Tower.

Ich wußte, wo ich war.

Selene leider auch.

Die Kugel traf mich ungefähr zehn Zentimeter unter meiner linken Brustwarze. Sie wirbelte mich herum und schleuderte mich gegen die Mauer des Clubhauses und dann gegen zwei überquellende Mülltonnen. Ich landete auf der linken Seite, was den knirschenden Schmerz verdoppelte, den ich in meinen Rippen verspürte. Ich hörte ein zischendes Geräusch und hatte das Gefühl, als versuche irgend etwas in meinen Lungen alles, um sich mit Klauen und Zähnen einen Weg nach draußen zu bahnen.

Ich rappelte mich auf und lief durch die Gasse und auf die Straße. Ich hatte mich bereits einen weiteren Block von meinem Fenris entfernt, bevor mir klar wurde, was ich tat. An dieser Stelle bog ich in eine weitere Gasse ein und brachte einen Müllcontainer zwischen mich und den Wind.

Ich griff nach hinten und konnte fühlen, daß die Kugel nicht auf dem Rücken ausgetreten war. Ich löste meine Krawatte, wobei ich gegen den Schmerz ankämpfte, der mit jedem Atemzug verbunden war, und legte sie mir um die Brust. Dann holte ich meine Brieftasche aus der Gesäßtasche und riß den kleinen Plastikeinsatz heraus, unter dem normalerweise ein Holobild steckt. Unter diesem steckte eines von Lynn. Ich lächelte, schob den Plastikeinsatz unter mein Hemd und drückte ihn auf das Loch in meiner Brust. Ich zog die Krawatte fest, um ihn an Ort und Stelle zu halten, und das zischende Geräusch hörte auf.

Das erwies sich als ein Glück, weil es mir gestattete, das entfernte Geräusch eines Tiers zu hören, das mir nachjagte. *Die Cybertöle!* Ich stellte mir eine Bestie vor, die einen Panzerwagen in seinem vercyberten Maul davontragen konnte, und geriet in Panik. Adrenalin schoß durch meine Adern, und mein Herz hämmerte wie die Kolben in einem Motor, der im roten Bereich drehte.

Der Alte übernahm mit einer ruhigen Vernunft, die meine Furcht verspottete. Er verschaffte sich augenblicklich einen Überblick über die Situation und wußte, daß ich nicht kämpfen konnte. Ich vermochte kaum zu laufen. Er wußte, daß mir die zerfetzte Lunge in meiner Brust nicht helfen, mich andererseits meine Wunde töten würde, wenn ich versuchte, vor der Kreatur zu fliehen, die mich verfolgte.

Zur Abwechslung waren wir einmal einer Meinung, und er schickte mich hinaus in die Nacht. Obwohl ich auf der Flucht war und mich an alles erinnern kann, blieb ich doch losgelöst. Ich weiß noch, daß ich die zweite Gasse verließ und mit einem raschen Sprung einem vorbeischießenden Ford Americar auswich. Ich landete auf beiden Füßen mitten auf der Straße, wich einen halben Schritt zurück, um der Stoßstange eines Mercedes 920 XL auszuweichen, fuhr dann herum und sprang auf das Trittbrett des Nachbaus eines Pierce Arrow Cabriolets.

Nach einem Block freier Fahrt machte der Fahrer des Arrow Anstalten, nach einer Uzi zu greifen, aber der Alte knurrte ihn an. Daraufhin ließ er für einen weiteren Block die Hände am Lenkrad und die Augen auf die Straße gerichtet, dann sprang ich ab und lief in eine Gasse. An der nächsten Straßeneinmündung bog ich in Richtung des Fuchi-Towers ab und spurtete dann in die Gasse, in der mein Fenris stand.

Der Alte ließ mich direkt darauf zulaufen, aber ich übernahm wieder die Kontrolle und blieb stehen. Ich zog die Fernbedienung aus der Tasche und schaltete die Anti-Diebstahlvorrichtung aus. Lächelnd trat ich einen Schritt vorwärts, dann taumelte ich und mußte mich gegen den Wagen lehnen, als Schmerzen von meiner Wunde durch meine Brust schossen. Die Welt färbte sich an den Rändern dunkel ein.

Behalte einen klaren Kopf!

Ich kann mit dieser Bestie umgehen, Langzahn. Ich habe dir oft genug dabei zugesehen, sagte der Alte.

Keine Chance. Der Alte betrachtet das Abschlachten von Menschen mit einem Fahrzeug als Erholungsaktivität. *Ich muß mich nur einen Augenblick ausruhen, dann werde ich …*

Ich hörte ein Knurren und brauchte einen Augenblick, um zu erkennen, daß es nicht vom Alten stammte. Ich drehte mich um und sah ein großes Tier in der Gasseneinmündung. Der Schein der Straßenlaternen zeichnete die silbernen Krallen auf seinen Pfoten nach. Zwei Ventile zischten, als das Ungeheuer das Maul aufriß. Die Zähne im Ober- und Unterkiefer waren durch zwei rasiermesserscharfe Stahlstreifen ersetzt worden, die Stacheln enthielten, wo einst die Fangzähne gesessen hatten. Und anstelle der Augen sah ich zwei rote Sonnen, die zur Nova wurden, als das Ding mich fixierte.

Langsam drehte ich mich um und tastete mich am Fenris entlang und auf die andere Seite. Als ich den verchromten Hund über das Wagendach ansah, wünschte ich sehnlich, ich hätte einen Wagen gefahren, der groß genug war, um damit die Gasseneinmündung abzusperren. *Nein, ich mußte ja einen schnellen, protzigen Wagen fahren. Val hat mir immer prophezeit, daß mich dieser Wagen noch mal ins Grab bringt.*

Der Hund senkte den Kopf und beschnüffelte den Boden. Er trat einen Schritt vor, und sein schwarzes Rückenfell richtete sich auf. Ein Schauder überlief seine Muskeln und ließ sie bis zu seinem Stummelschwanz erzittern.

Der Alte knurrte eine Herausforderung, und ich konnte ihn nicht daran hindern. Ich stieß das Heulen aus, und der Kopf des Hundes ruckte hoch. Ich hoffte einen Augenblick lang, dieser *Canis chromus* würde den Schwanz einziehen und weglaufen, aber das tat er nicht.

Er kann den Tod an dir riechen, Langzahn. Es tut mir leid.

Der Hund sprang vor und lief direkt auf mich zu.

Ich stieß mich von dem Fenris ab und drückte auf die Fernbedienung. Während der Hitachi-Hund über die Motorhaube sprang und auf dem Dach landete, erklangen vier Piepser. Bevor ihre Echos verhallt waren, lag ich auf dem Rücken, und das Abwehrsystem des Fenris schaltete in den höchsten Gang.

Ich sah den Hund für einen Augenblick als Silhouette, bevor sein Fell in Flammen aufging. Dann war das Fell verbrannt und der Chrom geschwärzt, während eine stinkende graue Wolke aufstieg. Mir fiel auf, daß die roten Punkte in den Augen sich zu unterschiedlicher Größe erweitert hatten, da sich die Muskeln des Hundes verkrampften. Plötzlich explodierte die linke Seite seines Kopfes, und Batterieflüssigkeit und Chips spritzten gegen die Mauer der Gasse. Die Explosion riß den Cyberhund herum, und er fiel auf der Beifahrerseite des Wagens vom Dach auf den Boden.

Ich ließ mich einen Moment zurücksinken, da ein Hustenanfall Schmerzen durch meine Brust jagte. Mit einem weiteren Druck auf die Fernbedienung schaltete ich das Abwehrsystem aus und kroch zum Fenris zurück. Ich hob die Hand zum Türgriff, aber an der Zierleiste verbrannte ich mich. Ich zog den Jackenärmel über die rechte Hand und versuchte es noch einmal, und diesmal gelang es mir, die Tür zu öffnen.

Ich begann das mühsame Unterfangen, mich in den Fenris zu ziehen, und war schon so weit weggetreten, daß ich nicht einmal daran dachte, was ich den Sitzen damit antat. Ich wußte, ich würde nicht fahren können, aber mit dem Autotelekom konnte ich Raven oder Val oder Stealth verständigen und Hilfe holen. Ich stützte mich mit dem linken Arm ab, streckte die Beine und griff nach dem Kom.

Selenes Tritt in die Kniekehlen fällte mich wie einen Baum. Ich drehte mich um und saß halb aufgerichtet an den Wagen gelehnt. Ich preßte den linken Arm auf das schmerzende Loch in meiner Brust und sah zu ihr auf. Ich versuchte etwas Cleveres zu sagen, aber ein Hustenanfall kam mir dazwischen und beraubte mich meiner Worte.

»Sie haben sich gut geschlagen, Mr. Kies. Sie hätten schon längst tot sein müssen.« Sie warf einen Blick über die Haube auf den dampfenden Haufen Hundefleisch und Metall an der nächsten Mauer. »Und Sie haben mich Cerberus gekostet. Das war nicht nett.«

Ich lächelte trotz des Gewehrs unter ihrem Arm. »Ich nehme an, Sie wissen, daß ich wahrscheinlich nie wieder mit Ihnen essen gehe.«

»Das war eine Überlegung wert«, sagte sie, und ihr Lächeln erinnerte mich daran, warum ich überhaupt mit ihr hatte essen gehen wollen. »Wären Sie jemand anders gewesen, hätte ich Sie möglicherweise nicht gejagt.« Sie leckte sich die Lippen. »Verfolgt, ja, aber nicht gejagt.«

Mein Blickfeld verengte sich langsam. »Lone Star hat eine Akte über Ihre Aktivitäten angelegt.«

»Nein, Mr. Kies, das stimmt nicht. Eines unserer Mitglied ist ein bedeutender Aktionär von Lone Star.« Ihr Gewehr schwang herum, so daß die Mündung auf mein Herz gerichtet war. Es war mir egal, was Stealth dachte, aus meiner Warte sah das Ding ganz und gar nicht wie ein Spielzeug aus. »Das Spiel ist aus.«

Selene ging in die Hocke und strich die Haare aus meiner Stirn. Sie griff mit der linken Hand in ihre Jackentasche und holte etwas heraus, das kurz silbrig aufblitzte. Ihre Hand kehrte zu meinem Kopf zurück, und ich hörte ein Klicken. Durch die Schatten sah ich, daß sie sich mit einer Locke meiner Haare zurückzog. »Sie machen mich froh, daß ich meine Blutlocke von Albion nicht bekommen habe.«

Plötzlich klingelte das Mobiltelekom. »Macht es Ihnen etwas aus, wenn ich rangehe?«

»Nur zu, wenn Sie können«, sagte sie, während die Welt ringsumher dunkel wurde. »Selbst wenn Hilfe unterwegs wäre, Sie wären längst tot, bevor man Sie fände.«

Das Geräusch, wie eine neue Kugel in die Kammer ihres Gewehrs transportiert wurde, war das letzte, was ich hörte.

V

Beim Erwachen stellte ich fest, daß es Reinkarnation tatsächlich geben mußte.

Ich fühlte mich wie ein runderneuerter Reifen.

Das Schlimmste befürchtend, öffnete ich die Augen und stellte fest, daß ich in dem Bett lag, das ich in Ravens Hauptquartier benutze. Ich versuchte, normal zu atmen, aber etwas Enges schnürte mir die Brust ein. Ich hob das Laken und sah, daß ich in Verbände eingewickelt war. Außerdem bemerkte ich einen Sauerstoffschlauch in meiner Nase und einen Infusionsbeutel, aus dem Flüssigkeit durch die Nadel in meinem Arm in die Vene tröpfelte.

»Das war sauber, Wolf.«

Ich ließ das Laken sinken und sah Raven in der Tür stehen. Er ist größer als ich und breiter, aber nicht auf die Art eines Anabolika-Mutanten. Er sieht einfach groß und muskulös aus, ein amerindianischer Herkules vom Scheitel bis zur Sohle. Er hat auch die kupferfarbene Haut, die langen schwarzen Haare und die hohen Wangenknochen, um dem Bild perfekt zu entsprechen.

Eigentlich störten es nur zwei Dinge. Die Spitzen seiner Elfenohren lugten durch seine Haare und sind der einzige Hinweis auf seine Rassenzugehörigkeit. Ein wie Raven gebauter Elf ist sehr selten, und Raven ist noch seltener. Seine Augen drücken das aus.

Sie schaffen es immer, glatt durch mich hindurchzuschauen. Sie sind dunkel wie Obsidiansplitter, aber sie haben diese komischen Lichter in sich. Die beste Art der Beschreibung ist, daß er darin ein wenig vom Nordlicht eingefangen hat. Die Lichter sind blau und rot, und ich stelle mir immer vor, daß sie im Gleichklang mit Ravens Gedanken aufblitzen, was bedeutet, daß sie sich immer sehr schnell bewegen.

Ich nickte und lächelte. »Haben Sie Ihre persönlichen Wunder mit meinen Rippen vollbracht?«

Er verschränkte die Arme vor der Brust und lehnte sich gegen den Türrahmen. »Die Kugel hat etwa zwölf Zentimeter Rippe pulverisiert und Ihre Lunge perforiert. Sie standen unter Schock, und Ihr Zustand war nicht stabil, also beschloß ich, Ihren Brustkasten nicht zu brechen. Mir blieb keine andere Wahl. Ich habe Magie angewandt, um Ihre Lunge wiederherzustellen und die Knochensplitter zusammenzufügen. Die Infusion hat den Zweck, Ihren Flüssigkeitshaushalt zu normalisieren.« Farben huschten über Ravens dunkle Augen. »Ihr natürlicher Heilungsprozeß verläuft sehr schnell. In ein paar Tagen müßten Sie sich besser fühlen.«

Raven ist außer mir die einzige lebende Person, die alles über den Alten weiß, und der Hinweis auf meinen natürlichen Heilungsprozeß verriet mir, daß der Alte bereits bei der Arbeit war. *Ich sorge dafür, daß du bald wieder gesund bist, Langzahn. Ich brauche seine Hilfe nicht.*

Ich schlug das Laken zurück, dann wickelte ich mich in das Bettuch und setzte mich auf. Der Raum verschwamm vor meinen Augen, aber ich hielt mich am Fußende fest, bevor ich zusammenklappen konnte. »Ich muß aufstehen, Doc. Ich weiß, wer Albion getötet hat. Ich weiß auch, warum. Das kann nicht warten. Sonst werden noch mehr Leute sterben.«

Ich spürte seine Hände auf meinen Schultern. »Valerie hat Ihren Aufenthaltsort in Erfahrung gebracht, nachdem der Fenris ein Signal herausgeschickt hatte, das uns über den möglichen Diebstahl informierte. Während ich versuchte, Sie anzurufen, erfuhr Sie, daß Sie mit Selene Reece zum Essen verabredet waren. Der Club gab sich zwar alle Mühe, die Eintragung zu löschen, aber da hatte Valerie sie schon gefunden. Reece ist untergetaucht. Sie wird sich versteckt halten. Wir haben Zeit, um Sie wieder gesund zu pflegen.«

Ich schüttelte den Kopf. »Nein, es geht nicht nur um sie. Es ist der ganze Club. Die Mitglieder wechseln sich ab.« Ich sah ihm in die Augen. »Ihnen gehört ein großer Teil von Lone Star. Ich brauche Ihre Hilfe.«

Ich schwöre, Raven schaute durch meine Augen und erreichte irgendeine Form der Verständigung mit dem Alten. Ich spürte, wie mich die Vitalität des Wolfsgeistes durchpulste. Doc nahm meinen rechten Arm und zog die Nadel heraus. »Was immer Sie brauchen, mein Freund.«

»Gut. Zuerst Kleidung, dann Rückendeckung.« Ich lächelte, als ich den Alten in meinem Verstand heulen hörte. »Dann sind wir an der Reihe zu jagen.«

*

Raven schickte den Hilferuf heraus. Tark und Kid Stealth antworteten nicht, aber Tom Electric und Zig und Zag kamen. Unter meinem Körperpanzer und mit meiner MP-9[3] in der Hand war ich sicher, daß wir es mit der ganzen Welt aufnehmen konnten. Tom fuhr Ravens Rolls, und Iron Mike Morrissey saß auf dem Beifahrersitz. Sein Partner, Tiger Jackson, saß im Fond bei Raven und mir und wurde immer mürrischer, je öfter ich ihn und seinen Partner Zig und Zag nannte.

Raven war mit dem Plan einverstanden, den ich skizzierte, während wir durch die Nacht fuhren. »Ich pflichte Ihnen bei, Wolf. Mr. Jackson und Mr. Morrissey werden die Treppe halten, während Tom die Eingangstür sichert. Wir beide werden uns mit den Direktoren des Clubs beschäftigen.« Doc nickte ernst, während ich die MP-9 durchlud. »Und ich überlasse Ihnen das Reden.«

»Gut.« Ich sah die große schwarze Messerklaue an, die mir gegenübersaß. »Irgendwelche Fragen?«

Zag nickte. »Dieser Jagdclub hat reichlich Mitglieder. Wenn die Dinge ballistisch werden, haben wir dann die Erlaubnis, den Laden in Schutt und Asche zu legen?«

Ich wollte bestätigend nicken, doch Raven schüttelte den Kopf. »Ich hoffe, das Unternehmen wird nicht in

---

[3] Ich würde gern sagen, ich blieb bei der MP-9, weil sie eine alte Freundin war, aber Fakt ist nun mal, daß ich eigentlich eine Haubitze wollte. Bedauerlicherweise war eine Waffe mit nur ganz wenigen beweglichen Teilen alles, was ich in meinem Zustand einigermaßen handhaben konnte.

einer Schießerei enden. Wie Wolf ausgeführt hat, haben wir nur die Bestätigung dafür, daß ein Mitglied tatsächlich jemanden ermordet hat. Wir müssen den Direktoren klarmachen, daß es für ihr neues Jagdwild hier in Seattle niemals eine Jagdzeit gibt.« Er sah mich an. »Richtig, Wolf?«

Ich runzelte die Stirn, was ein Lächeln auf Zags Gesicht zauberte, und nickte dann. Ich war nur einverstanden, weil vorsätzlicher Mord eigentlich nicht mein Stil ist. Ich hätte Selene ohne Bedenken erschossen, aber ich wußte nicht, welche anderen Clubmitglieder sonst noch Jagd auf die Nullen der Gesellschaft gemacht hatten. Wenn wir ein paar Clubmitglieder töteten, machten wir uns nur zur Zielscheibe, und dabei würde ihnen das nicht einmal weh tun. Was weh tun würde – und womit Valerie bereits beschäftigt war –, war der Abzug einer saftigen ›Beratungsgebühr‹ vom Clubkonto – einschließlich der Kosten für das Verbrennen und Begraben meines Anzugs.

Tom parkte den Wagen, und Iron Mike hielt den Türsteher in Schach. Ich zwinkerte ihm zu, als ich vorbeiging. Mit meiner schwarzen Lederjacke, den Jeans und den Kampfstiefeln war ich eigentlich für den Club nicht angemessen gekleidet. Die MP-9 war dagegen sehr modisch, weshalb ich den Maître auch einen gründlichen Blick darauf werfen ließ. »Ich bin gekommen, um mit den Direktoren zu sprechen. Sind sie noch da?«

Er nickte und öffnete den Mund, um etwas zu sagen, brachte aber kein Wort heraus. Ich lockerte den Druck des Laufs auf seine Fliege, und er schluckte, um sich zu vergewissern, daß seine Kehle noch funktionierte. »Sie können da nicht hinein. Sie sind mitten in einer Geheimsitzung.«

»Ich war schon immer der Ansicht, daß ich geheimes Material bin«, bellte ich ihn an. Ich ging an ihm vorbei, doch er versuchte mich festzuhalten. Ich hörte einen dumpfen Knall und einen Seufzer. Ich warf einen Blick auf Tiger und sah, wie er einen Totschläger wegsteckte, dann ging ich die Treppe hinauf. Tom Electric setzte sich auf den Stuhl des Maître und nagelte den Mann mit einer AK-97 am Boden fest.

Zig und Zag bezogen oben am Ende der Treppe Stellung, während ich Raven tiefer in das Gebäude führte. Mit einem Tritt sprengte ich das Schloß an der Tür und schritt kühn in die Mitte des Raums. Ich erinnerte mich noch an die Falltür und orientierte mich mit Hilfe des Lichts, das aus dem Flur in den Raum fiel, um einen Bogen um sie zu machen. Überall ringsumher sah ich geduckte Silhouetten, die sich vorbeugten.

»Entschuldigt die Störung, Brüder und Schwestern. Ich bin noch nicht dazu gekommen, mich für Ihre Gastfreundschaft zu bedanken.« Ich deutete eine vorsichtige Verbeugung an, die ich abrupt beendete, als meine Rippen zu schmerzen anfingen. »Als ich zum Essen eingeladen wurde, habe ich kaum damit gerechnet, in den Mittelpunkt der allgemeinen Aufmerksamkeit zu rücken.«

Der schwarze Einhornkopf des Großmeisters wurde beleuchtet, als er antwortete. »Was wollen Sie, Mr. Kies?«

»Ich frage mich, wie ich eine Blutlocke von einem Chromschädel wie dem Ihren bekommen kann.« Ich hob eine Augenbraue. »Wenn ich Sie umlege, bekomme ich dann einen Direktorensitz und habe ich dann ihre häßliche Visage hinter mir hängen?«

Bruder Bär nahm Anstoß an meinem Tonfall. »Sie haben kein Recht, hier zu sein. Verlassen Sie sofort den Club.«

Ich schwang die MP-9 in seine Richtung. Der einzelne Schuß, den ich abgab, ließ den Bärenkopf über ihm explodieren. »Verdammt, zu hoch. So geht es einem, wenn einem jemand ein Loch in die Brust geschossen hat.«

»Ihr Versuch, witzig zu sein, ist nicht sehr amüsant, Mr. Kies.« Der Großmeister lehnte sich auf seinem Stuhl zurück. »Ich kann Ihren Zorn verstehen. Würden Ihnen fünfzigtausend Nuyen zeigen, daß wir den Vorfall bedauern?«

»Fünfzig K sind eine nette Summe für die erste Rate, aber ich will Ihnen die Sache leichtmachen.« Ich zuckte leichthin die Achseln. »Einmaliges Angebot: Sie geben mir das Geld, und Sie stellen die Jagden ein.«

»Die Politik dieses Clubs geht Sie nichts an.« Der Großmeister beugte sich vor. »Wenn Sie uns mit Krieg drohen, werden Sie auf der Verliererseite enden.«

Raven trat neben mich. »Tatsächlich?«

Der Großmeister nickte gewichtig, und die anderen Silhouetten äfften seine Geste schweigend nach. »Wir haben die Waffen, das Geld und die Macht, um Sie zu vernichten. Sie sind nichts. Niemand wird es bemerken, wenn Sie tot sind. Wir bieten Ihnen Geld und schenken Ihnen das Leben. Stellen Sie Ihr Glück nicht auf die Probe.«

»Glück hat nichts damit zu tun.« Raven schüttelte entschieden den Kopf. Er redete leise, aber seine Stimme füllte dennoch den Raum aus. »Sie sind Jäger und stolz darauf, mit den gefährlichsten Kreaturen der ganzen Welt fertig geworden zu sein. Sie studieren Ihr Jagdwild. Sie verfolgen es und erlegen es.« Ravens Augen pulsierten in innerem Feuer. »Aber diesmal waren Sie dumm, und alle materiellen Werte, über die Sie verfügen, können Sie nicht zum Sieg führen.«

»Ist das so?«

»Es ist so. Sie jagen die SINlosen, weil sie bedeutungslos sind. In den Schatten dieser Stadt ist das Leben billig, und das wissen Sie. Sie glauben, daß Sie das unüberwindlich macht, weil niemandem etwas an Ihrer Beute liegt.« Docs Augen verengten sich. »Die Leute würden sich eher für das Recht von Ratten einsetzen, in einem Wohnhaus zu leben, als sich um das Leben von Leuten wie Albion zu kümmern.«

»Sie stützen nur meine Argumente.« Der Kopf des Großmeisters ruckte hoch. »Diese Leute sind nichts. Sie bedeuten nichts. Wir wissen es, und diese niederen Kreaturen wissen es. Ihr Leben ist wertlos.«

Ich sah, worauf Raven hinauswollte, und auf sein Nicken fuhr ich fort. »Sie haben recht, ihr Leben ist wertlos. Das bedeutet, wir können jedem eine Kanone und fünfzig Nuyen zusammen mit Ihrem Bild geben. Sehen Sie, das einzige, was nicht für Sie spricht, ist die Anzahl. Die SINlosen sind zahlreicher als sie, und selbst wenn Ihre Sicherheit gut genug ist, um sechzig oder siebzig Prozent ihrer Angriffe abzuwehren, sind Sie immer noch Madenfutter.«

Ich kicherte. »Und wenn die SINlosen erfahren, daß Sie ohnehin Jagd auf sie machen, müssen wir sie nicht einmal bezahlen. Wenn wir ein Kopfgeld aussetzen, werden *sie uns* bezahlen, um ein Los für die Kriegslotterie zu bekommen.«

Die Vorstellung eines Bazooka-schwingenden zweibeinigen Bambi-Bataillons, das zurückschoß, erregte die Clubmitglieder nicht im geringsten. »Doc, glauben Sie, wir finden auf dem Heimweg noch einen Kopierladen, der geöffnet hat, um schon mal die ersten tausend Jagdscheine drucken zu lassen?«

»Wir können das Telekom im Rolls benutzen, um die Dinge ins Rollen zu bringen.«

Der Großmeister lehnte sich zurück. »Wenn diese Jagden, die Ihrer Ansicht nach stattfinden – was wir nie zugegeben haben –, aufhörten …«

»… und an die Angehörigen der Jagdopfer Entschädigungen gezahlt würden«, fügte Raven hinzu.

»Gewiß. Wenn dem so wäre, würden Sie keinen Grund mehr sehen, aktiv zu werden?«

Raven nickte. »Eine Liste der Personen und zu zahlenden Beträge könnte bis morgen in Ihrem Computer sein. Wenn Sie damit einverstanden wären, würde ich die Angelegenheit als erledigt betrachten.«

»Abgemacht.«

Raven sah mich an. »Ist das zufriedenstellend für Sie, Wolf?«

»Ja, sehr zufriedenstellend – bis auf eine Kleinigkeit.« Ich sah den Großmeister an. »Wenn Sie Schwester Schlange das nächstemal sehen, sagen Sie ihr, wir haben immer noch eine Verabredung.« Ich wedelte mit der MP-9. »Sagen Sie ihr, auf Wunsch mit Flakweste.«

*

Als wir durch den Flur zurückgingen und unterwegs Zig und Zag auflasen, versuchte ich mir zu überlegen, wie ich Selene Reece finden konnte. Bei ihrem Geld und den Verbindungen des Clubs konnte sie sich buchstäblich überall auf der Welt verstecken. Nach dem heutigen Tag würde sie wissen, daß ich noch lebte, und sich ein noch tieferes Loch zum Untertauchen graben.

Und wenn das die Dinge noch nicht genug erschwerte, würde sie wissen, daß ich hinter ihr her war. Wenn ich ihre Fähigkeiten als Jäger bedachte, bezweifelte ich nicht, daß ich es mit dem gefährlichsten Wild überhaupt zu tun bekommen würde. Merkwürdigerweise beunruhigte mich das nicht so sehr, wie ich gedacht hatte. Die bloße Tatsache, daß ich noch gegen sie vorgehen konnte, bedeutete, daß sie nicht unfehlbar war.

Als wir den Club verließen und in einen warmen Regen traten, wandte ich mich an Raven. »Ich werde ihren Fehler nicht begehen. Wenn ich sie jage, werde ich mich vergewissern, daß sie tot ist.«

»Ich bin sicher, daß das auch ihre Absicht war, Wolf.« Raven nickte in Richtung der Schatten rings um den Rolls. »Ich glaube jedoch nicht, daß sie die Gelegenheit dazu hatte.«

Stealth öffnete den Kofferraum des Rolls und legte einen Gewehrkoffer hinein. Er knallte den Kofferraumdeckel mit seiner Hand aus Fleisch und Blut zu, dann trat er auf den Gehsteig. Er sagte nichts, ein Monument aus Fleisch und Chrom.

»Selene Reece ist tot?«

Die Mordmaschine nickte einmal. »Ich hatte Gerüchte über einen Club gehört, der Menschen zum Spaß jagte. Ich kam zu dem Schluß, daß seine Entdeckung mehr sein mußte als ein Freizeitprojekt.«

Bei seiner kalten, mechanischen Redeweise lief mir ein Schauder über den Rücken. »Du hast erfahren, daß ich gestern abend in den Club wollte. Du hast mich rechtzeitig gefunden und Selene getötet.«

»300 Meter, .600 Nitro-Expreß, Nachtzielfernrohr, kein Stativ.«

Zag erbebte. »Beeindruckender Schuß.«

Ich schluckte schwer. »Danke für die Freikarte.«

»Nur Amateure töten umsonst.« Er öffnete ein Fach in seinem metallenen linken Arm und warf mir ein blaues Duftkissen aus Seide zu, auf dem eine schwarze Haarlocke befestigt war. »Ich bin ein Profi.«

Durch die Seide fühlte ich ein paar Münzen[4], das Wechselgeld von den zehn Nuyen, die ich ihm vor zwei Nächten gegeben hatte. Von der Sekunde an, als er Albions Leiche sah, hatte Stealth gewußt, was passieren würde. Deshalb hatte er darauf bestanden, daß ich ihm Geld gab, und deshalb hatte ich einen Schutzengel gehabt, der mir gefolgt war und gewartet hatte …

Ich sah ihn an. »War ich dein Köder?«

»Du warst mein Klient.«

Ich nickte und ignorierte den wachsenden Schmerz in meinen Rippen. Ich löste den Knoten der Schleife

---

4 Ja, Münzen sind archaisch, aber Stealth weiß, daß ich mit neuen Kanonen nicht besonders gut zurechtkomme …

auf dem Duftkissen, nahm die Münzen und steckte sie in meine Tasche. Ich bot Stealth seine Trophäe an, aber er schüttelte den Kopf. Ich warf Selenes Haarlocke in die Gosse, und als der Regen sie zum Gulli trieb, wurde mir klar, daß es immer jemanden gibt, für den man leichte Beute ist, für wie gut man sich als Jäger auch halten mag.

DER WOLF IN MIR

I

Wenn man es im rechten Licht betrachtet, gibt es keinen einfachen Weg, der Frau, die man heiraten will, zu sagen, daß man ein Werwolf ist. Wenn ich ein Killer für die Mafia wäre oder mein Job darin bestanden hätte, hinter den Vollstreckern der Yakuza aufzuräumen, oder wenn ich auch nur ein Wilderer in Tir gewesen wäre, hätte ich es ihr geradeheraus sagen können. Ich hätte Lynns Hand in meine genommen und gesagt: »Hör mal, es gibt da etwas, das du über mich wissen solltest. Ich habe ein paar schlimme Dinge in meinem Leben getan, aber damit ist es jetzt ein für allemal aus und vorbei.«

Das wäre leicht gewesen. Das Geständnis, ein paar Tränen, Umarmungen, Küsse und ein ›Ich heirate dich, Wolf‹ wären einander gefolgt. Nicht, daß ich diesen Weg schon einmal beschritten hätte, aber ich wußte, es hätte funktioniert. Frauen scheinen Ehrlichkeit verführerisch zu finden – wahrscheinlich deshalb, weil sie beim Vorgang des Werbens so selten ist. Außerdem war ich so sehr in Lynn verknallt, daß ich nicht einmal an die Möglichkeit denken wollte, daß sie mich zurückwies.

Aber das galt nur für den Fall, daß ich gestanden hätte, ein Massenmörder oder etwas ähnlich Schlimmes zu sein. Ein Werwolf zu sein, war jedoch viel schlimmer[1].

---

[1] So ziemlich jeder Experte, der je eine Meinung unter den Newsgroups alt.Komische-Käuze.Gestaltwandler veröffentlichte, hat angemerkt, daß es keine Werwölfe gibt. Und Raven hat mir gesagt, daß ich in Wirklichkeit nur vom Wolfsgeist gesegnet bin – so gesegnet, daß ein gewaltiger Brocken davon in einem Teil meiner Großhirnrinde zur Untermiete wohnt. Schön. Aber wenn Sie jemanden auf der Straße fragen, wie er jemanden nennt, der bei Vollmond zum Wolf wird, bekommen Sie nicht zur Antwort, ›jemand, der vom Wolfsgeist gesegnet ist‹.

Lynn würde versuchen, mich zu verstehen, und ich wußte, daß bei ihr der Versuch so gut wie die Tat war. Bei ihrer Familie würde es entschieden schwieriger werden. Einen Augenblick später sah ich vor meinem geistigen Auge, wie Lynns Eltern mich zum Essen einluden und welche Wirkung meine kleine Offenbarung haben mochte. »Das ist nett, meine Liebe«, würde Blanche Ingold höflich sagen. »Heißt das, wir sollten das gute Silber besser im Schrank lassen?«

Phil würde eine Verwendung für das Silber und wahrscheinlich keine großen Schwierigkeiten haben, die Gußformen für Kugeln oder einen Büchsenmacher zu finden, der die Sache für ihn erledigte. Ich mochte Phil, und er mochte mich, aber er würde trotzdem mit einem Gewehr an der Tür stehen, um mich von Lynn fernzuhalten. Ich konnte es ihm nicht verdenken, weiß Gott nicht. Kein Mann will darüber nachdenken, daß er seine Enkel zur Stubenreinheit erziehen muß.

Mein Telekom summte und rettete mich vor dem nihilistischen und deprimierenden Kreis, in dem sich meine Gedanken in den letzten zwei Stunden gedreht hatten. Ich fluchte, als ich sah, daß es nur eine E-Mail von Raven war. Mir wäre es lieber gewesen, er wäre online geblieben, damit wir die Nachricht hätten besprechen können, die ich ihm früher am Tag geschickt hatte. Ich entschlüsselte die Botschaft, indem ich zwei Tasten drückte, und las sie, während die Worte über den Bildschirm huschten.

Wolf,
Kid Stealth, Tom Electric, Tark und ich nehmen
Valerie Valkyrie mit und fahren nach Oak Harbor,
um einen etwas gründlicheren Blick auf
Mr. Sampsons Vergangenheit zu werfen. Wir wissen
noch nicht, wann wir zurückkommen. Ich würde
Ihnen empfehlen, daß Sie sich auch weiterhin

mit Lynn Ingold treffen, um jedem weiteren Entführungsversuch vorzubeugen.

Wir werden die Angelegenheit, die Sie in Ihrer Nachricht angesprochen haben, nach meiner Rückkehr diskutieren. Es freut mich, daß Sie glücklich sind, mein Freund.

– Raven

Während ich die Nachricht las, stellte ich fest, daß zwei Seelen in meiner Brust wohnten, die miteinander im Krieg lagen. Ich war ein wenig irritiert, daß Raven mich nicht gebeten hatte, ihn bei seinen Nachforschungen zu begleiten. Schließlich bin ich derjenige seiner Helfer, welcher bisher am längsten überlebt hat, und ich habe Talente, die alle in Kid Stealth und Tom Electric zusammen eingebaute Cyberware nicht aufwiegen können.

Was noch wichtiger war – ich hatte ihn überhaupt erst auf die Sampson-Angelegenheit aufmerksam gemacht. Die Halloweeners, eine Straßengang, die meine alte Wohngegend kontrollierte, waren nie für irgend jemanden außer sich selbst eine sonderlich große Gefahr gewesen. Das zeigte sich vor allem vor ein paar Jahren nach der Nacht des Feuers, als die Weenies eins auf den Deckel bekommen hatten, und zwar massiv. Sie hatten über ein Jahr gebraucht, um sich davon zu erholen, und dann hatten sie kämpfen müssen, um sich ihr Revier zurückzuholen.

Dieser Kampf hatte keinen besonders guten Verlauf genommen, was keine große Überraschung war, weil Charles der Rote bei den Weenies noch immer das Sagen hatte. Dann war dieser große Bursche mit den langen blonden Haaren und einer Aura der Arroganz, die dicht genug war, um Kugeln aufzuhalten, aufgetaucht und hatte damit begonnen, die Befehle zu geben. Chuckles akzeptierte seine Degradierung mit Würde und Anstand und hatte nach seiner Entlassung aus dem Krankenhaus Mr. Sampson in seinen Bemühungen unterstützt, das Revier der Weenies zurückzugewinnen.

Ich hatte mit den Halloweenern noch nie auf gutem Fuß gestanden, und Charles der Rote machte mich für die Zerstörung der Gang verantwortlich. Ich wußte, das war nicht die ganze Wahrheit, aber ich ließ ihn in dem Glauben, weil es ihn davon abhielt, gegen die anderen vorzugehen, die für die Zerschlagung der Gang verantwortlich waren. Ich hatte Raven im Rücken, folglich bellte Charles sehr laut, biß aber nicht.

Dann war Sampson aufgetaucht, und die Weenies wurden viel aggressiver. Raven hatte beschlossen, in Erfahrung zu bringen, was er tun konnte, um sie zu entmutigen, und aus diesem Grund mit den Nachforschungen über Mr. Sampson begonnen. Offenbar war etwas aufgetaucht, das Sampson mit Oak Harbor in Verbindung brachte, und ich war froh, daß Raven der Spur folgte. Trotzdem rief die Tatsache, daß ich zurückgelassen wurde, ein Gefühl in mir hervor, als werde ich bestraft, obwohl ich nichts verbrochen hatte.

Ich hielt einen Augenblick inne. *Wolf, Raven heute morgen diese Nachricht zu schicken kann man wohl kaum als* nichts *bezeichnen.*

Die Nachricht besagte, ich hätte beschlossen, Lynn zu bitten, meine Frau zu werden, und aus diesem Grunde hielt ich es für erforderlich, meine Verbindung zu Raven und seinem Team aufzulösen.

Ich lächelte, als ich Docs Vorschlag noch einmal las, ich solle mich weiterhin mit Lynn treffen. Raven wußte, daß er mich nur dann davon hätte abhalten können, wenn er mich in Ketten gelegt und in die Wüste geschleift hätte, die ihn hervorgebracht hatte. Es befriedigte mich, daß er echte Freude darüber empfand, daß ich das Glück gefunden hatte, was er sich versagte.

Der Wecker am Telekom schrillte los, und mir wurde

bewußt, daß ich mich verspäten würde, wenn ich nicht in die Gänge kam. Mit einem Tastendruck löschte ich die Nachricht und zog mich dann in mein Schlafzimmer zurück. Ich stand da, starrte auf die Kleider, die in meinem Schrank hingen, und schüttelte entsetzt den Kopf. Wenn die Haute Couture jemals Kevlar entdecken sollte, kann ich mich auf allen Pariser Laufstegen tummeln. Aber obwohl ich ausreichend Nuyen hatte, um den gutbetuchten Glücksritter zu spielen, hatte ich buchstäblich nichts anzuziehen, was als *normal* bezeichnet werden konnte.

Ich schüttelte noch einmal den Kopf. *Das liegt daran, daß du ein Glücksritter BIST, Wolfgang Kies. In den letzten acht Jahren hast du Raven bei seinem Kampf unterstützt, das Chaos des Erwachens daran zu hindern, die Überreste der Menschheit zu verschlingen. Du und die anderen haben dabei geholfen, die Stellung zu halten, die normale Menschen vor magischen Ungeheuern und technischen Monstrositäten schützt. Es ist nichts falsch daran, ein Krieger zu sein, und deine Kleidung hat dir das Überleben ermöglicht …*

Schließlich entschied ich mich für eine Jeans, zu deren Kauf mich Lynn bei unserem letzten Bummel überredet hatte – damit ich eine mit mehr Stoff als Löchern hätte, hatte sie gesagt. Das graue T-Shirt, das ich auswählte, hatte zwei Vorteile: es war sauber, und es war aus Kevlar. Ich rechnete zwar nicht mit Ärger, aber ich war auch nicht Ravens am längsten überlebender Helfer geworden, weil ich dämlich war. Schließlich entschied ich mich noch für meine schwarze Lederjacke, obwohl sie einen schwarz-roten Raben-Sticker auf der linken Schulter hatte.

Nachdem ich das Problem gelöst hatte, ging ich rasch unter die Dusche. Der Versuch, meinen Rücken zu waschen, bereitete mir größte Schwierigkeiten, und tatsächlich gab ich nach nicht allzu großen Bemühungen auf. Solange ich Lynn Dinge gestand, konnte ich wohl auch das Eingeständnis hinzufügen, daß ich bei diesem kleinen Job Hilfe brauchte, und sehen, ob sie mir ihre Unterstützung anbieten würde.

Diese Taktik hatte auch zuvor schon funktioniert.

Ich trocknete mich ab und fand mich schließlich vor dem Spiegel wieder, wo ich das obligatorische, von den beiden X-Chromosomen veranlaßte In-Positur-Werfen und Muskeln-spielen-Lassen übte. Ich bin nicht so groß wie einige Männer, aber größer als die meisten. Ich habe einen schlanken, muskulösen Körperbau, der schon ein paar Leute – darunter auch der bereits erwähnte Charles der Rote – dazu veranlaßt hatte, mich für leichte Beute zu halten, bis wir aneinandergeraten waren. Brust und Rücken waren mit braunen Haaren bedeckt, doch sie konnten nicht die unzähligen Narben verbergen, die meine Haut überzogen. Jede erinnerte mich an ein Abenteuer, das ich mit Dr. Raven erlebt hatte – und sogar an einige, die ich in der Zeit vor unserer Bekanntschaft bestritten hatte.

Eine noch sehr frische Narbe direkt unter meiner linken Brustwarze, ein faltiger rosa Punkt mit einer Line, die ihn teilte, trat besonders deutlich hervor, weil das Brusthaar ringsherum noch nicht wieder vollständig nachgewachsen war. Die entsprechende Kugel hatte mir eine Großwildjägerin verpaßt, die Jagd auf Menschen gemacht hatte. Sie war vom Jäger zur Gejagten geworden – wenn man sagen kann, daß Maden aktiv jagen –, und ihre Gesinnungsgenossen hatten ihre Ambitionen hinsichtlich des Einsammelns menschlicher Trophäen in einem meiner jüngsten Abenteuer mit Raven begraben.

Narben. Sie bedeuteten, daß ich überlebt hatte. Niemand konnte behaupten, daß ich bei all diesen Abenteuern nicht mehr ausgeteilt als eingesteckt hatte, aber irgend etwas in mir war dessen überdrüssig.

Es wird der Tag kommen, an dem du nicht lange genug lebst, um zu vernarben.

Ich riß mich gewaltsam von derart weinerlichen und gefühlsduseligen Gedanken los. Ich zog mich rasch an und verließ meine Wohnung. In der Tür zögerte ich und hätte fast die Beretta Viper[2] in meinen Hosenbund gesteckt, aber Lynn würde das hassen. Da ich ihr keinen Grund geben wollte, auch nur im geringsten unzufrieden mit mir zu sein, ließ ich die Kanone auf dem Tisch in der Diele liegen und ging hinaus in die herbstlich kühle Nachmittagsluft.

Ich schlug ein gemütliches Tempo an und versuchte meine Gedanken von allen lästigen und störenden Dingen freizuhalten, aber das war nicht so leicht, wie es scheinen mag. Ich dachte an Lynn – was leicht war –, aber meine Gedanken irrten rasch in den Strudel ab, aus dem mich Ravens Nachricht kurzfristig herausgerissen hatte.

Vielleicht könnte ich es ihr schonend beibringen ... Das nächstemal, wenn wir einkaufen gehen, nehme ich einfach ein paar Hundekuchen mit oder ein Flohhalsband ... Ich lachte laut bei diesem Gedanken, aber ein finsterer Gedanke folgte gleich auf dem Fuß.

Dr. Raven kannte mein Geheimnis – er hatte mir geholfen, die dunkle, grausame Wolfseite in mir zu besiegen, bevor ich großen Schaden anrichten konnte. Durch Raven hatte ich von dem Wolfsgeist erfahren, der in mir wohnte, und dank Raven war ich in der Lage, die Kraft und Geschwindigkeit des Wolfs zu benutzen, wie andere Krieger Kybernetik benutzten, um ihre Fähigkeiten im Kampf zu stärken. Indem er mich in die Lage versetzt hatte, die Kontrolle über meine Wolfseite zu gewinnen, hatte Raven ganz eindeutig mein Leben, meine geistige Gesundheit und meine Seele gerettet.

---

2 Entgegen der großtuerischen Ansichten einiger Leute ist sogar das Tragen einer so alten Kanone wie der Viper 14 besser, als unbewaffnet zu sein.

Valerie Valkyrie, Ravens neuester Helfer, wußte nichts von meiner dunklen Seite, ebensowenig wie Tom Electric oder Plutarch Graogrim, obwohl wir drei schon seit mehreren Jahren zusammenarbeiteten. Kid Stealth hatte wahrscheinlich noch aus der Zeit, als er Ravens Team observiert hatte, einen Schimmer, daß etwas Besonderes an mir war, aber er hatte das Thema nie zur Sprache gebracht. Jimmy Mackelroy hatte eine vage Vorstellung davon, daß ich *anders* war, aber ich kannte auch sein Geheimnis, also waren wir quitt, und, was noch mehr für ihn sprach, er war nicht sonderlich neugierig hinsichtlich meiner Merkwürdigkeiten.

Die anderen, welche die Wahrheit über mich erfahren hatten, waren der eigentliche Grund, warum ich eine Möglichkeit finden wollte, Lynn im dunkeln tappen zu lassen. Silicon Wasp, Robin Carter und Mr. Stilts hatten einmal alle zu Docs Team gehört und mein Geheimnis gekannt. Jeder einzelne von ihnen hatte das Geheimnis mit ins Grab genommen, und es gab SimSinn-Starlets, deren Karriere länger gedauert hatte, als meine Freunde noch gelebt hatten, nachdem sie einmal mein Geheimnis kannten. Ich wußte, daß es nur Zufall war, aber mein Geheimnis zu kennen schien ungefähr so gesund zu sein wie der Genuß eines Plutoniumcocktails. Obwohl ich Zuversicht aus der Tatsache hätte schöpfen müssen, daß Raven am längsten von allen überlebt hatte, hegte ich irgendwie die Furcht, daß die anderen das Wissen um die Wahrheit umgebracht hatte.

So sehr ich mein Geheimnis auch mit Lynn teilen wollte, so sehr ich auch mein Leben mit ihr teilen wollte, ich wollte nicht noch mehr Schmerz in ihr Leben bringen. Ich würde mich lieber selbst erschießen, als ihr Kummer zu bereiten. Und da ich ein Mann und verliebt war, wußte ich natürlich, daß es irgendwo eine Lösung für das Problem gab. Ich brauchte sie nur zu finden und in die Tat umzusetzen, um für Lynns Sicherheit zu sorgen.

Ich hatte Lynn durch meine Bekanntschaft mit Dr. Raven kennengelernt. Etienne La Plante, eines der größeren Stücke, das an der Oberfläche der Jauchegrube treibt, die sich Seattler Unterwelt nennt, hält sich für einen Makler. Während legal operierende Leute sich damit begnügen, mit Getreide, SimSinn-Chips oder ähnlichen Produkten zu handeln, widmet La Plante sich exotischeren Artikeln. Waffen und Rauschgift sind sein tägliches Brot, aber den Großteil seines Gewinns macht er mit Sklavenhandel. Hübsche Frauen – oder auch Männer – erzielen in den Penthouses der Konzerntürme auf der ganzen Welt Spitzenpreise.

La Plantes Handlanger – Orks mit Hirnen, die kleiner als eine durchschnittliche Radmutter sind – hatten Lynn entführt, um La Plante mit einer Ware zu versorgen, mit der er die verletzten Gefühle eines wütenden Kunden beschwichtigen wollte. Nachdem Kid Stealth herausgefunden hatte, daß La Plante etwas Besonderes am Laufen hatte, waren er, ich und seine Kumpel, die Redwings, in einen alten Erholungskomplex eingedrungen, der The Rock genannt wurde. Wir waren auf etwas gestoßen, das sich als häßlicher erwies, als wir erwartet hatten, aber Doc Raven war rechtzeitig aufgetaucht, um Stealth und mich daran zu hindern, unsere Namen der Liste der verstorbenen Helfer hinzuzufügen.

Nachdem wir Lynn gerettet hatten, brachten Raven und ich sie zu der Wohnung zurück, die sie sich mit ihren Eltern im Fuchi-Tower teilte. Infolge der Drogen, die La Plante ihr verabreicht hatte, um sie ruhigzustellen, war sie noch ziemlich groggy, aber Raven hatte sie für völlig gesund erklärt und gesagt, sie brauche lediglich viel Schlaf. Ich hatte mich freiwillig erboten, noch zu bleiben, falls es noch mehr Ärger gab – zur Erleichterung ihrer Eltern –, und den größten Teil der nächsten sechsunddreißig Stunden damit verbracht, Lynn in den Armen zu halten, um die Alpträume zu verscheuchen, während sie schlief.

Alles in allem unterschied sich das nicht besonders von ähnlichen Dingen, die ich für andere Verbrechensopfer getan hatte. Es mag blasiert klingen, wenn ich sage, daß ich mich an Leute gewöhnt habe, die mir dankbar sind und in mir eine Art Erlöser sehen, aber es stimmt. Man muß sich daran gewöhnen, weil die Verbindung jedesmal abbricht. Es gibt immer eine andere Person mit einem Problem oder ein weiteres Rätsel, das gelöst werden muß. Dasselbe hatte ich schon Dutzende Male zuvor erlebt.

Nur war es diesmal anders. Diesmal hatte Lynn sich auf etwas eingelassen, was dazu führte, daß ich mich darauf einließ, mich mit ihr einzulassen.

Ich sah auf und stellte fest, daß ich mich an der Ecke der kleinen Einkaufsgalerie befand, welche die Leute von Fuchi im Erdgeschoß des Angestellten-Tower Nummer eins eingerichtet hatten. Ich zwinkerte den beiden weiblichen Wachen zu beiden Seiten der Tür zu und eilte dann durch die überfüllte Lobby zu der kleinen Bäckerei, in der die ganze Familie Ingold angestellt ist. Ich winkte Phil zu, der gerade einem Pärchen an einem der hinteren Tische Kaf einschenkte, und fing dann seine Tochter auf, als sie sich in meine Arme warf. Ich drückte sie fest an mich und küßte sie, dann stellte ich sie ab und starrte sie an, da ich kaum glauben konnte, daß sie wahrhaftig da war und sich etwas aus mir machte.

Lynn trug ihr glänzendes kupferrotes Haar in einem Pferdeschwanz, der ihr bis zu den Schulterblättern reichte. Ihr Scheitel endete unter meiner Nase. Der Duft ihres Parfüms brachte angenehme Erinnerungen an intime Augenblicke mit sich, die mich beinahe erröten ließen. Ihr breites Lächeln und ihre kecke Nase betonten das lebendige Funkeln ihrer grünen Augen, und die Sommersprossen auf den Wangen ließen sie noch glücklicher aussehen.

Sie trug Jeans und ein rotkariertes Hemd mit einem Halstuch, was bedeutete, daß sie mich überreden wollte, mit ihr in einen Neo-Western-Tanzclub zu gehen. Nachdem die Geistertänze so viele Leute getötet und andere veranlaßt hatten, sich auf ihre eingeborene Herkunft zu besinnen, waren alle Dinge, die mit Amerikas Wildem Westen zu tun hatten, heruntergespielt worden. Die Zeit gebiert eine gewisse Geringschätzung, und dieser Neo-Western-Club nannte sich ›Oklahoma‹. Alles war einem alten Musical nachempfunden, was bedeutet, daß die Männer Hemden aus den Tischtüchern italienischer Restaurants trugen und jeder zweite Vidiot einen Sechsschüsser mit einem minderwertigen Laser bei sich hatte, der durch Platzpatronen ausgelöst wurde.

Blanche kam aus dem hinteren Teil des Ladens und lächelte, als sie mich sah. Sie und Phil sahen beide glücklich und zufrieden und vielleicht sogar ein wenig stolz aus, daß ihre einzige Tochter sich mit einem von Dr. Ravens Helden traf – das ist wohlgemerkt nicht so gut wie jemand aus den Aufsichtsratsetagen der Konzerne, aber es ist besser als die meisten Messerklauen, die auf der Straße herumlungern. Ihr Beruf hatte sie beide so rundlich wie Lebkuchenmänner gemacht, aber ich habe noch nie viel Vertrauen zu magersüchtigen Köchen gehabt. Sie hatten die letzten fünfundzwanzig Jahre ihrer Tochter gewidmet, und ihre Liebe zeigte sich ganz offen auf ihren Gesichtern.

Ich schüttelte Phils Hand, als er herüberkam. Sein Griff, ein wenig trocken von dem Mehl an seiner Hand, war nichtsdestoweniger stark. »Tag, Mr. Ingold, Mrs. Ingold. Wie geht es Ihnen?«

Phil murmelte etwas, das ich nicht ganz mitbekam, da Blanche mich ablenkte. Sie sah ihre Tochter an, wie es nur eine Mutter kann, wenn sie sie daran zu erinnern versucht, irgend etwas zu tun, während Blanches

Blick zu mir und dann wieder zurück zu Lynn huschte. Ich runzelte die Stirn. »Was ist los?«

Lynn funkelte ihre Mutter an, wie es nur eine Tochter vermag, dann sah sie mich an und seufzte. »Meine Eltern feiern nächste Woche ihren dreißigsten Hochzeitstag, und sie wollten auf jeden Fall dafür sorgen, daß ich dich zur Party einlade, *was ich etwas später getan hätte.* Außerdem wollen sie die Einladung auf Dr. Raven und deine Mitstreiter ausdehnen.«

Blanche faltete in einer unwillkürlichen Geste die Hände wie zum Gebet zusammen und preßte sie an ihren üppigen Busen. »Dieser Dr. Raven ist so ein netter … äh … Mann.«

Ich unterdrückte ein Lachen. Raven ist eine seltsame Erscheinung – ein amerindianischer Elf von ungewöhnlich kräftiger Statur. Er sieht außerdem teuflisch gut aus – eine Tatsache, die weder Blanche Ingold noch vielen anderen Frauen entgangen ist, die er bisher kennengelernt hat. Das war einer der Gründe, warum ich es gründlichst vermied, Lynn ihre Bekanntschaft mit ihm erneuern zu lassen.

Phil warf einen Blick auf seine Frau und seufzte. »Ich hoffe, Sie bringen diesen Kid Stealth dazu zu kommen. Ich habe ihm immer noch nicht dafür gedankt, daß er mein kleines Mädchen gerettet hat.«

Ich spürte den Schauder, der Lynn überlief. Ihr Vater führte ihn auf die Erinnerung an ihre Tortur zurück, aber ich wußte, daß er eine Reaktion auf die Nennung von Kids Namen war. Lynn ist im großen und ganzen Pazifistin, und Stealth, tja, ich glaube, er hält Gewalt für eine Art von Performance-Kunst. Seine Premierenvorstellungen erregen Aufsehen und schließen erst wieder, nachdem der Gerichtsmediziner einen Haufen Zwirn vernäht hat.

Ich drückte beruhigend Lynns Schulter und wandte mich dann an ihre Eltern. »Ich werde sehen, was sich machen läßt. Raven und die anderen sind eine Weile nicht in der Stadt. Ich hoffe, sie kommen rechtzeitig zu Ihrer Party zurück. Wir lassen Sie rechtzeitig wissen, ob sie es schaffen.«

Lynns Vater lachte. »Sie können auch kommen, wenn sie sich nicht vorher anmelden – Blanche macht für die Gäste immer viel zuviel zu essen. Ich kann mich an eine Zeit erinnern …«

Lynn schlug mir verspielt auf den Bauch. »Das ist unser Stichwort.« Sie küßte ihren Vater auf die Wange und schnappte sich dann eine Jeansjacke und eine braune Papiertüte von ihrer Mutter. Sie küßte Blanche und nahm ihr das Versprechen ab, nicht bis zu ihrer Rückkehr wach zu bleiben.

Blanche umarmte sie noch einmal und ließ sie dann gehen. »Sei vorsichtig. Ich mache mir Sorgen, obwohl ich weiß, daß du in guten Händen bist.«

Ich legte meinen linken Arm um Lynns schlanke Taille und führte sie durch die Lobby. »Deinem Outfit entnehme ich, daß du in diesen Saloon gehen willst, der dir so gut gefällt?«

Sie bedachte mich mit einem schelmischen Lächeln. »Trotz deiner vielen Arbeit für Dr. Raven bist du kein sonderlich guter Detektiv.«

Ich zuckte leichthin die Achseln. »Er hat mich nur in seiner Nähe, um schwere Teile zu heben und Damen in Nöten zu trösten.« Meine Augen verengten sich, während ich mir zu überlegen versuchte, was für einen schändlichen Plan sie ausgeheckt haben mochte. »Wenn das ein Rätsel ist, kann ich es nicht lösen. Erzähl mir nicht, daß dich Yamaguchi-gumi angeworben hat, um mich zu Tode zu tanzen!«

Lynn schauderte vielsagend. »Du weißt doch, mein Lieber, daß *ich* ganz genau weiß, wie sehr du das Oklahoma haßt.« Sie warf einen Blick über die Schulter auf ihre Eltern. »Aber *sie* wissen das nicht. Ich dachte, wir könnten vielleicht eine Kleinigkeit essen und uns dann in deine Wohnung zurückziehen …«

»Nun ja, mein Rücken müßte mal wieder gewaschen werden ...«

»Meine Spezialität.«

»Das glaubst *du* vielleicht ...«

Lynn errötete und schlug mir verspielt auf den Arm. Die Unannehmlichkeit, daß sie bei ihren Eltern wohnte, war schon oft mit ähnlichen Tricks überwunden worden. Weil ihre Eltern zeitlebens bei Fuchi angestellt waren, hatten sie eine große Wohnung im Angestellten-Tower bekommen, und diese Wohnung beinhaltet einen Reinigungsdienst und einen Kinderhort, wodurch es den Angestellten ermöglicht wurde, sich voll und ganz in den Dienst der Firma zu stellen. Die Bäckerei und andere Firmengeschäfte stellten alles zur Verfügung, was die Angestellten sonst noch brauchten, und Kinder wurden dazu ermuntert, zu Hause zu bleiben – besonders dann, wenn sie sich entschlossen, für die Firma zu arbeiten, wie Lynn es getan hatte.

Ich mußte für einen Augenblick an meine Zeit auf der Straße denken, als ich noch jünger gewesen war. Bei meiner Geburt in einer Wohnung war kein Staats- oder Konzernbeamter dort gewesen, um meine Geburt zu registrieren, und ich hatte früh mit meinem Leben als Shadowrunner begonnen. Über Wolfgang Kies existierten keine offiziellen Unterlagen, was bedeutete, daß ich von der Stadt nur belästigt wurde, wenn ich ihr auffiel. Es bedeutete außerdem, daß ich mich nie in die numerierte Gesellschaft integrieren konnte – wie die Leute von Fuchi –, weil ich offiziell gar nicht existierte. Während legitime und registrierte Bürger unzählige Sicherheitsnetze in das System eingebaut hatten, um es am Leben zu erhalten, mußten Shadowrunner durch die Maschen schlüpfen.

Während ich mit dem Arm um die Taille einer wunderschönen Frau zum Pier 59 und weiter zum Aquariumpark ging, sah ich die Stadt auf eine ganz neue

Art und Weise. Sicher, sie war dasselbe trübsinnige graue Drekloch aus Beton wie immer. Ja, klar, an Straßenecken und in den Schatten lungerten noch immer dieselben Straßenrowdys mit mehr Chrom als eine durchschnittliche Küche herum wie sonst auch. Sie hatten denselben hohlen, gehetzten Ausdruck in den Augen, mit dem sie auch sterben würden – und den ich vor noch gar nicht allzu langer Zeit aus eigener Erfahrung gekannt hatte –, aber das alles schien einfach keine Bedeutung mehr für mich zu haben.

Ein Shadowrunner zu sein ist prima, wenn das Leben eine Sackgasse ist, aber wenn man eine Zukunftsperspektive hat, kommt es einem wie ein kindisches Spiel vor.

Der Wolfsgeist in mir meldete sich in einem harschen Flüsterton zu Wort. *Ein Krieger, der den Krieg als Spiel betrachtet, ist ein Krieger, der den Tod nicht sieht, wenn er für ihn selbst bestimmt ist.*

Wir erreichten den Park und gingen zu den Bänken hinter dem Bereich, wo sich die hiesigen Drahtschädel in die öffentlichen Zugangssysteme eingestöpselt hatten. Jene mit Datenbuchse wie Lynn oder Valerie Valkyrie stöpselten sich einfach direkt in die Spieltische ein. Andere mieteten sich Elektrodennetze an einem baufälligen Kiosk, um dasselbe zu tun.

Zwei Kinder spielten irgendeine Schachvariante, bei der holographische Figuren einander bekämpften – sie hatten eine kleine Menschentraube ringsumher angezogen, die jubelte, wenn eine Figur einen besonders grausigen Tod starb. Andere waren so sehr mit sich selbst beschäftigt, daß sie die Zuschauer gar nicht wahrnahmen. Ein Bursche, der seine violetten Haare zu einer stachligen Irokesensichel mit Ringelschwänzchen vorn und hinten geschnitten hatte, kam mir bekannt vor, aber ich konnte ihn nicht sofort unterbringen. Er amüsierte sich, indem er Bilder von Mitgliedern der Stadtverwaltung und Schafen in Zeichnungen aus einer Online-Ausgabe des *Kamasutra* projizierte. Ich wußte, was er tat, weil ich mich früher an Sommertagen in meiner vergeudeten Jugend auf ähnliche Weise amüsiert hatte.

Lynn setzte sich auf die Bank und öffnete die braune Tüte. Sie holte eine alte Brotkruste heraus und zerbrach sie in kleine Brocken. Zunächst warf sie die Krümel wahllos aus. Dann, als die Vögel sich versammelt hatten, verteilte sie die Krümel so, daß die größeren Vögel nicht dorthin gingen, wo die kleineren fraßen. Sie gab mir ein Stück Brot und runzelte mißbilligend die Stirn, als ich ein großes Stück mitten zwischen zwei Monster-Amseln warf.

»Wolf! Du sollst das Brot in kleinere Stücke brechen!« Sie sagte das so, als handle es sich um eines der Naturgesetze, das mir bei meiner mageren Schulbildung irgendwie entgangen war.

»Erklär mir das bitte noch mal, aber diesmal mit aktiver Hilfe-Datei.«

Sie legte die Hände in den Schoß, was einen besonders kühnen Spatz dazu veranlaßte, auf ihrem Knie zu landen und nach der Kruste zu picken, die sie noch in der Hand hielt. Sie lachte, dann wurde sie wieder ernst und belehrte mich. »Man muß kleine Stücke nehmen, denn meine Mutter hat mich gelehrt, daß Vögel, die mit deinem Futter im Schnabel wegfliegen, deine Gebete mit in den Himmel nehmen.« Sie nickte einmal, als erkläre diese Antwort alles, dann fing sie wieder an, Krümel zu verteilen.

Ich öffnete den Mund, um eine Frage zu stellen, hielt dann jedoch inne. Im Laufe meiner Jahre bei Dr. Raven hatte ich die Lücken in meinem Wissen von der Welt größtenteils gefüllt. Seit dem Erwachen – als die Magie wieder in die Welt zurückkehrte – hatte der Gott, den Lynn und ihre Familie verehrten, gewaltig an Boden verloren. Dennoch – angesichts all der Dinge, die ich in Ravens Gesellschaft erlebt hatte, konnte ich die Möglichkeit, daß sie recht hatte, nicht ausschließen, obwohl ich ernsthaft bezweifelte, daß ihr Gott überhaupt existierte. Es hatte schon merkwürdigere Dinge gegeben.

»Tut mir leid«, murmelte ich. »Ich kann nur einfach nicht dem Anblick widerstehen, wenn zwei Dinosaurier um ein Stück Brot kämpfen.«

Lynn verdrehte die Augen und warf einem winzigen Zaunkönig eine kleine Andacht zu. »Du wirst nicht wieder versuchen, mich davon zu überzeugen, daß Vögel einmal Dinosaurier waren, oder?«

Ich verteilte rasch einen Rosenkranz von Krumen in einem weiten Bogen, dann wischte ich mir die Hände an meiner Hose ab. »Ich habe alles noch einmal nachgesehen, was ich dir beim letztenmal erzählt habe. Deinonychus ist der Dinosaurier, dessen Armgelenkknochen genauso aussah wie das Flügelgelenk beim Archeopteryx, und der Archeopteryx hatte Federn und Flügel und wird daher als der erste Vogel betrachtet. Weißt du, Dinosaurier und Proto-Vögel hatten diesen gemeinsamen Vorfahren in der Periode des Jura …«

Sie runzelte die Stirn. »Warum erinnere ich mich an das Wort Deinonychus?«

Ich zuckte die Achseln. »Er war ein besonders blutrünstiger Carnosaurus. Er konnte schnell laufen und hatte diese häßliche sichelförmige Kralle an den Füßen, mit der er seine Beute aufschlitzte …« Während ich einen Finger der rechten Hand anwinkelte, um die Kralle darzustellen, sah ich, wie sie ein wenig erbleichte, und plötzlich wurde mir klar, woher sie das Wort kannte.

Ich zog sie in meine Arme. »Es tut mir leid. Verzeih mir.«

Sie küßte mich auf den Hals. »Es gibt nichts zu verzeihen – du hast es nicht so gemeint.«

Aber ich habe es trotzdem gesagt. Lynn hatte das Wort Deinonychus erstmals gehört, als ich ihr erklärt hatte, warum Kid Stealth einen so merkwürdigen Gang hatte. Bei ihrer Rettung hatte sie ihn nicht genau gesehen und seine Titanbeine nie richtig zu Gesicht bekommen. Tatsächlich hatte sie mehr gesehen, als sie wußte, und schob die Seltsamkeit auf die Drogen in ihrem Körper. Als ich ihr erklärt hatte, warum Stealth sich Beine ausgesucht hatte, die denen eines Deinonychus nachempfunden waren, hatte sie mich gebeten aufzuhören, aber danach hatte sie dennoch ein paar Nächte von ihm geträumt.

Sie löste sich von mir und machte sich wieder daran, die Dinosaurier zu füttern. Ihr Lächeln kehrte zurück, und sie gab mir noch ein Stück Brot, aber ich schüttelte den Kopf. »Lynn, es gibt da etwas, das ich dir über mich erzählen muß.« Ich zögerte. Nachdem ich gesehen hatte, wie sie auf die Erwähnung von Kid Stealth und allem anderen reagierte, was sie an Gewalt erinnerte, schien es keinen leichten Weg zu geben, ihr von dem wahren Wolfgang Kies zu erzählen.

Sie wischte sich die Hände ab und legte sie auf meine Wangen. »Wolf, ich weiß, daß du gezwungen warst, Dinge zu tun, auf die du nicht stolz bist. Ich weiß, daß du im Laufe deiner Arbeit Leute getötet hast, aber ich weiß auch, daß du das getan hast, um mir und anderen zu helfen. Ich kann und werde nicht zulassen, daß das einen Keil zwischen uns treibt – das ist eine Entscheidung, die ich schon getroffen habe, als ich zum erstenmal einverstanden war, mit dir auszugehen.«

Sie drückte die Fingerspitzen auf meine Lippen, um mich davon abzuhalten, irgend etwas zu sagen. »Ich kenne dich, vielleicht besser als du dich selbst. Ich weiß, daß du ein guter Mensch bist, ein starker Mensch, und ich weiß, daß ich dich liebe. Du könntest nichts sagen, was meine Meinung ändern könnte oder mich schlechter von dir denken ließe.«

Ich saß einen Moment lang benommen da, als mir die wahre Tiefe ihrer Gefühle für mich aufging. Irgendwie hatte ich angenommen, es sei unmöglich, daß sie mir gegenüber genauso empfinden könne wie ich ihr gegenüber, aber das erwies sich als Irrtum, der sich mit größter Leichtigkeit korrigierte. Trotzdem, sie wußte nichts über meine lunaren Stimmungsschwankungen, und diese Enthüllung würde die Kraft ihrer Überzeugungen auf eine harte Probe stellen.

Ich setzte zu einer Erwiderung an, aber irgend etwas hinter Lynns Kopf erregte meine Aufmerksamkeit. Zwei hohläugige Jugendliche bogen um die Ecke des Kiosks, der die Elektrodennetze vermietete, und wichen sofort wieder zurück, als sie mich sahen. Sofort klingelten Alarmglocken in meinem Kopf, weil sie sich zwar den größten Teil ihres Kürbiskopf-Make-ups abgewischt hatten, das die Halloweener trugen, ihre Jacken aber schwarz und orange waren – die Farben der Halloweener.

»Hast du die Vögel jetzt genug gefüttert?«

Lynn hörte sofort die Besorgnis aus meiner Stimme heraus. »Was ist los?«

Ich schaute mich um und sah noch mehr potentielle Weenies im Hintergrund herumlungern. »Gangmitglieder. Das gefällt mir nicht.«

Ein aufgebrachter Seufzer sollte ihre Nervosität überspielen. »Wolf, das ist hier ein öffentlicher Park. Sie haben das Recht, ihn zu benutzen.«

Ich nickte. »Das stimmt, aber ich habe einfach kein gutes Gefühl bei der Sache.«

Wiederum versuchte sie, darüber hinwegzugehen. »Ich glaube, du willst mich nur schnell in deine Wohnung abschleppen ...«

Ich stand auf und reichte ihr die Hand, um ihr aufzuhelfen. »Das kann ich nicht abstreiten. Warum verteilst du nicht das restliche Brot in einer großen päpstlichen Audienz, damit wir von hier verschwinden können? Wir verhalten uns so, als sei alles in Ordnung ...«

»Wolf, du machst mir angst.« Sie öffnete die Tüte und drehte sie um, so daß die letzten Brotstücke herausfielen. »Dann laß uns gehen, wenn es sein muß.«

Die Angst in ihrer Stimme wich Ärger. Ich wußte, daß er nicht unbedingt gegen mich gerichtet war, und ich richtete meine Reaktion darauf sogleich auf die Weenies, die Anstalten machten, uns zu folgen. Gleichzeitig hätte ich mich am liebsten geohrfeigt, weil ich meine Viper zu Hause gelassen hatte.[3] Die Lage, die sich abzeichnete, war dergestalt, daß ich nur sehr ungern unbewaffnet hineingeraten wollte.

Die Stimme des Wolfsgeistes hallte durch meinen Verstand. *Du mußt nicht unbewaffnet sein, Langzahn. Hole mich, dann kümmere ich mich um deine Feinde.*

»Nein!«

Lynn sah mich an. »Was?« Trotz ihrer Furcht sah ich ihre Besorgnis, die sich in ihren grünen Augen widerspiegelte.

Ich schüttelte den Kopf. »Nichts von Bedeutung.« Ich warf einen Blick auf den Wald grauer Gebäude am Ende des Piers. »Ich bin nicht sicher, ob wir verfolgt werden oder nicht, aber es gibt einen raschen Weg, wie wir es herausfinden können.«

Sie zögerte nur einen Augenblick, »Nur zu.«

Ich führte sie zur Fußgängerampel, als sei nichts Ungewöhnliches im Gange. Die Weenies blieben bei uns, hielten sich jedoch im hinteren Teil der Menge auf, die sich versammelt hatte, um die Straße zu überqueren. Ich arbeitete mich mit Lynn langsam zum Gehsteig vor und zog sie dann auf die Straße. »Lauf!«

Das zornige Blöken der Hupen und das Quietschen der Bremsen übertönten die Rufe der anderen Fußgänger, als wir in den Verkehr liefen. Lynn ließ ihrer Angst freien Lauf, und das Adrenalin machte sie behende

---

[3] Sehen Sie, ich habe keine Witze gemacht, oder?

und schnell. Sie lief um die Haube eines Ford Americar und zwischen zwei Honda Minivans hindurch, während ich über einen silbernen Porsche Mako sprang. Der Fahrer drohte mir mit der Faust durch die Windschutzscheibe und wurde dann weiß, als eine Kugel das Sicherheitsglas zerschmetterte.

Die nächsten beiden schallgedämpften Schüsse waren zu hoch gezielt, aber ich sah, wie die Kugeln das Gebäude der Sumitomo Bank trafen. Adrenalin verlieh meinen Füßen Flügel, und ich schloß zu Lynn auf und nahm ihre rechte Hand in meine linke. Ohne Vorwarnung stoppte ich und schwang sie in die Gasse hinter der Bank, dann hielt ich inne und machte einen weiteren in einer langen Reihe von Fehlern. Ich machte kehrt, um nachzusehen, wer uns verfolgte.

Die führende Schweinebacke gab zwei Schüsse aus einer schallgedämpften Ingram Mk. 22 ab, bevor ein anderer Mako – weiß und mit einer Rückenflosse von Telekomantenne – über ihn herfiel, wie sein Namensvetter über einen Schwimmer vor der australischen Küste hergefallen wäre. Die Unterschenkel peitschten umher wie Nylonstrümpfe auf einer Wäscheleine, und der Ork prallte von der Haube gegen die Windschutzscheibe, um dann über das Wagendach zu fliegen. Ich bin nicht sicher, wo ihn die Antenne erwischte, aber für mich sah sie rot aus, als der Wagen weiter über die Kreuzung fuhr.

Eine der beiden Kugeln bespritzte mich mit Betonsplittern und Bleiresten, als sie die Mauer neben meinem Kopf traf. Die andere traf mich in die Rippen und schleuderte mich wieder in die Gasse. Ich prallte von der gegenüberliegenden Wand ab und fiel dann auf ein paar stinkende Mülltüten.

Lynn ließ sich auf die Knie sinken und streckte die Hände nach mir aus, dann zogen sie sich voller Entsetzen zurück, um ihren Mund zu bedecken, als sie das Einschußloch in meiner Jacke sah. »O Gott, du bist getroffen!« Alles Blut wich aus ihrem Gesicht, und ich spürte, daß sie davonlaufen wollte, sich aber weigerte, ihrer Panik nachzugeben. »Ich muß Hilfe holen ...«

Ich hob eine Hand, als meine Lungen mich wieder atmen ließen. »Warte ... Ich bin zerschlagen, aber nicht blutig.« Vorsichtig öffnete ich meine Jacke, und die Kugel vom Kaliber .45 rollte an meinem T-Shirt herunter und fiel auf den Boden. »Siehst du, kein Blut, kein Loch.«

Die Erleichterung in ihrem Blick ermutigte mich. Ich sah keinen Grund zu erwähnen, daß die Kugel mir mindestens eine Rippe gebrochen hatte und mein T-Shirt nicht einmal ihre bösen Absichten aufhalten würde, geschweige denn eine weitere Kugel, wenn die Weenies noch näher kamen.

Ich nahm ihre Hände in meine und drückte sie. »Lauf weiter die Gasse entlang. Geh dort hinter dem großen Müllcontainer in Deckung. Ich komme in einer Sekunde nach. Ich muß vorher noch etwas erledigen.«

»Ich will dich nicht hier alleine ...«

»Nur eine Sekunde, Babe, dann bin ich wieder bei dir. Vertrau mir.«

Während sie durch die Gasse hastete, verdrängte ich die Schmerzen und griff in mein Innerstes. Tief in meinem Herzen berührte ich den Wolfsgeist. Der Alte setzte sich auf und betrachtete mich mißbilligend. Die funkelnde Zurechtweisung in seinen Augen fand Verbündete in den scharlachroten Schatten, die sich auf seiner schwarzen Gestalt kräuselten.

Noch bevor der Alte die Möglichkeit bekam, etwas zu sagen, schnitt ich ihm das Wort ab. »Ich brauche deine Kraft, deine Schnelligkeit und deine Sinne, und ich brauche sie sofort! Ich habe keine Zeit für eine Diskussion. Sofort!« Ohne auf seine Bestätigung zu warten, riß ich mich aus der selbstauferlegten Trance und lächelte, als sich die Welt im Einklang mit meiner veränderten Perspektive neu ordnete.

Trotz des stinkenden Mülls, der mich umgab, konnte ich noch die Spuren von Lynns Parfüm und die Angst riechen, die es zu überdecken half. Ich hörte die Geräusche, die sie verursachte, als sie sich in Sicherheit brachte, und die Geräusche der Ratten in dem Container, hinter dem sie sich verbarg. Viel wichtiger war jedoch, daß ich das asthmatische Pfeifen eines Weenies hörte, der auf die Stelle zu lief, wo er mich hatte zu Boden gehen sehen.

Einen Augenblick später – der Schmerz der gebrochenen Rippe ließ sich leicht ignorieren – war ich auf den Beinen und hatte mich an die gegenüberliegende Gassenmauer gepreßt. Der stechende Geruch von Pulverdampf brannte in meinen Nüstern, als sich die schallgedämpfte Mündung einer Ingram Mk. 22 um die Ecke schob. Ohne zu zögern griff ich nach der Waffe und riß daran, dann zog ich den erschrockenen Weenie in die dunkle Gasse. Ich entriß die Waffe seinem schwachen Griff und schlug ihm dann den klobigen Kolben gegen den Kopf. Er brach ohne einen Laut zusammen.

Ihm folgte ein Straßensamurai, der gelernt hatte, sich beinahe lautlos zu bewegen. Die erste Warnung bekam ich, als die in seiner rechten Hand eingebauten vierzig Zentimeter langen Krallen mit einem Klicken ausgefahren wurden und dann pfiffen, als er damit nach mir schlug. Der Hieb kam hüfthoch und sollte meinen Bauch aufschlitzen, aber ich hatte bereits damit begonnen, mich von ihm wegzudrehen, bevor er zum Angriff ansetzte. Die drei polierten Stahlklingen zerfetzten die rechte Seite meiner Jacke und schnitten durch das T-Shirt und etwas Haut, aber sie drangen nicht annähernd tief genug, um mich außer Gefecht zu setzen.

Bevor er sein Handgelenk drehen und versuchen konnte, mich mit einem Rückhandschlag zu erwischen, schloß sich meine rechte Hand um seine. Ich drückte die Hand nach innen auf seine eigene Brust zu. Er sah, was ich vorhatte, zog seine Krallen ein und entspannte sich zur Vorbereitung irgendeiner esoterischen Kampftechnik, um meinen Angriff gegen mich zu wenden. Deshalb überraschte es ihn, als ich seine Faust gegen seine Brust rammte und ihm dann mit der Kanone in meiner linken Hand auf den Ellbogen schlug.

Der Schlag lähmte seinen Unterarm und bewirkte, daß sich seine Krallen ausfuhren.

Ich trat über den Sterbenden hinweg und wieder auf die Straße. Das halbe Dutzend Gangmitglieder und Messerklauen auf dem Gehsteig kollidierte abrupt miteinander, als die vordersten innehielten. Ich drückte auf den Abzug der Ingram und schickte zwei Feuerstöße in ihre Richtung. Zum Glück für sie und für denjenigen, der die Unfallversicherungsformulare für die Halloweener ausfüllt, absorbierte ein massig gebauter Ork in vorderster Front den Großteil des Schadens. Eine Kugel schlug Funken am Cyberarm einer Messerklaue, und eine andere ließ einen Ork zusammenklappen, als sie ihm den Nabel durch das Rückgrat trieb, aber ansonsten überstand die Gruppe den Beschuß unbeschadet.

Vier von mindestens zehn erledigt, und ich habe ein halb leeres Magazin und eine gebrochene Rippe. Warum, zum Teufel, passieren solche Dinge nie Kid Stealth?

Ich wich wieder in die Gasse zurück und schlang mir den Gurt der Maschinenpistole über die Schulter. Ich packte die beiden Männer, die ich erledigt hatte, und schleifte sie zu dem Müllcontainer. Lynns Augen weiteten sich stark genug, um ihr aus dem Kopf zu fallen, und plötzlich wurde mir bewußt, daß sie wegen des Schalldämpfers und der lautlosen Art, wie ich die ersten beiden erledigt hatte, gar nicht wußte, daß ein Kampf stattgefunden hatte.

Ich ließ mich auf ein Knie sinken und nahm die Ingram wieder in die Hand. »Es tut mir leid, daß ich dich da mit hineingezogen habe, Lynn, glaub mir, das tut es wirklich.« Ich deutete auf die beiden Leichen. »Du mußt die Taschen des Samurai durchsuchen und alles an dich nehmen, was er bei sich hat – Kanonen, Messer, Kugeln, alles. Ich übernehme den Jungen. Es ist unsere einzige Überlebenschance.«

Sie streckte die Hand aus und strich über die Risse in meiner Jacke. »Du bist verletzt.«

»Nicht so schlimm, wie ich es sein werde, wenn sie mich erwischen. Immerhin versuchen sie, mich umzubringen.« Ich tastete den Weenie ab und nahm dann die Reservemagazine für die Ingram aus den Oberschenkeltaschen seiner Drillichhose. »Charles der Rote oder Mr. Sampson haben irgendwie erfahren, daß Raven und die anderen nicht in der Stadt sind. Sie haben beschlossen, gegen mich vorzugehen. Chuckles plant das schon seit einiger Zeit.«

»Woher weißt du das?« fragte Lynn, während sie Drähte und Datenkabel aus der Tasche des Toten zog und sie in ihre eigene stopfte.

Ich fuhr herum und richtete die Mündung der Mk. 22 auf die Gasseneinmündung. Ein kurzer Feuerstoß fegte eine Schweinebacke über einen geparkten Wagen. »Das wird nicht reichen.« Ich erhob mich und drehte den Container so, daß er die Gasse versperrte, dann beantwortete ich ihre Frage, indem ich auf den Samurai und seine violett gestachelte Frisur deutete.

»Er war im Park, als wir eintrafen. Dort war er in einen der öffentlichen Tische eingestöpselt. Es ist mein Fehler: Wir waren zu berechenbar – wir gehen immer zuerst in den Park, wenn wir uns treffen. Er hat die anderen verständigt, daß wir eingetroffen sind, und dann gerieten die Räder ins Rollen.«

Plötzlich spürte ich, wie sich die Mauern der Gasse um mich schlossen wie ein Schraubstock. Ich hechtete vorwärts und bedeckte Lynns Körper mit meinem eigenen. Die Kugeln durchlöcherten den Raum, wo ich eben noch gehockt hatte, und verfehlten wie durch ein Wunder meine ausgestreckten Beine.

Während leere Hülsen in einem Messingregen auf mich niederprasselten, wälzte ich mich auf den Rücken und verschoß den Rest des Magazins der Ingram. Kugeln tackerten eine Linie die Mauer empor und durch den Straßensamurai, der auf das Dach geklettert war. Er wurde zurückgeschleudert und verschwand aus meinem Blickfeld, wobei sein Körper aussah wie eine mit Kirschmarmelade gefüllte Piñata. Ohne nachzudenken, rammte ich ein neues Magazin in die MP.

Aus meiner Stellung bot sich mir die Welt aus einzigartiger Perspektive dar. Unter dem Container hindurch sah ich einen Lastwagen in die Gasse einbiegen. Seine Reifen quietschten und qualmten, da er in dem Müll, der an der Einmündung lag, um Bodenhaftung kämpfte. Als der Laster beschleunigte und die Obszönitäten, welche seine Insassen riefen, den Motorenlärm mühelos übertönten, wurde mir klar, daß die Weenies beabsichtigten, den Container zu benutzen, um uns zu Mus zu zerquetschen.

Zu meiner Linken sah ich das Gitter eines Kanalisationsdeckels wie eine schmierige Insel inmitten einer Pfütze öligen Abwassers lauern. Ich sprang hin und riß das Gitter mit einer Hand heraus. »Lynn, komm her! Steig hier hinein.«

Mit Tränen in den Augen lief sie zu dem Loch und begann den Abstieg. Die glitschigen verrosteten Sprossen erschwerten das Klettern, aber sie bewegte sich, so rasch sie konnte. Mein geschärfter Geruchssinn nahm eine Probe des Abwassergestanks mit der Wonne eines Weinkenners, der einen billigen Fusel probiert. Der Gestank gab mir ausreichend Grund, ihr nicht zu folgen, aber die Weenies in dem Laster ließen mir keine andere Wahl.

»Spring! Spring einfach!« rief ich, während ich die Beine in das Loch stieß. Ich ließ mich in die Dunkelheit gleiten, als der Laster mit einem gräßlichen Knirschen gegen den Container prallte. Meine linke Hand packte die oberste Sprosse, und mein Kopf glitt unter Straßenniveau, da das vordere Ende des Containers wie eine Guillotine über mich hinwegsauste. Ich spürte ein Knirschen in meiner Schulter und einen schmerzhaften Ruck, als mein Fall abrupt gebremst wurde, aber ich konzentrierte mich zu sehr auf andere Dinge, um mir in diesem Augenblick wegen irgendwelcher Verletzungen Sorgen zu machen.

Ich schob die Ingram durch das Loch und zog durch. Die Kugeln bohrten sich durch den Boden des Lasters wie eine Motorsäge durch Holz. Der Tank saß direkt hinter dem Führerhaus, und die Kugeln durchschlugen ihn. Augenblicklich stieg mir der stechende Geruch von Benzin in die Nase, und ich ließ die oberste Sprosse der Leiter los.

Der Laster explodierte, bevor ich den fünf Meter tiefen Fall in den Abwasserkanal unter mir beendet hatte. Ich sah einen gewaltigen Blitz und spürte dann die donnernde Explosion durch meine Brust hallen. Das Kreischen sich verbiegenden Metalls, als der brennende Laster durch die schmale Gasse schlitterte, klang wie der Todesschrei eines Banshee, und die Akustik des unterirdischen Abwassertunnels machte das Geräusch noch unheimlicher.

Ich schlug auf das Wasser und dann auf den Boden auf. Feuer explodierte in meiner rechten Seite, als das Wasser in die Stichwunden lief. Wasser zischte und verdampfte, als es mit dem Schalldämpfer der Ingram in Berührung kam. Ich rappelte mich auf und stand in einem hüfthohen Strom aus Abwasser. So schnell wie möglich setzte ich mich stromaufwärts in Bewegung. Ich holte Lynn ein und wich der brennenden Flüssigkeit aus, die in dünnen Rinnsalen durch das Einstiegsloch lief.

Ich legte den linken Arm um ihre Schultern und versuchte, nicht zusammenzuzucken, als sie die Arme um meine Taille legte und mich drückte. Es gelang mir nicht, und sie wich zurück. Ihre Hände lösten sich blutig von meiner Seite. Sie starrte auf die schwarzen Flecken auf ihren Handflächen, denn das Licht des brennenden Benzins reichte nicht aus, um dem Blut seine wahre Farbe zu geben.

Sie sah mich an, als stürze ihre Welt in sich zusammen. »Du blutest. Dieses Wasser ... Du brauchst einen Arzt.«

Ich zwang ein zuversichtliches Lächeln auf meine Lippen. »Du hast völlig recht. Ich brauche Dr. Raven.«

Sie warf mir einen verwirrten Blick zu. »Aber du sagtest doch, er hätte Seattle für eine Weile verlassen.«

»Das stimmt, aber Raven hält sich durch die Matrix auf dem laufenden. Deswegen hat er Valerie Valkyrie mitgenommen.« Ich runzelte die Stirn. »Wenn wir keinen Ort finden, wo wir ein Deck benutzen können, ist das so, als seien wir in einem Abwasserkanal gestrandet, ohne daß eine Kläranlage in Sicht wäre.«

Zum erstenmal, seit wir den Park verlassen hatten, lächelte Lynn. Sie zog ein kurzes Datenkabel aus ihrer Tasche, und ich erinnerte mich, gesehen zu haben, wie sie es der Messerklaue abnahm, die ich getötet hatte. »Bring mich zu einer Abzweigdose oder einer Zugangsbuchse für ein öffentliches Telekom, dann bin ich am Ball.« Sie strich sich die Haare hinter das linke Ohr und stöpselte das Kabel in die dort implantierte Datenbuchse ein. »Du hast die Zugangscodes – ich muß mich doch nicht durch irgendwelches Ice hacken, oder?«

Ich zögerte. Die Zugangscodes und Verbindungsnummern für Dr. Ravens privates Kommunikationsnetz waren Geheimnisse, die ich derselben Kategorie zuordnete wie das Wissen um meine spezielle Mondsüchtigkeit. Es waren Ravens kostbarste Geheimnisse, denn falls sie in die falschen Hände fielen – sprich, in diejenigen der Halloweeners, von Mr. Sampson oder der Legion von Ravens anderen Feinden –, war es möglich, eine ganze Kette von Ravens Verstecken und Ressourcen ausfindig zu machen. Sicher, Raven ist viel zu intelligent, um all seine Geheimnisse irgendwo online aufzubewahren, aber jede Information, die durchsickerte, konnte Unternehmungen gefährden, von denen ich nichts wußte.

Des weiteren – und für mich persönlich viel wichtiger – würde ich Lynn in eine Welt einführen, vor der ich sie bewahren wollte, wenn ich ihr die Codes gab. Ich wollte sie vor der Gefahr abschirmen, mit der ich als einer der Helfer Doc Ravens lebte. Wenn ich ihr die Codes gab, vergrößerte ich nur ihr Risiko. Für jemanden wie Mr. Sampson würde es keine Rolle spielen, daß alles, was sie wußte, in dem Augenblick nicht mehr aktuell war, in dem Raven die Codes änderte – sie würde zu einer Zielscheibe werden, zu einem Mittel, um an Raven heranzukommen.

Sie sah mich an, und ich konnte erkennen, daß sie angestrengt nachgedacht hatte. »Wolf, wenn wir Raven nicht erreichen, welche Überlebenschancen haben wir dann?«

Ich holte tief Luft – jedenfalls so tief, wie meine gebrochene Rippe es mir gestattete – und spitzte dann die Lippen. »Ohne irgendeinen Kontakt würde Raven nach vierundzwanzig Stunden mißtrauisch werden, aber wahrscheinlich würde er erst nach zwei oder gar drei Tagen zurückkehren.« Ich seufzte müde. »Ich könnte so lange aushalten – Drek, nach einer schnellen Stippvisite in meiner Bude könnte ich den Krieg sogar zu den Weenies tragen.«

Sie schaute in den Fluß, der träge um unsere Beine wirbelte. »Ändern sich die Chancen, wenn du mich im Schlepptau hast?«

»Ein wenig, ja.« Ich hängte mir die Kanone um,

nahm ihr Gesicht in meine Hände und küßte sie. »Ich bringe dich zum Tower zurück ...«

»Aber damit werden sie wahrscheinlich rechnen, und das würde nur meine Eltern in Gefahr bringen.«

»Genau meine Meinung.« Ich fügte nicht hinzu, daß wir keine Ahnung hatten, wie lange sie uns schon beobachteten und wieviel sie darüber wußten, wohin ich wahrscheinlich gehen würde. »Es tut mir leid, daß ich dich in Gefahr gebracht habe. Wenn es einen anderen Weg gäbe ...«

Lynn legte mir einen Finger auf die Lippen. »Wenn du jemand anders wärst, Wolfgang Kies, hätte ich dich nie kennengelernt. Bereue nie, was du bist. Es ist das, was ich an dir liebe.«

Ich küßte sie noch einmal. »Tja, dann laß uns eine Abzweigdose finden und uns an die Arbeit machen.«

*

Eine Abzweigdose zu finden war wesentlich leichter, als ich mir vorgestellt hatte, und ich riß sie sofort auf. Die Drähte darin sahen für mich wie Regenbogenspaghetti aus, aber Lynn fand sich sofort zurecht. Sie lächelte und stöpselte das andere Ende des Datenkabels in eine Buchse. Im Flüsterton gab ich Lynn die Verbindungsnummer, die mir zugewiesen worden war, und die Zugangscodes, darunter auch denjenigen, welcher die Musterüberprüfung außer Kraft setzte. Da nicht ich es war, der die Codes benutzte, mußte ich es tun, weil sonst der Computer ein Eingabemuster, das nicht mit meinem normalen übereinstimmte, erkennen und die Verbindung unterbrechen würde.

Lynn zwinkerte mir zu. »Keine Sorge, niemand wird diese Codes aus mir herausholen, das verspreche ich.«

»Ich weiß«, sagte ich, aber sie war bereits nicht mehr da. Das Lächeln blieb auf ihrem Gesicht, aber ihre Augen bekamen einen glasigen Ausdruck, als sie sich einstöpselte. Dann sah ich, wie ihr Grinsen breiter wurde, was nur bedeuten konnte, daß sie in Ravens System gelangt war. Im Laufe der nächsten Minute sah sie völlig hingerissen aus, dann blinzelte sie und kehrte ins Land von Fleisch und Blut zurück.

Sie starrte mich an, und in ihren Augen blitzte eine unglaubliche Freude. »Als ich deine Codes benutzt habe und dem System den Code gab, der die Musterüberprüfung außer Kraft setzte, hörte ich Ravens Stimme sagen: ›Das ist nicht nötig, Ms. Ingold.‹ Er hat bereits eine Musterüberprüfung für mich in das System eingebaut! Der Mann ist unglaublich!«

Ich unterdrückte ein Grinsen. »Ja, gelinde gesagt.«

»Ich habe eine Nachricht hinterlassen, die besagt, daß die Halloweeners hinter uns her sind. Außerdem habe ich ihm mitgeteilt, du glaubst, du könntest noch zweiundsiebzig Stunden aushalten, wüßtest aber jede Hilfe zu schätzen.«

Ich nickte. »Gut. Das wird ihn zurückbringen. Zumindest wird er uns jemanden zu Hilfe schicken.«

Offensichtlich zufrieden mit sich und dem Umstand, daß Raven sich die Mühe gemacht hatte, eine Datei mit ihrem Eingabemuster zusammenzustellen – aus Daten, die zweifellos Valerie aus dem Fuchi-System gestohlen hatte –, stöpselte sie sich aus und verstaute das Datenkabel wieder in ihrer Tasche. »Was machen wir jetzt?«

Ich zeigte in den Tunnel. »Wir gehen zu meiner Wohnung, aber wir warten, bis es dunkel ist, bevor wir wieder nach oben gehen. In meiner Wohnung habe ich Waffen und geeignetere Kleidung für uns. Wir lassen deine Leute wissen, daß wir wohlauf sind, dann tauchen wir unter.«

Lynn runzelte die Stirn. »Wäre es nicht möglich, daß sie wissen, wo du wohnst, und daß sie uns dort bereits erwarten?«

Ich nickte. »Aus diesem Grund warten wir auch, bis es dunkel ist. Wir verschaffen uns einen Überblick über die Situation und verschwinden wieder, wenn uns irgendwas merkwürdig vorkommt.«

»Das klingt nach einem Plan.«

»Es ist einer.« Ich lächelte und machte mich auf den Weg tiefer in den Tunnel hinein.

Lynn nahm meine Hand. »Ich glaube, wir geben ein gutes Team ab – ein zu gutes, um es aufzulösen.«

»Ich bin ganz deiner Meinung, Mädchen.« Ich drückte ihre Hand. »Falls wir uns trennen sollten, dann nur über meine Leiche.«

II

Bis wir es durch die Tunnel in meinen Stadtteil geschafft hatten, war die Kälte in meine Knochen gedrungen, und ich zitterte am ganzen Körper. Ich wußte ohne den geringsten Zweifel, daß sich die Wunden in meiner Seite entzündet hatten. Ich brauchte Antibiotika und einen Verband ebenso nötig wie frische Kleidung, trockene Schuhe und den größten Teil meines Waffenarsenals. Zum Glück gab es all diese Dinge in meiner Wohnung.

Der Vollmond stand so hoch über dem Horizont, daß die Scheibe nicht mehr so riesig aussah. Lynn und ich kehrten durch ein Gitter im Rinnstein eine Straße von meiner Wohnung entfernt zur Oberfläche zurück. Da es noch früh am Abend und die Gegend relativ friedlich und ein reines Wohnviertel war, waren nicht viele Leute unterwegs. Ich betrachtete das als gutes Zeichen – auch in einer ›relativ friedlichen‹ Gegend bedeutete ›Nachbarschaftswache‹, daß die Leute die Schießereien zählten. Wenn niemand draußen war und sich umsah, konnte ich getrost annehmen, daß sich kein Ärger zusammenbraute.

Nachdem wir es in die Eingangshalle meines Wohnhauses geschafft hatten, fühlte ich mich schon viel besser. Ich überprüfte die Sicherheitstür am Ende des Flurs zum Hinterausgang und sah, daß sie fest verschlossen war. Mit mir vorneweg erklommen wir die vier Treppen bis in den zweiten Stock. Jede Treppe hatte zwölf Stufen, also waren es insgesamt achtundvierzig, und wir nahmen jede einzelne, als sei es unsere letzte. Ich schaute immer wieder über das Treppengeländer nach oben und unten, sah jedoch nichts.

Schwindlig vor Glück ist der einzige Ausdruck, der beschreibt, wie ich mich fühlte, als ich vor meiner Wohnungstür stand. Ich war müde, hatte Schmerzen und stank wie eine Kloake, aber all das war zweitrangig im Vergleich zu dem Glücksgefühl, das ich empfand, da ich endlich mein Allerheiligstes erreicht hatte. Lynn empfand offensichtlich genauso, und sogar der Alte jaulte in meinem Kopf, um seiner Freude darüber Ausdruck zu verleihen, wieder in unseren Bau zurückzukehren.

Ich schloß auf, öffnete die Tür und tastete nach dem Lichtschalter. Ich drückte darauf, doch nichts geschah. Das kam mir ungewöhnlich vor, aber nicht unheilverkündend. *Eine durchgebrannte Glühbirne,* sagte ich mir und trat in die Dunkelheit.

Als ich aufschaute, sah ich zwei rote Augen, die ungefähr zwei Meter über mir unheilvoll leuchteten. Eine Hand schloß sich um meinen Unterarm und bedeckte ihn vom Ellbogen bis zum Handgelenk. Plötzlich wurde ich von den Beinen gerissen und flog durch die Dunkelheit mitten in die Wohnung. Während ich durch die Luft wirbelte, sah ich die Silhouette eines Trolls, die mir die Sicht auf Lynn versperrte.

Sie schrie auf, der Alte knurrte, und ich prallte in der Dunkelheit gegen einen Haufen Leiber. Der Alte erfüllte mich mit Kraft und dämpfte meine Schmerzen. Ich schlug nach rechts und links aus und traf. Ich hörte Grunzen und Stöhnen, dann verlor ich das Gleichgewicht und trippelte wild rudernd zurück. Etwas stieß mich an, und ich flog durch das Wohnungsfenster in die Nacht hinaus.

Langzahn, wir fallen!

Wärst du ein Rabe oder Adler, würden wir fliegen!

Die Landung machte jede weitere Diskussion überflüssig. Ich erinnerte mich schwach an irgend etwas über Selbstverteidigung und die Kunst, einen Fall abzubremsen. Ich wandte sie an, doch anstatt meinen Fall abzubremsen, brach ich mir nur den linken Arm. Der Rest meines Körpers schlug ungeachtet aller Bemühungen eine Sekunde später auf. Der Aufprall raubte mir den Atem und verwandelte meine linke Seite in einen einzigen großen Bluterguß.

Schmerzen schossen durch meinen Körper, und verbrauchte Luft brannte in meinen Lungen, während ich auf dem Rücken lag und zu dem gezackten schwarzen Loch im Fenster meiner Wohnung hochstarrte. Lynn schrie noch einmal, doch ich konnte nichts tun. Ich kämpfte, um einen klaren Kopf zu bekommen, und versuchte mich aufzurappeln, sackte jedoch wieder zusammen. Mein linker Arm schlug wieder auf den Boden, was mich aller Kräfte beraubte, die ich noch besaß.

Du mußt aufstehen, Langzahn. Sie kommen dich holen.

Ich kann nicht.

Du mußt. *Du mußt sie bekämpfen.*

Ich bin nicht in der Verfassung, um irgend jemanden zu bekämpfen.

Dann muß ich *sie bekämpfen.*

Nein!

Es war zu spät. Bei Vollmond war der Alte am stärksten. In diesen Phasen des Monats ist die Kontrolle, die ich über ihn habe, schwächer ausgeprägt als der Sinn eines Politikers für Zurückhaltung. Der Alte brauchte meine Zustimmung zu dem, was er tun würde, nicht, aber wir wußten beide, daß sie die Sache vereinfachen würde.

Aber nicht die Frau, Alter, nicht die Frau!

Ich werde deinem Weibchen nichts tun, Langzahn, nur denen, die ihr etwas antun wollen.

Wenn ich gegen die Verwandlung ankämpfe, ist sie eine schreckliche Erfahrung. Nun, da ich meinen Körper dem Alten übergeben hatte, hörte ich meine Knochen brechen, als er mich nach seinen Vorstellungen neu erschuf. Ich spürte die Schmerzen, aber sie schienen weit entfernt zu sein – wie Musik, die man bei einem Telekomanruf im Hintergrund hört. Ich konnte sie spüren, und ich wußte, daß es Schmerzen waren, aber es war einfach nicht genug, um mir weh zu tun.

Meine Gesichtsknochen brachen und bildeten eine Schnauze aus. Meine Armknochen verkürzten sich, so daß meine Muskeln bei einem Schlag bessere Hebelwirkung erzielen konnten. Meine Hände wurden zu stumpffingrigen Pfoten, die in scharfen Krallen endeten. Meine Füße streckten sich, und meine Knöchel veränderten sich, so daß meine Beine eine charakteristische Hundeform annahmen. Reißzähne, verlängerte Ohren und ein dichtes graues Fell vollendeten die Verwandlung.

Ich war *seine* Kreatur geworden. Nun, da der Alte am Ruder war, wurden Vorstellungen wie Verstohlenheit, Schutzsuchen und Hinterhalt alle in einen Abfallkorb mit der Aufschrift *Feigheit* geworfen. Der Alte konnte so mörderisch wie Kid Stealth sein, und als zwei Kugeln das Schloß aus der Sicherheitstür sprengten, die in den Hinterhof des Wohnkomplexes führte, empfand ich nicht mehr die geringste Neigung, ihn zurückzuhalten.

Einer der Weenies trat die Tür auf, und Licht aus dem Flur fiel in einem schmalen Streifen in die Mitte des kahlen Hofs. »Hey, Wolf ist nicht hier!«

Hätte ich die Kontrolle gehabt, dann hätten die Halloweenies eine Warnung in Gestalt einer schlagfertigen Erwiderung bekommen. Der Alte hat jedoch keinen

Sinn für Humor. Er trat ins Licht, so daß sie das Ungeheuer sehen konnten, das zu erschaffen sie geholfen hatten, und machte sich dann daran, eine noch stärkere Wechselwirkung zwischen dem Wissen um mein Geheimnis und einem vorzeitigen Tod herzustellen.

Der Alte betrachtet das Töten nicht als Performance-Kunst, aber er hinterließ eine Reihe abstrakter Skulpturen im Hof und im Flur des Hauses. Die meisten waren noch als menschlich identifizierbar, und, nein, nicht *alles* schmeckt wie Hühnchen. Tatsächlich schmeckten ein paar der verchromten Burschen wie eine Harley-Davidson, die dringend einen Ölwechsel benötigt. Nichtsdestoweniger pflügte der Alte durch sie hindurch, bevor die meisten auch nur ihre Waffe gezogen hatten – was er als Beweis seines Geschicks betrachtete, ich hingegen auf den unangebrachten Befehl zurückführte, mich lebend zu fangen.

Die Verwandlung des Alten hatte die Wunden nicht geheilt, die ich zuvor erlitten hatte. Sie brach zwar Knochen und fügte sie wieder zusammen, aber der Vorgang konnte nur den Schaden heilen, den er anrichtete. Mein Fell blieb an der Stelle zerzaust, wo der Samurai mich mit seinen Messerklauen erwischt hatte, und ich litt noch immer unter einem gebrochenen Arm und einer gebrochenen Rippe. Seine Wut und seine Kraft verdrängten zwar die Schmerzen, aber selbst er preßte den gebrochenen Arm an die Brust.

Wir rasten die Stufen zu meiner Wohnung so schnell hinauf, daß wir nicht einmal innehielten, um einige der Nachbarn anzuknurren, die den Kopf zur Tür herausstreckten, um nachzusehen, was eigentlich los war. Jemand sagte etwas davon, Animal Control anzurufen, aber das ließ den Alten nur vor Vergnügen aufheulen. Ich sah Gedankenbilder von ihm, wie er eine große Hundearmee beschwor und mit ihr durch den Betondschungel des Metroplex stürmte, und einem Teil von mir gefiel die Vorstellung, Napoleon Roverparte zu sein.

Halb Mensch, halb Wolf in einer Gestalt, aber gänzlich ein Wolf im Geiste, erkannten und sortierten wir die verschiedenen Gerüche sofort, die noch in meiner Wohnung zurückgeblieben waren. Der moschusartige Geruch, den ich als Ausdünstung eines Trolls identifizierte – das war das Riesending, das mich zuerst durch den Raum geschleudert hatte. Sofort empfand ich Furcht und Wut: Furcht, weil Trolle angeblich äußerst starke Kreaturen mit besonders bösartiger Veranlagung sein sollen. Die Wut rührte daher, daß sich die Witterung des Trolls mit derjenigen Lynns vermischte und überdeckte. Die Spur führte zu dem zerbrochenen Fenster, was mir verriet, wie der Troll das Haus verlassen hatte, während ich die Treppe emporgerast war.

Unter der Witterung des Trolls entdeckte ich noch die eines anderes Feindes, und mein Nackenfell sträubte sich. Charles der Rote war in meiner Domäne gewesen. Er hatte zweifellos den ersten Hinterhalt und dann diesen Kampf unter Anweisung von Mr. Sampson geleitet. Mein bestialischer Verstand beschäftigte sich nicht mit der Frage, warum Charles hiergewesen war oder was er zu erreichen gehofft hatte. Ihn interessierte nur, daß er und der Troll Lynn entführt hatten. Der Alte verlangte, daß sie beide rasch starben, und ich war bereit, ihr Blut zu schmecken.

Unter dem Einfluß des Alten waren meine Entscheidungen leicht. Wie ein Gargyl hockte ich einen Augenblick in dem mondbeschienenen Loch in der Außenwand meiner Wohnung, dann sprang ich in die Nacht hinaus und folgte meinen Feinden.

*

Ich verlor ihre Witterung an der Straße. Sie waren in einen Wagen gestiegen, was mir keine eindeutige Möglichkeit gab, ihnen zu folgen. Ein Mensch wäre in dieser Situation frustriert gewesen, der Alte jedoch war ein vollendeter Jäger. Er führte uns in einem großen Kreis um das Wohnhaus herum, und auf halbem Weg schnappten wir eine frische Witterung auf, welche die stechende Ausdünstung extremer Nervosität aufwies. Wir folgten ihr wie ein Hai einem blutenden Fisch. Ich wollte mich beeilen, um die Person zu stellen und zu töten, aber der Alte hielt uns zurück.

Er wußte, daß wir einem Halloweener folgten, und während wir uns auf seine Fährte setzten, schaffte ich es, mir unter Benutzung meines Verstandes zusammenzureimen, was der Alte allein durch seinen Instinkt erkannt hatte. Das Fehlen von Schaulustigen in meiner Wohngegend bedeutete, daß entweder nichts los war *oder* die Leute so große Angst hatten, daß sie in ihren Wohnungen blieben. Die Halloweener hatten offensichtlich an verschiedenen Stellen Posten aufgestellt, die dann Charles und den Troll von meiner Ankunft unterrichtet hatten. Die Posten waren gegangen, da ihre Rolle im Lauf der Ereignisse beendet gewesen war, und ich hatte es geschafft, über die Spur eines dieser Posten zu stolpern.

Wir beschnüffelten den Boden an der Einmündung einer Gasse, die zu einem Lagerhaus führte. Dies wußte ich aus verschiedenen Begegnungen mit allen möglichen Sorten von Abschaum. *Ja, Charles ist hier. Lynn ist hier.* Mein Herz schlug noch schneller als zuvor, als ich mich wieder in Bewegung setzte.

Durch einen Riß in der Wellblechwand des Lagerhauses sah ich Charles und zwei Dutzend Halloweener – darunter auch zwei Oger[4]. Ihre Anwesenheit – und die eines Trolls – bedeutete, daß Mr. Sampson die Halloweener erheblich verstärkt hatte. Wir hatten keine

[4] Oger sind ungefähr so selten wie Hühnerzähne, und die Anwesenheit von gleich zweien bedeutete, daß Sampson über beachtliche Mittel verfügen mußte. *Ich* wußte das, aber der Alte glaubte nur, daß die Jagd plötzlich sehr gut zu werden versprach.

Ahnung, was für ein Spiel er spielte und warum er die Halloweeners benutzte, aber ich hatte das unbestimmte Gefühl, daß er kein Exec auf der Suche nach billigen Kicks und dem einen oder anderen Flohbiß war.

Der Alte knurrte und wehrte meinen Versuch ab, Vernunft in seinen Denkvorgang einfließen zu lassen. *Er* war gekommen, um jene zu töten, die mein Weibchen geraubt hatten. Er betrachtete die Frage, *warum* die Weenies sich hier versammelt hatten, als eine, die sich später die Gerichtsmediziner stellen konnten. Er wollte einen Tatort schaffen und Lynn retten und sah keine Notwendigkeit für rationales Denken, um dieses Ziel zu erreichen.

Gedankenlos – ein Zustand, in dem der Alte sich äußerst wohl fühlt – ließ er uns aufspringen und durch eine offene Seitentür stürzen. Er kündigte mich an, indem er mit tiefer, grausamer Stimme heulte, ein Laut, der alle Handlanger zu uns herumfahren und viele erbleichen ließ. Charles sah aus, als wolle er ausbüchsen, und entfernte sich mehrere Schritte von mir.

Nur Mr. Sampson machte einen selbstsicheren Eindruck, als er aus dem kleinen Büro in der Ecke des Lagerhauses trat, und schien nicht im geringsten schockiert oder auch nur überrascht zu sein. Er begrüßte mich mit einem perfekten Lächeln. »Ah, unser Gast ist eingetroffen. Willkommen, Kies. Ihre Frau ist am Leben.«

Der Alte bleckte die Zähne, was mir die Gelegenheit gab, einen Satz zu krächzen. »In einer Minute wird sie hier die Ausnahme von der Regel sein!«

Der Alte stürzte sich auf die größte Gruppe Weenies und tobte sich mit ekstatischer Hingabe aus. Meine rechte Hand durchschlug die Brust eines Weenies und riß ihm das Herz heraus. Ich zerquetschte es vor seinen Augen, bevor diese seinen Verstand informiert hatten, daß ich in Schlagdistanz war. Ich rammte meinen linken Ellbogen in das Gesicht eines Samurai und spürte, wie seine Gesichtsknochen unter meinem Stoß brachen. Meine rechte Pfote zuckte wieder vor und verwüstete das Gesicht eines weiteren Mannes. Er taumelte davon und versuchte dabei verzweifelt, das blutige Puzzle zusammenzusetzen, in das ich seine hübschen Züge verwandelt hatte.

Die Halloweeners hatten gerade genug Verstand, um die Flüssigkeit zu erkennen, die ihre Kumpel verloren, und flohen. Charles versuchte sich der Woge ihres Rückzugs entgegenzustemmen, gestattete sich dann aber, sich von ihr aufsaugen und zurück zu Mr. Sampson tragen zu lassen. Die verwirrten und überraschten Oger wichen schneller zurück als die Halloweener und bezogen Stellung hinter ihrem Anführer.

Mr. Sampson betrachtete seine verängstigten Handlanger und dann die Leichen zu meinen Füßen und klatschte in die Hände wie ein Theaterbesucher, der einer virtuosen Leistung applaudierte. »Hervorragend!« Dann nahm sein Gesicht einen bedrohlichen Ausdruck an, und seine Stimme bekam einen ebensolchen Unterton. »Golnartac, nimm dir unseren Gast vor!«

Ich hätte den Troll nicht vergessen.

Im Gegensatz dazu hatte der Alte beschlossen, sich den Troll für zuletzt aufzuheben.

Jene, welche die letzten sein sollten, waren die ersten, und das beförderte uns in eine Welt der Schmerzen. Der Troll kam von hinten und bewegte sich mit einem Tempo, wie es für eine derart massige Kreatur eigentlich unmöglich war. Ich fuhr herum, bekam aber nur noch den rechten Arm hoch, um den Schlag zu parieren, der mir den Kopf abgerissen hätte. Die Faust des Trolls schmetterte mir den Arm gegen den Kopf, und ich sah Sterne.

Laut knurrend stürzte ich mich auf ihn und

begrub meine Zähne in seinem Unterarm. Sie schnitten durch trockene ledrige Haut, aber der Troll reagierte nicht. Ich biß fester zu, da ich nach seinem Blut und einem Schmerzensschrei dürstete, aber es kam nichts. Wie toll warf ich den Kopf in dem Versuch nach rechts, ihm ein Stück Fleisch aus dem Arm zu reißen.

Es gelang mir, und ich spie den Mundvoll trotzig aus, aber es nützte nichts. Ich schaute hoch in die trüben Augen des Trolls und sah dort nur Belustigung. Ich spürte, wie Golnartacs linke Hand sich wie ein Schraubstock um meinen Nacken schloß. Er klaubte mich von seinem Arm, als sei ich ein Insekt, und schleuderte mich mühelos durch das Lagerhaus und gegen eine Transportkiste.

Ich weiß nicht, was in dieser Kiste war, jedenfalls war es härter als mein Schädel. Mr. Sampsons Gelächter hallte in meinen Ohren, während ich mich mühte, mich von der Kiste zu lösen. Ich kam wieder auf die Beine. Dann ragte plötzlich der Troll vor mir auf und verdunkelte die Deckenlampen. Seine Faust raste mir entgegen und prügelte mich in die Bewußtlosigkeit.

III

Man vergißt nie den Geschmack des eigenen Blutes, besonders dann nicht, wenn es bei jedem schmerzhaften Atemzug von innen heraufquillt. Charles der Rote holte mit der rechten Faust aus und ließ sie dann auf die linke Seite meiner Brust niedersausen. Mein Körper zuckte zurück und nahm dem Schlag etwas von seiner Wucht, wie er es bisher bei allen Schlägen getan hatte, was die Wirkung ein wenig beeinträchtigte, aber das spielte kaum eine Rolle. Da mich die beiden Oger festhielten, konnte er mit Quantität ausgleichen, was seinen Schlägen an Qualität fehlte. Zumindest hatte er mir bisher keine weitere Rippe gebrochen.

Mr. Sampson verkrallte die Finger seiner behandschuhten linken Hand in meinem Haar und riß meinen Kopf in den Nacken. »Sie machen es sich viel zu schwer, Kies. Sagen Sie mir einfach, wo Dr. Ravens Hauptquartier ist, dann beende ich Ihre Schmerzen. Wenn Sie es mir nicht sagen, bin ich ganz sicher, daß Lynn Ingold es tun wird.«

Ich wollte ihm meinen gemeinsten Blick zuwerfen, aber da beide Augen zugeschwollen waren, mußte ich darauf verzichten. Ich erwog, ihn anzuspucken, aber wenn die Lippen aufgeplatzt sind, ist es sehr schwierig, sie zu spitzen. Ich beschloß, meinen Ausweichplan in die Tat umzusetzen. Ich hatte nichts zu verlieren, da ich wußte, daß er nicht die Absicht hatte, Lynn frei oder mich am Leben zu lassen.

Ich ließ meinen Körper trotz der Schmerzen, die durch meine Unterarme schossen, durchsacken, als die Oger ihren Griff verstärkten. Meine Haare rutschten Sampson durch die Finger, und ich ließ absichtlich in einem Bild äußerster Niedergeschlagenheit den Kopf hängen. Blut und Speichel troff in glänzenden roten Fäden zu Boden. Ich murmelte etwas mit einer Stimme, die vom Rasseln in meiner Brust übertönt wurde.

Sogar als Sampson sich vorbeugte und fragte: »Was? Was haben Sie gesagt?«, wußte ich, daß mein Vorhaben albern und dumm war. Ich hatte bereits eine gebrochene Rippe, höchstwahrscheinlich sogar zwei, einen gebrochenen Arm, blutende Wunden in der rechten Seite und eine teilweise kollabierte linke Lunge. Ich versuchte verzweifelt, mich so zu konzentrieren, daß ich in mein Innerstes tauchen und den Wolfsgeist in mir berühren konnte, um meine Reflexe aufzupeppen und mir mehr Kraft zu geben, aber der brennende Schmerz in meiner Brust und der Blitz, der mich bei jedem Atemzug durchzuckte, beraubten mich der nötigen Willenskraft, um den Alten zu erreichen.

Dennoch, wie dumm es auch erscheinen mochte, ich mußte etwas tun. Ich wußte, wenn sie weitermachten, würde ich vielleicht doch Ravens Geheimnisse preisgeben, aber selbst das würde Lynn nicht retten. Wenn sie Glück hatte, würde Sampson sie La Plante übergeben, um in der Gunst des Verbrecherkönigs zu steigen. Wenn nicht, würde Sampson sie benutzen, um zu bestätigen, was ich ihm gesagt hatte, und da sie nicht wußte, wo sich Ravens Hauptquartier befand, würde sie schreiend ins Grab gehen und ein Geheimnis schützen, das sie nicht kannte.

Das durfte ich nicht zulassen, und nicht nur deshalb nicht, weil ich sie liebte. Es war meine Schuld, daß sie mit den Halloweenern in Konflikt geraten war, und es war meine Pflicht, sie zu beschützen.

Mr. Sampson brachte seinen Kopf näher an meinen, da ich wieder anfing zu murmeln. Plötzlich riß ich den Kopf hoch und traf ihn mit meiner Schädeldecke unter dem Kinn. Ich sah Sterne, aber das scharfe Klicken, als Sampsons Unterkiefer gegen seine oberen Zähne knallte, war mehr als genug Kompensation für den Schmerz.

Gleichzeitig stieß ich mich mit den Füßen ab und schoß nach oben. Meine rechte Faust kam hoch und traf den Adamsapfel des einen Ogers. Ich entriß meinen rechten Arm dem Griff des Ogers, dann wirbelte ich auf dem linken Fuß herum. Ich rammte den rechten Fuß in den Schritt des anderen Ogers. Nachdem ich mein linkes Handgelenk seinem Griff entwunden hatte, tänzelte ich zur Seite, da der Koloß zusammenbrach und dabei mit einer Sopranstimme vor sich hin schrie.

Mein blutunterlaufenes eingeschränktes Blickfeld gestattete mir nur einen verschwommenen Blick auf die Halloweeners. Sie sahen benommen und schockiert aus, mehr beunruhigt ob der Tatsache, daß Sampson davontaumelte und sich beide Hände vor den Mund hielt, als darüber, daß ein barfüßiger, übel zugerichteter Mann frei in ihrer Mitte herumlief.

Eine schwere Hand landete auf meiner rechten Schulter und packte mit einem Griff irgendwo zwischen dem eines Egels und eines Hoovermatic Industriestaubsaugers zu. In dem Augenblick, als ich hörte, wie sich die grobkörnige Haut an meiner rieb und die scharfen Klauen meine Haut zerkratzten, wußte ich, daß ich in der Klemme saß. Ich versuchte mich wegzudrehen, aber der Druck auf meine Schulter nahm zu und zwang mich zu Boden.

Der Troll. Wie konnte ich den Troll vergessen?

Auf dem Rücken liegend, wehrte ich mich gegen den Druck und schnaubte explosionsartig, was meine Nase von dem verkrusteten Blut befreite, das sich dort nach dem Beginn der Prügelei gesammelt hatte. Augenblicklich erfüllte der trockene Moschusgeruch meinen Kopf und ließ meine Nebenhöhlen wieder zu bluten anfangen. Ich versuchte, meinen Körper in einer Überschlagbewegung nach hinten zu zwingen, um dem Troll gegen den Kopf zu treten, aber er packte nur mit der freien Hand meinen rechten Knöchel, erhob sich dann und ließ mich wie ein Kind mit dem Kopf nach unten baumeln.

Wie ich dort so hing, sah ich einen echten lebendigen Troll aus einer Perspektive, wie ich sie nie wieder zu haben hoffe. Er war fast dreieinhalb Meter groß und sah wie ein Wesen aus einem genetischen Zuchtbottich aus. Ich weiß nicht genau, was sie alles in den Bottich geworfen hatten, um ihn herzustellen, aber ich weiß ganz sicher, daß Häßlichkeit bis zum Überlaufen dabei war. Seine schwarze Mähne war zu einem langen Zopf geflochten, der über eine Schulter fiel. Der trockene, staubige Geruch des Trolls rührte daher, daß sich der größte Teil seiner Haut schuppte und abblätterte wie die äußeren Schichten einer Zwiebel[5]. Seine dunklen Augen waren wie Marmor, und in ihnen brannte eine Bosheit, wie man sie sonst nur bei Leuteschindern und kinderhassenden alten Jungfern mit kläffenden Hunden findet, und er verstärkte seinen Griff um meinen Knöchel, nur um mich wissen zu lassen, daß meine Einschätzung nicht im geringsten falsch war.

Der Troll packte mein anderes Bein und drehte mich um, so daß ich Mr. Sampson wieder sehen konnte. Sampsons Tritt traf mich über den gebrochenen Rippen, und ich schrie auf. Ein Hustenanfall packte mich, und ich versuchte, meine Brust zu umklammern, aber ich fand nicht die Kraft, die Arme zu heben. Blut, frisch und nach Kupfer schmeckend, sammelte sich in meinem Mund und lief in dünnen Rinnsälen aus meinen Mundwinkeln zum Haaransatz.

Mr. Sampson schnippte mit den Fingern, und der unbedeutende Scharlatan von einem Magier, von dem er mich die ganze Nacht bearbeiten ließ, sank neben mir auf die Knie. Ich spürte das warme Kribbeln eines Zaubers über mich hinwegbranden, und die Schmerzen ließen nach.

Der Magier sah Sampson an. »Er hat innere Blutungen. Ein Lungenflügel ist kollabiert, und drei Rippen sind geprellt oder gebrochen. Sein Arm ist gebrochen, seine Nase ist gebrochen, und er wird ein paar Zähne verlieren. Was soll ich wieder zusammenflicken?«

Sampson betupfte seine gespaltene Lippe mit einem Taschentuch. »Die inneren Blutungen müssen gestoppt werden. Außerdem muß mindestens eines seiner Augen geöffnet werden. Ich will, daß er sieht, was wir als nächstes tun. Charles, bring die Frau her.«

---

[5] Angesichts seiner abnormalen Größe und des Zustands seiner Haut hatte man ihn ganz eindeutig ernsthafter Modifikationen unterzogen. Entweder das, oder er hatte als Kind richtig gut gegessen und bekam jetzt nicht genug Vitamin E.

Der Magier bearbeitete mich mit demselben billigen Sonderangebotszauber, den er schon die ganze Nacht angewandet hatte, um mich am Leben zu erhalten. Er stopfte Löcher und flickte Lecks, reparierte aber nichts von dem grundlegenden Schaden, den sie mir zugefügt hatten. Er ignorierte einfach alles, was mir Schmerzen bereitete, und ich wußte, beim nächsten Schlag gegen meine Brust würden die gesplitterten Enden meiner gebrochenen Rippen meine Lunge wieder öffnen.

Als die Schwellung rings um meine Augen zurückging, übte ich meinen gemeinen Blick an ihm. »Ich vergesse dich nicht.«

Der Magiepfuscher sah nicht sonderlich beeindruckt aus. »Das habe ich schon oft gehört. Ich kann nachts immer noch gut schlafen.«

Sampson schnippte erneut mit den Fingern, und der Mann zog sich zurück. Wieder auf den Beinen und fast wieder im Besitz ihrer normalen grünen Hautfarbe, übernahm jeder der Oger eines meiner Beine von dem Troll. Sie fingen an, in entgegengesetzte Richtungen zu ziehen, als wollten sie eine Wünschelrute aus mir machen, aber ein scharfes Kommando von Sampson ließ sie innehalten, als meine Beine in einem Winkel von etwa 150 Grad auseinanderstanden.

Er nickte, und ich hörte ein gedämpftes Donnergrollen, als der Troll hinter mir auf ein Knie sank. »Golnartac hat trotz seiner Größe ein außerordentliches Feingefühl. Sie werden nicht wissen wann, aber auf jedes von einem Dutzend vorher vereinbarter Zeichen wird er einen Teil Ihrer Anatomie mit einem raschen, präzisen Schlag treffen. Er wird nur einen Finger benutzen, aber Sie werden die Schläge äußerst schmerzhaft finden. Er mag es, einen Fingernagel in ein Nervenzentrum zu rammen oder auch einen Wirbel zu zerschmettern.«

Schmerzen, die brennender waren als der Stich eines Skorpions, explodierten in meinem linken Oberschenkel. Sie schossen in beide Richtungen und bis hinauf in den Unterleib. Ich wand mich vor Qualen, was die Oger dazu veranlaßte, an meinen Beinen zu ziehen, um zu verhindern, daß ich ihnen entglitt. Ich spürte ein Knirschen in meinen Hüften, dann lockerten die Oger ihren Griff wieder ein wenig.

Sampson lächelte auf dieselbe Weise, wie es vor Jahren die Zuchtmeister in der Schule getan hatten. »Sie brauchen diese Qualen nicht zu erleiden, Wolfgang. Wir wollen nur Dr. Raven. Wir haben Sie durch ganz Seattle gejagt und eine Menge Leute unglaublichen Unannehmlichkeiten ausgesetzt, von denen Sie nicht der geringste sind. Geben Sie uns Dr. Raven.«

»Kein ›sonst‹?«

»*Mein* ›sonst‹ wird Ihnen nicht gefallen.« Sampson drehte sich zu Charles um, der Lynns schlaffen Körper auf den Armen herbeitrug. »Sollten Sie sich mir immer noch widersetzen, werde ich sie aufwecken, und dann wird sie Ihren Platz einnehmen. Sie werden zusehen, wie sie mehr Schaden erleidet als bei einem Sturz vom höchsten Gebäude Seattles. Geben Sie uns, was wir wollen. Ihr wird nichts geschehen, und Ihre Schmerzen werden ein Ende haben.«

Ich seufzte schwer und versuchte die Schmerzen in meinen Beinen zu ignorieren. »Diesen Quatsch haben Sie schon oft gesagt, seit ich hier bin. Sie können sich doch bestimmt etwas Interessanteres ausdenken, oder nicht?«

Einen Augenblick später hatte ich das Gefühl, als hätte mir der Troll eine Scherbe aus geschmolzenem Glas durch mein rechtes Knie geschoben. Ich schrie vor Schmerzen und Verzweiflung auf. Das heisere Kichern des Trolls hörte sich an, als werde ein Wagen durch eine Schrottpresse gejagt, und plötzlich schlugen die Wogen dieser ganzen furchtbaren Tortur über mir zusammen. In den letzten zwölf Stunden war ich durch Seattle gejagt worden, war Fallen und Hinterhalten entkommen, die mich hatten verstümmeln, fangen oder töten sollen. Der Troll hatte mich dreimal besiegt, und ich war von Leuten bearbeitet worden, die Foltern gern als olympische Sportart gesehen hätten.

Als die schlimmsten Spitzen der Schmerzen langsam abebbten, hob ich die rechte Hand. »Warten Sie, es reicht.« Ich holte tief Luft. »Ich gebe Ihnen Raven. Sie lassen Sie frei, wirklich frei, richtig?«

Sampsons Gesicht nahm einen Ausdruck der Überlegenheit an. »Sie können mir vertrauen, Kies. Sie sind nur Mittel zum Zweck, und sie ist ein Mittel, um Sie zu bekommen.«

Ich schüttelte den Kopf, um ihn zu klären. Hinter und über Sampsons Kopf sah ich etwas durch die Dunkelheit huschen. Ich versuchte mich zu konzentrieren und das Etwas zu identifizieren, aber es gelang mir nicht. Ich war zu weggetreten, um noch etwas anderes wahrzunehmen als mein Bedürfnis, den Schmerzen ein Ende zu bereiten. »Sie sorgen dafür, daß sie okay ist?«

Sampson nickte ernst. »Es wird ihr an nichts fehlen.«

In diesem Augenblick wußte ich, daß Lynn an den Meistbietenden versteigert würde. *Schön. Das macht alles viel leichter.* »Docs geheimes Hauptquartier befindet sich in einem Lagerhaus der Anasazi Transportgesellschaft am Pier 27.«

Sampson sah den Troll an. »Zerschmettere ihm das Hüftgelenk, dann brich ihm das Rückgrat, ein Wirbel nach dem anderen. Charles, mach mit der Frau, was du willst, dann soll Golnartac sie entsorgen.«

Hinter mir kicherte der Troll mit boshaftem Vergnügen.

»Sie sind viel zu vertrauensvoll, Wolf.« Sampson betupfte noch einmal seine gespaltene Lippe, dann schleuderte er mir entgegen: »Ich werde dafür sorgen, daß Raven erfährt, wer sein Judas war ...«

Der Troll ragte vor mir auf, doch als seine Faust zum Hieb ansetzte, fing der Oger, der mein rechtes Bein hielt, plötzlich an zu zucken, und aus einer Reihe von Löchern, die von seinem Nabel bis zur Stirn reichten, spritzte Blut. Die Wand hinter ihm färbte sich plötzlich rot, dann löste sich der Teil seines Kopfes oberhalb der glasigen Augen in Luft auf. Als er rückwärts taumelte, entglitt mein Knöchel seinen leblosen Fingern.

Der andere Oger, der die Spannung als Vorbereitung auf den Schlag des Trolls erhöht hatte, riß mich unter der herabsausenden Faust des Trolls weg. Ich spürte, wie der Boden des Lagerhauses unter dem Schlag erbebte, und Golnartacs erzürnter Schrei schüttelte die Wellblechwände wie ein Sommergewitter. Ein weiterer Schrei, diesmal von einem leidenden Oger, sang einen Kontrapunkt zum Aufschrei des Trolls, und der Druck um meinen linken Knöchel verschwand.

Plötzlich kam mir der Betonboden entgegen. Ich landete auf meiner linken Schulter und spürte ein knirschendes Knacken in den Rippen, aber ich nutzte den Schmerz aus, um meinen Körper zur Reaktion zu zwingen. Adrenalin durchflutete mich wieder und betäubte den Schmerz. Ich richtete mich auf ein Knie auf, die Fäuste geballt, und hustete dann ein belegtes Lachen des Triumphs und der Freude heraus.

Kid Stealth stand auf dem Rücken eines Ogers, die rauchende Kalaschnikow immer noch auf den Oger gerichtet, den er durchlöchert hatte. Von den sichelförmigen Krallen an seinen vogelartigen Titanbeinen tropfte Ogerblut – die anderen Krallen hatten sich einfach in die Leiche unter seinen Füßen gegraben. Ihn hatte ich zwischen den Dachträgern des Lagerhauses herumturnen sehen, und er hatte den Oger erledigt, während er heruntergesprungen war und den anderen mit seinen Krallen aufgeschlitzt hatte.

Der Troll blieb auf einem Knie und preßte seine gebrochene Hand an die Brust. Über der Hand, dort, wo das Herz des Trolls schlug, schwebte ein roter Punkt. In der Seitentür des Lagerhauses sah ich die klobigen

Umrisse von Tom Electric. Das Laserzielfernrohr auf seinem panzerbrechenden Raketenwerfer zwinkerte mir beruhigend zu.

Hinter und über Tom tauchten vier weitere Personen auf. Zwei waren die hiesigen Samurai, die ich Zig und Zag nannte. Ebenfalls mit Kalaschnikows bewaffnet, flankierten sie das hübscheste Mitglied aus Ravens Truppe, Valerie Valkyrie. Sie betrachtete mich mit entsetzter Miene, während die beiden Straßensamurai die Halloweener in Schach hielten. Plutarch Graogrim, ein Ork, entfernte sich von Zig und Zag und hielt dabei seine Pistole auf Charles den Roten gerichtet.

Ich sah Sampson erbleichen und wußte, daß Raven eingetroffen war. Ich schaute zu Doc herüber, als er aus den Schatten trat. Die Schwärze fiel von seiner kupferfarbenen Haut ab, klebte jedoch lange genug an ihm, um die Umrisse seiner Muskeln mit tiefen Linien nachzuzeichnen. Er war auch für einen Elf sehr groß, sah aber wegen seiner kräftigen Statur und der hohen Wangenknochen, die ihm sein amerindianisches Blut vererbt hatten, wie ein Mensch aus. Seine langen schwarzen Haare fielen über seine Lederweste bis auf die Brust, konnten aber die Spitzen seiner Elfenohren nicht ganz verbergen.

Ich bin stolz auf meine silbernen Augen und auf ihren furchteinflößenden Blick, aber das Funkeln, mit dem Doc Sampson musterte, ordnete sogar meine besten Versuche der Amateurliga zu. In seinen Augen brannten blaue und rote Lichter, als strahle eine Aurora in ihren schwarzen Tiefen. Muskeln spannten sich in Ravens hohlen Wangen, und die Haut um seine Augen straffte sich.

Ravens Stimme durchschnitt die Stille wie ein Laser billige Blechfolie. »Sie haben eine Nachricht für mich?«

Jene sechs Worte hätten auch Kaliber-.50-Kugeln sein können, eine solche Wirkung hatten sie auf Mr. Sampson. Er schüttelte heftig den Kopf und fluchte. »Nein, verdammt, nicht hier, nicht jetzt!« Seine Hände flogen herum wie Schlangen, die sich vor Schmerzen winden, dann blitzte etwas auf, und Sampson verschwand.

Die Halloweeners begannen nervös untereinander zu tuscheln, aber das Klick-Klick-Klick von Kid Stealths Krallen auf dem Beton, als er zu ihnen lief, um sie in Schach zu halten, würgte ihre Unterhaltung ab. »Ich habe nichts im Infrarot-Bereich.«

Raven starrte auf die Stelle, wo Sampson gerade noch gestanden hatte, als wolle er sich einprägen, was soeben geschehen war. Er schaute hoch und verfolgte mit den Augen den Weg, auf dem Kid Stealth in das Lagerhaus eingedrungen war, dann nickte er, als jemand vor Schmerzen aufschrie. »Er ist auf dem Weg verschwunden, auf dem Sie gekommen sind, Stealth.«

Die Mordmaschine lächelte. »Eine Schlinge Monodraht kann üble Schnittwunden hervorrufen, wenn jemand den Fluchtweg vermint.«

»Wir haben später noch Zeit genug, um ihn zu verfolgen«, sagte Raven, dann ging er zu der Stelle, wo ich kniete. Er ging neben mir in die Hocke und wirkte einen raschen Zauber, der mir die Schmerzen nahm und ihm gleichzeitig verriet, was nicht mit mir in Ordnung war.

»Kein Grund zur Beunruhigung, Wolf. Nichts, was nicht mit der Zeit heilen würde.« Er bedachte mich mit einem Lächeln, das meine Lebensgeister weckte, aber es verblaßte zu einer dünnen Linie der Besorgnis, als ich wie ein Ertrinkender nach seiner Hand griff.

»Doc, ich brauche Hilfe, sofort ...« Ich sah Golnartac an. »Ich will ihn ...«

Raven sah mir tief in die Augen. Er wandte keine Magie an, jedenfalls keine Magie, die ich spüren konnte, aber er wußte, was ich dachte. »Wolf, Sie brauchen das nicht zu tun. Lynn ist in Sicherheit. Lassen Sie sich Zeit, bis Ihre Wunden verheilt sind. Wenn ich Magie anwende und etwas schiefgeht oder eine Komplikation eintritt, könnte der daraus resultierende Schaden dauerhaft sein.«

Er sah Kid Stealth an. »Er und die anderen haben die Möglichkeit, ein defektes Körperteil durch ein mechanisches zu ersetzen. Wir beide haben diese Möglichkeit nicht.«

»Sie haben Sampson gehört. Sie haben gehört, was sie mit Lynn machen wollten.«

»Das war ihre Phantasie, aber wir haben sie daran gehindert. Ich kümmere mich nur um Realitäten, und die Realität besagt, daß sie wohlauf ist.«

»Ja, aber ich werde es nicht sein.« Ich zeigte auf den Troll, der mich höhnisch angrinste. »Sampson hat ein Lied gespielt, und der Troll hätte mit Freuden nach seiner Pfeife getanzt. Nun, ich muß ihn eine Variation dieses Themas lehren.«

»Das ist Dummheit, Wolf.«

»Wir sind hier. Lynn ist hier, weil *ich* dumm war. Ich will den Rest meines Lebens mit Lynn verbringen, aber um das zu tun, muß ich wissen, daß ich sie beschützen kann. Er war mir gegenüber immer im Vorteil, und jetzt sind wir einander ebenbürtig. Ich habe keine Wahl, Richard. Ich muß es tun.«

Ich sah, wie sich das Spiel der Lichter in seinen Augen beschleunigte. Ich nannte ihn nur Richard, wenn es wirklich wichtig war, aber er wollte mir trotzdem keinen dauerhaften Schaden zufügen. »Wolf, es muß eine andere Möglichkeit geben.«

Ich schüttelte den Kopf. »Heilen Sie nichts. Betäuben Sie nur die Schmerzen so lange, daß ich den Alten erreichen kann.«

Raven erhob sich und half mir auf. »Und wenn der Troll Sie tötet?«

Meine Augen verengten sich zu silbernen Schlitzen. »Machen Sie sich deswegen keine Sorgen. Sie kümmern sich nur um Realitäten, wissen Sie noch?«

*

Als Ravens Zauber mich wie ein warmer Frühlingsregen überflutete, zog ich mich ganz tief in mich zurück. Ich schwamm durch Schmerzlinien, die wie heiße Blitze durch dunkle Gewitterwolken zuckten, aber der Zauber schützte mich vor ihrer Berührung. Manchmal wurde es schwierig, aber ich zwang mich vorwärts, gehetzt von dem Wissen, daß Lynn durch meine Schuld beinahe den Tod gefunden hätte.

Der Alte betrachtete mich mit blutdürstigem Blick. »Überlaß ihn mir, Langzahn. Liefere dich mir aus, dann vernichte ich den Troll.«

»Nein. Ich habe mich dir ausgeliefert, doch deine Kräfte waren ohne Intelligenz wertlos. Ich brauche alles, worüber du verfügst, aber ich brauche es zu *meinen* Bedingungen, unter *meiner* Kontrolle.«

Der Wolfsgeist heulte sein Gelächter heraus. »Du hast Schmerzen und bist schwach. Was bringt dich zu der Annahme, du könntest mich jetzt kontrollieren?«

Meine Wut und Empörung darüber, daß es mir nicht gelungen war, Lynn zu schützen, zog sich um ihn zusammen wie ein Netz. »Das Wissen reicht aus, daß ich dich kontrollieren *muß*. Ich brauche deine Schnelligkeit und deine Kraft. Ich brauche deinen Mut und deine Ausdauer. Du wirst meine Bedürfnisse auf meine Weise befriedigen. Du hast versagt, und du bist mir die Chance schuldig, alles wieder ins rechte Lot zu bringen. Es muß ein Mensch sein, der diesen Troll vernichtet, und dieser Mensch werde ich sein.«

Der alte Wolf neigte den Kopf in einem Ausdruck der Neugier. »Aber du bist kein Mensch – du bist mehr.«

Ich knirschte mit den Zähnen. »Heute nacht werde ich mich damit begnügen, nur ein Mensch zu sein.«

Der Alte spürte meine Not und meinen Schmerz. »Also gut, ich bin einverstanden, und zwar ohne Bedingungen. Das ist mein Geschenk für dich, Langzahn Menschenkrieger.«

Das Lagerhaus nahm wieder Gestalt vor meinen Augen an, aber die geschärften Sinne ließen es so aussehen, als erblickte ich es zum erstenmal. Ich roch Angst und Entsetzen der Halloweener und den Tod, der von den Ogerleichen aufstieg. Ich bemerkte, wie der Quacksalber-Magier von einem Schüttelfrost beinahe zerrissen wurde, als ich ihn ansah. Alle Helfer Ravens sahen mich jetzt mit anderen Augen als sonst – physisch war ich noch derselbe, aber sie wußten, daß ich nicht mehr ich selbst war.

Nein, meine Freunde, ich bin weit mehr ich selbst, als ich es in eurer Gesellschaft je war!

Ich drehte mich um und begegnete dem boshaften Blick des Trolls mit einer Eindringlichkeit, die ihn ein klein wenig erschreckte. Ich entfernte mich von Raven und trat in die Mitte der freien Fläche innerhalb des Lagerhauses. Ich zwang mich, die linke Hand zur Faust zu ballen, und verbiß mir einen Aufschrei, als sich die Knochenenden in meinem Unterarm aneinander rieben. Ich zeigte auf Golnartac und winkte ihn vorwärts. »Komm her. Du gehörst mir.«

Sein Gelächter klang, als kratze jemand über eine Schiefertafel. »Kleiner Mann gibt kleinen Schmierfleck.«

Der Troll walzte vorwärts, doch ich schlug mit einer Schnelligkeit zu, die von meiner Wut zusätzlichen Antrieb erhielt. Als seine massige Faust an der Stelle durch die Luft zischte, wo ich gerade noch gestanden hatte, schoß ich vorwärts und landete zwei Schläge und einen Ellbogenstoß auf dem Muskelbündel über seinem rechten Knie. Die Schläge zermalmten Fleisch zu Staub, aber die steinharten Muskeln des Trolls absorbierten die Wucht wirkungsvoller, als ein Schwarzes Loch Photonen aufsaugt.

Ein Wutgebrüll nahm seinen Anfang in Golnartacs Bauch und arbeitete sich durch seine Kehle. Er setzte den linken Fuß auf und versuchte nach rechts herumzufahren. Ich duckte mich und wirbelte in die andere Richtung, so daß der Troll einen quälenden Blick auf meinen ungeschützten Rücken werfen konnte. Seine beiden Arme schwangen über meinen Kopf hinweg, als mich ein zweiter und dritter Hieb verfehlte, dann sprang ich hoch und schmetterte meine rechte Faust gegen seinen linken Handrücken.

Schmerz überschattete die Wut im Bellen des Trolls, als mein Schlag bereits gebrochene Knochen weiter splittern ließ. In einem blindwütigen Reflex verpaßte mir der Troll mit eben jener Hand einen Rückhandschlag. Ich sah ihn heranwachsen und ging mit ihm mit, so daß ich ihm einiges von seiner Wucht nahm. Dennoch traf er mich an der linken Seite; der Schlag entzündete ein Feuer in meiner Brust und schleuderte mich über den Lagerhausboden.

Der neuerliche Aufschrei des Trolls übertönte mein Stöhnen, als ich aufschlug und gegen die Leiche eines Ogers prallte. Ich sprang auf, doch als ich mich aufrichtete, spürte ich, wie etwas in meiner Brust nachgab. Noch mehr Schmerzen durchzuckten mich, und ich verspürte einen starken Hustenreiz wegen des Blutes, das in meine Lunge sickerte. Ich blieb halb vornübergebeugt und biß auf die Zähne, um den Schmerz zu verdrängen. Ich krümmte die Hände zu Klauen und winkte den Troll vorwärts.

Golnartac setzte sich in Bewegung, aber er hinkte leicht, weil sein rechtes Bein nicht mehr so reagierte, wie es sollte. Ich kam ihm entgegen, warf einen Blick auf seine gebrochene Hand und richtete meinen Angriff wieder auf sein rechtes Knie. Ich rammte den linken Ellbogen in das Gelenk und spürte, wie Golnartacs Kniescheibe zur Seite geschoben wurde, was ihm ein schmerzerfülltes Aufbrüllen entlockte. Frohlockend glitt ich schnell nach rechts und rammte ihm die rechte Faust aufwärts in den Magen.

Der Troll reagierte instinktiv auf den Hieb. Seine rechte Hand traf mich auf dem Rücken und beförderte mich mit dem Gesicht voran gegen eine Wand aus steinharten Bauchmuskeln. Benommen zuckte ich zurück, zögerte aber zu lange, um ihm zu entkommen. Golnartacs rechte Hand schloß sich um meinen Kopf, und er hob mich auf, so daß ich den Boden unter den Füßen verlor.

»Wie eine Eierschale!« krähte er triumphierend und drückte zu.

Schmerzen zuckten von Schläfe zu Schläfe, von Stirn zu Rückgrat, aber ich weigerte mich, ihnen nachzugeben. Meine Hände verschränkten sich um das Handgelenk des Trolls, und ich riß trotz der reißenden Schmerzen in meiner Brust den rechten Fuß zu einem brutalen Tritt hoch, der den Ellbogen des Ungeheuers traf. Ich entspannte mich für den Bruchteil einer Sekunde, um dann noch einmal zuzutreten, und diesmal traf mein Fuß den Ellbogen mit voller Wucht.

Als ich das scharfe Knacken hörte, wußte ich im ersten Augenblick nicht, was gebrochen war, mein Kopf oder sein Arm. Dann lockerte sich der Schraubstock, der meinen Kopf umklammert hatte. Ich fiel zu Boden und startete rasch einen neuerlichen Angriff, indem ich meine rechte Ferse in den Fuß des Trolls bohrte. Weitere Knochen brachen mit dem Knallen eines Schusses, und diesmal wußte ich ganz genau, daß ich den Schaden austeilte und nicht einsteckte.

Ich hörte den Troll vor Schmerzen kreischen, aber es bedeutete mir nicht das geringste. In dem Augenblick, als ich mein Gleichgewicht wiedererlangte, wirbelte ich in einem Sicheltritt herum, der meinen linken Fuß durch Golnartacs rechtes Knie trieb. Das Bein bog sich mit einem feuchten, reißenden Geräusch durch. Der Troll fing an, wild mit den Armen zu rudern, da er seinen Kampf jetzt nicht mehr gegen mich, sondern gegen die Schwerkraft führte.

Golnartac verlor seinen Kampf und sackte wie in Zeitlupe zu Boden.

Die Wut in meinem Herzen gestattete mir nicht, ihm gegenüber auch nur die geringste Gnade walten zu lassen.

Er hätte Lynn getötet. Und er hätte es genossen.

Gefühle brodelten in mir wie ein Sturm. Ich nahm zwei Schritte Anlauf, bevor der Troll dem unerbittlichen Zug der Schwerkraft nachgab. Mich über die elementare Kraft hinwegsetzend, die ihn herunterzog, sprang ich in die Luft. Als der Kopf des Trolls in Reichweite kam, schoß mein rechter Fuß aufwärts. Mein Fußballen traf Golnartac am Kinn, zerschmetterte ihm den Kiefer und zermalmte elfenbeinerne Zähne.

Golnartacs Kopf schnappte zurück, als habe jemand seinen langen schwarzen Zopf gepackt und daran gezogen. Die dicken Muskelstränge in seinem Nacken strafften sich, und sein Adamsapfel trat hervor wie eine außerirdische Kreatur, die um ihre Freiheit kämpfte. So stark seine Muskeln auch waren, auch sie konnten nicht sämtliche Energie meines Sprungtritts absorbieren. Das Genick des Trolls brach, als ein Halswirbel unter dem Druck nachgab.

Mit unkontrolliert schwankendem Kopf krachte der tote Troll zu Boden.

Ich landete eine Sekunde später auf wackligen Beinen. Eine neuerliche Schmerzexplosion verriet mir, daß ich mir den rechten Fuß gebrochen hatte, dann vernebelten mir die Schmerzen in meinen Rippen die Sinne. Der Alte ließ mich noch einen halbsekündigen Blick auf meinen toten Gegner werfen, dann verließ er mich ebenfalls, und ich fiel bewußtlos zu Boden.

IV

Ich stützte mich schwer auf einen Stock, der seit dem Tod von Silicon Wasp nicht mehr benutzt worden war, und sah aus der Ferne zu, wie Dr. Raven Phil Ingold vor dem Fuchi-Tower die Hand schüttelte. Sie schienen sich im guten voneinander zu verabschieden, obwohl Phil steif wirkte und sich langsam abwandte, um in das Gebäude zurückzukehren. Ich spürte keine Feindseligkeit in ihm, nur Trauer und Resignation.

Phil bewegte sich so, als leide er innerlich dieselben Schmerzen wie ich äußerlich.

Ein Fiberglasverband hüllte meinen rechten Fuß ein. Ein ähnlicher Verband umgab meinen linken Arm. Die Wunden in meiner rechten Seite waren genäht worden, und eine Bandage hielt meine gebrochenen Rippen auf der anderen Seite zusammen. Mein Nase tat immer noch weh, wenn ich nießen mußte, und die Prellungen und Blutergüsse überall an meinem Körper waren nicht mehr violett, sondern einheitlich braun mit gelbsüchtigen Aufhellungen.

Ich sah Raven an, als er zu mir kam. »Sie haben alles erklärt?«

Raven nickte ernst. »Lynn hat sich von der Tortur erholt und will Sie sehen. Weder sie noch ihre Mutter wollen begreifen, warum Sie nicht mehr zu ihr kommen. Mr. Ingold versteht es zwar, aber ich glaube, im Augenblick empfindet er den Schmerz seiner Tochter stärker als seine Furcht, was in Zukunft alles geschehen könnte.«

Ich schüttelte den Kopf. »Er betrachtet die zukünftigen Gefahren als rein hypothetisch, aber Sie und ich wissen, daß sie Realität sind.«

»Wissen wir das?«

»Sampson hat sich Lynn einmal geschnappt, um an mich heranzukommen, und er würde es wieder tun. Die Beziehung zu beenden und sie aus Seattle zu schaffen ist die einzige Möglichkeit, ihre Sicherheit zu gewährleisten. Das wissen wir beide.«

»Es ist nicht die einzige Möglichkeit. Stealth hätte die Halloweener für ein Taschengeld getötet.«

»Ein Abschlachten Unschuldiger.«

»Und wir *werden* uns um Mr. Sampson kümmern.« Ravens Augen nahmen einen entrückten Ausdruck an, und der Farbwirbel in ihnen schien einen Strudel zu bilden. »Oak Harbor hat uns ein paar interessante Hinweise geliefert, und dasselbe gilt für seine Zurschaustellung magischer Fähigkeiten vor einer Woche. Seine Tage als Bedrohung sind gezählt.«

»Und ihre Zahl ist einstellig.« Ich seufzte schwer. »Trotzdem – wenn er es nicht ist, dann wird es jemand anders sein. Die Person, die ich sein müßte, um Lynn zu beschützen, ist jemand, den sie hassen würde.«

Raven sah mich an, während wir langsam die Straße entlanggingen. »Sie sagen das so, als sei sie unfähig, sich zu ändern und die Risiken zu akzeptieren, die ein Leben mit Ihnen beinhalten würde. Sie war viel besorgter um Sie und Ihre Verletzungen als um ihre eigenen. Die Dinge könnten sich anders entwickeln, als sie jetzt vielleicht glauben.«

»Alle Träume werden zu Alpträumen, wenn man zu spät aufwacht, Doc.« Ich wollte gerne glauben, was er sagte, aber ganz tief in meinem Inneren wußte ich, daß ich das Ausmaß der Verantwortung nicht übernehmen konnte, das erforderlich war, wenn ich mich mit Lynn verband. Ich hatte Hunderten von Leuten wie ihr geholfen und die Verantwortung akzeptiert, weil ich wußte, daß diese Verantwortung eines Tages enden würde. Bei Lynn würde sie nicht enden, und ein Leben mit ihr würde zwar herrlich sein, aber wenn sie meinetwegen starb, würde ein Leben ohne sie unerträglich sein.

Raven lächelte zögernd. »Als Sie mir Ihre Nachricht schickten, habe ich mich sehr darüber gefreut, weil sie mir verriet, daß Sie bereit waren, eine Last zu tragen, die zu übernehmen ich mich bisher stets geweigert habe. In dieser Beziehung habe ich Sie für einen besseren Menschen als mich gehalten, Wolf.«

Ich blinzelte überrascht. »Ich ein besserer Mensch als Sie? Realitäten, Doc, keine Hypothesen.«

»Ich war sicher und bin es auch jetzt noch, mein Freund, daß ich mich nicht völlig irre.« Er legte mir eine Hand auf die Schulter und drückte sie. »Vielleicht sind wir eines Tages beide in der Lage, auch diese letzte Schranke zu überwinden.«

»Das will ich gern zugestehen.« Ich schüttelte den Kopf. »Aber es ist schon irgendwie komisch. Wir sind bereit, uns um die ganze Welt zu kümmern, aber unfähig, dasselbe für eine ganz bestimmte Person zu tun.«

»Im Grunde ist es in der Tat ein Alptraum, Wolf.« Raven zuckte leichthin die Schultern, aber in seinen Augen brannten intensive Farben. »Aber wenn wir lange genug ausharren, können wir bis dahin vordringen, wo der Alptraum wieder ein Traum wird, und dann wird der Traum vielleicht wahr.«

NACHWORT

Die Geschichten über Wolfgang Kies und Dr. Richard Raven sind aus einer Reihe von Gründen etwas Besonderes für mich. Zwar nimmt diese Gruppe von Charakteren im Vergleich zu meiner Arbeit für BattleTech und Star Wars den wenigsten Raum ein, aber im Bewußtsein der Leser genießen Wolf und Raven einen ungewöhnlich hohen Stellenwert. So kommt es vor, daß ich in einer Signierstunde für Star Wars gefragt werde: »Ach, und werden Sie je einen Roman über diese Burschen aus Shadowrun schreiben?« Und das Jahre nachdem diese Magazine und Bücher, in denen diese Geschichten veröffentlicht wurden, nicht mehr lieferbar sind.

Von Shadowrun hörte ich zum erstenmal im März 1989, als das Rollenspiel entwickelt wurde. Ich war in Chicago, um mit den Leuten von FASA das Konzept des Rollenspiels Renegade Legion zu besprechen, aber dann erzählte mir Jordan Weisman alles über Shadowrun und füllte meine Gedanken mit allen möglichen Bildern und coolen Sachen. An einem Donnerstag kehrte ich nach Phoenix zurück und konnte einfach nicht aufhören, über diesen Kram nachzudenken. Für einen Autor – insbesondere für einen mit einem Auftrag, der Shadowrun nicht beinhaltete – ist das keine gute Sache.

Etwa sechs Monate zuvor hatte mich meine Agentin Ricia Mainhardt gebeten, Richtlinien für eine Abenteuerserie von Romanen für männliche Leser zusammenzustellen, die wir auf den Markt bringen könnten. Ich dachte länger darüber nach, und obwohl ich die Idee schließlich verwarf, hielten sich einige Gedanken hartnäckig in meinem Hinterkopf. Ich hatte beschlossen, daß ich über eine Gruppe von Helden schreiben würde, deren Anführer ein Genie war, vergleichbar mit Doc Savage und seinen Helfern. Der Unterschied bei meiner Gruppe würde der sein, daß die Geschichten in der ersten Person von einem der Helfer erzählt würden, etwa so, wie Dr. Watson und Archie Goodwin als Chronisten für die Heldentaten von Sherlock Holmes beziehungsweise Nero Wolfe fungieren. Dieser Blickwinkel ermöglicht es dem Genie, tatsächlich ein Genie zu sein, und dem Leser, alles mitzuerleben.

An jenem Freitagabend besuchten Liz und ich *Fiddler's Dream*, ein Café in Phoenix, in dem Folksänger auftreten. Ich erinnere mich, daß ich mich ganz in mich selbst zurückzog, zwar die Musik hörte, aber doch Millionen Meilen entfernt war. Shadowrun hatte sich wieder gerührt, und mir gingen haufenweise Bilder und Ideen durch den Kopf. Plötzlich sah ich einen Rolls Royce, aber anstatt der geflügelten Dame hatte er einen Raben als Kühlerfigur. In diesem Augenblick sah ich das Doppel-R-Logo unter dem Raben und wußte, daß der Wagen Richard Raven – Dr. Richard Raven – gehörte, einem amerindianischen Elf und Shadowrunner der Spitzenklasse.

Raven paßte perfekt in das Abenteuerromankonzept, und ich wußte, daß der Helfer, der seine Abenteuer erzählen würde, Wolf hieß. Außerdem wußte ich, daß Wolf so eine Art Werwolf war – wenigstens glaubt er das –, aber ich wußte nicht, ob das in der Welt von Shadowrun überhaupt möglich war. Es spielte keine Rolle – ich hatte zwei Charaktere, und die Welt, wie ich sie sah, bekam Konturen.

Am Samstag rief ich Jordan zu Hause an und stellte ihm ein paar Fragen zum fiktionalen Hintergrund. Am Sonntag entstand in einer Zehn-Stunden-Marathonsitzung ›Squeeze Play‹. Am Montag faxte ich FASA das

Manuskript, das so zur ersten Shadowrun-Geschichte wurde.

Das war ziemlich bemerkenswert, weil die Regeln für das Rollenspiel noch gar nicht existierten.

Bis zum Ende der Woche hatte ich ›Quicksilver Sayonara‹ geschrieben, und bis zum Ende des Monats hatte ich die Geschichte, die ›Der Wolf in mir‹ wurde, beendet. Damit hatte ich mir Wolf noch nicht aus dem Kopf geschrieben, aber ich sah mich dem Grundproblem aller Autoren ausgesetzt: Wenn man bezahlt werden will, muß man Dinge schreiben, für die man bezahlt wird. Ich machte mich an die Arbeit für Renegade Legion, und Wolf ließ mich los.

Da die Veröffentlichung von Shadowrun für den GenCon vorgesehen war, kam Jordan zu dem Schluß, daß wir eine SR-Anthologie brauchten, und er wollte eine Sammlung miteinander verflochtener Kurzgeschichten daraus machen. Wir arbeiteten gemeinsam den Hintergrund aus und überlegten uns die Plots, um die es in jeder Geschichte gehen würde, dann holte er die Autoren zusammen. Jordan wählte Robert Charrette für den Anfang und mich für das Ende aus. Die anderen Geschichten bekamen eine Themenvorgabe dazwischen, und wir machten uns sofort an die Arbeit. Bis zum GenCon war der erste Entwurf der Anthologie fertig. Während eines großen Essens bei *Maders* wurden alle Unebenheiten geglättet.

Meine beiden Geschichten bilden das letzte Drittel der Anthologie. Die erste, ›Would It Help If I Said I Was Sorry‹ (›Hilft es, wenn ich sag, es tut mir leid?‹, in Heyne SF 4844), ist keine Wolf-Geschichte. Es ist eine Zig-und-Zag-Geschichte oder Iron Mike und Tiger, wie sie sich vorzugsweise nennen. Die zweite Geschichte ist Wolf durch und durch. ›It's All Done With Mirrors‹ (›Spiegelfechtereien‹, in Heyne SF 4844) ist eine Chronik der Ereignisse, die in diesem Buch unter dem Begriff ›Nacht des Feuers‹ zusammengefaßt sind. Beide

Geschichten liegen zeitlich zwischen ›Squeeze Play‹ und ›Quicksilver Sayonara‹.

Nachdem ich die beiden Geschichten geschrieben hatte, in denen ein Teil der Seattler Innenstadt zerstört wird, besuchte ich Seattle. Die Reise hat viel Spaß gemacht. Ich war besonders zufrieden, daß ich bergab und bergauf richtig eingeordnet hatte – eine Vermutung, die auf der Lage des Ozeans beruhte.

An dieser Stelle sah es so aus, als würde es erst wieder eine Geschichte mit Wolf und Raven geben, wenn ich einen Roman schrieb, was mir, wie ich glaubte, viel Spaß machen würde. Bob Charrette bekam die ersten drei Shadowrun-Romane – was nicht mehr als recht und billig war, da er einer der Entwickler des Rollenspiels ist –, und ich hoffte, kurz danach einen Band zu übernehmen, als ROC die Veröffentlichung der BattleTech- und Shadowrun-Romane für FASA übernahm. Meine erste Gelegenheit, einen Shadowrun-Roman zu schreiben, verstrich jedoch, weil ich nach Auffassung von FASAs Sam Lewis vollkommen mit BattleTech ausgelastet war. An dieser Stelle sah es so aus, als würde ich einen Roman pro Jahr für FASA schreiben, und Sam wollte, daß es ein BattleTech-Roman war.

Ungefähr zur gleichen Zeit wurde entschieden, daß die Anthologie zur Veröffentlichung freigegeben wurde. Ich bat FASA um Erlaubnis, ›Squeeze Play‹ im GEnie Network und dort im Games Forum als Vorgeschmack auf die zu erwartenden Shadowrun-Romane zu veröffentlichen, um den Verkauf der Anthologie zu fördern. Nachdem ich sie veröffentlicht hatte, kamen Loren Wiseman vom nicht mehr existierenden Game Designers Workshop und ich in einer Real-Time-Konferenz ins Gespräch. Loren teilte mir mit, daß in ihrem Magazin *Challenge* noch Platz für Beiträge sei. Ich antwortete, ich sei völlig ausgebucht. Loren sagte, das sei schade, weil sie gerne eine Geschichte von mir in der nächsten Ausgabe gebracht hätten. Eine Geschichte sei etwas anderes, erwiderte ich daraufhin. (Da *Challenge* noch nie Geschichten veröffentlicht hatte, ging ich davon aus, daß Loren einen Artikel oder ein Szenario haben wollte.) Ich wies Loren auf ›Squeeze Play‹ hin, und er lud sich die Geschichte herunter und kaufte sie binnen einer Woche.

Ich reagierte darauf, indem ich ihm eine Kopie von ›Quicksilver Sayonara‹ schickte, die er ebenfalls nahm. Im Frühjahr 1990 schrieb ich ›Digitale Gnade‹, und *Challenge* brachte auch diese Geschichte. Im Sommer schrieb ich auf Anfrage von FASA die Geschichte ›Better to Reign‹, und zwar für eine Werbebroschüre, die bei Origins verteilt wurde. In dieser Geschichte wurde der Charakter Green Lucifer eingeführt und sein Hintergrund ausgestaltet. Da ich einen guten Charakter nicht verschwenden wollte, schob ich ›Der Quotenspieler‹ nach und ließ Dempsey darin auftauchen – einen Charakter von Loren Wiseman.

Aufgrund meiner Verpflichtungen dauerte es ein Jahr, bevor ich eine weitere Geschichte mit Wolf und Raven schrieb. Seit ›Digitale Gnade‹ wußte ich, daß ich noch einmal auf den Charakter Albion zurückkommen und Wolf in die Nachwehen dieser Geschichte einsteigen lassen wollte. Die einleitende Szene war fertig, kein Problem, aber ich wußte nicht, wie die Geschichte weitergehen sollte. Dann, eines Tages, als ich mit dem Destiny Deck (das von Dennis L. McKiernan und Peter Bush entwickelt wurde) herumspielte, legte ich die Karten aus, um zu sehen, wie die Geschichte weitergehen würde. Das Destiny Deck eignet sich hervorragend für die Entwicklung von Szenarien, und in diesem Fall ergab sich der Rest der Geschichte einfach aus den Hinweisen auf den Karten. ›Leichte Beute‹ war geboren, und die Geschichte war ziemlich umfangreich. *Challenge* übernahm sie und verteilte sie auf zwei Ausgaben.

Anfang 1992 sah es so aus, als könnte ich endlich

einen Vertrag für einen Shadowrun-Roman abschließen. Auf Sam Lewis' Anfrage schickte ich einen Vorschlag, einige der Kurzgeschichten als Ausgangspunkt für den Roman zu nehmen und sie zu einem langen Abenteuer zu verknüpfen. Ich wartete auf die Antwort, doch bevor FASA sich bei mir meldete, kam meine Agentin mit einem Vertragsangebot von Bantam Books für zwei ungeschriebene Fantasy-Romane, darunter auch *Once a Hero*. An dieser Stelle meiner Karriere hätte sich nur schwerlich ein besseres Angebot finden lassen. Mit zwei Vögeln fest in der Hand rief ich Sam an, um ihm zu sagen, daß ich einen wieder fliegen lassen müsse.

Sam erwiderte: »Sie wollen mir damit also sagen, daß Sie das Buch ablehnen, das wir Ihnen anbieten.« Wegen meiner Verpflichtungen Bantam gegenüber mußte ich es tun. Hätte ich FASAs Angebot zuerst in der Hand gehabt, hätte ich die Arbeit für Bantam aufschieben können, aber solcherart sind nun einmal die Komplikationen im Verlagsgeschäft.

An dieser Stelle werden die Dinge hinsichtlich Wolf und Raven etwas surreal. Im Frühjahr 1992 wurden Liz und ich als Gäste zum Conduit 2 in Salt Lake City eingeladen. Der dortige Ehrengast war Roger Zelazny, ein Mann, dessen Arbeit ich seit Jahrzehnten bewunderte. Ich hatte gehofft, ihn dort kennenzulernen – bei derartigen Veranstaltungen werden die Gäste von außerhalb oft umständehalber zusammengelegt. Zwar kamen wir tatsächlich dazu, ein wenig miteinander zu plaudern, aber ich hatte nie das Gefühl, daß wir miteinander warm wurden, und am Ende war ich ziemlich enttäuscht über mich selbst, weil ich keinen besseren Eindruck auf ihn gemacht hatte.

Im September dieses Jahres kam Roger als Ehrengast des CopperCon nach Phoenix. Am folgenden Wochenende sollten Roger, Jennifer Roberson, Liz Danforth und ich alle Gäste beim Wolfcon in Mississippi sein.

Da ich im Jahr zuvor schon beim Wolfcon gewesen war, wußte ich, wie klein und intim die Veranstaltung war, und ich wußte auch, wie erbärmlich ich mich fühlen würde, wenn ich Roger bis dahin nicht besser kennengelernt haben würde. Ich beschloß, meine Sache beim CopperCon besser zu machen, und besuchte die Veranstaltung.

Als ich ins Autorenzimmer ging, um mir mein Abzeichen zu holen, erhob Roger sich von seinem Stuhl. »Hey, Mann, schön, Sie zu sehen«, sagte er, um dann hinzuzufügen: »Roger Zelazny.« Klar. Sicher. Als hätte ich vergessen können, wer er war.

Ich murmelte eine Begrüßung und schüttelte ihm die Hand. Dann sagte er: »Ein Freund von mir hat mir ein paar Geschichten geschickt, die Sie für Shadowrun geschrieben haben. Die haben mir wirklich gefallen. Sie haben da ein paar großartige Charaktere erschaffen.«

In diesem Augenblick bestätigten sich für mich zwei Dinge:

1) Es gab ganz eindeutig einen Gott.

2) Offenbar hatte ich Ihn glücklich gemacht.

Wolf und Raven ermöglichten mir, mich mit Roger Zelazny anzufreunden. Die Geschichten veranlaßten Roger außerdem, mich darum zu bitten, etwas zu der Kurzgeschichtensammlung *Forever After* beizutragen, die eines seiner letzten Projekte vor seinem frühzeitigen Tod war. Und die Geschichte ›Byteball‹ diente als Ausgangspunkt für die Geschichte ›Tip-Off‹, die ich für Rogers Anthologie *Wheel of Fortune* schrieb.

Zwar hatte ich im Laufe der Jahre ein wenig mit ›Byteball‹ herumgespielt, aber schon länger keine Shadowrun-Geschichte mehr geschrieben, als Rodney Knox Herausgeber des Shadowrun-Fan-Club-Magazins *Kage* wurde. Rodney fragte mich, ob ich eine Wolf-und-Raven-Geschichte für ihn schreiben könne, und ich willigte ein, weil ich glaubte, endlich ›Byteball‹ beenden zu können. Als Rodneys Deadline immer näher rückte und mir klar wurde, daß ich die Story nicht rechtzeitig fertigstellen konnte, holte ich das einzige vollständige Manuskript von einer W&R-Geschichte heraus, das ich besaß, und schrieb sie zu ›Der Wolf in mir‹ um. Die ursprüngliche Version ist ungeschliffener und entschieden finsterer, aber mir gefällt die endgültige Version wesentlich besser. ›Der Wolf in mir‹ wurde in *Kage* in zwei Teilen veröffentlicht und schaffte es, das Magazin 1994 in den Ruhestand zu schicken. Nur sehr wenige Leute haben beide Hälften der Geschichte gelesen, also hat es im Prinzip seit ›Leichte Beute‹ 1992 keine W&R-Geschichte mehr gegeben.

Trotz dieses großen Zeitraums werde ich immer wieder auf diese Geschichten angesprochen. Ich versuchte FASA und ROC für eine Sammlung der Geschichten in Anthologieform zu interessieren, aber Anthologien verkaufen sich selten so gut wie Romane. (Das ist der Grund dafür, warum dies hier keine Anthologie ist. Nein. Es ist ein *Mosaik-Roman*. Der Unterschied ist zwar subtil, aber wir hoffen alle, daß er sich in den Verkaufszahlen bemerkbar macht.) Deswegen zögerten sowohl FASA als auch ROC, und ich vergaß die Idee einer Kurzgeschichtensammlung, da ich mich auf die Star-Wars-Romane stürzte.

Offenbar haben andere sie nicht vergessen. Als Mike Mulvihill den Job als Shadowrun-Entwickler übernahm, fragten ihn die Leute immer wieder nach Wolf und Raven. Sogar im Internet beschweren sich die Leser hin und wieder über das Nichtvorhandensein eines W&R-Romans. Im Sommer 1996, als Mike und ich bei Origins eine Rolltreppe hochfuhren und gemeinsam zum Mittagessen gingen, fragte er mich nach diesen SR-Geschichten, die ich geschrieben hätte. Ich ließ ihn wissen, daß ich Geschichten im Umfang eines Buchs vorliegen hätte und der deutsche Heyne-Verlag an der Veröffentlichung einer Sammlung interessiert sei.

Eines führte zum anderen, und das Ergebnis halten Sie jetzt in den Händen. Ich habe ›Byteball‹ für diese Sammlung beendet und sie chronologisch dort eingeordnet, wo ich sie schon immer gesehen habe. Ein paar Dinge wurden richtiggestellt, einige Passagen geändert (oder aus den *Challenge*-Ausgaben übernommen), und der Rest ist Geschichte.

Viele Leute – seien es Autoren, Kritiker oder Akademiker – äußern oft die Ansicht, daß die Charaktere eines Autors in Wirklichkeit dieser Autor sind. Und da die W&R-Geschichten in der ersten Person geschrieben sind, könnte man leicht annehmen, daß Wolf irgendwie mein idealisiertes Selbst ist. Stimmt nicht. Wolf kommt mit Dingen durch, die mich – völlig zu Recht – umbringen würden. Und ich hätte zwar nichts dagegen, seinen Wagen zu besitzen, aber auf Freunde wie Kid Stealth und eine Karriere als Shadowrunner kann ich sehr gut verzichten, danke sehr.

Mit das coolste daran, aus Wolfs Sicht zu schreiben, ist die Tatsache, daß mein Hirn damit anfängt, viel witzigere, schneidendere oder sarkastischere Bemerkungen zu produzieren als üblich. Die Dinge mit Wolfs Augen zu sehen scheint meinen Sinn für das Satirische und Absurde zu schärfen. Außerdem neige ich dazu, in den verschiedensten Situationen über gar nichts zu lachen.

Beim Schreiben der Geschichten hat mir besonders gefallen, wie die ganze Saga langsam gewachsen ist. In ›Squeeze Play‹ können Sie lesen, was ich zu der Zeit über Kid Stealth wußte – ich hatte keine Ahnung, wer oder was er war, als ich die Geschichte in den Computer hämmerte. Die anderen Helfer Ravens haben sich ebenfalls so definiert und wurden nicht das, was ich wollte oder für die Geschichte brauchte, sondern was sie offensichtlich die ganze Zeit hatten sein sollen.

Lynn Ingold ist ein großartiges Beispiel dafür. Ich hatte nie die Absicht, sie über ›Quicksilver Sayonara‹

hinaus noch weiterzuführen, aber sie tauchte einfach immer wieder auf. Sie bringt ein stabilisierendes und menschliches Element in Wolfs Leben, das ihm gestattet, den Alten immer mehr unter Kontrolle zu bringen. Da Wolfs Leben wenigstens zum Teil als Kampf angesehen werden kann, den Alten unter seine Kontrolle zu bringen, wird Lynn sehr stark. Die Tatsache, daß der Alte sie mag und in Wirklichkeit ohnehin nur ein Teil von Wolf ist, macht dieses Beziehungsdreieck zu etwas, in dem sich sogar ein *Literarischer Anspruch* meinerseits widerspiegeln könnte.

Das ist nur eine vorübergehende Phase, ehrlich. Aber es zeigt, daß eine Geschichte sich immer um Charaktere dreht und daß auch Geschichten, die in einem kommerziellen Universum angesiedelt sind, Charaktere haben können, die sich entwickeln und wachsen. Ich glaube, ein Großteil der positiven Reaktionen, die ich im Laufe der Jahre hinsichtlich dieser Charaktere erfahren habe, beruht nicht darauf, was sie getan haben, was sie getötet oder in die Luft gejagt oder bezwungen haben, sondern darauf, wer und was sie sind und wie sehr wir sie mögen oder fürchten.

Also stellt sich nur noch eine Frage, die beantwortet sein will: Wird es weitere Geschichten mit Wolf und Raven geben? Im Augenblick gibt es nur eine einzige, die zum Teil fertig ist. Der Rest sind Ideen und Fragmente. Ich bin sicher, eines Tages wird Wolf ruhelos werden und mich zwingen, sie zu beenden.

Aber genau das ist es, was mir an Wolf so gefällt – man kann ihn nicht unterdrücken. Er springt einen immer wieder an, bis er seinen Willen bekommt. Was das Schreiben weiterer Geschichten betrifft, bin ich ziemlich sicher, daß er ihn bekommt.

– Michael A. Stackpole
Phoenix, Arizona, August 1997

Von **SHADOWRUN™** erschienen in der Reihe
HEYNE SCIENCE FICTION & FANTASY:

1. Jordan K. Weisman (Hrsg.): *Der Weg in die Schatten* · 06/4844

TRILOGIE GEHEIMNISSE DER MACHT

2. Robert N. Charrette: *Laß ab von Drachen* · 06/4845
3. Robert N. Charrette: *Wähl deine Feinde mit Bedacht* · 06/4846
4. Robert N. Charrette: *Such deine eigene Wahrheit* · 06/4847

5. Nigel Findley: *2 X S* · 06/4983
6. Chris Kubasik: *Der Wechselbalg* · 06/4984
7. Robert N. Charrette: *Trau keinem Elf* · 06/4985
8. Nigel Findley: *Schattenspiele* · 06/5068
9. Carl Sargent: *Blutige Straßen* · 06/5087

TRILOGIE DEUTSCHLAND IN DEN SCHATTEN

10. Hans Joachim Alpers: *Das zerrissene Land* · 06/5104
11. Hans Joachim Alpers: *Die Augen des Riggers* · 06/5105
12. Hans Joachim Alpers: *Die graue Eminenz* · 06/5106

13. Tom Dowd: *Spielball der Nacht* · 06/5186
14. Nyx Smith: *Die Attentäterin* · 06/5294
15. Nigel Findley: *Der Einzelgänger* · 06/5305
16. Nyx Smith: *In die Dunkelheit* · 06/5324
17. Carl Sargent/Marc Gascoigne: *Nosferatu 2055* · 06/5343
18. Tom Dowd: *Nuke City* · 06/5354